चरित्रहीन

पश्चिम के एक बड़े नगर में उन दिनों ठण्ड पड़ने लगी थी। परमहंस रामकृष्ण के एक शिष्य किसी सत्कार्य में सहायता के लिए भिक्षा मांगने सहसा वहां आ पहुंचे थे। उनके व्याख्यान के लिए होने वाली सभा में उपेन्द्र बाबू को सभापति बनना पड़ेगा और उस पद की मर्यादा के निर्वाह के लिए जो कुछ करना उचित हो, वह सब भी करना पड़ेगा, इस प्रकार का प्रस्ताव लेकर एक दिन सबेरे-सबेरे ही कालेज के छात्रों के दल ने उन्हें जा पकड़ा।

उपेन्द्र ने पूछा, ''आखिर वह सत्कार्य क्या है, यह तो बताओ।''

उन लोगों ने कहा, ''यह बात तो अभी तक ठीक मालूम नहीं। स्वामीजी ने कहा है कि यही बात तो वह उस सभा में विस्तार से समझाएंगे। विशेषकर सभा का आयोजन और प्रयोजन तो इसीलिए है।''

उपेन्द्र आगे और कोई सवाल पूछे बिना इसके लिए राजी हो गए। यही उनका ढंग था। उन्होंने विश्वविद्यालय की परीक्षाएं इतने अच्छे प्रकार से पास की थीं कि छात्र-मण्डली में उनके प्रति श्रद्धा और सम्मान की सीमा नहीं थी, यह बात वह जानते थे। इसलिए कोई काम-काज या आपद-विपद आ पड़ने पर वे लोग जब आ जाते थे तो वह ममता-वश उनकी प्रार्थना या अनुरोध की कभी अपेक्षा नहीं कर पाते थे। विश्वविद्यालय की सरस्वती को अनुरक्त करने के बाद यद्यपि वह अदालत की लक्ष्मी की सेवा में लग गए थे किन्तु छात्रों के जिमनास्टिक खेलों, फुटबाल, क्रिकेट एवं वाद-विवाद सभाओं में उन्हें अब भी पहले की ही तरह जाकर बैठना पड़ता था।

किन्तु जिस जगह की बात इस समय हो रही है, वहां बिल्कुल चुप बैठना तो सम्भव है नहीं, कुछ तो कहना ही पड़ेगा। इसलिए एक आदमी की ओर देखते हुए बोले, ''वहां कुछ बोलना तो चाहिए ही। सभापति होकर सभा के उद्देश्य के

बारे में एकदम अज्ञान बने रहना तो मेरे लिए ठीक न होगा। तुम लोग क्या कहते हो?"

यह बात तो ठीक है, किन्तु उनमें से किसी को तो इस बारे में कुछ जानकारी है नहीं। वे लोग जब शहर के आंगन में एक ओर फूल से लदे जवावृक्ष के नीचे उपेन्द्र को बीच में बिठाकर संसार के सम्पूर्ण सम्भव-असम्भव सत्कार्यों की सूची की कल्पना करने में लगे हुए थे, जिनके लिए सभा किए जाने की संभावना हो सकती थी, तभी दिवाकर के कमरे से एक लडका सबकी दृष्टि बचाकर चुपचाप बाहर निकला।

उपेन्द्र दिवाकर के ममेरे भाई हैं। बचपन में ही दिवाकर के माता-पिता मर गए थे। इसलिए वह मामा के घर पल रहा था। बाहर की इस छोटी कोठरी में रहकर वह दिन में लिखता-पढ़ता और रात में सो जाता है। लगभग उन्नीस साल की उम्र है। एफ. ए. पास कर चुका है और बी. ए. में पढ़ रहा है।

चुपके से भाग रहे उस लड़के पर उपेन्द्र की दृष्टि पड़ गई। देखते ही उन्होंने जोर से पुकारकर कहा, "सतीश, चुपचाप कहां भागा जा रहा है? इधर आ, इधर।"

इस तरह पकड़े जाने पर झेंपता हुआ सतीश एक ओर आकर ख़ड़ा हो गया। उपेन्द्र ने पूछा, "बहुत दिनों से दिखाई नहीं पड़ा, कहां था?"

झेंप का भाव दूर करने का प्रयत्न करते हुए सतीश हंसकर बोला, "उपेन दादा, इन दिनों मैं यहां था नहीं; काका के पास इलाहाबाद गया हुआ था।"

अभी सतीश की बात खत्म भी नहीं हुई थी कि (फैशनेबल) छोटी-सी दाढ़ी रखे और आंखों पर चशमा लगाए एक युवक आंख मारकर और खीस निपोरकर बोल उठा, "क्या मन के दुःख से चले गए थे सतीश?"

इस बार भी उसे इण्ट्रेंस परीक्षा में शामिल नहीं किया जा सका था, यह बात सब लोग जानते थे। युवक का व्यंग्य उसी ओर था परन्तु वह इतना अशोभन था कि उपस्थित सभी लोग लज्जानत मुख किए मन-ही-मन छिः-छिः करने लगे। युवक का परिहास और खीस निपोरना, किसी का समर्थन न पाकर धूल में मिल गया, किन्तु सतीश ने हंसते हुए मुख से उत्तर दिया, "भूपति बाबू, मन होने पर

चरित्रहीन

शरत्चन्द्र चट्टोपाध्याय

हिन्द पॉकेट बुक्स
पेंगुइन रैंडम हाउस इम्प्रिंट

हिन्द पॉकेट बुक्स

यूएसए। कनाडा। यूके। आयरलैंड। ऑस्ट्रेलिया। सिंगापुर
न्यू ज़ीलैंड। भारत। दक्षिण अफ्रीका। चीन

हिन्द पॉकेट बुक्स, पेंगुइन रैंडम हाउस ग्रुप ऑफ़ कम्पनीज़ का हिस्सा है, जिसका पता www.hindpocketbooks.com पर मिलेगा

पेंगुइन रैंडम हाउस इंडिया प्रा. लि.,
चौथी मंजिल, कैपिटल टावर 1, एमजी रोड,
गुरुग्राम 122002, हरियाणा, भारत

पेंगुइन
रैंडम हाउस
इंडिया

प्रथम हिन्दी संस्करण हिन्द पॉकेट बुक्स द्वारा 2006 में प्रकाशित
यह हिन्दी संस्करण 2018 में प्रकाशित

अनुवादक : श्रीरामनाथ सुमन, 2006

10 9 8 7 6 5 4 3 2

ISBN 9789353490201

मुद्रकः रेप्रो इंडिया लिमिटेड

www.penguin.co.in

MIX
Paper from responsible sources
FSC® C047271

This is a legitimate digitally printed version of the book and therefore might not have certain extra finishing on the cover.

ही मन में दुःख भी होता है। परीक्षा पास करने की आशा कहिए या इच्छा कहिए, मैं होश संभालते ही उसे छोड़ चुका हूं। हां, पिताजी उसे छोड़ नहीं पाये हैं। इसलिए मन के दुःख से देशत्याग करना उन्हीं के लिए उचित था, किन्तु वह अविचलित भाव से अपनी वकालत करते जा रहे हैं। पर उपेन दादा, चाहे जो कहो, इस बार तो उनकी आंख भी खुल गई है।''

सभी लोगों को हंसी आ गई। इसमें हंसी की कोई बात तो थी नहीं, किन्तु भूपति बाबू का अभद्र परिहास सतीश को क्षुब्ध नहीं कर सका है, यह देखकर सबको बड़ा सन्तोष हुआ।

उपेन्द्र ने पूछा, ''तब क्या इससे तूने पढ़ना-लिखना छोड़ दिया?''

सतीश ने कहा, ''मैंने उसे पकड़ा ही कब था कि आज छोड़ दूंगा? मैंने उसे किसी दिन पकड़ा ही नहीं था उपेन दादा; उसी (लिखाई-पढ़ाई) ने ही मुझे पकड़ रखा था। इस बार मैं अपनी रक्षा करूंगा। ऐसे देश में जाकर रहूंगा, जहां पाठशाला तक नहीं होगी।''

उपेन्द्र ने कहा, ''किन्तु कुछ तो करना चाहिए। मनुष्य एकदम तो चुप होकर नहीं बैठ सकता, बैठना उचित भी नहीं है।''

सतीश ने कहा, ''नहीं, चुप होकर नहीं बैठूंगा। इलाहाबाद से एक नूतन अभिप्राय पाकर लौटा हूं। एक बार अच्छी तरह यत्न करके देखूंगा कि उसे कहां तक कर सकता हूं।''

यह देखकर कि सब लोग विस्तृत विवरण की आशा से उसके मुंह की ओर देख रहे हैं, सतीश लज्जायुक्त हंसी हंसकर बोला, ''हमारे गांवों में जैसे मलेरिया, वैसे ही हैजे का भी प्रकोप है। पांच-पांच, सात-सात गांवों के बीच भी, समय पर एक डाक्टर नहीं मिलता। मैं वहां जाकर होमियोपैथिक चिकित्सा शुरू करूंगा। मेरी मां मरने के पूर्व कई हजार रुपये मुझे दे गई थी। वे रुपये मेरे पास ही हैं। उनसे मैं अपने गांव के मकान के बैठकखाने में एक डिस्पेंसरी खोलूंगा। उपेनदा, तुम हंसो मत। सच मानो, मैं यह काम करके रहूंगा। पिताजी को भी राजी कर लिया है। उनसे कह आया हूं कि महीने-भर में ही कलकत्ता जाकर होमियोपैथी स्कूल में भरती हो जाऊंगा।''

उपेन्द्र ने पूछा, ''महीने-भर बाद क्यों?''

सतीश ने कहा, ''एक काम है। दक्षिणपाड़ा का नवनाट्य-समाज टूटकर एक छोटी शाखा मात्र रह गया है। हम लोगों के विपिन बाबू इस दल के नेता हुए हैं। तार पर तार कर-करके वही मुझे बुला लाए हैं; मैंने भी वचन दिया है कि उनकी कन्सर्ट पार्टी ठीक करने के बाद ही किसी दूसरे काम में हाथ

लगाऊंगा।"

सुनकर सभी लोग हा-हा करके हंस उठे; उनके साथ सतीश भी हंसने लगा। कुछ देर बाद जब उच्च हास्य मृदु स्वर में बदल गया, जब सतीश ने कहा, "एक वंशी वादक की कमी थी; उसी के लिए दिवाकर के पास आया था। यदि थियेटर की रात में वह हमारा उद्धार कर देता तो फिर मुझे ज्यादा मटरगश्ती न करनी पड़ती।"

उपेन्द्र ने कहा, "क्या कहा उसने?"

सतीश बोला, "और क्या कहेगा-परीक्षा नजदीक है। यह बात मेरे दिमाग में नहीं घुसती उपेनदा, कि दो साल की पढ़ाई-लिखाई कैसे किसी की एक रात की अवहेलना से नष्ट हो जाती है। मैं कहता हूं कि यदि वह ऐसा करने से किसी के पास से सचमुच ही चली जाती है, तो उसका जाना ही उचित है। इस तरह परीक्षा में पास होने की कोई मर्यादा जिसके लिए हो, मेरे निकट तो उसकी कोई कीमत नहीं है। आप क्रोध न कर पाएंगे उपेनदा। मैं आपको जितना जानता हूं, ये लोग उसका एक बिन्दु भी नहीं जानते। जिमनास्टिक के अखाड़े से लेकर फुटबाल, क्रिकेट तक सदा ही आपकी शागिर्दी की है, साथ-साथ घूमकर न जाने कितने दिन, कितने प्रकार से आपका समय बर्बाद करके देखा है, आपको कितनी ही परीक्षाएं देते हुए भी देखा है, उनको यथाविधि पास करके स्कालरशिप प्राप्त करते भी देखा है, किन्तु किसी दिन आपको एक्जामिनर (परीक्षक) की दोहाई देते तो सुना नहीं।"

उपेन्द्र ने बात को समाप्त करने के विचार से कहा, "मैं तो वंशी बजाना जानता नहीं, सतीश!"

सतीश ने कहा, "मैं भी प्रायः यही बात सोचता रहता हूं। संसार में यह चीज, आपने क्यों नहीं सीखी, इस पर मुझे बड़ा आश्चर्य होता है। किन्तु उस बात को जाने दीजिए-आज दोपहर की इस धूप में यह कमेटी किसलिए हो रही है?"

शीत के सूर्य की ओर पीठ किए यह बैठक खूब जम रही थी। दिन इतना चढ़ आया है, इस पर किसी का ध्यान ही नहीं था। सतीश की बात से सबने इस विलम्ब की ओर लक्ष्य किया और अकस्मात् चकित हो उठ खड़े हुए। सभा भंग होते देख भूपति ने पूछा, "उपेन्द्र बाबू, तो निश्चय क्या हुआ?"

उपेन्द्र ने कहा, "मैं तो कहता हूं कि मुझे आपत्ति नहीं है। फिर भी यदि पूर्वाह्न तक तुम लोगों के स्वामीजी के उद्देश्य का कुछ पता चल जाता तो मुझे बड़ी शान्ति मिलती। बिल्कुल अज्ञानी की तरह कहीं जाने में झिझक होती है।"

भूपति ने कहा, ''किन्तु उन्होंने तो कुछ बताया नहीं, बल्कि यह भी कहा कि जो विषय जटिल और दुर्बोध है उसे जब तक विस्तृत रूप से विश्लेषण करके समझाने लायक समय और सुविधा न मिले, तब तक उसके बारे में कुछ न कहना ही अच्छा है, क्योंकि इससे अधिकांश अवसरों पर सुपरिणाम की जगह दुष्परिणाम ही होता है।''

चलते-चलते बातें हो रही थीं। अब सब बाहर निकलकर रास्ते के एक किनारे खड़े हो गए थे।

सतीश ने पूछा, ''बात क्या है उपेन दादा?''

उपेन्द्र के जवाब देने के पहले ही भूपति ने कहा, ''सतीश बाबू! आपको भी चन्दे की बही में हस्ताक्षर करने होंगे, किसलिए, इसका जवाब तो हम इस समय न दे सकेंगे, किन्तु परसों तीसरे पहर कालेज के हाल में स्वामीजी स्वयं ही इसे समझाकर बताएंगे।''

सतीश बोला, ''तब तो मुझे समझने का अवसर न मिलेगा, भूपति बाबू! परसों हम लोगों का पूर्ण रिहर्सल है। वहां मेरे अनुपस्थित रहने से काम नहीं चलेगा।''

भूपति ने आश्चर्य प्रकट करते हुए कहा, ''क्या कहते हो सतीश बाबू? थियेटर की सामान्य क्षति के भय से ऐसे महत् कार्य में शामिल न होंगे? लोग सुनकर क्या कहेंगे?''

सतीश ने कहा, ''लोग तो बिना सुने ही बहुत-सी बातें कहा करते हैं–उनकी बात जाने दीजिए। मैं तो आप लोगों के लिए कह रहा हूं। बिना कुछ ज़ाने ही इस अनुष्ठान को आप लोग जितना महत् मानकर उसमें नि:संशय विश्वास किए बैठे हैं, उतना मैं न कर सकूं तो मुझे दोष न देंगे; बल्कि जो जानता हूं, जिससे भला-बुरा समझता हूं, उसकी उपेक्षा करके, उसे क्षति पहुंचाकर एक अनिश्चित महत्त्व के पीछे दौड़ते रहना मेरी दृष्टि में ठीक नहीं है।''

उपस्थित छात्र-मण्डली में उम्र या लिखाई-पढ़ाई में सबसे श्रेष्ठ होने के कारण भूपति ही बातचीत कर रहा था। सतीश की बात पर हंसकर बोला, ''सतीश बाबू, स्वामीजी जैसे महान् व्यक्ति अच्छी ही बात बताएंगे और उनका उद्देश्य भी अच्छा ही होगा, ऐसा विश्वास रखना तो बुरा नहीं है।''

सतीश बोला, ''मैं मानता हूं कि व्यक्ति विशेष के लिए बुरा न होगा। देखो न, इण्ट्रेंस पास करना भी कोई बुरा काम नहीं है, किन्तु पास करना तो दूर रहा, तीन-चार साल के बीच मैं उसके पास तक पहुंच नहीं सका। अच्छा, इन स्वामीजी को पहले कभी देखा है या उनके विषय में किसी दिन कुछ सुना है?''

सबने स्वीकार किया कि कोई कुछ नहीं जानता। सतीश ने कहा, "यह देखो, एक गेरुआ वस्त्र के सिवा उनके पास और कोई सर्टिफिकेट नहीं है, फिर भी आप लोग पागल हो उठे हैं, और मेरे अपने काम को क्षति पहुंचाकर उनका भाषण सुनने से इनकार करने पर नाराज हो रहे हैं।"

भूपति ने कहा, "पागल क्या यों ही हो उठे हैं सतीश बाबू ? ये गेरुआ वस्त्रधारी लोग संसार को कितनी ही चीजें दे गए हैं। जो कुछ हो, मुझे तुम पर क्रोध नहीं, दुःख है। संसार की सभी वस्तुएं साक्षी का हाथ पकड़कर हमारे सामने उपस्थित नहीं हो सकतीं, किन्तु यदि हम उन्हें मिथ्या मान अस्वीकार करेंगे तो कितनी ही उत्तम वस्तुओं से हमें वंचित रह जाना पड़ेगा। आप ही बताइए कि जब आप संगती के सा-रे-ग-स का अभ्यास करते थे तब आपको उसके रस का कितना आनन्द मिला था? तब आप संगीत के गुण-दोष को कितना जानते थे?"

सतीश ने कहा, "मैं भी ठीक वही बात कह रहा हूं। संगीत का यदि एक आदर्श मेरे सामने न होता, और उसके मधुर रसास्वादन की आशा यदि मुझे न होती तो इतना कष्ट उठाकर स-रे-ग-म का अभ्यास नहीं करता। यदि आपको वकालत में इतने टके पाने की सुगन्ध न प्राप्त होती तो एक बार फेल होकर बैठ रहते; बार-बार इस तरह जी-तोड़ श्रम करके कानून की इतनी किताबें न रटते। उपेन दादा भी शायद किसी स्कूल में मास्टरी करने में सन्तुष्ट हो आज अपने दिन बिताते होते।"

उपेन्द्र हंसने लगे, किन्तु भूपति का मुंह लाल हो उठा। उसके व्यंग्य को दसगुना करके सतीश ने लौटा दिया था, उपस्थित सब लोगों ने यह बात समझ ली।

रोष को दबाकर भूपति ने कहा, "आपके साथ तर्क करना व्यर्थ है। किसी चीज की भलाई-बुराई कितने प्रकार से प्रमाणित की जा सकती है, इसे आप जानते ही नहीं।"

बात करते-करते धीरे-धीरे सभी रास्ते के एक ओर बैठ गए थे। सतीश खड़ा हो गया और हाथ जोड़कर बोला, "माफ कीजिए भूपति बाबू! छः प्रकार के 'प्रमाण' और छत्तीस प्रकार के 'प्रत्यक्ष' की आलोचना अब इस धूप में सहन नहीं होगी। इसकी अपेक्षा तो सन्ध्या के बाद पिताजी के बैठकखाने में आएंगे तो वहां आधी रात तक तर्क-वितर्क किया जा सकेगा। प्रोफेसर नवीन बाबू, सदर-आला गोविन्द बाबू तथा भट्टाचार्य महाशय जैसे तर्कपटु लोग इस प्रकार देर रात तक बहस-मुबाहिसे किया करते हैं। उसके पास वाले घर में ही हमारा डेरा है। वाद-विवाद

के नियमों में अब भी मैं पक्का नहीं हो सका हूं, यद्यपि रंग मुझ पर भी चढ़ने लगा है। असमय ही पककर पेड़ के नीचे गिर कुत्ते-श्रृंगाल के पेट में नहीं जाना चाहता। इसीलिए ऐसी बातें छोड़कर और कुछ कहना है तो कहिए, नहीं तो मुझे विदा होने की अनुमति दीजिए।"

हाथ जोड़े हुए सतीश के बात करने के ढंग पर सब हंस पड़े। क्रुद्ध भूपति और अधिक जल उठा। रोष के कारण दिमाग के तर्क का सूत्र छूट गया और ऐसी हालत में जो कुछ एकाएक मुंह में आया, उसे ही उगल बैठा, "तब तो मैं देखता हूं, आप ईश्वर को भी न मानते होंगे।"

बात कितनी असम्बद्ध और बच्चों जैसी है, यह खुद भूपति के भी अपने कान को लगा।

सतीश ने भूपति के लाल मुंह की ओर एक बार तीक्ष्ण दृष्टि से देखा, फिर उपेन्द्र की ओर देखता हुआ हा-हा करके हंस पड़ा। बोला, "उपेन दादा, भूपति बाबू इस बार खड़गहस्त हैं। मेरे जैसे दस-बाग्ह कुत्ते भी अब उनके निकट न फटक सकेंगे।" फिर भूपति की ओर देखता हुआ बोला, "ठीक किया भूपति बाबू, 'चोर' 'चोर' के खेल में छुटकारा पाते न देख, किसी बूढ़े को छूकर निकल जाना ही अच्छा होता है।"

इस अपवाद की चोट से आग होकर भूपति उठ खड़ा हुआ, तब उपेन्द्र ने हाथ पकड़कर कहा, "भूपति, तुम शान्त हो; मैं इस आदमी को सहन कर रहा हूं। यह सब व्यंग्य क्या है सतीश? जब तेरा ऐसा सन्देही स्वभाव है, तब सन्देह हो ही सकता है कि तू ईश्वर तक को भी नहीं मानता।"

सतीश ने गहरा आश्चर्य प्रकट करते हुए कहा, "हा दुर्भाग्य! मैं ईश्वर को नहीं मानता? भयंकर रूप से मानता हूं। थियेटर का जमावड़ा खतम होने के बाद आधी रात को कब्रिस्तान के पास होकर अकेले लौटते समय जब कलेजे का रक्त बर्फ हो जाता है, तब क्या तुम भले-मानुषों का दल उसकी कोई देखभाल करता है? हंसते क्या हैं उपेनदा, जब मैं भूत-प्रेत मानता हूं तो क्या ईश्वर को नहीं मानूंगा?"

उसकी बात पर क्रुद्ध भूपति तक हंस पड़ा। बोला, "सतीश बाबू, भूत का भय होने पर ही ईश्वर को मानना-क्या ये दोनों बातें आपके निकट एक ही हैं?"

सतीश ने कहा, "बिल्कुल एक हैं। आस-पास रखने पर पहचान लेने की गुंजाइश नहीं है। सिर्फ मेरे ही लिए नहीं, आपके लिए भी यह एक बात ही है। न मानें तो बहुत अच्छा, किन्तु मानने पर और बचाव नहीं है। दुःख-कष्ट में, आपद-विपद में अनेक तरह से, अनेक प्रकार से विचार करके देखा है; रोषपूर्ण जितण्डावाद भी विस्तार के साथ सुन चुका हूं किन्तु जो अन्धकार था, आज भी

वही अन्धकार है। छोटा-सा कोई एक निराकार ब्रह्म ही मानिए या हाथ-पांव वाले तैंतीस कोटि देवता मान लीजिए, कोई फन्दा टूटता नहीं। सब एक ही सांकल में बंधे हैं। एक को बुलाते ही सब आकर हाजिर हो जाएंगे। वही स्वर्ग-नर्क आ जाएगा; वही इहकाल-परकाल आ जाएगा, अमर आत्मा आकर खड़ी हो जाएगी, तब कब्रिस्तान की देवता-मण्डली की अवज्ञा कैसे की जा सकेगी? माना कि तुममें से कोई एक चुपचाप कुछ दे-लेकर छुटकारा पा जाएगा! निमिष मात्र में, जो जिस स्थान पर है, आकर घेर लेगा! ईश्वर को मानूं और भूत-प्रेत का भय न करूं, ऐसा होने की गुंजाइश नहीं है, भूपति बाबू!''

जिस भाव-भंगी के साथ उसने बात खतम की, उससे सभी उच्च स्वर में हंस पड़े। अपेक्षाकृत छोटी उम्र वाले दो बालकों के हास्य-कोलाहल से रविवार का अलस मध्याह्न चंचल हो उठा।

उधर उपेन्द्र की स्त्री सुरबाला का भेजा जो नौकर दूर खड़ा अब तक बुदबुदा रहा था, सिर फिराकर मीठा-मीठा हंसने लगा।

कलह का जो मेघ-खण्ड इससे पहले आकार धारण करने लगा था, वहीं हंसी के तूफा में न जाने कहां उड़ गया कि कहीं भी देखने में न आया।

दोपहर भी बीत चली थी और अब तक घर के अन्दर भूखी-प्यासी दासियां आंगन में एकत्र हो बक-झक रही थीं और रसोईघर में महाराज नौकरी छोड़ने के दृढ़ संकल्प की घोषणा बार-बार कर रहा था।

दो

लगभग तीन मास बाद की बात है, कलकत्ता के एक बासे (मेस) में एक दिन प्रातःकाल सतीश की नींद टूट गई; वह बिछौने पर इधर-उधर करवटें बदलता रहा, फिर हठात् निश्चय कर लिया कि आज वह स्कूल नहीं जाएगा। वह होमियोपैथिक स्कूल में पढता था। इस संकल्प से उसके मन में जो सुधा-वर्षण हुआ उसने क्षण-भर में उसके शरीर को सबल कर दिया। वह प्रसन्नवदन उठ बैठा और तम्बाकू के लिए आवाज पर आवाज देने लगा।

कमरे में प्रवेश किया सावित्री ने। वह थोड़ी ही दूर फर्श पर बैठती हंसती हुई बोली, ''नींद टूट गई बाबू?''

सावित्री इस बासे की दासी और गृहिणी दोनों है। चोरी की आदत न होने के कारण खर्च का रुपया-पैसा सब उसी के हाथ में रहता है। उसकी इकहरी

सुन्दर गठन है। उम्र जान पड़ता है, इक्कीस-बाइस के आसपास होगी, किन्तु मुंह देखने से लगता है कि और कम की होंगी। सावित्री स्वच्छ सफेद वस्त्र पहनती है। और मुंह को पान-तम्बाकू के रस से रात-दिन रंगीन बनाए रखती है। वह जिस प्रकार हंसकर बात करना जानती है, उसी प्रकार हंसी का मूल्य भी समझती है। गृह-सुख से वंचित बासे के सभी निवासियों कें ऊपर उसका आन्तरिक स्नेह और ममता है। कोई उसकी प्रशंसा करता है तो कहती है, ''सेवा न करने पर आप मुझे रक्खेंगे किसलिए बाबू? इस बात को छोड़ भी दें, तो घर लौटने पर गृहिणियों से मेरी निन्दा करके कहेंगे कि बासे में ऐसी दासी थी कि दोनों समय पेट-भर खाना भी नहीं देती थी। ऐसे अपयश की अपेक्षा तो जरा मेहनत से सेवा करना बहुत अच्छा है।'' ऐसा कहकर हंसते-हंसते अपने काम पर चली जाती थी। बासे में सिर्फ सतीश ही उसे नाम लेकर पुकारता था; कभी-कभी हंसी-मजाक भी कर लेता था और जब-तब बख्शीश भी दिया करता था। सतीश पर उसका भी कुछ विशेष स्नेह था। दिन-भर काम-काज करते हुए भी वह अपनी एक आंख और एक कान इस उन्नत, बलिष्ठ और दर्शनीय युवक की ओर लगाए रहती थी। बासे के सभी लोग इस बात को जानते थे और कोई-कोई इस ओर इशारा करने से चूकते न थे।

सतीश ने कहा, ''हां, नींद खुल गई।'' और तकिये के नीचे से निकालकर एक रुपया ठन् से आगे फेंक दिया।

सावित्री ने रुपये को उठाकर पूछा, ''इतने सबेरे क्या लाना होगा?''

सतीश ने कहा, ''सन्देश! किन्तु मेरे लिए नहीं। अभी रख लो, रात को अपने बाबू के लिए खरीदकर लेती जाना।''

सावित्री ने गुस्से से रुपया सतीश के बिछौने पर फेंककर कहा, ''रखे रहिए, अपना रुपया। हमारे बाबू को सन्देश अच्छे नहीं लगते।''

सतीश ने रुपया फेंककर फिर से अनुनय के स्वर में कहा, ''तुम्हें मेरे सिर की कसम सावित्री! मैं यह रुपया किसी तरह वापस न ले सकूंगा। मैंने सचमुच ही इसे तुम्हारे बाबू को सन्देश खाने के लिए दिया है।''

सावित्री मुंह लटकाकर बोली, ''जब-तब आप औरतों की तरह सिर की कसम धरा देते हैं; यह आपका बड़ा अन्याय है। मेरे कोई बाबू-बाबू नहीं हैं। मेरे बाबू आप हैं-आप लोग हैं।''

सतीश हंसकर बोला, ''अच्छा दे दो रुपया। किन्तु कहो कि हमारे सिवा यदि और कोई बाबू हो तो मैं उसका सिर चबा जाऊं।''

सावित्री हंस पड़ी। बोली, ''मेरे बाबू क्या आपके सत्येन हैं, जिनका माथा

आप खाया करते हैं?"

सतीश ने कहा, "मैं उनका माथा खाता हूं या वह मेरा खाते हैं? मैं तो उल्टे उन्हें सन्देश खिलाता हूं।"

सावित्री ने मुंह फिराकर हंसी रोकी और सहसा गम्भीर होकर बोली, "दास-दासियों के साथ इस तरह की बात करने से छोटे आदमियों को शह मिलती है। जरा सोच-समझकर बात करनी चाहिए बाबू, नहीं तो लोग निन्दा करते हैं।" उठाकर वह कमरे के बाहर चली गई। किन्तु थोड़ी ही देर में लौटकर पूछा, "अच्छा, तो यह बताइए, इस समय क्या रसोई बनेगी?"

रसोई-घर सम्बन्धी सभी कामों में सतीश बहुत कुशल हैं, यह बात सावित्री को पहले ही मालूम हो चुकी थी। इसलिए प्रत्येक दिन सबेरे एक बार आकर वह इस बारे में सतीश का आदेश ले लेती थी, और खुद खड़ी रहकर महाराज से वह सब बनवाती थी। पूछा, "क्या बनेगा?" इसी बीच नौकर तम्बाकू दे गया था; सतीश एक बार पुनः लेटकर बोला, "जो तुम्हारी खुशी हो।"

सावित्री ने कहा, "अब भी आप नाराज हैं!"

सतीश ने दीवार की ओर मुंह फिराकर हुक्के का कश लगाते हुए कहा, "मर्द बच्चा हूं; गुस्सा क्यों न करूंगा। आज मैं खाना भी न खाऊंगा।"

सावित्री बोली, "जान पड़ता है, कहीं और जुटना है। किन्त और चाहे जो हो सतीश बाबू, इतना मैं कहे देती हूं कि स्कूल आपको जाना ही पड़ेगा।"

इस थोड़ी अवधि में ही नियमित रूप से स्कूल जाना सतीश को पुनः बोझ-सा मालूम पड़ने लगा था और वह नाना प्रकार के छल और बहाने बनाकर नागा करने लगा था; सावित्री इसे देख रही थी। आज भी उसी बहानेबाजी की पुनरावृत्ति का ढंग उसे दिखाई पड़ रहा था।

सतीश हड़बड़ाकर उठ बैठा और नकली गुस्से से बोला, "देखो कहे देता, हूं कि शुभ कार्य में शुरू में ही न टोका करो।"

सावित्री बोली, "यह तो आपने कह दिया। किन्तु इण्ट्रेंस पार करने में चौबीस साल कट गए, अब डाक्टरी पास करने में शायद चौंसठ वर्ष लग जाएंगे!"

सतीश ने क्रोध का भाव प्रकट करते हुए कहा, "झूठ बात न बोलो सावित्री। मैंने इण्ट्रेंस कहां पास किया है?"

सावित्री हंस पड़ी। बोली, "वह भी नहीं किया?"

सतीश ने सिर हिलाकर कहा, "नहीं। मास्टरों ने मुझे पास करने ही नहीं दिया।"

इस बार सावित्री मुंह में कपड़ा ठूंसकर हंसने लगी। उसके बाद बोली, "तब

क्या यह हो पाएगी?"

"क्या?"

"यह डाक्टरी?"

सतीश कुछ देर तक चुप रहने के बाद बोला, "अच्छा सावित्री, तुम बता सकती हो कि गधे के समान लोग कैसे परीक्षा पास कर लेते हैं?"

सावित्री ने हंसी दबाकर कहा, "गधे के समान लोग, पर गधे नहीं। जो बिल्कुल गधे हैं वे नहीं पास कर सकते।"

सतीश ने घबराहट के भाव से दरवाजे के बाहर सिर निकालकर एक बार देख लिया, फिर स्थिर होकर बैठ गया और कुछ गम्भीर होकर बोला, "कोई यदि सुन ले तो सचमुच ही निन्दा करेगा। मेरे सामने खड़ी होकर मुझे गधा कह रही हो, इसकी कोई सफाई नहीं दी जा सकेगी।"

हाय! भाग्यदोष से सावित्री आज बासे की दासी है, इसलिए उसने इस चोट को सह लिया, फिर बोली, "ठीक है।" और धीरे-धीरे बाहर चली गई।

सतीश एक बार फिर आलसी की भांति बिछौने पर पड़ रहा। उसके मन में कर्महीन सारे दिन की जो तस्वीर उज्ज्वल होकर उठ रही थी, सावित्री की बात की चोट से वह बहुत कुछ धूमिल पड़ गई और कितनी व्यथा उठाकर सावित्री खुद चली गई, उससे भी उसकी छुट्टी के आनन्द में वृद्धि नहीं हुई और उसने मन-ही-मन समझ लिया कि आज गैरहाजिर होने से कोई लाभ न होगा, किन्तु कुछ न करने के लोभ को भी वह छोड़ नहीं पा रहा था, इसलिए अलस, विरक्त मुंह से वह बिछौने पर ही पड़ा रहा। किन्तु यथासमय स्नान के लिए पुकार हुई। सतीश उठा नहीं; बोला, "इतनी जल्दी क्या है? मैं आज तो बाहर जाऊंगा नहीं।"

सावित्री ने कमरे में प्रवेश करते हुए कहा, "वह नहीं होगा। आपको स्कूल जाना ही पड़ेगा — जाइए आप स्नान करके खा लीजिए।"

सतीश ने कहा, "तुम्हें क्या मेरा अभिभावक बना दिया गया है जो इतनी जोर-जबर्दस्ती कर रही हो? आज मैं "पदमेकं न गच्छामि।"[1]

सावित्री थोड़ा हंसी, बोली, "न जाएं परन्तु स्नान करके भोजन तो कर लीजिए। क्या आपको दिखाई नहीं देता कि आपकी ढील-ढाल से दास-दासियों को कष्ट उठाना पड़ता है?"

सतीश ने कहा, "ये कैसे दास-दासी हैं कि नौ बजते न बजते उन्हें कष्ट होने लगा! नहीं, यह बासा मुझे बदलना ही पड़ेगा; नहीं तो, देखता हूं, मेरा शरीर स्वस्थ न रह पाएगा।"

---

1. एक कदम भी नहीं चलूंगा।

सावित्री हंस पड़ी। बोली, "ऐसा होने पर मुझे भी बदलना पड़ेगा।" किन्तु कहते ही अपनी बात को तुरन्त दबाकर बोल उठी, "किन्तु तब तक आपको इस बासे के नियम मानकर चलना होगा–स्कूल भी जाना पड़ेगा! लीजिए, उठिए; देर हो रही है।" इतना कह सतीश की धोती और तौलिया स्नानागार में रखकर जल्दी से वह बाहर चली गई।

सतीश प्रतिदिन नियमित रूप से सन्ध्या-पूजा करता है। आज वह स्नान से लौटकर पूजा के आसन पर बैठकर देरी करने लगा। सावित्री आकर दो-तीन बार देख गई। फिर दरवाजे के बाहर से ही आवाज देकर बोली, "अब कितनी देर करेंगे; भोजन ठंडा हुआ जा रहा है। आपको स्कूल नहीं जाना होगा, किन्तु कृपा करके थोड़ा खा-पीकर हम लोगों को बख्श दीजिए।"

सतीश और पांच मिनट निःशब्द बैठा रहा, फिर उठ खड़ा हुआ और बोला, "जानती हो कि पूजा-संध्या के समय गोलमाल करने से क्या होता है?"

सावित्री ने कहा, "खींचतान करके इस तरह छल करने से जानते हैं क्या होता है?"

सतीश ने आंखों को कपार पर खींचकर कहा, "मैं छल कर रहा था? कभी नहीं।"

सावित्री कुछ कहने जा रही थी, पर चुप हो गई। कुछ देर बाद बोली, "यह तो आप खुद जानते हैं। किन्तु आपको दूसरे दिनों में तो इतनी देर होती नहीं। जाइए, थाली लग गई है।" इतना कहकर वह चली गई।

आज शीतकाल के मधुर मध्याह्न में बासा निर्जन और निस्तब्ध है। इस बासे में रहने वाले सभी क्लर्क हैं। वे आफिस चले गए हैं। महाराज घूमने-फिरने निकल गया है। बिहारी नौकर बाजार से सामान खरीदने गया हुआ है। सावित्री की आवाज भी कहीं सुनाई नहीं पड़ती। सतीश अपनी कोठरी में पड़ा दिन में सोने की निरर्थक चेष्टा करने के बाद उठकर न जाने क्या-क्या सोच रहा है। उसके सिरहाने की ओर की खिड़की बन्द थी। उसे खोलकर छत की ओर देखने के बाद फिर बन्द कर दी। छत की एक ओर बैठकर सावित्री अपने बाल सुखा रही थी और झुककर कोई किताब पढ़ रही थी। खिड़की खुलने के शब्द से चौंककर उसने सिर ढक लिया और उठ खड़ी होकर देखा कि खिड़की बन्द हो गई है। शीघ्र ही उसने कमरे में प्रवेश करके पूछा, "बाबू, क्या आप मुझे पुकार रहे थे?"

सतीश ने कहा, "नहीं, पुकारा तो नहीं।"

"आपके लिए पान, नाश्ता लाऊं?"

सतीश ने सिर हिलाकर कहा, "लाओ।"

सावित्री ने पान और नाश्ता लाकर बिछौने के पास रख दिया। फिर कमरे के सब दरवाजे और खिड़कियां एक-एक करके खोल दीं। तब फर्श पर बैठकर बोली, "जाऊं, आपके लिए हुक्का भर लाऊं।"

सतीश ने पूछा, "बिहारी कहां है?"

"बाजार गया है।" कहकर सावित्री चली गई। थोड़ी देर में हुक्का ठीक करके ला रखा और खुले दरवाजे के सामने बैठकर हंसती हुई बोली, "आज आपने व्यर्थ ही पढ़ाई का नागा कर दिया।"

सतीश ने कहा, "क्या सचमुच ऐसा है?" मैं कुछ स्वतन्त्र धातु का आदमी हूं, इसलिए बीच-बीच में ऐसा न करने से कष्ट हो जाता है। इसके अलावा मैं नियमित डाक्टर बनना भी नहीं चाहता। थोड़ा-बहुत सीख-साखकर अपने गांव को लौट जाऊंगा और वहां मुफ्त का एक दवाखाना खोल दूंगा। चिकित्सा के अभाव में हमारे गांवों के दुखी-गरीब लोग हैजे में समाप्त होते जा रहे हैं। उनकी दवा-दारू करना ही मेरा उद्देश्य है।"

सावित्री बोली, "क्या मैं समझूं कि मुफ्त चिकित्सा के लिए भली-भांति सीखने की जरूरत नहीं है? अच्छे डाक्टर सिर्फ बड़े लोगों के लिए हैं और गरीबों के लिए अधकचरे चाहिए? किन्तु वह भी होगा कैसे? आपके चले जाने से विपिन बाबू को बड़ी कठिनाई होगी।"

विपिन बाबू के उल्लेख से सतीश लज्जित होकर बोला, "इसमें क्या कठिनाई है? मेरे जैसे मित्र उनको बहुत मिल जाएंगे। फिर अब मैं उनके यहां जाता भी नहीं।"

सावित्री अचरज करती हुई बोली, "नहीं जाते? तब उनको गाना-बजाना कौन सिखाता है?"

सतीश ने अत्यन्त विरक्त होकर कहा, "क्या मैं उन्हें गाना-बजाना सिखाता हूं?"

सावित्री ने कहा, "मैं क्या जानूं बाबा? लोग तो यही कहते हैं।"

"कोई नहीं कहता; यह तुम्हारी गढ़ी हुई बात है।"

"लोग आपको विपिन बाबू का मुसाहिब कहते हैं। क्या वह भी मेरी गढ़ी बात है?"

सुनकर सतीश आग हो उठा। इसका कारण था। विपिन के साथ की घनिष्ठ मैत्री बाहर के लोगों के लिए समालोचना का विषय होने पर उस आलोचना का फल साधारणतः क्या होगा, यह उसे मालूम था। कलकत्तावासी विपिन की सांसारिक अवस्था और उनके आमोद-प्रमोद के साज-सरंजाम के बीच प्रवासी सतीश का

स्थान लोगों की निगाह में नीचे की ओर ही रहेगा। सतीश के हृदय का यह उत्कण्ठित संशय सावित्री के तीक्ष्ण आघात से उग्र मूर्ति धरकर बाहर निकल आया। वह दोनों आंखें दीप्त करके गरज उठा, "क्या, मैं उसका मुसाहिब हूं? बताओ, कौन कहता है?"

सावित्री मन-ही-मन हंसकर बोली, "किसका नाम बताऊं बाबू? जाऊं, राखाल बाबू का बिस्तर धूप में डाल आऊं।"

"बिस्तर रहने दो, नाम बताओ।"

सावित्री ने हंसकर कहा, "कुमुदिनी।"

सतीश विस्मित होकर बोला, "तुम्हें कैसे मालूम हुआ?"

सावित्री ने कहा, "उन्होंने मुझे काम करने के लिए बुलावा भेजा था।"

"तुम्हें दुस्साहस तो कम नहीं! तुमने क्या कहा?"

"अभी तक कुछ कहा नहीं है–विचार कर रही हूं। अधिक वेतन, कम काम, यही लाभ है।"

सतीश की आंख से चिनगारियां निकलने लगीं। उसने कहा, "यह विपिन की चाल है। तुम्हारा नाम वह अक्सर लिया करता है।"

सावित्री ने हंसी दबाकर कहा, "अच्छा, नाम लेते है? तब तो जान पड़ता है, मैं उन्हें जंच गई हूं।"

सावित्री के मुंह की ओर क्रूर दृष्टि फेंककर सतीश बोला, "जंच गई हो। समझता था कि एक सौ रुपया जुर्माना देने के बाद किसी को बेंत लगाना नहीं पड़ेगा, किन्तु देखता हूं, फिर कुछ जुर्माना देना होगा! अच्छा, तुम जाओ।"

सावित्री चली गई। राखाल के बिस्तरे आदि को धूप में फैलाकर, जल्दी-जल्दी लौट आई और खिड़की की संध से देखा कि सतीश ने कपड़े पहिन लिए हैं और बक्स खोलकर उसमें से नोट निकाल जेब में रख रहा है। तब सावित्री दरवाजे की चौकठ पर हाथ रखकर और रास्ता रोककर खड़ी ही गई और बोली, "कहां जाना हो रहा है?"

"काम से। रास्ता छोड़ो।"

"क्या काम है, जरा सुनूं तो?"

सतीश क्रुद्ध होकर बोला, "हट जाओ।"

सावित्री हटी नहीं। हंसकर बोली, "देखती हूं, भगवान ने आपको किसी भी गुण से वंचित नहीं किया है। इसके पहले जुर्माना भी देना पड़ चुका है।"

सतीश ने भवें टेढ़ी कीं; कुछ कहा नहीं।

सावित्री ने कहा, "यह तो आपकी बड़ी जबर्दस्ती है। कहीं काम करूं, न

करूं, यह मेरी खुशी की बात है–आप इसके लिए क्यों झगड़ा खड़ा करना चाहते हैं?''

सतीश ने कहा, ''झगड़ा करूं या न करूं, यह मेरी इच्छा की बात है, तुम रास्ता क्यों रोकती हो?''

सावित्री ने हाथ जोड़कर कहा, ''अच्छा, थोड़ा सब्र कीजिए; मैं आती हूं, तब जाइएगा।''

सतीश के लौटकर चारपाई पर बैठते ही सावित्री ने झट से दरवाजे की सांकल बाहर से चढ़ा दी और खिड़की से धीरे-धीरे कह गई कि ''शान्त हुए बिना दरवाजा न खोलूंगी — अब मैं नीचे जा रही हूं।'' इतना कहकर वह सचमुच ही नीचे चली गई। बाहर निकलने में असमर्थ हो सतीश कुछ देर चुपचाप बैठा रहा, फिर शरीर से कुर्ता निकालकर जमीन पर फेंक दिया और बिछौने पर चित लेट रहा।

विपिन के साथ सतीश का परिचय इलाहाबाद में हुआ था। कलकत्ता आने पर यह और गहरा हो गया। इधर कुछ दिनों से विपिन जब-तब उसके बासे में आया करता था और दासियों की ओर ताक-झांक करते उसने खुद भी उसे देखा था। आज सावित्री की बात से उसका वह हेतु उसके आगे बिल्कुल स्पष्ट हो गया। सतीश का मित्र और बड़ा आदमी होने के कारण इस बासे में उसकी बड़ी आव-भगत होती थी। स्वयं सतीश ने सावित्री पर यह जिम्मेदारी डाल रखी थी कि उसकी अनुपस्थिति में भी उसके स्वागत-सत्कार में कोई कमी नहीं होनी चाहिए। इस स्वागत-सत्कार का आनन्द विपिन बाबू पूरी मात्रा में चुका लेते हैं, यह समाचार भी बासे में लौटने पर जब-तब सतीश को मिला करता था। अपने मन की इस सरल उदारता की तुलना में विपिन की यह कदाकार लुब्धता आज कृतघ्नता की तरह उसके मन में चुभ गई और समस्त निमन्त्रण-आमन्त्रण, सौहार्द्र, घनिष्ठता उसके निकट विष हो गई। बाहर से वह चुपचाप पड़ा जरूर था किन्तु मर्मान्तक आक्रोश पिंजरबद्ध हिंसक पशु की भांति धीरे-धीरे उसके हृदय में इधर से उधर करवट बदल रहा था।

घण्टे-भर बाद लौटकर सावित्री खिड़की के बाहर से धीरे-धीरे बोली, ''आप गुस्सा हैं बाबू?''

सतीश ने कोई जवाब नहीं दिया।

दरवाजा खोलकर सावित्री कमरे में आ खड़ी हुई। बोली, ''भला बताइए तो कि यह कैसी जबर्दस्ती है?''

सतीश ने बिना किसी तरफ देखे पूछा, ''कैसी जबर्दस्ती?''

सावित्री बोली, "सभी अपना फायदा देखते हैं। मुझे भी अगर कहीं कोई अच्छा काम मिलता हो तो आप उसमें बाधा क्यों डालते हैं?"

सतीश ने उदास भाव से कहा, "मैं क्यों बाधा डालने लगा? तुम्हारी इच्छा हो तो जा सकती हो।"

सावित्री ने कहा, "फिर मेरे नये मालिक से मारपीट करने को तैयार हैं।"

सतीश उठकर बैठ गया, फिर बोला, "तुम क्या करतीं सावित्री! तुम्हारी चीज अगर कोई धोखा देकर ले जाए तो —"

"किन्तु मैं क्या आपकी चीज हूं?" कहकर सावित्री खिलखिलाकर हंस पड़ी।

सतीश ने लज्जित होकर कहा, "दुर! यह नही किन्तु —"

सावित्री बोली, "अब किन्तु की जरूरत नहीं — मैं वहां नहीं जाऊंगी।" सतीश का कुर्ता मिट्टी में पड़ा था, सावित्री ने उसे उठा लिया और जेब से नोटों को बाहर निकाल लिया। बक्स में तो चाबी लगी ही हुई थी; नोटों को भीतर रख चाबी अपने गुच्छे में रख ली; फिर बोली, "चाबी मेरे पास रही। रुपये की जरूरत होने पर मांग लीजिएगा।"

सतीश ने कहा, "यदि चुरा लो तो?"

इस बात पर सावित्री ने हंसते हुए आंचल में बंधे चाबी के गुच्छे को झन्नाटे के साथ अपनी पीठ पर फेंककर कहा, "मेरे चोरी करने से वह आपको तो लगेगी नहीं।"

सतीश कुछ देर तक उसके मुंह की ओर एकटक देखता रह गया। उस क्षणिक दृष्टि में उसने क्या देखा, यह तो वही जाने, पर वह चौंककर बोल उठा, "सावित्री, तुम्हारा घर किस देश में है?"

"बंगला देश में।"

"इससे ज्यादा और कुछ न बताओगी?"

"नहीं।"

"अच्छा न बताओ कि घर कहां है, पर यह तो बताओ कि जाति क्या है?"

सावित्री जरा हंसकर बोली, "उसे जानकर क्या होगा? हमारे हाथ का भोजन तो आप करेंगे नहीं।"

सतीश ने थोड़ी देर सोचकर कहा, "सम्भव तो नहीं जान पड़ता। किन्तु दृढ़तापूर्वक एकदम से 'नहीं' भी नहीं कह सकता।"

सावित्री ने अपनी दोनों बड़ी-बड़ी उज्ज्वल आंखें सतीश के मुख पर गढ़ा दीं, फिर थोड़ी ही देर बाद हंस पड़ी। किशोरों की तरह सिर हिलाकर और कण्ठ

स्वर में अनिर्वचनीय माधुर्य भरकर बोली, ''नहीं नहीं कह सकते, क्यों? भला बताइए तो?''

अकस्मात् जैसे सतीश के सिर पर भूत चढ़ गया। उसके कलेजे का रक्त नाच उठा। उसने तुरन्त प्रगाढ़ स्वर मे कहा, ''क्यों, यह तो नही जानता सावित्री, किन्तु तुम अपने हाथ से भोजन बनाकर दो तो 'खाऊंगा नही', यह कहना मेरे लिए कठिन है।''

''कठिन है? अच्छा, किसी दिन देखा जाएगा। ओः! राखाल बाबू का बिछौना-तकिया तो धूप में डालना भूल ही गई।'' इतना कहकर क्षण-भर में वह कमरे के बाहर हो गई।

''जरा एक बात तो सुनती जाओ सावित्री,'' कहते हुए सतीश ने सामने की ओर झुककर और हाथ बढ़ाकर उसके आंचल का कोना पकड़ लिया। सावित्री ने आंखों से विद्युत्वर्षा करते हुए 'छिः! आती हूं', कहकर अपने को एक झटके में मुक्त कर लिया और तेजी से आंखों की ओट हो गई।

एकाएक जैसे कोई काण्ड हो गया हो, उसका इस प्रकार डरकर भागना, दबे कण्ठ से 'आती हूं' कहना, उसकी आंखों की बिजली ने मिलकर वज्राग्नि की तरह सतीश की समस्त दुर्बुद्धि को एक क्षण में जलाकर भस्म कर दिया। कुत्सित लज्जा के धिक्कार से उसका सारा शरीर कुचले सांप की तरह सिकुड़-सिकुड़ उठा। उसके मन में आया कि इस जन्म में वह सावित्री को मुंह नहीं दिखा सकेगा; कहीं किसी काम से वह फिर न लौट आए, इस भय के मारे वह एक चादर लेकर आंधी की तरह बाहर निकल गया। जब तीन-चार सीढ़ियां उतरने को शेष रह गईं तो सतीश को ऊपर से सावित्री की आवाज सुनाई दी। वह रसोईघर से दौड़ी आकर मुंह आगे बढ़ाकर पुकार रही थी, ''बाबू, खा-पीकर बाहर घूमने जाइएगा, नहीं तो लौटने तक देर होने के कारण सब खाना खराब हो जायेगा।''

किन्तु जैसे कुछ सुना न हो, यह भाव प्रकट करता सतीश ऊर्ध्व श्वास लेता हुआ, बाहर चला गया।

दूसरे दिन सुबह जब सावित्री भोजन के बारे में पूछने आई तो सतीश ने धीरे-धीरे कहा, ''सावित्री, मन में बुरा न मानना।''

सावित्री ने विस्मय-भरे स्वर में प्रश्न किया —''मन में क्या बुरा न मानूं?''

सतीश सिर नीचा करके चुप हो रहा।

सावित्री ने मीठी हंसी हंसकर कहा —''जाने दो। मेरे पास समय नहीं है, यह बताइए कि भोजन क्या बनेगा?''

"मैं नहीं जानता; तुम्हारी जैसी मर्जी।"

"अच्छा" कहकर सावित्री चली गई; दूसरा सवाल नहीं पूछा।

दो घण्टे बाद लौट आकर बोली, "क्या बात है, बताइए। क्या आज भी 'पदमेकं न गच्छामि' वाली बात है?"

सतीश चुप्पी साधे रहा।

सावित्री ने कहा, "नौ तो बज गए हैं!"

इतना समय बीत जाने की सूचना पर भी सतीश ने जरा भी उद्वेग प्रकट न करके कहा, "बज जाने दो। मुझे कुछ अच्छा नहीं लगता।"

यह सब अन्याय, आलस्य, व्यर्थ समय नष्ट करना सावित्री सहन नहीं कर पाती थी, इसलिए कुछ दिन से वह अन्दर ही अन्दर क्रुद्ध एवं असहिष्णु होती जा रही थी। उसने रूखे स्वर में कहा, "पूछती हूं, क्या अच्छा नहीं लगता? पढ़ने जाना?"

सतीश भी मन ही मन विरक्त हो रहा था, उसने कोई जवाब नहीं दिया। उसके मुंह की ओर देखकर सावित्री यह समझ गई और कुछ देर तक मौन रहने के बाद अपने कंठ स्वर में मिठास भरकर सावित्री बोली, "लिखना-पढ़ना अच्छा नहीं लगता। अब शायद औरतों का आंचल पकड़कर धींगा-मुश्ती करना अच्छा लगता है। जाइए, आप स्कूल। व्यर्थ बासे में बैठे रहकर उपद्रव न कीजिए।"

उसके तिरस्कार में यद्यपि आन्तरिक स्नेह और एकान्त मंगलेच्छा के सिवा और कुछ नहीं था, किन्तु बातचीत के ढंग से सतीश के सर्वांग में मानो बिच्छू ने डंक मार दिया हो। देखते-देखते उसके नयन और मुख क्रोध से लाल हो गए। बोला, "देखता हूं, तुम जो भी मुंह में आया बक जाती हो। आश्रय देने और मुंह लगाने से कुत्ता भी आदमी का मुंह चाटता है।"

यह गाली-गलौज! सावित्री ने कुछ देर चुप रहकर कंठस्वर और धीमा करके कहा, "ऐसा ही होगा सतीश बाबू। न होता तो आप इतना याद क्यों न रखते कि यह भले आदमियों का डेरा है, वृन्दावन नहीं है।" इतना कहकर वह तेजी से बाहर चली गई। दुःसह विस्मय से सतीश स्तम्भित हो रहा। सावित्री उसे इस प्रकार बेध सकती है, इस बात को वह किसी प्रकार भी मन में स्थान नहीं दे पाता था। कितनी ही देर तक एक भाव में बैठे रहकर वह एकाएक उठ खड़ा हुआ और किसी तरह स्नान-भोजन करके पढ़ने जाने के छल से बाहर चला गया।

उस दिन सारे दिन उसका अपमान से घायल क्षुब्ध चित्त उसकी प्रवृत्ति को धिक्कारने लगा, और वह अपने इस अमानवीय, अद्भुत व्यवहार के पीछे छिपे तात्पर्य को समझने में जितना ही असफल होता उतनी ही यह बात उसके मन

में बार-बार उठ खड़ी होती कि उसने आंचल क्यों पकड़ा, उसे कौन-सी बात कहनी थी और सावित्री के उस प्रकार भाग न जाने पर वह उससे क्या कहता; उसका अपदस्थ क्रुद्ध अन्तःकरण बराबर इन सब कडुवे प्रश्नों को सावित्री की अपेक्षा भी अधिक निष्ठुरता के साथ दोहराने तथा इस प्रकार उसे बींधने लगा। इस प्रकार सारे दिन अपने ही अस्त्रों से अपने को क्षत-विक्षत करने के बाद दिन डूबते-डूबते गंगा के किनारे जा पहुंचा और किसी प्रकार नावों के माझियों के विनीत आक्रमण से पिण्ड छुड़ाकर निर्जीव की भांति एक शिला पर जाकर बैठ गया।

कल जब सावित्री के सामने मन की दुर्बलता एकाएक प्रकट हो जाने के कारण लज्जा के मारे वह डेरे से भाग खड़ा हुआ था, तब उस लज्जा में भी एक प्रकार की मधुरता थी, जैसे पर्दे के पीछे रहकर किसी ने उसमें सहयोग किया हो। किन्तु आज सावित्री के व्यंग्य की अग्नि में रस की अन्तिम बूंद भी सूख गई और निःसंग लज्जा बिल्कुल शुष्क और कठोर होकर उसके कलेजे को छेदने लगी। उस दिन उसके आत्मसंभ्रम ने केवल उसका सिर झुका दिया था, आज तो जैसे वह कटकर गिर गया। फिर उस पर सबसे अधिक दुःख यह लगने लगा कि इसी स्त्री के साथ उसने इतने दिनों तक न जाने कितना हंसी-मजाक किया है, उन सबका आज एक कदर्थ करना पड़ेगा। कल सुबह तक सचमुच उसके परिहास में एक रहस्य के सिवा और कोई अर्थ नहीं था, निर्जन मध्याह्न के इस असंयम के बाद तो ऐसा कहने का कोई रास्ता ही नहीं रह गया। अब तो सावित्री इस बात पर किसी तरह विश्वास न करेगी कि मेरे मन में यह आसक्ति बहुत दिनों से छिपी नहीं पड़ी थी। वह कहेगी कि इसके मन में यही था। किन्तु मेरे मन में तो कुछ नहीं था। इस सत्य को समझाकर बताने का समय और सुयोग उसे कब मिलेगा? वह सच्चरित्र नहीं है, इसकी कुछ ज्यादा शर्म उसे नहीं थी किन्तु ढोंगी होने की बदनामी वह कैसे सहन करेगा? उसने मन ही मन कहा, "यदि चोर था तो चोर की तरह सेंध लगाते समय हाथों-हाथ ही क्यों न पकड़ लिया गया? सावित्री मानो मन ही मन हंसकर कहेगी — यह साधु जटा-कमण्डल पीठ पर बांधकर और त्रिशूल लेकर सेंध लगा रहा था, सो पकड़ लिया गया।" यह बदनामी की कल्पना ही उसे जलाने लगी।

इन विचारों में बैठे-बैठे कितनी रात बीत गई, उसे इसका पता ही नहीं लगा। कभी भाटा समाप्त होने पर ज्वार का जल उसके पांव के पास पहुंच जाता, कभी कलकत्ते का अन्ध रन्ध्र गैस के प्रकाश में उज्ज्वल हो उठता, कभी सिर के ऊपर का काला आकाश नक्षत्रों से भर जाता, किन्तु इन सब बातों की उसे कोई खबर

नहीं थी। किन्तु ठंडी हवा बहने के कारण उसे ठंड लगने लगी और उस पार के टावर की घड़ी ने बारह बजाए, तब वह उठकर बासे की ओर चला। इस समय, कुछ देर के लिए, वह अपनी काल्पनिक आशंका भूल गया, किन्तु चलते-चलते बासे की दूरी ज्यों-ज्यों घटनें लगी, त्यों-त्यों, उसी अनुपात में, उसका मन फिर से छोटा होने लगा। अन्त में गली के मोड़ के पास आकर ऐसा लगने लगा कि अब आगे पांव उठते ही नहीं हैं। धीरे-धीरे किसी तरह वह बासे के दरवाजे के सामने पहुंचकर चुपचाप खड़ा हो गया। बासा निस्तब्ध है! ऐसा नहीं लगता कि कोई कहीं जग रहा है। यद्यपि वह जानता था कि इतनी रात को सावित्री निश्चय ही अपने घर लौट गई होगी, किन्तु दरवाजे पर थपकी देने या आवाज करने की हिम्मत उसकी नहीं हुई। वह डरने लगा कि कहीं वही आकर दरवाजा न खोल दे। ठीक इसी समय दरवाजा अपने-आप खुल गया। कुछ देर तक तो सतीश बोल नहीं सका, फिर बोला, "कौन, बिहारी?"

"हां, बाबू!"

"सबका खाना-पीना हो गया?"

"हो गया।"

"दासी चली गई?"

"जी, हां। मुझे यहां रहने को कहकर अभी गई है।"

सुनकर सतीश की जान में जान आई। खुश होकर उसे दरवाजा बन्द करने को कह प्रफुल्लवदन ऊपर चला गया। बिहारी आकर बोला, "बाबू, आपका खाना —"

"खाना रहने दो बिहारी — मैं खाकर आया हूं।"

बिहारी ने कहा, "आपके लिए पान, जल उसी टेबल पर रखा है।"

"अच्छा, तुम जाकर सोओ।"

बिहारी के चले जाने के बाद सतीश बिस्तरे पर पड़ गया। उसे तुरन्त नींद आ गई।

झगड़ा करते समय सावित्री का मन ठीक नहीं था। सतीश ने उसके प्रति कटूक्ति की, फिर भी बदला चुकाना उसके लिए उचित नहीं हुआ, इस अनुताप के कारण सारी दोपहरी कष्ट में बीती। इसलिए सन्ध्या के बाद किसी समय क्षमादान मांग लेने की आशा-अपेक्षा करते हुए जब सन्ध्या बीत गई तब उसकी आशा आशंका में बदलने लगी। वह जानती थी कि इस कलकत्ता महानगरी में विपिन के सिवा और कहीं जाने की जगह उसके लिए नहीं है। इसलिए सबसे पहले भय हुआ कि वह उसी के दल में मिल गया होगा। क्रमशः रात बढ़ने लगी, सतीश नहीं

आया। और कहीं जाने की बात पर मन न जमने के कारण उसका संशय अब विश्वास में परिवर्तित हो गया, तब प्रतीक्षा करना भी उसके लिए असम्भव हो उठा1 वस्तुतः उसे इसके लिए घृणा होने लगी कि ऐसे आदमी से भी क्षमा मांगने के लिए उसने प्रतीक्षा की है। इसलिए बिहारी को बैठने के लिए कहकर सावित्री बड़ी रात को घर गई। घर जाकर बिछौने पर पड़ रही; नींद नहीं आई। सारी देह एक विचित्र अस्वस्ति से सुबह होने के लिए छटपटाने लगी। घर की छोटी टाइमपीस में एक-एक करके सब घण्टे बज गए और वह जागती हुई उन्हें सुनती रही। फिर सुबह होने की प्रतीक्षा न करके उठ बैठी और कपड़े बदलकर तथा मुंह-हाथ धोकर बाहर निकल पड़ी। उसके समय रास्ते पर मारवाड़ी स्त्रियों का दल गाते हुए गंगास्नान करने जा रहा था। उनकी ओर मुंह करके सावित्री ने कहा–"मां गंगे! जाने पर मैं उन्हें अच्छा पाऊं।" कहते-कहते उसके ओष्ठाधर कांप उठे और दोनों आंखें गरम-गरम आंसुओं से भर गईं। फिर मन में कम्पित आशंका लिए तेजी से रास्ते पर चल पड़ी। उसने हजारों बार मन में दोहराया होगा कि वह अच्छे रहें। जो इच्छा हो करें, किन्तु अच्छे रहें। बासे में पहुंचकर आवाज देने पर बिहारी ने दरवाजा खोल दिया और खबर दी, "सतीश बाबू बड़ी रात गए कहीं से खा-पीकर आए थे।" वह जानता था कि उसे यह खबर तुरन्त देनी चाहिए। सावित्री ऊपर जाते-जाते रुककर खड़ी रह गई। माथे पर बल डालते हुए सवाल किया, "मैं समझती हूं, उन्होंने खाना नहीं खाया होगा?"

"नहीं, उनका खाना तो वैसे ही ढका पड़ा है।"

सावित्री सिर्फ 'हूं' करके ऊपर चली गई। उसका दुश्चिन्ताग्रस्त मन निर्भय होते ही फिर ईर्ष्या से जल उठा।

दूसरे दिन काफी दिन चढ़ने पर सतीश की नींद टूटी और नींद टूटते ही मन में आई सावित्री। ठीक उसी मौके पर अपना मेघाच्छन्न मुंह लिए हुए सावित्री आकर खड़ी हो गई। उसके मुंह की ओर एक बार देखकर सतीश ने सिर नीचा कर लिया। कुछ क्षण बाद सावित्री बोली, "यह पूछने आई हूं कि खाना क्या बनेगा?"

सतीश ने किसी ओर देखे बिना ही कहा, "रोज जो बनता है, वही बनने दो।"

'अच्छा' कहकर सावित्री चली जा रही थी कि फिर खड़ी हो गई। बोली, "क्या बाबूजी को लिखने-पढ़ने की तरह खाना भी अच्छा नहीं लगता?"

सतीश ने धीरे-धीरे कहा, "मैं खाकर आया था।" डर के मारे वह झूठ बोल गया किन्तु घृणा के कारण सावित्री ने यह भी नहीं पूछा, 'कहां?' कुछ देर चुपचाप

रहकर बोली, "आज दो दिन से आप किसलिए भागे-भागे फिर रहे हैं, जरा सुनूं तो? अगर कोई असुविधा हुई हो तो मुझे जवाब दे सकते हैं।"

सतीश ने मुंह उठाकर कहा, "तुम्हारा अपराध क्या है? फिर मैं जवाब देनेवाला कौन हूं; बासा अकेले मेरा ही तो नहीं है?"

सावित्री बोली, "लगता है, अकेले आपका होता तो जवाब दे देते। अच्छा, मैं खुद ही चली जाती हूं।"

सतीश ने उत्तर नहीं दिया; उसे मौन देख सावित्री मन-ही-मन और अधिक जलकर बोली, "मेरे जाने से आपको खुशी होगी? मैं आपके पैर पड़ती हूं सतीश बाबू! हां-ना कुछ जवाब दीजिए।"

तब भी सतीश निरुत्तर ही बना रहा, क्योंकि वह जानता था कि सावित्री इस बासे की क्या-कुछ है और उसके इस प्रकार हठात् चले जाने पर कुछ भी दबाया न जा सकेगा, और तब सारी बात एक से दूसरे, दूसरे से तीसरे मुख में होती क्या जघन्य रूप धारण कर लेगी, इसका अनुमान करके वह डर गया। कुछ देर चुप रहकर उसने मृदु स्वर में कहा, "मुझे माफ कर दो सावित्री! जितने दिन मैं यहां हूं, उतने दिन तुम कहीं न जाओ।"

और कोई समय होता तो वह तत्काल क्षमा कर देती, किन्तु इस बारे में वह शायद कोई निर्मूल संदेह अपने मन में पाले हुए थी, इसलिए इस मृदु कंठ-स्वर को छलना मानकर वह निर्दय हो उठी और उसके ही कंठ-स्वर का अनुकरण करते हुए तुरन्त बोल उठी, "इतने आडम्बर के साथ क्षमा मांगकर आप किसलिए साधु बनते हैं? मेरी जैसी नीच स्त्री का आंचल पकड़कर क्या आपने नया-नया खींचा है कि लज्जा से मरे जा रहे हैं? इससे अच्छा, तो घर चले जाइए, कलकत्ता में रहकर अपने को न बिगाड़िए। लिखना-पढ़ना आपका काम नहीं है।"

जो सतीश उग्र प्रकृति के कारण किसी को छोड़ता नहीं, चुपचाप रहकर किसी बात को सहन कर लेने का जिसका स्वभाव ही नहीं है, वही इतने बड़े अपमान की बात सुनकर भी मौन रहा। उसका अपराधी मन असह्य भार-ग्रस्त रास्ते पर गिरे पशु की भांति ऐसे निरुपाय भाव से निश्चेष्ट पड़ा था कि सावित्री बार-बार के निष्ठुर आघात से भी सिर उठाकर खड़ा न हो सका। किन्तु सावित्री के खुद चौंक पड़ी। उसकी स्पर्द्धा क्रोध की सीमा को भी पार कर गई थी; उसके शब्द खुद उसके कानों को ही खटकने लगे। वह कुछ देर चुपचाप खड़ी रही। फिर धीरे-धीरे बाहर चली गई।

तीन

आज सावित्री सारे दिन काम-काज में लगी रही परन्तु उसकी उत्कण्ठा बराबर बनी रही। सतीश यदि कल की भांति आज भी क्रोध करता या एक बात का भी उत्तर देता तो अच्छा होता। किन्तु उसने ऐसा कुछ किया नहीं। गम्भीर और उदास मुख से रोज की भांति भोजनादि करके पढ़ने चला गया और ठीक समय पर लौटकर चुपचाप कमरे में बैठ रहा। आड़ में से सावित्री इन सब बातों को देखती रही, किन्तु किसी बहाने से भी कमरे में प्रवेश करने का साहस न कर सकी। रोज शाम से पहले वह स्वयं जाकर उसके कमरे में झाड़ू लगा आती थी; आज उसने बिहारी को भेज दिया और शाम को वहीं जाकर रोशनी भी कर आया।

रोज इस समय राखाल बाबू के कमरे में चौसर का अड्डा लगता था; आज भी सब लोग बैठे। बीच-बीच में बड़ा शोरगुल उठने लगता। सामने की खुली छत पर कोई न था। सावित्री इधर-उधर देखती हुई अपना समस्त संकोच दबाकर चुपचाप पांव रखती सतीश के कमरे में आ खड़ी हुई। सतीश बिछौने पर चित पड़ा मानो छत की कड़ियां गिन रहा था; वह उठकर बैठ गया। सावित्री ने कुछ देर बाद चुप रहकर पूछा, "आपके लिए पूजा का चौका लगा दूं?"

सतीश बोला, "लगा दो!"

फिर सावित्री को चुप हो जाना पड़ा। किन्तु कुछ क्षणों के बाद वह बोल उठी, "अच्छा, बताइए कि लोग क्या कहेंगे?"

सतीश ने कुछ जवाब नहीं दिया। सावित्री बोली, "आप मुझे यहां रहने के लिए कहते हैं, परन्तु खुद यह क्या लीला कर रहे हैं?"

सतीश ने गम्भीर भाव से कहा, "मैं तो कोई लीला नहीं कर रहा हूं, सिर्फ चुप करके बैठा हूं।"

सावित्री ने कहा, "यह चुप बैठ रहना ही तो सबसे बुरा है। सब जब चुप नहीं हैं तब आपके चुप बैठ रहने से ही तो बात उठेगी?" फिर कुछ क्षण-भर स्थिर रहकर बोली, "खरोंच लगाकर घाव कर लेने की जो लोकोक्ति है, आप वही कर रहे हैं। अपराध नहीं किया, फिर भी अपराधी बने बैठे हैं। इसी को लेकर लोग कानाफूसी करेंगे, हंसी उड़ाएंगे, यह सब आपसे बर्दाश्त हो तो बर्दाश्त करें, हमसे तो बर्दाश्त नहीं होगा। मैं देखती हूं कि ऐसा होने पर मुझे बिल्कुल जाना ही पड़ेगा।"

सतीश मन-ही-मन अस्थिर होकर बोला, "क्या मैंने सचमुच कोई अपराध

नहीं किया है?"

सावित्री बोली, "नहीं। जरा अन्दर विचार करके देखने से मन का परिष्कार अपने-आप हो जाएगा। मेरे बारे में आपके समान दोष" – सावित्री और कुछ बोल न सकी। दौड़ता हुआ घोड़ा जैसे गहरे खड्डे के सामने आकर अगले दोनों पांव बढ़ाए हुए प्राणपण से अपने को रोककर खड़ा रह जाता है, ठीक उसी तरह सावित्री की चलती हुई जबान थम गई। उसके इस आकस्मिक मौन से विस्मित सतीश के मुंह उठाते ही दोनों की आंखें चार हुईं और सावित्री लाज से गड़ गई। जो यह कहने गई थी कि उसके जैसी नारी के बारे में ऐसा अपराध करने में लज्जा का कोई कारण नहीं है, उसी लज्जा से वह ऊपर से नीचे तक सिहर उठी।

सतीश भी न जाने क्या कहने जा रहा था किन्तु सावित्री ने उसे रोककर कहा, "चुप रहिए। आप भी समझिए; व्यर्थ तिल का ताड़ करके व्यथित न होइए। ओ बिहारी, जरा जल्दी बाबू की पूजा की जगह धो तो दे, मैं बहुत देर से आसन लिए खड़ी हूं।"

बिहारी किसी काम से इस ओर आ रहा था, तुरन्त जल लेने चला गया। तब सावित्री ने लांछित अभिमान के स्वर में कहा, "आपके व्यवहार के कारण से आज दो दिनों से मैं किस प्रकार अधिकाधिक चिन्तित और दुखित थी इसे आंख उठाकर आप एक बार भी देख नहीं पाए? आश्चर्य!"

उसकी इतनी शीघ्रता में कही गई बात को पूरा तरह समझने-बूझने का अवकाश सतीश को नहीं मिला, फिर भी उसके भीतर की ग्लानि धुल-सी गई।

सतीश न जाने क्या कहने जा रहा था किन्तु सावित्री ने अपनी दोनों भवें टेढ़ी कर इशारे से उसे मना कर दिया। फिर जल्दी से बोल उठी, "यह बिहारी आ गया।"

बिहारी लोटे में जल लेकर आ गया। सावित्री ने उसके हाथ से लोटा ले लिया और कमरे के एक कोने को अच्छी तरह धोकर अपने आंचल से पोंछ दिया, तब सतीश से कहा, "जाइए, हाथ-पांव धोकर कपड़ा बदलकर पूजा करने बैठिए। गंगाजली इत्यादि उस ताक पर रखी हैं।" इतना कह और हाथ से संकेत करती हुई सतीश के असह्य हृदय-भार को दूर करके सावित्री धीरे-धीरे बाहर चली गई।

सतीश ने मन लगाकर सन्ध्या-पूजा समाप्त की। फिर उठते ही देखा कि इस बीच कोई चुपचाप आकर आसन बिछा गया है और उसके लिए खाना रख गया है। यद्यपि कमरे में और कोई नहीं था किन्तु उसे निश्चित रूप से ऐसा लगा कि वह अकेला नहीं है। आसन पर बैठकर उसने धीरे-धीरे कहा, "इस समय इतना खा लूंगा तो (शाम को) और कुछ खा न सकूंगा।"

बाहर से जवाब आया, ''खाना होगा भी नहीं; शाम को तो विपिन बाबू के यहां न्यौता है।''

सतीश हंस पड़ा। बोला, ''जलाओ मत। मैं कहीं भी न जा सकूंगा।''

सावित्री आड़ में से बोली, ''यह कैसी बात है! वह तो कह गए हैं कि आप जानते हैं कि कहां जाना है और न जाने पर उनका सारा समारोह ही नष्ट हो जाएगा। गाना-बजाना —''

''हो तो हो'' — कहकर सतीश ने यह प्रसंग ही बंद कर दिया और चुपचाप खाना खाने लगा। खाना समाप्त हो जाने पर वह बिछौने के सिरहाने रोशनी रखकर भले लड़कों के समान डाक्टरी की एक किताब खोलकर चित पड़ गया। किन्तु किताब में किसी तरह से मन नहीं लगा सका। उसका दुश्चिन्ता-मुक्त मन बन्धनहीन घोड़े की तरह बिना किसी प्रयोजन के ही सर्वत्र फिरने लगा।

उस समय रसोईघर में रसोई समाप्त करके महाराज बिहारी के साथ गांजे का दम लगा रहा था और राखाल बाबू के कमरे में उत्तरोत्तर पासा फेंकने का कोलाहल बढ़ता जा रहा था।

सतीश ने पुकारा, ''सावित्री!''

सावित्री, उस समय भी चौखट के बाहर बैठी हुई थी, बोली, ''जी?''

सतीश ने कहा, ''विपिन बाबू के निमन्त्रण में जाना महापाप है। जब ऐसा समझता न था जब जरूर जाता था किन्तु समझने-बूझने पर नहीं जाऊंगा।''

सावित्री ने बाहर से ही पूछा, ''पाप कैसे?''

सतीश ने कहा, ''मैं जानता हूं कि किस जगह — उसके गाने-बजाने का आयोजन होगा। उस स्थान पर जाना भी एक पापपूर्ण कार्य है।''

''अच्छा तो है। ऐसे स्थान पर न जाइए।''

सतीश उत्तेजित होकर बोला, ''निश्चय ही न जाऊंगा। किन्तु मैं यह नहीं मानता कि वे लोग मुझे इतनी सरलता से छोड़ देंगे। इसलिए मैं तुमको पहले से ही सावधान किये दे रहा हूं कि यदि कोई बुलाने आए तो उसे लौटा देना। कह देना कि डेरे पर नहीं हैं और रात को भी नहीं लौटेंगे। समझती हो?''

सावित्री बोली, ''समझती हूं।''

सतीश ने एक कर्तव्य पूरा करके सुस्थ भाव से सांस ली और कुछ देर चुप रहकर बोला, ''कहीं से ठंडी हवा आ रही है सावित्री, खिड़कियां बन्द कर दो।''

सावित्री कमरे के अन्दर जाकर खिड़कियां बन्द करने लगी। सतीश टकटकी लगाए देखता रहा। देखते-देखते एकाएक उसका हृदय कृतज्ञता के भाव से भर

उठा। स्निग्ध स्वर में बोला, "अच्छा सावित्री, यह बताओ कि तुम अपने को नीच स्त्री क्यों कहती हो?"

सावित्री घूमकर खड़ी हो गई; बोली, "क्या सच्ची बात न कहूंगी!"

सतीश ने कहा, "यह बात किसी तरह भी सच्ची नहीं है। गले तक तुम गंगा में पैठकर कहो तब भी मैं विश्वास न करूंगा।"

सावित्री मृदु मुस्कराहट के साथ बोली, "क्यों न करेंगे?"

"यह मैं नहीं जानता। शायद इसीलिए कि उसमें सच्चाई नहीं है। नीच जैसा तुम्हारा आचरण नहीं है, बातचीत नहीं है; सूरत-शक्ल नहीं है — इतना लिखना-पढ़ना ही तुमने कहां सीखा?"

सावित्री पास ही फर्श पर बैठकर फिर हंसती हुई बोली, "भला सुनूं तो कितना लिखना-पढ़ना?"

उसी की व्याख्या करने के लिए सतीश ने पूरी किताब एक तरफ रख दी और फिर एकाएक 'हां' करके रुक गया। थोड़ी ही दूर पर बाहर तेजी से आता हुआ जूते का शब्द सुनाई पड़ा और क्षण-भर बाद ही उसके कमरे के बिल्कुल पास नशीले स्वर में जोर की आवाज सुनाई पड़ी, "सतीश बाबू!"

सतीश समझ गया कि यह विपिन का दल है और उसे ही पकड़ने आया है। और कोई बात तो सोच सका नहीं, उदास मुंह से फूंककर रोशनी बुझा दी और सो रहा। नजदीक ही फर्श पर बैठी सावित्री ने व्याकुल होकर कहा, "आपने यह क्या किया?"

दूसरे ही क्षण अंधेरे दरवाजे के सामने दो मूर्तियां आकर खड़ी हो गईं। एक ने कहा, "यही तो है सतीश बाबू का कमरा।"

दूसरे ने कहा, "बिहारी ने तो कहा था कि बाबू कमरे में ही हैं।"

पहले ने गुस्से के साथ कहा, "घर तो अंधेरा पड़ा है। भले आदमी क्या कभी शाम के वक्त घर में रहते हैं? तुम्हारा जो "

इसके जवाब में दूसरे आदमी ने अस्फुट स्वर में कोई बात कही और जेब से दियासलाई निकालकर अनिश्चित कांपते हाथ से रोशनी जलाने की चेष्टा करने लगा।

बिस्तर पर पड़े सतीश की देह का खून पानी हो गया। वह विलायती कम्बल को सिर तक ओढ़कर सो रहा और अंधेरे फर्श पर बैठी सावित्री को लज्जा और घृणा से काठ मार गया।

दियासलाई जल उठी। "अरे! इस जगह कौन बैठा है?" प्रथम व्यक्ति के कमरे में घुसकर खोज के लिए रोशनी जलाते ही सावित्री उठ खड़ी हुई।

दूसरे आदमी ने एक तरफ खड़े होकर पूछा, "सतीश बाबू कहां हैं?"

सावित्री चुपचाप बिछौने की तरफ इशारा करके बाहर चली गई। उसके चले जाते ही दोनों मतवाले अट्टहास कर उठे। उस हंसी का शब्द और अर्थ सावित्री के कानों तक जा पहुंचा और कम्बल के अन्दर पड़ा सतीश बार-बार अपनी मृत्यु की कामना करने लगा।

उन लोगों ने सतीश को खींचकर उठा दिया और उसे जबर्दस्ती पकड़ ले गए और जब तक उनकी विकट हास्य ध्वनि बासे के बाहर जाकर पूरी तरह विलीन नहीं हो गई तब तक सावित्री एक अंधेरे कोने में दीवार पर सिर रखे वज्राहत की भांति निर्जीव-सी खड़ी रही।

किन्तु बासे में किसी को कुछ भी मालूम नहीं होने पाया। रसोईघर में महाराज ने गांजे की कली खतम कर भक्त बिहारी को समझाना शुरू कर दिया कि मोक्षदान करने की कैसी अद्भुत क्षमता इस कली में है और दूसरे कमरे में राखाल बाबू की मण्डली अपने चौपड़ के खेल में ऐसी मस्त थी कि वह कुछ सुनने में असमर्थ थी।

सड़क पर पहुंचकर तीनों (सतीश और वे दोनों) एक गाड़ी पर चढ़कर बैठ गए। उन दोनों की उन्मत्त हंसी को और न सह सकने के कारण सतीश ने तीक्ष्ण स्वर में कहा, "हो सके तो आप चुप हो जाइए, न हो सके तो मुझे माफ कर दीजिए, मैं उतर जाता हूं।"

पहला आदमी 'अच्छा' कहकर भयंकर स्वर में हंस पड़ा और उसका साथी उसे धमकाकर चुप रहने को कह उससे भी अधिक जोर के साथ हंसा। इन मतवालों के साथ बात करना व्यर्थ समझ सतीश निष्फल क्रोध से बग्घी की खिड़की से रास्ते की ओर देखने लगा और चुपचाप बैठा रहा।

रात को, अंधेरे बरामदे में सावित्री चुपचाप बैठी है। लगता है, शाम की लज्जास्पद घटना पर ही मन-ही-मन विचार कर रही है। ऐसे समय बिहारी आकर खड़ा हो गया और उसे सुनाकर कहा, "मां! सबका खाना-पीना हो चुका है; रसोइया महाराज तुम्हें जलपान करने को बुला रहे हैं।"

सावित्री ने मुंह उठाकर उदास भाव से कहा, "आज मैं नहीं खाऊंगी बिहारी!"

बिहारी सावित्री के प्रति स्नेह और श्रद्धा रखता था। उसने चिन्तित होकर पूछा, "खाओगी क्यों नहीं मां? क्या तबीयत खराब है?"

"नहीं, तबीयत तो खराब नहीं है किन्तु खाने की इच्छा नहीं है। तुम खा लो बिहारी।"

बिहारी बोला, "तब चलो, तुम्हें पहुंचा आऊं।"

सावित्री बोली, "अच्छा, चलो। किन्तु एक बात है बिहारी! सतीश बाबू अभी तक लौटे नहीं हैं। तुम जागते रह सकोगे?"

बिहारी घबड़ाकर बोला, "मैं! किन्तु मुझे तो रात में —"

"तब क्या होगा बिहारी?"

बिहारी ने कुछ देर सोचकर कहा, "आज यदि तुम रसोइया महाराज को हुक्म दे दो —"

सावित्री जल्दी से बोल उठी, "वह नहीं होगा बिहारी, मैं ब्राह्मण आदमी को ठण्ड में कष्ट न दे सकूंगी।"

अनिच्छुक बिहारी थोड़ी देर चुप रहकर बोला, "अच्छा, न होगा तो मैं ही रह जाऊंगा। तब चलो, तुम्हें पहुंचा आऊं।"

सावित्री उठकर खड़ी हुई। दो-एक कदम आगे चली भी, परन्तु फिर खड़ी रह गई, बोली, "कोई जरूरत नहीं है बिहारी, तुम जाकर खा-पी लो। उसके बाद ही जाऊंगी।"

बिहारी के चले जाने पर सावित्री फिर उसी जगह आकर बैठ गई और अंधेरे आकाश की ओर देखती चुप हो रही। आज सतीश के बारे में उसे बड़ी आशंका हो रही थी। उसने खुद अपनी आंखों से देखा था कि वह नशेबाज मतवालों के हाथ में पड़ गया है। इसलिए किसी तरह उसका मन घर जाने को नहीं हो रहा था। यद्यपि, इसके पहले उसी की मूर्खता से वह बुरी तरह लांछित हो चुकी थी और उसके कारण रोष में सबेरा होते ही वह काम छोड़ देने का संकल्प कर चुकी थी किन्तु आज रात की घटना के लिए इस आदमी को मन में क्षमा न करके भी उसकी अवश्यंभावी दुर्गति का कोई उपाय किये बिना वह किसी तरह घर लौट न सकी। बिहारी के खा-पीकर लौट आने पर बोली, "तुम जाकर सो रहो बिहारी, मैं ही यहां रहूंगी।"

बिहारी आश्चर्य करते हुए बोला, "घर नहीं जाओगी?"

"बाबू को लौट आने दो। क्या उसके बाद मुझे पहुंचा न सकोगे?"

"क्यों नहीं पहुंचा सकूंगा मां? अवश्य पहुंचा सकूंगा।"

"तब यही बात तय रही! मैं यहां हूं; तुम सोने जाओ।"

बिहारी खुश होकर चला गया। सावित्री उसी स्थान पर एक कपड़ा ओढ़कर बैठी रही। वे दोनों मतवाले अपनी आंखों जो कुछ देख गए हैं, वे उसे प्रकट करेंगे ही, इसमें उसे लेशमात्र भी संशय न था; इस घटना का दूसरा कोई अर्थ ग्रहण नहीं करेगा, इसमें भी उसे सन्देह नहीं था। सावित्री जानती थी कि विपिन बाबू कैसे आदमी हैं। वह इस बात को निश्चय ही बड़े ध्यान से सुनेंगे और चूंकि

इस बासे में उनका आना-जाना है इसलिए यहां भी सबको मालूम हो ही जाएगा। उसके बाद किस मुंह से सतीश यहां एक क्षण भी ठहरेगा? इस बदनामी की शर्म वह कैसे सहन कर पायेगा? संयोगवश जो कुछ घट गया वह तो घट ही गया है; अपने सम्बन्ध से वह यहां बैठी जरूर है, किन्तु बार-बार सोच-विचार कर भी सतीश के विषय में वह कोई भी उपाय न सोच सकी।

धीरे-धीरे रात बढ़ने लगी किन्तु सतीश आता दिखाई नहीं पड़ा। निकट के किसी पड़ोसी के घर की घड़ी में टन-टन करके दो बज गए — उस निस्तब्ध रात में वह स्पष्ट सुनाई पड़ा। ठण्डी हवा खुली छत पर बहकर उसकी आंखों को निद्रालु बनाने लगी; उसकी आंखें झपने लगीं, किन्तु फिर भी वह जगती हुई बाहर के दरवाजे पर कान लगाए रही। इस प्रकार सोते-बैठे रात जब ज्यादा नहीं रह गई, तब एक गाड़ी की आवाज से चकित हो उठकर बैठ गई और सुना कि गाड़ी उसी डेरे के सामने खड़ी हुई है। सावित्री चुपचाप नीचे उतरी और दरवाजे के पास आकर सावधानी के साथ खड़ी हो गई। पीछे न जाने कौन हो, इस भय से सहसा उसे दरवाजा खोलने का साहस नहीं हुआ। विलम्ब होने लगा पर किसी ने दरवाजे पर थाप नहीं दी। जो गाड़ी आई थी, वह भी लौट गई। अकस्मात् सावित्री ने आशंका के मारे जल्दी से सांकल खोल दी। सतीश बाहर की चौखट के सहारे आंखें बन्द किए बैठा हुआ था। उसका मुंह पीला पड़ गया था। उसकी चादर और कपड़ों पर कीचड़ लग रही थी, माथे और सिर पर एक तरफ खून की रेखा थी; निकट जल रहे गैस के आलोक में यह सब देखकर सावित्री रो पड़ी थी। क्षण-भर में ही वह उसके सामने जाकर घुटनों के बल बैठ गई और दोनों हाथों से सतीश का मुख ऊपर उठाकर बोली, "बाबू, ऊपर चलिए।"

सतीश ने सिर हिलाकर कहा, "नहीं, मैं ठीक हूं।"

सावित्री ने आंखें पोंछकर पूछा, "कहीं चोट लगी है?"

"नहीं, कुछ ज्यादा नहीं।"

"यह रास्ता है; कमरे में चलिए।"

सतीश ने सिर हिलाकर कहा, "नहीं, वहां नहीं जाऊंगा। यहीं अच्छा हूं।"

सावित्री ने धमकी देकर कहा, "मैं कहती हूं, उठिए।"

धमकी सुनकर सतीश लाल-लाल विह्वल आंखों से कुछ देर उसकी ओर देखता रहा, फिर उसकी ओर दोनों हाथ बढ़ाकर कहा, "चलो।"

तब उसके कंधे का सहारा लेकर सतीश उठ खड़ा हुआ और उसका हूं आश्रय ले, बड़े ही क्लेश के साथ, बहुत धीरे-धीरे लुढ़कते-पुढ़कते अंधेरी सीढ़िय

को पारकर कमरे में आया और बिस्तर पर पड़ गया। फिर भरे गले से बोला, "सावित्री, तुम्हारा ऋण मैं किसी जन्म में भी चुका न पाऊंगा।"

सावित्री बोली, "अच्छा, आप सो जाइए।"

सतीश क्षण-भर में उठकर बैठ गया। फिर बोला, "क्या सोऊंगा? कभी नहीं।"

सावित्री ने फिर धमकी देकर कहा, "फिर वही बात?"

सतीश लेट गया। सावित्री उठी और रोशनी नजदीक ले आकर उसने घाव की परीक्षा की; फिर उसे धोकर पट्टी बांधी, तब पूछा, "कहां गिर गए?"

सतीश ने सिर झुकाकर कहा, "नहीं, गिरा तो नहीं।"

सावित्री सजल कण्ठ से बोली, "और किसी दिन यदि आपने शराब पी तो मैं आपके पांवों में सिर पटककर मर जाऊंगी।"

सतीश ने तुरन्त कहा, "अब किसी दिन नहीं पीऊंगा।"

"मुझे छूकर कसम खाओ।" इतना कहकर सावित्री ने अपना दाहिना हाथ बढ़ा दिया।

उसके पानी में भीगे ठण्डे हाथ को अपने दोनों हाथों में लेकर सतीश बोला, "कसम खाता हूं।"

सावित्री ने हाथ खींचकर कहा, "याद रहेगा?"

"न रहने पर तुम याद दिला देना।"

"अच्छा, आप लेटिए, मैं आती हूं" — कहकर सावित्री चुपचाप सावधानी के साथ किवाड़ बन्द करके बाहर आ खड़ी हुई। सामने ही शुक्र तारा दप-दप करके जल रहा था। उसी ओर देखकर सावित्री ने हाथ जोड़ रोते-रोते कहा, "प्रभु! तुम साक्षी रहो।"

रात का अंधेरा तब मिटकर स्वच्छ होता जा रहा था। उसे भेदकर रास्ते पर बैलगाड़ी का शब्द तथा उस मुहल्ले की मैदा-चक्की की सीटी सुनाई पड़ने लगी। सावित्री तेजी से नीचे उतर गई और रसोईघर के एक कोने में कपड़े से मुंह ढककर सो रही और थोड़ी ही देर में उसकी निद्रा-कातर आंखें नींद की गोद में मुंद गईं।

चार

दस से ज्यादा बज गए थे। किसी प्रकार स्नान-पूजा इत्यादि कृत्य समाप्त

कर दिवाकर रसोईघर के सामने जा खड़ा हुआ और आवाज दी, "महाराज! जल्दी से खाना परोस दीजिए; बड़ी देर हो गई है।"

दिवाकर की आवाज सुनकर पास के भण्डार से बड़ी ममेरी बहन महेश्वरी ने बाहर आकर कहा, "अरे दिवू! मैं तो मेरे ही लिए प्रतीक्षा कर रही थी। एक बार ऊपर जाकर जरा ठाकुर की पूजा तो कर दे। वहां सब तैयारी कर दी है। मेरे अच्छे भैया, जाओ तो।"

महेश्वरी इस घर की पुरखिन तथा गृहिणी है। चार वर्ष से विधवा हो बाप के घर रहती है।

दिवाकर स्तम्भित रह गया। क्षण-भर चुप रहकर बोला, "मैं न कर सकूंगा दीदी! वैसा करने पर मेरे कालेज का पहला घण्टा आज भी खराब हो जाएगा।"

महेश्वरी हंसकर बोली, "तेरा पहला घण्टा नष्ट हो जाने के भय से क्या ठाकुर की पूजा न होगी रे?"

दिवाकर ने पूछा, "भट्टाचार्य महाशय कहां हैं? उनको क्या हुआ?"

महेश्वरी ने कहा, "वह तो पिता के साथ चौसर खेलने बैठे हैं। वह कब उठेंगे, इसका कोई ठिकाना है?"

दिवाकर ने कहा, "दीदी! मंझले भैया से कहो न। आज उनकी कचहरी बन्द है।"

महेश्वरी बोली, "धीरेन की तबीयत कल से ही अच्छी नहीं है। वह स्नान नहीं करेगा — तब पूजा कैसे करेगा?"

"तब छोटे भैया से कहो। वह बारह के बाद अदालत जाते हैं; अभी उनको जाने में काफी देर है।"

महेश्वरी विरक्त होकर बोली, "तू यह सब क्या तर्क करता है दिवा, उसका कोई ठिकाना नहीं। कल रात उपेन थियेटर देखने गया था, अभी तक सोकर उठा नहीं है। इतना दिन चढ़ गया, मुंह भी नहीं धोया, चाय भी नहीं पी। रात में जगने के कारण भला उसका शरीर अच्छा होगा? इसके अलावा उसने किसी दिन पूजा की भी है कि आज ही पूजा करने जाएगा?"

उधर महाराज खाना देने में इधर-उधर कर रहा था। दिवाकर ने कहा, "किसी-न-किसी काम से एक-न-एक विघ्न रोज ऐसा आ जाता है कि हमारी पढ़ाई का पहला घण्टा खराब हो जाता है — मैं परीक्षा कैसे दूंगा?"

महेश्वरी क्रोध से भरती जा रही थी; बोली, "परीक्षा न देने पर तो काम चल सकता है, किन्तु ठाकुर की पूजा हुए बिना काम नहीं चल सकता। खड़े

होकर तुम्हारे साथ बहस करने का समय मेरे पास नहीं है — और भी काम हैं।"

महाराज ने पुकारकर कहा, "दिवा बाबू, मैं खाना लिए खड़ा हूं! आइए न जल्दी?"

महेश्वरी उस पर बिगड़ पड़ी, "महाराज! तुम्हें कोई अक्ल नहीं है। मैं उसे पूजा करने भेज रही हूं और तुम अपनी ही हांक लगाए जा रहे हो। भोजन उठा लो — पूजा करके आने पर देना।" इतना कहकर वह भण्डारगृह में फिर चली गई।

दिवाकर कुछ देर तक स्तब्ध खड़ा रहा, फिर धीरे-धीरे ऊपर चला गया। वहां पूजा की सब सामग्री रखी थी। घर में ही नारायण की मूर्ति थी। उनकी नित्य पूजा के लिए एक पुरोहित नियुक्त था। वह इसी घर में था, किन्तु मालिक शिवप्रसाद की तरह उसे भी चौसर खेलने का बड़ा शौक था। शिवप्रसाद ने कुछ ही दिन हुए सरकारी नौकरी से पेंशन ले ली थी। और अपने घर आकर रह रहे थे। सुबह चाय-पान के बाद पुरोहित महाशय को पुकारा जाता था। "भूतो! जरा एक बार भट्टाचार्य महाशय को तो पुकार। जरा एक बाजी हो तो जाए।" बाद में एक बाजी दो बाजी में बदल जाती और दिन चढ़ जाता — पुरोहित को पूजा करने का अवसर ही न मिलता। इससे पहले पूजा के लिए ताकीद करके महेश्वरी नौकर भेजती किन्तु 'उठता हूं, उठता हूं' कहने पर भी उठना होता नहीं था — पूजा का समय बीत जाता, किसी को ख्याल ही न होता। अब तो पिता की तबीयत ठीक नहीं रहती, इसलिए खेल में ही मन लगा रहे, इस विचार से महेश्वरी अब पुरोहित को बुलाती ही नहीं; इस-उस को अर्थात् दिवाकर को फंसाकर रोज पूजा करा लेती थीं।

दिवाकर को सबेरे चाय पीने का न तो अभ्यास था, न उसके लिए अवकाश ही था। रोज ही सुबह नौकर के साथ उसे बाजार जाना पड़ता। आज बाजार से लौटकर किसी प्रकार नित्य कर्म करके वह भोजन करने आया था।

दिवाकर पूजा करने तो गया किन्तु आसन पर बैठकर सोचने लगा, दूसरे के घर रहने का सुख यही है! यद्यपि होश संभालने के साथ ही वह इस पराये घर में रहता आ रहा है और इसके अनेक कष्ट सहने की आदत भी उसे पड़ गई है किन्तु मनुष्य की जो चीज किसी भी दुःख से नहीं मरती, वह भविष्य की आशा आज चोट खाकर उसके हृदय के अन्दर सिर उठाकर खड़ी हो गई। गुस्से के मारे उसका सारा शरीर फुंका जा रहा था; उसने सिंहासन के ऊपर से ठाकुरजी को उठा लिया और ताम्रकुण्ड में फेंक दिया। फिर बिना मन्त्र पढ़े ही उन पर

जल डालकर रख दिया। फूल रखे, तुलसी-पत्र चढ़ाए, घंटा बजाया, मतलब सब काम अभ्यास के अनुसार होने लगा किन्तु विद्वेष की ज्वाला में जलती हुई जिह्वा से एक भी मन्त्र नहीं निकला।

इस प्रकार पूजा का तमाशा पूरा करके जब वह उठ खड़ा हुआ तब उसके मन में आया कि यह तो बिल्कुल पूजा हुई ही नहीं। फिर से उसे बैठकर पूजा करनी चाहिए या नहीं, ऐसी दुविधा भी एक बार उसके मन में उठी, किन्तु उसी के साथ याद आया कि उसके कालेज का पहला घण्टा समाप्त ही होने वाला है। इसलिए वह और किसी तरफ न देख सीढ़ी से नीचे उतर गया। वह सीधे बाहर जा रहा था कि भण्डार से महेश्वरी ने देखा और बुलाकर कहा, "खाए बिना जा रहा है क्या रे?"

"नहीं, अब समय नहीं है।"

महेश्वरी बोली, "तब कालेज से जरा जल्दी लौट आना।"

दिवाकर कुछ जवाब दिए बिना ही चला गया। वह अपने बाहर बने छोटे-से कमरे में आकर जब कपड़ा पहिन रहा था तो उसकी आंखों में आंसू भर आए।

समने के बैठकखाने में तब भी चौसर का शोर मच रहा था। एकाएक दरवाजे के पास कोई आवाज सुन दिवाकर ने पीछे फिरकर देखा कि नौकरानी खड़ी है। तुरन्त कपड़े से आंख पोंछकर पूछा, "क्या है?"

नौकरानी ने कहा, "छोटी बहू-मां आपको बुला रही हैं।"

"आता हूं; तुम जाओ।"

नौकरानी के चले जाने पर छोटी टाइमपीस (घड़ी) की ओर देखते हुए क्षण-भर इधर-उधर करके बायें हाथ की किताबें उसने टेबल पर रख दीं और कपड़े से एक बार अच्छी तरह आंखें पोंछकर अन्दर चला गया।

दिवाकर को बुलाने भेजकर सुरबाला अपने कमरे के सामने ही खड़ी उसकी राह देख रही थी। दिवाकर ने पास आकर पूछा, "क्या है?"

सुरबाला दिवाकर के सामने नहीं बोलती, ओट देकर बात करती है। सिर के घूंघट को और आगे खींचते हुए बोली, "जरा अन्दर आओ।" कह इतना कमरे में जाकर इशारे से दिखा दिया — फर्श पर आसन लगा हुआ है। एक कटोरे में दूध और रकाबी में दो-चार सन्देश रखे हैं। उधर दिखाकर बोली, "खाकर तब स्कूल जाओ।"

दिवाकर कुछ भी न कहकर खाने बैठ गया।

पास ही शैय्या पर उसके छोटे भैया उपेन्द्रनाथ तब भी निद्रित की भांति पड़े हुए थे। दिवाकर के खा-पीकर चले जाते ही सिर उठाकर पत्नी को बुलाया और

कहा, "यह फिर क्या हुआ?"

सुरबाला खाने की जगह को धो-पोंछ रही थी। उसने चौंककर पूछा, "क्या तुम जग रहे थे?"

"दो घण्टे से। क्या ग्यारह बजे तक भी कोई आदमी सो सकता है?"

सुरबाला ने हंसकर कहा, "तुम सब कर सकते हो। ऐसा न होता तो क्या कोई आदमी ग्यारह बजे तक इस तरह पड़ा रह सकता है?"

उपेन्द्र ने कहा, "सब नहीं रह सकते, किन्तु मैं रह सकता हूं। इसका कारण यह है कि सोये रहने के जैसी अच्छी चीज मैं संसार में दूसरी नहीं देखता। जो भी हो, दिवाकर"

सुरबाला बोली, "देवरजी गुस्से में बिना खाए कालेज जा रहे थे, इसीलिए मैंने उन्हें बुलवा भेजा था।"

"गुस्से के कारण?"

सुरबाला ने कहा, "गुस्सा ठीक ही था। उस बेचारे को सुबह पढ़ने का अवसर ही नहीं मिलता — बाजार जाना होगा, लौट आने पर पूजा करनी होगी। किसी-किसी दिन तो ग्यारह-बारह बज जाते हैं। भला सोचो तो कि कब वह खाए, और कब पढ़ने जाए?"

"मैं ठीक समझ नहीं पाया। क्या भट्टाचार्य महोदय ज्वरग्रस्त हैं?"

सुरबाला ने कहा, "ज्वर क्यों होने लगा? बाबूजी के साथ चौसर पर बैठे हैं। फिर उनका भी क्या अपराध है? बाबूजी के बुलाए जाने पर वह 'नहीं' कैसे कह सकते हैं?"

उपेन्द्र बोला, "हां, वह तो नहीं कर सकते, किन्तु पहले क्या वह नौकर के साथ बाजार नहीं जाते थे?"

सुरबाला ने कहा, "सिर्फ चन्द दिन शौक के मारे गये थे, नहीं तो बराबर देवरजी को ही जाना पड़ता है।"

'हूं' कहकर उपेन्द्र के करवट बदलने की चेष्टा करते ही सुरबाला भयग्रस्त स्वर में बोली, "क्या अब भी करवट बदलते रहोगे?"

उपेन्द्र चुपचाप और भी पांच मिनट तक पड़े रहे, फिर उठ बैठे और बिना कुछ कहे बाहर चले गए।

उस दिन ठाकुरजी की पूजा नहीं हुई, यह बात सोचते-सोचते दिवाकर उदास मुंह से धीरे-धीरे कालेज जा रहा था। घर में इतनी बातें हो गईं, पर वह सिर्फ यही सोच रहा था कि ठाकुरजी की पूजा तो हुई नहीं। अनेक दिन अनेक प्रकार की असुविधाएं सहकर भी वह इस काम में लापरवाही नहीं करता था। वैसा करने

की भावना भी किसी दिन उसके मन में नहीं आई। खासतौर से इसलिए भी वह आज की बात याद कर पीड़ा का अनुभव करने लगा। यद्यपि वह दलीलों से बार-बार मन को सान्त्वना दे रहा था कि भगवान् किसी एक ही स्थान पर बंधे हुए नहीं हैं, इसलिए एक जगह भोग न लग सकने पर सभी दूसरी जगह तो लगता ही है। फिर भी अपने अभुक्त गृहदेवता नित्य पूजा और भोग से वंचित होकर क्रुद्धमुख सिंहासन पर बैठे रह गए तो उनकी प्रतिहिंसा के भय से उसके मन में कोई भी तर्क पैठ नहीं रहा था।

कालेज पहुंचकर सुना — प्रोफेसर के बीमार पड़ जाने के कारण पहले घण्टे का क्लास लगा ही नहीं। यह सुनकर दिवाकर को खुशी हुई। परीक्षा निकट आ रही है, यह कहकर छात्रगण हाजरी के हिसाब के लिए कालेज के क्लर्क को परेशान कर रहे थे। आज जब और दूसरे-दूसरे छात्र इसी उद्देश्य से आफिस की ओर जाने की चेष्टा कर रहे थे तब दिवाकर भी पहुंच गया। किन्तु आफिस के सामने पहुंचकर ठाकुरजी की पूजा न करने की बात याद आते ही वह ठिठक गया।

एक ने पूछा, "रुक क्यों गए?"

दिवाकर ने संक्षेप में ही उत्तर दिया, "आज रहने दो।"

"रहने क्यों दें? आओ न, आज ही देख लें।"

"नहीं, रहने दो।" कहकर वह लौट गया। हाजरी के बारे में उसके मन में बहुत सन्देह था; उस सन्देह की मीमांसा करने का साहस आज के दिन उसे किसी प्रकार नहीं हुआ।

खाकर न आने पर भी उसे घर लौटने की कोई जल्दी न थी। नाना कारणों से आज उसे भूख भी न थी। छुट्टी के बाद कालेज के फाटक के समीप आकर उसने देखा — उसके बी.ए. क्लास के छात्रों का दल दूर खड़ा बहस और शोरगुल कर रहा है। दिवाकर दूसरी तरफ मुंह करके खिसक गया और जो रास्ता सीधे गंगाजी की तरफ जाता था, उसी पर चल पड़ा। टूटा-फूटा घाट मृत कंकाल की भांति पड़ा हुआ था। स्थान-स्थान पर ईंटों के भग्न स्तूप सिर्फ इतनी बात बताते थे, और कुछ नहीं कि एक दिन इसकी देह थी, रूप था, प्राण था। कब, किसने इस घाट को बंधवाया था, कौन आकर यहां बैठते थे, कौन लोग स्नान करते थे, इसका आज कहीं कोई साक्ष्य विद्यमान नहीं है। शीतकाल की क्षीण गंगा उसके एक भाग को छूती समुद्र की ओर बही चली जा रही थी। उसी के एक हिस्से में बालुकामय संकरे रास्ते से होकर दिवाकर घाट पर आकर खड़ा हो गया। एक छोटे ईंट के स्तूप पर जूते खोलकर रख दिए; कपड़े उतारकर उससे किताबें दबा

दीं। उसके बाद जल में उतरकर हाथ-मुंह धोया और सिर पर गंगाजल के छींटे मारकर भूखे गृहदेवता को याद किया। पहले सीखे हुए सब मन्त्र सावधानी के साथ दोहराए और गंगाजल का आचमन लेकर प्रणाम करके जब उठ खड़ा हुआ तब उसके हृदय को मथने वाली उन भावनाओं में बहुत कमी हो गई थी। कपड़े और जूते पहिनकर, किताबें लेकर जब वह वहां से चला गया, तब भी दिन शेष था। तब भी हिन्दुस्तानी स्त्रियां घाट के एकान्त में बैठकर सिर को मिट्टी से धो रही थीं।

पांच

सुरबाला के पिता ने ठेकेदारी के काम में विपुल धन कमाया था। अब वह बक्सर में मकान बनवाकर रह रहे थे। उनकी दो लड़कियां थीं — सुरबाला बड़ी, शची छोटी। अभी तक उसका विवाह नहीं हुआ था; वह बाप के घर बक्सर में ही थी।

बाप के घर में सुरबाला के बुलाने का नाम था पशुराज। यह नाम रखा था उसके बाबा ने। मुहल्ले के कुत्ते-बिल्ली, विलायती चूहे, पशु-पक्षी प्राय: सौ से अधिक जीव उसके आश्रय में पल और फल-फूल रहे थे। उनमें से किसी को किसी दिन वह ममता-वश विदा नहीं कर पाती थी; अब भी वे शची की छाया में निर्विघ्न हैं। सुरबाला के नाम का यह हाल महेश्वरी जानती थी और उसी के द्वारा यहां भी उसका यह नाम प्रचलित हो गया था। जो बड़े थे, वे संक्षेप में पशु कहकर बुलाते थे। नौकर-नौकरानियां भी पशु बहू-मालकिन या छोटी बहू-मालकिन के नाम से बुलाया करती थीं।

बहुत रात गए सब काम निपटाकर जब सुरबाला कमरे में आई तो उपेन्द्र ने कहा, "पशु, तुम्हारे पिताजी ने शची के लिए कोई वर ढूंढ़ने को फिर से ताकीद करते हुए चिट्ठी लिखी है। तुम्हें मालूम है कि शची तुमसे कितनी छोटी है?"

सुरबाला बोली, "यह तो नहीं जानती। मेरे बाद एक भाई हुआ था किन्तु वह बचपन में ही मर गया; उसके बाद की यह शची है। इसलिए मुझसे वह प्राय: छ:-सात साल छोटी होगी।"

"इस हिसाब से तो उसकी उम्र बारह-तेरह होगी?"

"तो इससे क्या हुआ? रोगी होने के कारण उसे इतने दिनों से रोक रखा है। मेरे जैसी बढ़ने वाली देह होती तो बड़ी आफत होती।"

उपेन्द्र ने हंसकर कहा, ''आफत की क्या बात? तुम्हारे बाप के पास पैसे की कमी तो है नहीं। उस चीज (मुद्रा) के होने पर और सब चीजें सुलभ हो जाती हैं। तुम्हारी बार मैंने जैसी शीघ्रता की थी, वैसी शीघ्रता करने वाले लोग संसार में कम नहीं हैं।''

सुरबाला बोल उठी, ''तुम क्या पिताजी का धन देखकर आए थे?''

''ना कहने से तुम्हारे मन में मेरी प्रतिष्ठा बढ़ जाएगी, किन्तु झूठी बात कैसे कहूं?''

''किन्तु तुम्हारी बात झूठी है।''

''झूठी कैसे?''

''झूठी है, इसलिए झूठी है। तुम कभी-कभी ऐसा कह तो बैठते हो किन्तु तुम पिंताजी के धन पर हर्गिज नहीं गए थे। पिताजी के पास मुद्रा होती या न होती, तुम्हें तो जाना ही था। मैं जिस भी स्थान पर जिस भी घर में पैदा होती, मुझे लाने के लिए तुम्हें वहीं जाना पड़ता, समझते हो?''

उपेन्द्र गंभीर भाव धारण करके बोले, ''कुछ-कुछ समझ रहा हूं। किन्तु मान लो तुम कायस्थ के घर जन्मती तो?''

सुरबाला ने खिल-खिलाकर हंसते हुए कहा, ''तुम्हें हो क्या गया है। भला ब्राह्मण के घर की लड़की कभी कायस्थ के घर जन्म ले सकती है? इसी बुद्धि से वकालत करते हो?''

उपेन्द्र और भी ज्यादा गम्भीर होकर बोले, ''यही तो बात है। तभी तो वकालत नहीं चलती?''

सुरबाला ने अपनी बात पर व्यथित होकर, तुरन्त सान्त्वना-भरे स्वर में कहा, ''क्यों नहीं चलेगी? खूब चलेगी। बस, इतना ही तो होगा कि कुछ देर होगी। किन्तु मैं कहती हूं, तुम्हें इसकी जरूरत ही क्या है?'' फिर हंसकर बोली, ''बारह बजे से चार बजे तक मेरे सामने हाजिर रहा करो तो मैं तुम्हें पांच सौ रुपया महीना दे सकती हूं। पिताजी मुझे हर माह ढाई सौ भेजते हैं, ढाई सौ और मंगवा लिया करूंगी।''

उपेन्द्र ने कहा, ''वह तो हुआ, किन्तु यह तो बताओ, मुझे करना क्या होगा? क्या बारह बजे से लेकर चार बजे तक तुम्हारे सामने खड़ा रहना होगा?''

सुरबाला ने कहा, ''हां! और जब खड़े न रह सको, तो बैठ भी सकते हो।''

''और बैठ भी न रह सकने पर न हो तो सोओ। क्यों, क्या कहती हो?''

सुरबाला ने ओठ दबाकर मुस्कराते हुए कहा, ''नहीं, सो नहीं सकोगे। बैठ

न सकने पर फिर खड़ा होना होगा। हाकिम के सामने बे-अदबी करने पर तुम पर जुर्माना लगेगा।''

''जुर्माना न दे सकने पर?''

''बन्दी बनकर रहना होगा। चार बजे के बाद भी बाहर न जा सकोगे। समझे?''

उपेन्द्र ने सिर झुकाकर कहा, ''समझता हूं। हाकिम कड़ा है। चाकरी बनी रहे तो गनीमत समझो।''

सुरबाला ने अपनी कोमल भुजाओं में पति के कंठ को भरते हुए कहा, ''नहीं जी, हाकिम कड़ा नहीं है, तुम्हारी नौकरी बनी रहेगी। एक दिन परीक्षा लेकर देखो तो।'' फिर थोड़ी देर में ही अपने को मुक्त करके सुरबाला ने प्रश्न किया, ''पिताजी की चिट्ठी का जवाब क्या दोगे?''

उपेन्द्र ने कहा, ''खोजने-ढूंढ़ने की जरूरत नहीं, वर स्वयं ही हाजिर हो जाएगा — बस यही जवाब दूंगा।''

''छि:! क्या बात करते हो? उनके साथ क्या मजाक चल सकता है?''

''तब क्या तुम इतनी देर तक मेरे साथ मजाक कर रही थीं?''

सुरबाला कुछ उदास होकर बोली, 'मैं मजाक़ नहीं करती, किन्तु पिताजी को ऐसी बात लिखने की जरूरत नहीं। मुझे सचमुच विश्वास है कि शची के लिए लड़का ठीक हो चुका है और उसे छोड़ दूसरा कोई रास्ता भी नहीं है किन्तु तुम्हारे मुंह से वह बात सुनकर पिताजी नाराज होंगे।''

उपेन्द्र ने हंसकर कहा, ''सचमुच शची के लिए लड़का तय हो चुका है। उसे मैं भी जानता हूं और तुम भी जानती हो।''

सुरबाला ने उत्सुक होकर पूछा, ''कौन, बताओ न?''

उपेन्द्र ने हंसकर कहा, ''अभी नहीं। सब ठीक-ठाक करके तब तुम्हें बताऊंगा।''

सुरबाला कुछ देर तक चुप रहकर बोली, ''अच्छा। किन्तु एक बात तुम जान रखो — शची में एक दोष है, उस दोष को छिपाकर लड़का ठीक करना उचित नहीं है। उसका परिणाम अच्छा न होगा।''

उपेन्द्र ने उद्विग्न होकर पूछा, ''क्या दोष है?''

सुरबाला ने कहा, ''बताती हूं। पिताजी की इच्छा इस दोष को छिपा रखने की जान पड़ती है। ऐसा न होता तो वह खुद ही तुमको बताते। शची देखने-सुनने, लिखने-पढ़ने में अच्छी है, यह भी ठीक है कि पिताजी के पास पैसा है किन्तु क्या तुमने शची को ध्यान से अच्छी तरह देखा नहीं है?''

उपेन्द्र ने कहा, ''देखा तो है किन्तु अच्छी तरह देखने का साहस —''

"तुम्हारे पैर पड़ती हूं। पहले मेरी बात सुनो, इसके बाद जो खुशी हो कहना। तुम तो जानते ही हो कि शची बचपन से ही रोगिणी रही है। दो-तीन बार भयंकर बीमारियों से मरते-मरते बची है। एक बार बीमारी में उसका बायां पांव फूलकर पक गया। डाक्टर ने आपरेशन करके उसे बचा तो लिया किन्तु उसका पांव फिर सीधा न हो सका। तब से वह कुछ लंगड़ाकर चलती है। डाक्टर ने कहा है कि बड़ी होने पर ठीक हो सकता है किन्तु इस आश्वासन पर विश्वास कर ब्याह करने को कौन तैयार होगा? जो सचमुच अच्छा लड़का है उसे लड़की भी अच्छी चाहिए — जान-सुनकर वह शची जैसी लड़की से ब्याह नहीं करेगा। और जो सिर्फ धन के लोभ से तैयार हो जाएगा वह तो कैसा होगा!"

उपेन्द्र ने स्थिर होकर सुना, फिर कहा, "मैंने तो शची को अनेक बार देखा है, किन्तु किसी दिन लंगड़ाकर चलते नहीं देखा।"

सुरबाला ने मधुर मुस्कराहट के साथ कहा, "पुरुष लोग क्या चीज देख पाते हैं! किन्तु स्त्रियों की आंखों को धोखा नहीं दिया जा सकता — वे क्षण-भर में दोष पकड़ लेंगी।"

उपेन्द्र बोले, "किन्तु उसका विवाह तो स्त्रियों के साथ नहीं होगा कि उनकी आंखों का भय करना पड़े!"

"कैसी बात करते हो! धोखा देकर विवाह करने की इच्छा होने पर तो कानी लड़की का भी ब्याह कराया जा सकता है, किन्तु बाद में क्या होगा?"

उपेन्द्र कुछ सोचने लगे थे, इसलिए उन्होंने कोई जवाब नहीं दिया। सुरबाला फिर से बोली, "पिछली दुर्गापूजा के समय हमारे बक्सर के घर में ठीक ऐसी ही बात हुई थी। बुआजी तथा मां दोनों ने कहा था कि ब्याह से पहले इन सब आलोचनाओं की जरूरत नहीं। ब्याह हो जाने पर सिर्फ जमाई बाबू को बता देना होगा।"

उपेन्द्र ने कहा, "ठीक तो है।"

"मैं कहती हूं, यह ठीक नहीं है। मैं यह कहती हूं कि सास और ननद को छोड़ सिर्फ जमाई को लेकर काम चलता नहीं। जो शची का स्वामी होगा वह तो उसे प्यार करेगा ही किन्तु इस तुच्छ खोट पर यदि शुरू में ही उनकी द्वेषपूर्ण आंख पड़ गई तो किसी दिन सुखपूर्वक घर-गृहस्थी न चला पाएगी।"

उपेन्द्र बोले, "चला पाएगी। क्योंकि दिवाकर तुम्हारी बहिन को दुखी न कर सकेगा; तुम या दीदी कोई शची का तिरस्कार न करेंगी।"

बात सुनकर सुरबाला अवाक् हो गई। बहुत देर तक स्थिर भाव से बैठी रहकर बोली, "तब क्या देवरजी के साथ विवाह होगा?"

उपेन्द्र बोले — "हां!"

"किन्तु पिताजी तो तैयार न होंगे।"

"क्यों?"

"उनके मां-बाप नहीं, घर-द्वार नहीं — कुछ भी तो नहीं है।"

उपेन्द्र ने संक्षेप में कहा, "सब हैं, क्योंकि मैं तो हूं।"

सुरबाला ने कहा, "फिर भी पिताजी राजी न होंगे।"

उपेन्द्र कड़े होकर बोले, "और तुम भी न होगी, शायद असली बात यही है।"

सुरबाला चुप हो गई।

उपेन्द्र थोड़ी देर तक चुप रहने के बाद, एकाएक दूसरी तरफ करवट लेकर बड़े ही नीरस स्वर में बोले, "अच्छा, रात ज्यादा हो गई है, अब सो जाओ।"

उस रात बड़ी देर तक सुरबाला जगती रही। जब उसे पूरा यकीन हो गया कि स्वामी निर्विघ्न निद्रा में मग्न हैं तब उसकी दोनों आंखों में एकाएक गरम-गरम आंसू भर आए। स्वामी के असीम स्नेह में उसे जरा भी सन्देह नहीं था किन्तु वह रोते-रोते यह सोचने लगी कि इन सात-आठ वर्षों के घनिष्ठ मिलन के बाद भी वह अपने पति के हृदय की ठीक-ठीक थाह न पा सकी। शुरू-शुरू में कितनी ही बार उसके मन में आया है कि इस खामखयाल आदमी के मिजाज का कुछ भी ठीक नहीं। कब, किस लिए वह क्रोधित हो पड़ेंगे, इसे जानने या समझने का कोई उपाय नहीं है, किन्तु बाद के दिनों में पूछताछ कर वह इतना जरूर समझ पाई कि उन्हें अच्छी तरह समझ लेने की क्षमता उसमें कभी आए या न आए, उनका कोई काम या बात अहेतुक या अनिश्चित प्रकृति वाले लोगों के समान नहीं है। विशेषतः इसी कारण दुर्बोध स्वामी के विषय में उसके भय या चिन्ता का पार नहीं है। खोंच लगाने पर वह जब-तब यही दुःख करती कि यदि भगवान ने उसके अदृष्ट को इस प्रकार अच्छा बनाया तो उसी अदृष्ट को मानकर चलने की बुद्धि उसे क्यों नहीं दी? आज भी जितना ही वह मन-ही-मन इस बात की आलोचना करने और भीतर-ही-भीतर उसका कारण खोजने लगी, उतना ही अपना कोई दोष न पा वह हताश होती जाने लगी। बहिन के विषय में बहिन की स्वाभाविक आशंका किस कारण से दोषपूर्ण हैं, यह बात वह किसी तरह समझ न सकी।

बाहर शीतकाल की लम्बी अंधेरी रात स्तब्ध पड़ी थी और उसी की माप करता हुआ सरकारी कार्यालय का घण्टा एक के बाद एक बजने लगा।

छः

दूसरे दिन दोपहर के बाद जब महेश्वरी भोजन करने बैठी तो उपेन्द्र आकर पास ही फर्श पर बैठ गए। महेश्वरी ने उधर देखकर कहा, ''मंझली बहू! उपेन के लिए एक आसन डाल दो।''

उपेन्द्र ने कहा, ''आसन रहने दो दीदी!'' तुमसे एक बात पूछने आया हूं।''

सुनते ही महेश्वरी उनके मुंह की ओर देखने लगी।

उपेन्द्र ने कहा, ''ससुरजी की एक जरूरी चिट्ठी शची के लिए लड़का ठीक करने को परसों आई है। तुम उन लोगों के विषय में जितना जानती हो, उतना कोई दूसरा नहीं जानता। इसीलिए पूछता हूं कि क्या शची की देह में कोई दोष है?''

महेश्वरी के पति ने स्वास्थ्य बिगड़ जाने पर अन्त में चार-पांच साल बक्सर में रहकर प्रैक्टिस की थी। वहां रहते समय सुरबाला के पिता का ही एक मकान भाड़े पर लेकर रहे थे। आस-पास रहने के कारण दोनों परिवारों में बड़ी घनिष्ठता हो गई थी। सुरबाला के साथ विवाह का निश्चय महेश्वरी ने ही किया था। महेश्वरी ने कुछ देर उपेन्द्र के मुंह की ओर देखकर कहा, ''पशु क्या कहती है?''

''वह कहती है कि शची जरा लंगड़ी है।''

महेश्वरी कुछ हंसकर बोली, ''लंगड़ी नहीं है। बचपन में आपरेशन होने से उसका बायां पांव कुछ टेढ़ा पड़ता था। मैं समझती हूं, कि इतने दिनों बाद वह ठीक हो गया है।''

''और कोई दोष तो नहीं है?''

''नहीं।''

''सुनता हूं, ससुरजी के पास अगाध सम्पत्ति है — तुम क्या सोचती हो दीदी?''

''मैं भी तो वही सोचती हूं।''

तब उपेन्द्र और भी पास सरक आए; स्वर को और धीमा करके कहा, ''तब तुमसे एक बात कहता हूं दीदी। जब ये दोनों बहिनें ही भविष्य में इस समस्त सम्पत्ति की मालिक होंगी तब इस विषय को हाथ से बाहर चले जाने देना तो कोई सुबुद्धि की बात नहीं होगी।''

महेश्वरी हंसती हुई बोली, ''सो तो नहीं होगी, किन्तु सुनूं भी तो कि उपाय

क्या है?" इतना कहकर फिर हंस पड़ी।

उपेन्द्र ने भी हंसकर कहा, "हंसो मत दीदी। इसीलिए पशु को भी यह बात नहीं बताई है। मैं दिवाकर की बात सोच रहा हूं।"

सुनते ही महेश्वरी का मुंह काला पड़ गया। वह दिवाकर को देख नहीं सकती थी। तीक्ष्ण दृष्टि उपेन्द्र ने इसे समझते हुए भी कहा, "क्या कहती हो दीदी?"

महेश्वरी सिर झुकाए चिन्ता की मुद्रा में भात सान रही थी। मुंह ऊपर उठाकर हंसी को खींच लाकर बोली, "अच्छा तो है।"

उपेन्द्र ने कहा, "सिर्फ अच्छा होने से ही तो काम चलेगा नहीं दीदी! यह तो तुम्हारा काम है। पशु का विवाह तुमने ही किया था; अब वह कहती है कि उसके समान सौभाग्यवती सभी हों। मेरा विश्वास है कि तुम जिसमें हाथ लगा दोगी वही सोना हो जाएगा।"

महेश्वरी ने चिन्तित मुद्रा से कहा, "किन्तु शची में एक दोष तो है न?"

उपेन्द्र ने कहा, "है तभी तो तुमसे हाथ लगाने को कहता हूं। तुम्हारे पुण्य से वह पूर्णतः दोषरहित हो जाएगी।"

उपेन्द्र की बातों से महेश्वरी का हृदय धीरे-धीरे पसीजता जा रहा था। वह बोली, "उपेन्द्र, दिवाकर का मिजाज मैं समझ नहीं पाई। घर में रहकर भी मानो वह घर को छोड़े हुए है। इसीलिए डर लगता है कि कहीं बाद में इस दोष को लेकर कोई बड़ा झगड़ा-टंटा न खड़ा हो जाय। फिर एक और बात भी है — दिवाकर क्या राजी होगा?"

"क्यों न होगा दीदी! इस संसार में उसका अपना कहने योग्य कुछ भी नहीं है। जिसके लिए कहीं सिर छिपाकर खड़ा होने की भी जगह नहीं है, उसके लिए ऐसी सुविधा का त्याग करना पागलपन ही नहीं, पाप है।"

महेश्वरी हंसने लगीं। बोलीं, "उपेन! क्या यह तेरी वकालत की बात है कि सिर्फ मोवक्किल की मुद्रा पर ही आंखें जम जाएं और सब ओर से ही दृष्टि हटा ली जाय? पसन्दगी-नापसन्दगी भी तो कोई चीज है।"

उपेन्द्र बोला, "हो तो हो दीदी! जिन्हें उसको लेकर जोड़-तोड़ लगानी हो, वह लगाएं किन्तु हम उस मण्डली में शामिल होना नहीं चाहते। फिर जिसे शची जैसी लड़की पसन्द न हो, उसका तो ब्याह करना ही व्यर्थ है।"

उपेन्द्र की व्यग्रता देख महेश्वरी को कुतूहल हुआ। बोली, "जान पड़ता है, आज वह कालेज नहीं गया है; एक बार पूछकर देखो न कि उसकी राय क्या है। शायद वह तुम्हारे ही कमरे में हैं।"

"अच्छा, यहीं है? वहां कौन है रे, भूतो? जरा दिवाकर बाबू को आवाज

तो दे दे, कहना दीदी तुम्हें बुला रही हैं।''

थोड़ी देर बाद ही दिवाकर ने कमरे में प्रवेश किया। उसके आते ही उपेन्द्र बोल उठे, ''तुम्हारे विवाह मैंने ठीक कर लिया है दिवा! परीक्षा खत्म होते ही दिन का निश्चय हो जाएगा। दीदी! पुरोहित महोदय को पंचांग देखने के लिए कह दो और पिताजी से भी पूछकर एक बार उनकी राय भी जान लेना। यह जानकर उनको बड़ी खुशी होगी कि तुम्हारा ब्याह शची के साथ हो रहा है। तुझे तो 'हां' भर करना है रे। तेरी छोटी भौजाई की छोटी बहिन शची — उसे तूने देखा नहीं है? देखा है? शची को देखने की जरूरत भी नहीं है। मैंने तो पहले ही दीदी से बोल दिया था कि उसकी जैसी लड़की जिसे पसन्द न हो, फिर उसे विवाह ही करना ठीक नहीं। बचपन में बायें पांव में आपरेशन होने से उस पांव से जरा लंगड़ाती है। यह बात मैंने दीदी को कह दी है कि उसमें यह खोट, यह त्रुटि है और दिवाकर आत्मीय होकर भी यदि उसकी मार्जना न कर सके तो दूसरा कौन करेगा? इसके अलावा छोटे-मोटे दोषों को लेकर बखेड़ा खड़ा करना तो उच्च शिक्षा की निशानी नहीं है; वह तो नीचता है; इस जगत् में कोई भी सर्वथा निर्दोष नहीं है, इसलिए उस आशा में बैठे रहना तो पागलपन है; दिवाकर इसे समझता है। और तुम्हें क्या बताऊं दीदी, दिवाकर के साथ शची का विवाह होने की बात सुनकर सुरबाला के आनन्द की तो सीमा नहीं रहेगी। ओह लगता है, तुम्हारा समय खराब हो रहा है? तब इस समय जाता हूं, मैं भी ससुर जी को एक चिट्ठी लिख दूं।'' इतना कहकर उपेन्द्र उठ पड़े और महेश्वरी को आंख से इशारा करके वहां से चले गए।

महेश्वरी मुंह झुकाए खाना खाने लगी और दिवाकर स्तंभित होकर खड़ा रह गया। प्रबल तूफान जैसे खर-पत्ते और धूलिकणों को उड़ा ले जाता है, उपेन्द्र उसी प्रकार बाधा-विघ्न, उज्र-आपत्ति अपनी इच्छा के अनुसार उड़ा ले गए; दोनों आदमी निस्तब्ध होकर यही सोचने लगे। जब बहुत देर तक भी कोई बात नहीं उठी, तब दिवाकर ने धीरे-धीरे कहा, ''दीदी, यह सब क्या है?''

महेश्वरी ने मुंह उठाए बिना ही कहा, ''सब कुछ तो तुमने सुन लिया।''

दिवाकर ने सवाल किया, ''इतनी जल्दी किसलिए है?''

महेश्वरी बोली, ''शची की ब्याह की अवस्था बीती जा रही है। और अगला सारा साल इसके लिए ठीक नहीं है।''

इसके बाद दिवाकर के दिमाग में कोई और बात नहीं आई किन्तु उसे यह याद आ गया कि उपेन्द्र इस समय पत्र लिख रहे होंगे और जरा ही देर में वह जरूरी पत्र लेकर नौकर उसे डाकघर में छोड़ने चला जाएगा। उसने जीवन में निश्चय

कर रखा था कि वह कभी विवाह न करेगा। वह संकल्प एक ही झटके में टूटा जा रहा है, यह बात मन में आते ही वह चंचल हो गया और उपेन्द्र के कमरे की ओर चला गया। उसके कमरे में प्रवेश करते ही सुरबाला अपने अप्रसन्न मुख पर माथे का आंचल खींचकर अलमारी के पास खिसक गई। उपेन्द्र टेबल के पास कागज-कलम लेकर बैठे थे; उन्होंने मुंह उठाकर पूछा, "अब क्या बात हुई?"

दिवाकर जो कुछ कहने आया था, उस पर ठीक तरह से विचार करने का समय भी उसे नहीं मिला था, और उधर आंचल का कुछ हिस्सा अलमारी की ओट से दिखाई पड़ रहा था, इसलिए वह चुपचाप खड़ा रहा।

उपेन्द्र ने कहा, "क्या है रे?"

दिवाकर ने कुछ न कहकर अलमारी की ओर नजर डाली।

उपेन्द्र ने वह इशारा देखकर भी नहीं देखा। बोले, "मेरे पास ज्यादा समय नहीं है दिवा —"

दिवाकर कुछ और पास खिसक आया और मृदु स्वर में बोला, "इतनी जल्दी क्यों है?"

उपेन्द्र बोले, "नहीं, जल्दबाजी तो नहीं है। अब भी प्राय: दो महीने का समय है, तुम्हारी परीक्षा हो जाने पर —"

"तब आज ही चिट्ठी लिखने की आवश्यकता क्या है? कुछ दिन बाद लिखने से भी तो काम चल सकता है।"

"चल सकता है; किन्तु बताओ कुछ दिन बाद लिखने से तुम्हें क्या सुविधा होगी?"

दिवाकर ने धीरे-धीरे कहा, "विचार कर लेना उचित है।"

उपेन्द्र बोले, "इसमें उचित होने की क्या बात है? तुम विवाह पर विचार करो और मैं तुम्हारी परीक्षा की भावना पर विचार करूंगा।"

"किन्तु इस प्रकार जिम्मेदारी लेने के पूर्व —"

"विज्ञ लोगों की भांति कुछ बोलना जरूरी है? अच्छा, इस कुर्सी पर बैठ जाओ। जरा बताओ कि क्या विचार करना चाहते हो?"

दिवाकर निरुत्तर बैठा रहा।

उपेन्द्र बोला, "देखो दिवाकर, चाहे कोई बात हो, उसका अन्त तक विचार करके देख लेना मनुष्य के बस की बात नहीं है। कोई चाहे कितना ही विलक्षण विद्वान हो, अन्तिम परिणाम उसे भगवान् के ही हाथ में सौंप देना होगा। तब पहिले से जितने अंश पर विचार किया जा सकता है, उसके लिए तो आध घण्टा से ज्यादा समय लगता नहीं; तब तुम कुछ दिन का समय क्यों चाहते हो?"

दिवाकर ने मुंह उठाकर कहा, "क्या सभी लोग इतनी जल्दी सोच सकते हैं?"

"सोच सकते हैं, किन्तु इतना याद रखना चाहिए कि अस्त-व्यस्त भावनाओं का तो अन्त है नहीं और उनकी मीमांसा भी नहीं की जा सकती। दो-चार दिन क्या, दो-चार बरस में कोई निश्चय नहीं हो सकता। तब इस बारे में मोटी-मोटी जो बात लोग सोचते हैं वह इतनी ही है कि स्त्री का प्रतिपालन करने का भार उठा सकेंगे या नहीं। किन्तु शची के साथ विवाह करने पर इस बात की चिन्ता तो तुमको किसी दिन भी करनी न होगी। दूसरी बात होती है—पसन्दगी या नापसन्दगी की। निश्चय ही इसकी मीमांसा किसी के लिए दूसरा कोई व्यक्ति नहीं कर सकता। क्या तू इसी के बारे में सोच रहा है?"

शची के रूप के प्रति इस संकेत से दिवाकर बड़ा लज्जित हो उठा; जल्दी से बोला, "नहीं, बिल्कुल नहीं।"

"ऐसा हो भी तो अच्छा ही है। क्योंकि यह बात भीतर से चाहे जितनी भी निस्सार हो, उसका एक बाह्य आडम्बर तो रहता ही है। पहले ही रूप की बात उठ खड़ी होती है और वह मनुष्य को अन्दर-बाहर से इतना चंचल कर देती है कि बस उसकी श्रेष्ठता या मन्दता का बड़ी सावधानी से निरूपण करना ही मुख्य प्रश्न बन जाता है। परन्तु वस्तुत: तो इसमें कुछ भी नहीं है। जिस चीज को न पाने पर लोग जीवन-भर हाय-हाय करते हैं, वह तो पर्दे के पीछे ही रह जाती है। पसन्द करने की जो सार-सामग्री है, जिस चीज को न पाने पर सारी गृहस्थी विफल हो जाती है, उस पर तो मनुष्य का कुछ वश चलता नहीं और लोग बिना परीक्षा और विचार किए ही उसे भगवान की दुहाई देकर ग्रहण कर लेते हैं और जिसमें कुछ नहीं है, दो-चार दिन नष्ट करने की भी जरूरत नहीं और आंख से देखते ही जिसका दोष-गुण पकड़ में आ जाता है, उसकी परीक्षा का कोई अन्त नहीं। दिवाकर, यदि तू साढ़े पन्द्रह आना आंख बन्द करके ग्रहण कर सकता है तो शेष दो पैसे के लिए गुरुजनों के प्रति अबाध्य होकर विद्रोह मत करना, बल्कि मैं आशीर्वाद देता हूं कि तुम्हारा भविष्य उज्ज्वल से उज्ज्वलतर हो; किसी दिन यह बात न भूलना कि रूप ही मनुष्य का सब कुछ नहीं है, न तो मात्र सौन्दर्य-चर्चा ही विवाह का उद्देश्य है।"

दिवाकर सिर नीचा किए निरुत्तर हो रहा। उपेन्द्र भी बहुत देर तक चुप रहने के बाद अन्त में बोले, "इस समय तू जा।"

दिवाकर ने सिर झुकाए हुए धीरे-धीरे कहा, "इस ओर मेरी कोई रुचि नहीं

है छोटे भैया! आप मुझे माफ कर दें। फिर वह तो बड़े आदमी की लड़की है।''

अकस्मात् ऐसा उत्तर सुनकर उपेन्द्र क्षण-भर के लिए सन्न रह गए। वह अल्पभाषी दिवाकर की बात की गम्भीरता को समझते हैं। किन्तु किसी विषय में असफल हो जाना उनके स्वभाव में नहीं है। सामने रखा कागज-कलम एक तरफ हटाकर बोले, ''रुचि नहीं है! हो सकता है, वह न हो किन्तु बड़े आदमी की लड़की होने में अपराध क्या है, बताओ तो?''

दिवाकर ने कहा, ''अपराध नहीं है, किन्तु मैं तो दरिद्र हूं।''

उपेन्द्र ने कहा, ''इसका मतलब इतना ही तो है कि गरीब के घर की लड़की तुम्हारा जितना सम्मान, श्रद्धा या भक्ति करेगी, धनवान की लड़की उस प्रकार नहीं कर पाएगी? क्रिन्तु मैं पूछता हूं कि स्त्री के सम्मान और भक्ति की कितनी धारणा तुम्हें है? निश्चय ही, यदि निठल्ले होकर बैठे रहना है और विवाह नहीं करना है तो वह एक अलग बात है किन्तु बिल्कुल निर्मूल और असंगत दोष का भार किसी के कन्धे पर डालकर अपनी दरिद्रता की जिम्मेदारी खुद पर लेना नहीं चाहते। हम लोगों का पुराण-इतिहास तो पढ़ा है? उसमें सीता, सावित्री इत्यादि सतियों-साध्वियों का उल्लेख है; वे राव-राजाओं के घरों की लड़कियां होकर भी किसी दरिद्र घर की लड़की से गुण में कम नहीं थीं। बड़े आदमियों के घरों की लड़कियों के विषय में जो एक प्रवाद चल पड़ा है, उसे बिना विचारे मान लेने का तो कोई कारण मुझे दिखाई नहीं देता।''

दिवाकर के सिवा भी एक और श्रोता बड़े ध्यान से, आड़ में रहकर ये बातें सुन रहा था; उसके आंचल की ओर आंख पड़ते ही उपेन्द्र बोल उठे, ''बड़े आदमी के घर की एक और लड़की इस घर में मौजूद है; यदि उसका आधा भी रूप-गुण लेकर शची आयी तो संसार का कोई भी पति उसे अपना भाग्य ही समझेगा।'' थोड़ी देर चुप रहकर फिर बोले, ''तुमने यही तो कहा था कि रुचि नहीं है? बचपन में पाठशाला जाने में भी तो तुम्हारी रुचि नहीं देखी। धर्म-कर्म में भी किसी-किसी को रुचि नहीं होती; किसी-किसी को जन्मभूमि के ही प्रति अत्यन्त अरुचि होती है, किन्तु क्या इसी कारण इस प्रकार की रुचियों को प्रश्रय देना होगा?''

इसी समय हठात् अलमारी के पीछे चूड़ी की झंकार से चकित हो दिवाकर उठ खड़ा हुआ और क्षण-भर में ही उसने क्या तय किया, यह वही जाने; सुरबाला के पास आकर बोला, ''तुम्हें यदि इससे सुख हो भाभी, तो मैं छोटे भैया को चिट्ठी लिखने को कह दूं?''

सुरबाला तन्मय होकर स्वामी की बात सुन रही थी और एक अनिर्वचनीय शान्ति और तृप्ति की लहर उठकर उसकी समस्त इच्छा, समस्त कामना और समस्त स्वतन्त्रता को बहा ले जाकर स्वामी की इच्छा के चरण तल में बार-बार समर्पित कर रही थी। वह कुछ भी तय नहीं कर पायी किन्तु आंचल से आंखें पोंछकर स्वामी को सुनाकर स्थिर चित्त से कहा, "वह कभी झूठी बात नहीं कहते। मैं कहती हूं देवरजी, तुम्हारा भला ही होगा और मैं भी अत्यन्त सुखी होऊंगी।"

दिवाकर ने क्षण-भर उपेन्द्र के मुंह की ओर ताककर देखा। खुली खिड़की से थोड़ी-सी रोशनी उनके मुंह पर आकर पड़ रही थी। उस मुख पर उद्वेग नहीं है, दुश्चिन्ता का कोई चिह्न नहीं है — उसे वह अत्यन्त पवित्र और मंगलमय प्रतीत हुआ।

दिवाकर ने कहा, "आपको जो ठीक लगे, कीजिए। मेरा समय खराब हो रहा है, मैं जाता हूं"— इतना कहकर धीरे-धीरे बाहर चला गया। उसके चले जाने पर सुरबाला आकर सामने के मोढ़े पर बैठ गई और अपनी दोनों सजल आंखें स्वामी के मुंह पर लगाकर बोली, "तुम मुझे भी माफ कर दो। मैंने गलत समझा था; तुम जो कुछ करना चाहते हो, उससे शची का भला ही होगा।" उपेन्द्र चिट्ठी पूरी करने में लगे थे; उन्होंने मुंह उठाकर हंसते हुए कहा, "अच्छा!"

सात

उसके बाद से दिवाकर सिर्फ अपने विवाह की बात सोचने लगा। शची कैसी है, वह क्या सोचती है, क्या पढ़ती-लिखती है; उसके साथ विवाह होने पर वह कैसा व्यवहार करेगी — यही सब। रात की पढ़ाई-लिखाई में बहुत विघ्न आने लगा। आज तो उसका मन मतवाला हो उठा था और मतवाला आदमी जैसे अपनी कल्पना की अधिकता के कारण स्पष्ट विचार नहीं कर सकता, उसी प्रकार वह भी स्पष्ट कुछ प्राप्त न कर सकने पर आकाश-कुसुम गूंथता हुआ इधर-उधर फिरने लगा; कोई भी काम नहीं कर सका।

परीक्षा का भय जब-जब चाबुक की तरह आघात करके उसे लाकर पढ़ने पर बैठाता, तब-तब वह ऊबकर फिर किसी प्रकार की स्वप्नरचना में लग जाता। बहुत देर तक इस विद्रोही मन के पीछे-पीछे दौड़ने के बाद, कुछ भी न कर सकने पर दिवाकर अनुताप करने लगा कि उसका समय व्यर्थ चला जा रहा है। किन्तु यह कैसा अभूतपूर्व परिवर्तन है ! किस नशे ने उसे अकस्मात् इस तरह मतवाला

कर दिया है, इसके कारण की खोज करते हुए उसे जो बात याद आई, अत्यन्त लज्जा के साथ दिवाकर ने उसका प्रतिवाद करते हुए दृढ़तापूर्वक यह बात कही कि उसके प्रति तो उसकी पूर्ण अनिच्छा और वितृष्णा है। यदि किसी गुरुजन के मन एवं मान की रक्षा करनी ही है तो वह उसे नितान्त उदासीनता के साथ करेगा। यह कहकर दूने जोर के साथ बड़े उच्च स्वर में पढ़ना शुरू कर दिया। किन्तु आज मन को संयम में रखना मुश्किल हो रहा है। वह जिस खेल को बीच में ही छोड़कर उठ आया था, जिस आकाश-कुसुमों की अधगुंथी माला को फेंककर जबर्दस्ती पढ़ने और याद करने बैठा था, उसे ही पूरा करने का अवसर प्रतिक्षण खोजता फिरने लगा। इसके अलावा कल्पना की वसन्ती वायु उसकी देह को स्पर्श कर गई थी। वह स्पर्श कैसा मधुर है! उसके चारों ओर जो सौन्दर्य-सृष्टि चल रही है, वह कितनी सुन्दर है! सूर्य की दिशा में मुख उठाकर आंखें बन्द कर लेने पर भी जिस तरह प्रकाश का संचरण तरह-तरह के रंगों में अनुभव होता है, वैसे ही पढ़ने की एकान्त चेष्टा के बीच भी अस्पष्ट माधुरी की चाशनी उसके समस्त देह में धीरे-धीरे फैल गई। उसका कण्ठ-स्वर मन्द हो गया, फिर मन्द से मन्दतर होने लगा, दृष्टि क्षीण से क्षीणतर होती जाने लगी और इस सारी धर-पकड़, तर्क-वितर्क के बीच हठात् एकबार वह स्वयं ही इस नूतन खेल में मतवाला हो उठा। उसकी आंखों के सामने असंख्य रोशनियां जल उठीं; कानों में अगणित वाद्य घनघनाने लगे और मन के अन्दर किसी विवाह का विराट् समारोह होने लगा; और उसी समारोह के केन्द्र स्थान में वह अपनी वर वेश में कल्पना कर बैठा और रोमांचित हो उठा उसके बाद अभी तक उसने जो कुछ सुना था, जो कुछ देखा था, वह सब छायाचित्रों की मालिका की भांति मन में विचित्र रंग धारण कर असम्भव तेजी के साथ घूमता हुआ चला गया। वह कहीं भी स्थिर नहीं हो पाया, कुछ भी ठीक तरह से हृदयंगम नहीं कर पाया, केवल विस्मय-भरे पुलक के साथ स्वप्नावशिष्ट की तरह स्तब्ध होकर बैठा रह गया।

आठ

विपिन के निमन्त्रण से लौटकर दूसरे दिन आकण्ठ प्यास लिए सतीश जब नींद से उठकर बिछौने पर बैठा तब दस बज रहे थे। उसका कमरा तब भी बन्द था। आज सुबह से ही निर्मेघ आकाश में धूप बहुत ज्यादा तेज हो उठी थी और

उसकी प्रबल गर्मी में सब खिड़कियां-दरवाजे जल रहे थे। इस बन्द कमरे के अन्दर वह किस प्रकार असह्य हो उठी है, उसकी कुछ टोह इतनी देर तक खुद न पाने पर भी उसका सारा शरीर गवाही दे रहा है। सारा बिछौना पसीने से भीग गया है और समस्त आन्तरिक इन्द्रियां जल के अभाव में उन्मत्त की भांति हाहाकार कर रही हैं। ऐसा देह-मन लेकर सतीश भगवान के नए दिन के बीच होश में उठ बैठा और परेशान हो सिरहाने की खिड़की खोल दी जिसके कारण धूप की झलक ने उसके मुंह और शरीर पर फैलकर मानो क्षण-भर में ही उसे जला दिया।

सारी रात बेहोशी में बिताकर दस बजे दिन में नींद टूटने की ग्लानि नशेबाज ही जानता है। इस ग्लानि को पचाकर सतीश 'बिहारी बिहारी' पुकारने लगा। बिहारी दौड़कर आ उपस्थित हुआ।

सतीश बोला, "जल्दी से एक गिलास पानी तो ला रे?"

बिहारी ने पूछा, "क्या तम्बाकू (हुक्का) न लाऊं?"

"नहीं, पानी ला।"

"नहायेंगे नहीं?"

"अभी नहीं, तू पानी ले आ।"

फिर भी बिहारी गया नहीं, कहा, "पूजा —"

पूजा के इशारे पर सतीश आग हो उठा और धमकाकर बोला, "पाजी, बकवादी! तुझे इतनी पूछताछ से क्या? बस, जाकर पानी ला।"

धमकी खाकर बिहारी नीचे पानी लेने चला गया। रसोईघर के बरामदे में बैठकर सावित्री सुपारी काट रही थी; उसने मुस्कराकर पूछा, "सतीश बाबू ने हुक्का-तमाखू मंगाया है?"

बिहारी ने मुंह लटकाकर कहा, "नहीं, जल चाहिए।"

"स्नान किया नहीं, संध्या-पूजा की नहीं, जल क्या होगा?"

बिहारी विरक्त होकर बोला, "मैं क्या जानूं? हुक्म हुआ है — जल चाहिए, लिए जाता हूं।"

सावित्री सरौता रखकर उठ खड़ी हुई और बोली, "अच्छा, मैं ही लिए जाती हूं — तुम जरा बर्फ तो खरीद लाओ।"

बिहारी पैसा लेकर बर्फ लेने चला गया।

सावित्री ऊपर जाकर बोली, "जाइए, स्नान कर आइए। तब तक मैं संध्या-पूजा की व्यवस्था किए देती हूं।"

सतीश मन-ही-मन बहुत खीझकर बोला, "बिहारी कहां है?"

सावित्री ने हंसी दबाकर कहा, "वह बर्फ लेने गया है। बाबू, अपराध करके

अपने को दण्ड देना अच्छी ही बात है — इससे प्रायश्चित्त हो जाता है। आप क्या किसी दिन संध्या-पूजा किए बिना जल ग्रहण करते हैं कि आज जल के लिए इतना हंगामा मचा रहे हैं? जाइए, देर न कीजिए।"

सावित्री के आगे प्रतिवाद करना निरर्थक समझ सतीश उठ खड़ा हुआ और तौलिया कन्धे पर रखकर स्नान करने नीचे चला गया।

भोजन कर चुकने के बाद सतीश को फिर सोने की तैयारी करते देख सावित्री दरवाजे के बाहर आ खड़ी हुई। जैसे उसे देखा ही न हो, ऐसा भाव प्रकट करके सतीश दीवार की ओर मुंह फिराकर सो रहा।

सावित्री मन-ही-मन हंसकर बोली, "रात वाली बात बाबू को याद है या नहीं, यही जानने आई हूं।"

सतीश ने कोई जवाब नहीं दिया।

सावित्री ने कहा, "तब नींद टूटने पर दया करके एक बार आवाज देकर बुला लीजिएगा; उन बातों को एक बार याद करा जाऊंगी।"

इतना कहकर वह किवाड़ बन्द करके चली गई।

पिछली रात की सारी घटना सतीश के लिए याद रखना सम्भव भी न था, और वह याद भी न थी। विपिन बाबू की मजलिस से कब और किस प्रकार वह लौटा, किसके साथ लौटा था, लौटने पर क्या किया — ये सब बातें उसके मन में गड्ड-मड्ड और अस्पष्ट हो गई थीं। स्पष्ट करने की इच्छा उसमें बिल्कुल नहीं थी; ऐसी बात तो नहीं किन्तु एक अनिर्दिष्ट लज्जा की आशंका उसे उस तरफ किसी प्रकार बढ़ने नहीं दे रही थी। बस, उसे अपनी सांध्यकीर्ति की ही याद थी और वह अब तक उसके मेघाच्छन्न स्मृति के आकाश में शुक्रतारा की तरह जल रही थी, किन्तु उससे भी अधिक ज्योतिर्मय दुष्ट ग्रह उस मेघ की आड़ में मौजूद है, सावित्री के उस ओर अंगुली उठाकर इशारा करते ही उसकी आंख की नींद मरुभूमि की भाप की तरह उड़ गई। पिछली संध्या को हतबुद्धि होकर दीपक बुझाने के परिणामस्वरूप वह अन्त तक किस तरह खड़ा रह सकेगा, उसके बारे में उसके मन में काफी उत्कण्ठा थी; फिर भी उसमें सचमुच तो कोई दोष नहीं था, हां दुर्भाग्य की बात जरूर थी, यह समझकर वह सान्त्वना पा रहा था और दोष-अपराध सचमुच न करने के अन्दर जो एक बल छिपा हुआ था, वह अज्ञात रूप से भी उसे आश्रय दे रहा था, किन्तु सावित्री इस समय जो कुछ कह गई है और अन्धकार के बीच जो राह दिखा गई है, उस पर चलने का साहस उसमें कहां है? उसे नशे में मतवाला होने की याद है, किन्तु बेहोश हो जाने का ज्ञान उसे कैसे हो सकता था? वह किस तरह अनुमान करेगा कि उसने क्या किया,

क्या नहीं किया। कितने ही मतवालों को कितने ही प्रकार के काण्ड करते उसने अपनी आंखों से ही देखा था, तब अब अपनी बारी अपने किस काम को वह असम्भव कहकर दूर कर देने का साहस करेगा? यह सम्भव-असम्भव की समस्या उसके लिए जितनी ही जटिल होती जाने लगी, उसका पीड़ित चित्त सम्भव-असम्भव के बीच रेखा खींचने के लिए उतना ही तड़पने लगा। उसके सिर में आग जल उठी और वह फिर उठकर बैठ गया तथा जीवन-भर शराब न छूने की प्रतिज्ञा का एक बार उच्चांरण करके उसने प्रायश्चित्त कर लिया।

खिड़की खोलकर सतीश ने पुकारा, "बिहारी!"

बिहारी राखाल बाबू का बिस्तरा धूप में फैला रहा था; पुकार सुनकर पास आ खड़ा हुआ।

सतीश बोला, "अच्छा, जो कर रहा है, कर और सावित्री से एक गिलास जल लाने को कह दे।"

बिहारी बोला, "मैं ही ला देता हूं बाबू, इस समय वह पूजा कर रही हैं।"

सतीश ने आश्चर्य करते हुए पूछा, "पूजा कर रही है रे?"

"जी, वह तो रोज ही करती हैं। एकादशी को एक बूंद जल भी नहीं लेतीं। हम लोग बहुत कहते हैं बाबू, पर वह मछली भी नहीं खातीं; रात को भोजन भी नहीं करतीं।— वह भद्रवर्ग की हैं न?"

सतीश और भी आश्चर्यान्वित होकर बोला, "भद्रवर्ग की है रे ?"

"हां, भाई भद्रवर्ग की।" कहकर बिहारी जल लेने चला जा रहा था कि सतीश ने पुकारकर कहा, "सावित्री रात को यदि भोजन नहीं करती तो क्या खाती है ?"

"और क्या खाएंगी बाबू! रहने पर किसी दिन कुछ पानी-वानी पी लेती हैं, नहीं रहता तो कुछ नहीं खातीं।"

"डेरे में और कोई इस बात को जानता है ?"

बिहारी ने कहा, "रसोइया महाराज जानता है, मैं जानता हूं, और कोई नहीं जानता। उन्होंने बताने को मना कर रखा है।"

सतीश ने कहा, "अच्छा, तू पानी ले आ।"

बिहारी के दो-एक कदम बढ़ते ही सतीश ने फिर पुकारा, "अच्छा बिहारी— "

"जी, हुक्म ?"

"तूने कैसे जाना कि वह भद्रवर्ग की है ?"

"इसमें जानना क्या है बाबू! भद्रवर्ग की लड़की दुर्भाग्य के चक्कर में—"

"अच्छा। अच्छा, तू जा जल ले आ।"

बिहारी के चले जाने पर सतीश बिछौने पर चित लेट गया। सावित्री को साधारण दासियों के बीच मिलाने में उसे कहीं कुछ व्यथा होती थी क्योंकि जो मन अपनी हीनता और गुप्त लांछना के दबाव पर चुपचाप सिर झुका लेता था वही उसे किसी तरह पकड़ न पाता था। आज बिहारी के मुंह से इतना परिचय पाकर उसे आनन्दमय आश्चर्य ही नहीं हुआ, उसका समस्त मन किसी अपरिचित के क्लेदाक्त बाहुपाश से अकस्मात छूटकर पवित्र हो गया। उसने बिहारी की बात को पूर्ण सत्य मानकर ग्रहण करने में एक क्षण की भी दुविधा नहीं की।

जल आने में विलम्ब होने लगा। किसी कारण से देर होती होगी, यह सोचकर कुछ देर तक वह चुप रहा। तब भी बिहारी दिखाई नहीं पड़ा। प्यास के मारे उसे क्लेश होने लगा। फिर से बिहारी को आवाज देने के लिए उठते ही देखा कि जल का गिलास हाथ में लिए सावित्री चली आ रही है। इस आचारपरायण अभागिनी नारी को आज उसने नई दृष्टि से देखा और उस क्षण-भर के दृष्टिपात में ही उसके हृदय का कोना-कोना करुणा और श्रद्धा से परिपूर्ण हो उठा। वह हाथ से जल का गिलास लेकर पूरा पी गया और खाली गिलास नीचे रखकर बोला, "बहुत-सी बातें करनी हैं।"

सावित्री चुप होकर ताकती रही।

सतीश बोला, "पहली बात तो यह है कि मुझे माफ कर देना होगा।"

सावित्री ने शान्त स्वर में पूछा, "और दूसरी बात?"

सतीश ने कहा, "कल मैं कब, किस तरह आया, यह बताना होगा।"

सावित्री ने कहा, "अन्तिम रात में गाड़ी करके आये।"

"उसके बाद?"

"रास्ते पर ही सोने की चेष्टा कर रहे थे।"

"अच्छा नहीं किया। कौन मुझे लाया?"

"मैं।"

"और कौन था? इतने बड़े जड़ पदार्थ को ऊपर लाईं कैसे?"

सावित्री ने हंसकर कहा, "आपको डरने की जरूरत नहीं है। डेरे में और किसी को कुछ नहीं मालूम है।"

सतीश ने निःश्वास फेंककर कहा, "जान बची। किन्तु तुम्हारे साथ किसी प्रकार का दुर्व्यवहार तो नहीं किया?"

"नहीं।"

सतीश बहुत ज्यादा खुश होकर बोला, ''तब तुम कौन-सी बात याद कराना चाहती थीं?''

''आपकी शपथ! आपने प्रतिज्ञा की है कि अब कभी शराब नहीं पीऊंगा।''

''मैंने हठात् प्रतिज्ञा कैसे कर ली? इस प्रकार की दुर्बुद्धि तो मुझमें होने की बात है नहीं।''

''लगता है मेरी बात से हुई थी।''

सतीश ने कण्ठस्वर नीचा करके कहा, ''मुझे याद आ रहा है सावित्री, तुम्हें छूकर कसम खाई थी न?''

सावित्री चुप बैठी रही।

सतीश ने कहा, ''वैसा ही होगा। किन्तु कल शाम की बात तो तुम्हें याद है?''

इस बार सावित्री हंस पड़ी। सिर नीचा करके बोली, ''याद है।''

''लोगों में बात तो फैलेगी। उसका उपाय क्या होगा?''

सावित्री एकाएक गम्भीर होकर बोली, ''होगा और क्या! किसी और बासे में, या फिर घर चले जाइएगा।''

''और तुम?''

सावित्री के मुख पर किसी प्रकार के उद्वेग का कोई चिह्न दिखाई नहीं पड़ा। उसने शान्त, सहज स्वर में कहा, ''मैं कुछ नहीं सोचती। इस डेरे के बाबू लोग रखेंगे तो ठीक ही है; न रखेंगे तो और कहीं कोई काम खोजकर चली जाऊंगी। जहां भी मेहनत करूंगी, खाने-भर को मिल ही जाएगा। और कोई बात है?''

सतीश का समस्त मन जैसे पहाड़ की चोटी से नीचे घाटी में गिरकर एक ही बार में चूर-चूर हो गया। उसके यहां रहने न रहने का सावित्री के लिए कोई महत्व नहीं। इस विषय में वह बिल्कुल उदासीन है। उसने सिर हिलाकर प्रकट किया कि उसे और कोई बात नहीं करनी है, क्योंकि सावित्री के इस निःशंक संक्षिप्त उत्तर के बाद कोई सवाल उसकी जबान पर नहीं आया, नहीं तो न जाने कितनी बातें उसे कहनी थीं। सावित्री खाली गिलास लेकर चली गई; सतीश चुप बैठा रह गया।

हाय रे मानव-मन! यह किसे तोड़ता है और किसे गढ़ता है, इसका कोई सूत्र ही हाथ नहीं लगता। कभी वह किसी चोट से एकदम धूल में लोटने लगता है और कभी कितने ही प्रचण्ड आघात हंसते हुए सहन कर लेता है — इन बातों का कोई भी हिसाब नहीं। फिर भी इसी मन को लेकर मनुष्य के अहंकार की

कोई सीमा नहीं। जिसे प्राप्त नहीं किया जा सकता, जिसे पहचाना तक नहीं जा सकता, उसे न जाने क्यों 'मेरा' कहकर मन ग्रहण कर लेता है? कैसे उसे ही लेकर निरुद्वेग रूप से घर बसाने के लिए तैयार हो जाता है?

सावित्री के बहुत देर पहले चले जाने पर भी सतीश उसी भाव में डूबा बैठा रहा। उसके हृदय में कोई निश्चित दुःख-कष्ट नहीं था, किन्तु उसमें न जाने कैसी एक ज्वाला रह-रहकर उठने लगी। जिसे हम प्यार करते हैं, वह यदि प्रेम न करे, यही क्या घृणा भी करे तो भी वह सब सहन हो जाता है। किन्तु जिसका प्रेम पाने का विश्वास हो गया है वहां ही भ्रम था, और वह भ्रम टूट जाय तो यह दुःख सबसे दारुण होता है। पहला तो केवल व्यथा ही देता है, किन्तु दूसरा तो व्यथा भी देता है और अपमान भी करता है। फिर इस व्यथा का कोई प्रतिकार नहीं, इस अपमान की कोई सुनवाई नहीं। जिसके प्यार करने की कोई बात ही नहीं है, वह यदि प्यार नहीं करता तो इसमें किसी के लिए कहने-सुनने की बात ही क्या रह जाती है। ऐसा कोई रास्ता न रहने के कारण ही लांछना इतनी तीव्र लगती है — और वेदना का कोई कारण न पा सकने से व्यथा इतनी असह्य हो जाती है।

जो भी हो, सावित्री के इस निश्चित और सरल कर्तव्य-निर्धारण न केवल उसके हृदय के नक्शे को खोलकर रख दिया, बल्कि सतीश ने अपने हृदय की तस्वीर को भी बाहर ले आकर दिखा दिया। इन दोनों तस्वीरों को आस-पास रखकर वह स्तंभित हो उठा। वह निश्चित रूप से समझता था कि सावित्री उसे प्यार करती है, यद्यपि वह खुद उसे प्यार नहीं करता। अब देखा कि बात इससे ठीक उल्टी है; वह प्यार करता है, सावित्री नहीं करती। इस घृणित बात को स्वीकार करने में मारे लज्जा के उसका सिर ही नहीं फट गया, अपने मन की इस नीच प्रवृत्ति से उसे अपने ही ऊपर घृणा उत्पन्न हो आई। इसमें कोई सन्देह नहीं कि उसके गत रात के कार्य लज्जाजनक थे। यह सच है कि उसके जीवन में ऐसी अनेक रातों में अनेक लज्जाजनक कार्य हुए हैं, किन्तु इसकी तुलना में वे सब नगण्य हो गए।

अब तो इस डेरे में एक दिन भी रहना नहीं हो सकता। यहां रहने न रहने के बारे में वह पूरी तरह उदासीन नहीं है, यह बात वह किसी तरह स्वीकार नहीं कर सकेगा। वह यह कठोर प्रतिज्ञा कर बैठा कि वेदना के भारी बोझ से चाहे उसका मन टूटकर कण-कण हो जाए, तब भी नहीं। किसी तरह भी इस नीचता को प्रश्रय देकर वह अपना अधःपतन नहीं करेगा।

बाहर जो समय भागा जा रहा था, कमरे के अन्दर सतीश को उसका होश

नहीं था। सहसा डेरे में लौटने वाले क्लर्कों का शोर सुन वह चकित हो उठा और खिड़की के बाहर नजर डालकर बिछौने से उठ गया और तुरन्त ही कपड़े पहनकर और कन्धे पर चादर डालकर, किसी की दृष्टि पड़े बिना ही, चुपचाप बाहर चला गया। अभी हाथ-मुंह धोने का प्रस्ताव लेकर सावित्री आ जाएगी और खाने के लिए जिद करेगी। आज उसे भूख बिल्कुल न थी, किन्तु सावित्री इस बात पर किसी प्रकार विश्वास न कर सकेगी; वह अनुरोध करेगी, जबर्दस्ती करेगी, और शायद अन्त में गुस्सा करके चली जाएगी। इस समस्त मौखिक स्नेह के वितण्डावाद से वह अपने जीवन को पहली बार घृणापूर्वक दूर ठेले ले गया।

रास्ते में घूमते-घूमते सन्ध्या से कुछ पहले जब वह दर्जीपाड़ा की एक गली के मोड़ से गुजर रहा था तो पीछे से परिचित कण्ठ से आवाज आई, "छोटे बाबू हैं क्या?"

सतीश घूमकर खड़ा हो गया और बोला, "अरे, मोक्षदा है?"

मोक्षदा बहुत दिन पहले उन लोगों के पछांह के घर में दासी का काम करती थी। छुट्टी लेकर कलकत्ता आई थी किन्तु फिर लौटकर न जा सकी। वह बोली, "हां बाबू, मैं ही हूं। छोटे बाबू आप मेरी एक चिट्ठी पढ़ देंगे?"

सतीश हंसकर बोला, "क्या तुझे इतने बड़े शहर में एक चिट्ठी पढ़नेवाला कोई और नहीं मिला? चिट्ठी कहां है?"

दासी बोली, "चिट्ठी तो मेरे घर रखी है। अपरिचित किसी आदमी से पढ़ाने का साहस नहीं कर सकी कि चिट्ठी में न जाने कैसी बात लिखी हो, फिर भी मेरे घर में एक लड़की रहती है; वह लिखना-पढ़ना जानती है किन्तु आज दो दिनों से उससे भी इसके लिए अवसर नहीं मिल सका। इतनी रात गए घर लौटती है कि समय ही नहीं रहता।"

सतीश ने पूछा, "कितनी दूर है तुम्हारा घर?"

दासी बोली, "यहां से थोड़ी दूर पड़ेगा। बड़े रास्ते के उस पार एक गली में है। बाबू, यदि आप अपना ठिकाना बता दें, तो किसी के साथ कल आकर चिट्ठी पढ़वा लूंगी।"

"अच्छा" कहकर सतीश ने अपना शोभा बाजार का ठिकाना बता दिया और कहां से किस तरह वहां जाना होगा, बताते हुए रास्ता चलने लगा। कुछ दूर चलने के बाद दासी हठात् खड़ी हो गई और बोली, "कहने का साहस तो नहीं होता बाबू, किन्तु एक बार इन चरणों की धूल पड़ जाय तो धन्य हो जाऊंगी। मेरा घर यहां से कुछ ज्यादा दूर नहीं है।"

सतीश कुछ देर तक न जाने क्या सोचता रहा, फिर बोला, "अच्छा,

चल।"

आज उसे डेरे पर लौटने की बिल्कुल इच्छा न थी। वह यही निश्चय करके बाहर निकला था कि राह में इधर-उधर फिरेगा और जब रात ज्यादा हो जाएगी और सावित्री अपने घर लौट जाएगी तब डेरे को लौटेगा। इसीलिए वह आसानी से राजी हो गया था। दो-एक गली पारकर वे एक दोतल्ले मकान के सामने आ खड़े हुए।

'जरा खड़े रहें,' कहकर मोक्षदा ने भीतर प्रवेश किया। और शीघ्र ही एक किरासिन तेल की लालटेन हाथ में लेकर लौट आई और रास्ता दिखाती हुई ऊपर ले गई। एक ओर के कोने के कमरे में एक छोटे स्टूल पर पीतल का एक स्वच्छ प्रदीप जल रहा था, उसी कमरे को दिखाती हुई विनयपूर्वक बोली, "जरा बैठिए। मैं हुक्का भर लाती हूं।"

घर में प्रवेश करने पर उस छोटे-से कमरे की स्वच्छता देख सतीश को आराम का अनुभव हुआ। एक ओर एक जल-चौकी पर मंजे-घिसे पीतल एवं कांसे के बर्तन झक-झक कर रहे थे और उसी के पास एक छोटी अलमारी में कुछ कपड़े सजे रखे थे। दीवार के ब्रैकेट के ऊपर एक छोटी टाइम पीस रखी थी, जिसमे आठ बजे थे। सतीश ने चौखट के बाहर ही जूते खोलकर रख दिए और तख्तपोश पर बिछे सादे पर शुभ्र बिछौने पर जाकर बैठ गया। वह मन-ही-मन घर के दूसरे असबाब पर विचार करने लगा। पहले ही उसकी दृष्टि पड़ गई एक छोटे शेल्फ के ऊपर। उसमें कुछ पुस्तकें सजी रखी थीं; सतीश ने उनमें से एक को उठा लिया और पहला पन्ना उलटते ही देखा कि उस पर अंग्रेजी अक्षरों में भुवनचन्द्र मुखोपाध्याय नाम लिखा है। उसने वह किताब रख दी, फिर और भी तीन-चार किताबें खोलकर देखीं। सब पर एक ही नाम पाकर किताबें यथास्थान रख दीं और आकर अपनी जगह बैठ गया।

मोक्षदा हुक्का भरकर ले आई। सतीश ने हुक्का हाथ में लेकर कहा, "तुम्हारे घर की स्वच्छता, सादगी और व्यवस्था देख तो यहां से उठने का मन ही नहीं करता।"

मोक्षदा ने कुछ हंसकर कहा, "बाबू उठेंगे क्यों? बैठिए। किन्तु यह कमरा मेरा नहीं है, एक दूसरी लड़की का है।"

सतीश ने पूछा, "वह कहां है?"

मोक्षदा ने कहा, "वह बाबुओं के एक बासे में काम करती है। आने में प्राय: बहुत रात हो जाती है, इसलिए कमरे की चाबी मेरे ही पास रहती है। मुझे वह मौसी कहकर पुकारती है।"

सतीश बोला, "भले पुकारे। किन्तु भुवन बाबू कब आएंगे?"

दासी ने विस्मित होकर पूछा, "भुवन बाबू कौन हैं?"

"भुवनचन्द्र मुखोपाध्याय — पहचानती नहीं?"

अकस्मात् ही दासी की भौंहें फैल गईं, "ओह! हमारे मुखोपाध्याय महाशय? नहीं, नहीं, उनको अब आना नहीं पड़ेगा।"

"क्यों, क्या वह मर गए?"

मोक्षदा दोनों आंखें चमकाकर बोली, "नहीं, मरे नहीं हैं, किन्तु उनका मरना ही अच्छा होगा। वह ठहरे ब्राह्मण, सब वर्णों के गुरु, हमारे शिरोमणि, नारायण के समान! उनके प्रति अश्रद्धा नहीं करती, उनके चरणों की धूल लेती हूं; किन्तु किसी दिन दिखाई देने पर गिनकर उनके मुंह पर तीन झाड़ू मारूंगी, तभी समझाना कि मेरा नाम मोक्षदा है।"

सतीश हंस पड़ा। बोला, "गुस्से में आकर ब्राह्मण के प्रति अभक्ति करके मार न बैठना। ज्यादा भक्ति करके धीरे-धीरे मारना; उससे पाप न होगा। किन्तु वह है कौन?"

मोक्षदा उद्धत भाव से बोल उठी, "उस आदमी का परिचय और क्या दूं बाबू? वह आदमी नहीं, चमार है। इस बेचारी लड़की को रास्ते पर छोड़कर चला गया, यही क्या उसका कर्तव्य था? छि, छि, उसे गले में फांसी लगाने को रस्सी नहीं मिली?"

सतीश ने बड़े कुतूहल से भरकर प्रश्न किया, "वह कौन है? उसने क्या किया?"

हठात् दरवाजे के बाहर से जवाब आया, "उस आदमी को आप जानते-पहचानते नहीं, उसकी कहानी सुनकर आप क्या करेंगे?"

सतीश चौंक पड़ा।

मोक्षदा ने मुंह फेरकर कहा, "अच्छी बात हुई! तू कब आई?"

सावित्री ने कमरे में आकर कहा, "अभी ही तो आई हूं। बाबू को तूने कहां पाया मौसी?"

मोक्षदा ने कहा, "यही हैं हमारे छोटे बाबू, सावित्री! आज दो दिन हुए, बहू-मां के पास से एक चिट्ठी आई थी। उसे पढ़वा न सकी थी, इसी से इनसे कहा कि बाबू, दया करके अपनी चरण धूलि हमें दें।"

सावित्री बोली, "तब चरणधूलि अपने घर में न लेकर मेरे घर में क्यों?"

मोक्षदा खीझकर बोली, "गुस्सा क्यों करती है रे? मेरे घर में तो भद्र लोगों को बैठाया नहीं जा सकता, इसीलिए तेरे घर बैठा दिया। ये कितने बड़े लोग हैं,

इसे जानकर खुशी मना, कि गुस्सा करती है?"

सावित्री हंसकर बोली, "गुस्सा क्यों करूंगी मौसी? गुस्सा नहीं है। किन्तु इस तरह खाली-खाली पांव की धूलि लेने से पाप होता है। कुछ जलपान कराना उचित है। पर ब्राह्मण महोदय, आपको भूख है?"

सतीश बड़े संकोच के साथ बैठा था, सिर हिलाकर कहा, "नहीं।"

सावित्री के अशिष्ट प्रश्न से खीझकर मोक्षदा बोल उठी, "यह तेरा क्या ढंग है सावित्री? क्या किसी शिष्ट पुरुष के साथ इसी तरह बात की जाती है?"

सावित्री जबर्दस्ती अपनी हंसी रोककर बोली, "इसमें बुरी बात क्या है मौसी? अच्छा, अब इस विषय में कुछ न पूछूंगी, किन्तु तुम दुकान से कुछ खाने के लिए खरीद लाओ, तब तक मैं जगह किए देती हूं।"

मोक्षदा कुछ बुदबुदाते-बुदबुदाते तेजी के साथ चली गई। उसके चले जाने के बाद सावित्री ने कहा, "कल रात से ही तो एक प्रकार से उपवास चल रहा है — तीसरे पहर किस तरह भाग आए, इसकी भी कोई टोह मुझे नहीं लगी। अब उठिए, संध्या-पूजा करके कुछ खा लीजिए। उस अलमारी पर शुद्ध कपड़ा रखा है, पहनकर मेरे साथ आइए — नहीं, नहीं, देरी न कीजिए। उठिए।"

सतीश सिर हिलाकर बोला, "नहीं, मुझे भूख नहीं है।"

सावित्री बोली, "न होने पर भी खाना होगा। इसका पहला कारण यह है कि 'भूख नहीं है' इस बात पर मैं विश्वास नहीं करती, दूसरा कारण — "

सतीश मुंह का भाव बहुत कठोर करके बोला, "दूसरा कारण झूठा है, बस पहला ही सब कुछ है। सभी बातों में तुम्हारी जिद और जबर्दस्ती चलती है। इस जिद से पार पाने का कोई उपाय नहीं है।"

सावित्री मुंह उठाकर कुछ हंसकर बोली, "तब निरर्थक चेष्टा क्यों करते हैं?"

सतीश और भी गम्भीर होकर बोला, "वह बात नहीं है सावित्री! अब मेरी चेष्टा किसी तरह निरर्थक नहीं होगी। तो अपना दूसरा कारण बताओ, न हो तो मैं तुमसे सच कहता हूं कि मैं किसी तरह यहां कुछ भी न खाऊंगा।"

सतीश की शक्ल देखकर सावित्री चुप हो हंसने लगी। कुछ देर बाद धीरे-धीरे बोली, "मैं सोच रही हूं कि आज आप आए ही क्यों ? आज मेरा जन्मदिन है, इसलिए जब स्वयं ही आकर दासी के घर अपने चरणों की धूल डाली है तब कोरा-कोरा आपको छोड़ नहीं सकती!" — 'छोड़ नहीं सकती' कहकर सावित्री हठात् थम गई किन्तु उसके हृदय की गुप्त व्यथा उसके कण्ठस्वर के खुले रास्ते से अकस्मात् सतीश के सामने इस तरह आ खड़ी हुई कि कुछ देर

के लिए सतीश की सारी बोधशक्ति जड़-सी हो गई! बुद्धिमती सावित्री ने इसे क्षण-भर में ही अनुभव कर लिया और अपनी सारी बात को सहज परिहास में बदलती हुई हंसकर बोली, "भगवान ने आज आपको मेरा अतिथि बनाकर भेजा है, इसलिए खाना भी पड़ेगा और दक्षिणा भी लेनी पड़ेगी — देखती हूं, आज आपकी जाति बिल्कुल चली गई।"

इतनी देर में सतीश की सहज शक्ति लौट आई। उसने पूछा, "सचमुच क्या आज तुम्हारा जन्मदिन है?"

सावित्री ने कहा, "सचमुच।"

सतीश बोला, "तब यदि ऐसे दिन आ ही गया हूं तो दूकान की थोड़ी-सी बासी मिठाई-विठाई खाकर पेट नहीं भरूंगा। इसके अलावा वे चीजें तो मैं किसी दिन खाता भी नहीं।"

सावित्री भी यह बात जानती थी। मन-ही-मन लज्जित होकर बोली, "किन्तु आज तो रात हो गई है।"

सतीश बोला, "होने दो रात! आज डेरे में लौटकर तो खाना होगा नहीं! तुम चाहे जो करो, किसी तरह मैं यह सब नहीं खाऊंगा।"

"तुमसे पार पाना मुश्किल है।" कहकर सावित्री हंसती हुई उठ गई।

सतीश अभी तक बैठा था; अब लेट गया। इस लघु कुटिया और इस निर्मल शय्या को छोड़कर जाने को किसी प्रकार उसका मन तैयार न होता था, किन्तु अपनी प्रतिष्ठा अक्षुण्ण रखते हुए वहां रहने का भी कोई सदुपाय न था। इस समय तो भोजन की तैयारी में विलम्ब की संभावना आसन्न कर्तव्य की कठिन जिम्मेदारी से छुटकारा दे गई। वह बगल में तकिये को जोर के साथ पकड़े हुए दीवार की ओर मुंह करके चुप पड़ा रहा। जाते समय सावित्री बाहर से सांकल चढ़ा गई थी, इसकी टोह भी जैसे उसे लग गई थी, उसी प्रकार उसके 'तुम' सम्बोधन की ओर भी उसने उतना ही ध्यान दिया था। निर्जन घर के बीच ये दोनों नव प्राप्त तथ्य जादूगर तथा उसकी मायिक सृष्टि की भांति उसके मन में एक अपूर्व इन्द्रजाल की रचना करने लगे। अभी आज ही दोपहर को प्यार का समस्त तिरस्कार उसके मन के अन्दर से भाटे के साथ बाहर आ गया था, वह सब ज्वार के उलटे स्रोत से पुनः एक-एक करके लौट आने लगा। आज ही दोपहर की आत्माभिमान की चोट की तीव्र ज्वाला ने अपने मन की नीच प्रवृत्तियों की ओर उसकी आंखें खोल दी थीं; अब ज्वाला शान्त होते ही वे आंखें अपने-आप ही बन्द हो गईं। इस प्रकार अपने को लेकर खेल करते-करते किसी समय उसे नींद आ गई थी; एकाएक दरवाजा खुलने की आवाज से जगकर करवट बदलते ही देखा कि सावित्री

मोक्षदा के साथ कमरे में प्रवेश कर रही है। मोक्षदा ने चिट्ठी सतीश के हाथ में देकर कहा, ''देखिए तो बाबू, वह मां क्या लिखती है?''

सतीश सारी चिट्ठी पढ़ने के बाद बोला, ''उसके लौटने में अब भी दो महीने की देरी है।''

मोक्षदा ने पूछा, ''और कोई बात नहीं है?''

सतीश चिट्ठी लौटाकर बोला, ''नहीं; और कोई खास बात नहीं है।''

''मेरी तनखाह की बात बाबू?''

''नहीं, वह बात नहीं लिखी।''

पैसे की बात नहीं है; यह सुनकर मोक्षदा मन-ही-मन बड़ी विरक्त हुई और चिट्ठी के लिए हाथ बढ़ाती हुई बोली, ''वह बात क्यों होगी, होंगी सब निरर्थक बातें। दीजिए चिट्ठी। सावित्री, कल मेरी ओर से जवाब तो लिख देगी? हां रे, बाबू के खाने का मुहूर्त्त कब आयेगा? क्या रात अभी तक नहीं हुई?''

सावित्री बोली, ''ब्राह्मण पण्डित संध्या-पूजा किए बिना यों ही खाएंगे?''

''मोक्षदा तो पहले से ही खीझ रही थी, अब और खीझकर बोली, जरा इसकी बात तो सुनो। यह क्या तेरे पुराने ठाकुर या भट्टाचार्य ब्राह्मण हैं कि पूजा-संध्या करने जाएंगे?''

सतीश हंसते हुए बोला, ''कहती क्या हो, क्या सब बातें भूल गई हो। मैं तो सदा से ही संध्या-पूजा करता हूं।''

जैसे मोक्षदा को हठात् याद आ गया हो, कुछ अप्रतिभ होकर बोली, ''अरी मां! ठीक ही तो है।''

सावित्री की ओर घूमकर बोली, ''बेटी! बाबू के लिए जल्दी से कोई जगह ठीक कर दे। तेरे यहां तो सब कुछ ठीक ही है। बेटी, अब देरी मत कर।'' कहते-कहते मोक्षदा वहां से चली गई।

कुछ समय बाद सतीश खाने बैठा। इस समय कमरे में कोई उपस्थित नहीं है — अंधेरे बरामदे से मोक्षदा ने इसे देखा तो एकदम से जल उठी। रसोईघर में आकर देखा कि सावित्री चुपचाप बैठी हुई है। रोष-भरे स्वर में बोली, ''यह तेरी कैसी बुद्धि है सावित्री। यह क्या किसी कंगाल को भोजन करा रही है कि जो कुछ मिला हो फेंक दिया और ठण्डी होकर बैठी है!''

सावित्री न जाने क्या सोच रही थी, चौंककर बोली, ''जरूरत होने पर वह मांग लेंगे।''

''ऐसी बुद्धि न होती तो दासी ही का काम क्यों करती, नहीं तो तू खुद नौकर-चाकर रखती — ।''

सावित्री हंसकर बोली, "मैं तो खुद ही दासी बन गई हूं! इसमें दोष क्या है मौसी? परिश्रम करके खाने में कोई लज्जा नहीं है।"

मोक्षदा चिढ़कर बोली, "कौन कहता हैं, नहीं है? मेरी उमर के लिए न हो पर तेरी उमर के लिए है। फिर वैसा हो या न हो, जब तूने बाबू को खाने के लिए कहा है तब पास बैठकर ही खिलाना चाहिए। आदमी का सिर पलटने में कोई देर नहीं लगती।"

सावित्री चलने को तैयार होकर, फिर रुक गई और बोली, "क्या बकती हो मौसी? वह सुन लेंगे न?"

मोक्षदा ने तुरन्त स्वर को धीमा करके कहा, "नहीं-नहीं। वह कैसे सुन पाएंगे? और बेटी, एक बात तुझसे कहे देती हूं। भगवान ने माथे में ये दो आंखें दे रखी हैं, उन दोनों में से एक खुली रखना। घड़ी की चेन या हीरे की अंगूठी न होने से ही किसी आदमी को छोटा न समझ बैठना।"

"अच्छा," कहकर हंसती हुई सावित्री चली जा रही थी कि मोक्षदा ने उसे पीछे से पुकारकर कहा —"सुन सावित्री!"

सावित्री घूमकर खड़ी हो गई। बोली, "क्या है?"

"चलकर देख, मेरे कमरे में, ढाका की साड़ी होगी पहन आ।"

"तुम खोज लो मौसी! मैं अभी आती हूं।"

सतीश का खाना प्रायः समाप्त हो चला था। सावित्री कमरे में प्रवेश करके बोली, "आंखें बन्द करके खा रहे हैं क्या?"

सतीश ने मुंह उठाकर कहा, "नहीं!"

"किन्तु देख रही हूं कि दोनों आंखों में नींद भरी है।"

सचमुच उसे बड़ी तेज नींद लग रही थी। गत रात के उच्छृंखल अत्याचार के कारण आज असमय ही उसकी पलकें भारी हुई जा रही थीं; वह लज्जा मिश्रित हंसी के साथ इसे स्वीकार करके बोला, "हां बहुत नींद लग रही है।"

सावित्री ने पूछा, "और कुछ चाहिए क्या?"

सतीश हड़बड़ाकर बोल उठा, "कुछ नहीं, कुछ नहीं; मेरा खाना हो चुका है।"

बाहर सावित्री को किसी की पद ध्वनि सुनाई पड़ी; मोक्षदा आकर खड़ी हो गई थी। बोली, "बाबू, मुझे एक ढाके की साड़ी खरीदकर देनी होगी।"

वह कभी कुछ मांगती नहीं, इसलिए इस बात का मतलब न समझ सतीश आश्चर्यान्वित हो उठा। उसे मोक्षदा के आने की आहट नहीं मिली थी। मुंह उठाकर विस्मयपूर्वक कहा, "सचमुच चाहिए?"

"और नहीं तो क्या?"

"पहिनोगी कब?"

"आज पहनने का समय नहीं है तो वैसा समय कभी न आएगा, क्या ऐसी बात है? उसके सिवा एक और बात है; मैं मेहनत करके खाती हूं, इससे मौसी को दुःख होता है, इसलिए सोचती हूं, अब मेहनत करके नहीं खाऊंगी। यहीं बैठे-बैठे खाऊंगी।"

सतीश ने हंसकर कहा, "अच्छा तो है।"

"सिर्फ अच्छा कहने से ही तो काम होगा नहीं फिर उसी के साथ अपनी एक नौकरानी हुए बिना इज्जत नहीं रहेगी — वह भी आपको रख देनी होगी। आपको ही — " वह बात पूरी नहीं कर सकी। मुंह में आंचल ठूंसकर हंसी के उत्कट वेग रोकने की चेष्टा करने लगी।

मोक्षदा कोई कच्ची स्त्री नहीं थी। वह एक क्षण में सब कुछ समझ गई और कमरे के अन्दर आकर बोली, "लगता है बाबू सावित्री को जानते हैं?"

फिर वह सावित्री की ओर घूमकर बोली, "अभी तक तू मौसी के साथ तमाशा कर रही थी? ऐसा है तो अच्छी बात है, आनन्द की बात है। पहिले से बताने पर वह खत्म हो जाती।" इतना कहकर वह हंसती हुई बाहर चली गई।

खाना खाकर सतीश एक बार फिर शय्या पर आ बैठा। सावित्री डब्बे में पान भर लाई और हुक्का भरकर सतीश के हाथ में थमा दिया फिर पांव के पास जमीन पर बैठ गई और मुस्कराकर सिर झुका लिया। सतीश के हृदय में आंधी चलने लगी। जैसे सारी देह कण्टकित होकर ठण्डी पड़ गई। कुछ देर के लिए तो उसमें हुक्के को पकड़ रखने की शक्ति भी न रह गई। इस प्रकार दो मिनट चुपचाप काटने के बाद सावित्री सिर उठाकर बोली, "रात हो गई है, क्या आप डेरे पर न जाएंगे?"

सतीश सूखे कण्ठ से बोला, "न जाऊंगा तो रहूंगा कहां?"

"यहीं रहेंगे! अगर न जा सकें तो कोई जरूरत नहीं — मौसी अब भी जग रही है। मैं उसी के बिछौने पर सो जाऊंगी।" इतना कहकर सावित्री सतीश के मुंह की ओर देखती रही। क्षण-भर के लिए सतीश की जबान बन्द हो गई, किन्तु दूसरे ही क्षण प्रबल चेष्टा से अपने को संवरण कर वह एकाएक उठ खड़ा हुआ और बोला, "नहीं, चलता हूं।"

"अच्छा, थोड़ी देर तो और बैठो।" कहकर सावित्री उठी और सतीश के जूतों की जोड़ी बाहर से उठा लाई और अपने आंचल से पांव पोंछकर जूते पहना दिए तथा फीते बांधते-बांधते धीरे-धीरे कहा, "बासे के आदमियों को अगर यह बात मालूम हो गई तो?"

"कैसे मालूम होगी?"

"यदि मैं ही कह दूं!"

"क्या कहोगी तुम — कहने की तो कोई बात है नहीं।"

सावित्री पुनः हंसकर बोली, "कोई बात नहीं है? सच कह रहे हो?"

सतीश चुप हो रहा।

सावित्री ने मृदु कण्ठ से कहा, "कहने की बात न होती तो कौन जानता है कि आज मैं तुम्हें छोड़ सकती या नहीं।" कहकर एकाएक चुप हो गई। किन्तु दूसरे ही क्षण बड़े जोर से सिर हिलाकर बोल उठी, "नहीं, तुम डेरे पर जाओ!" किन्तु यह दुष्ट बुद्धि यदि तुमने न छोड़ दी तो कहे देती हूं कि एक दिन सब प्रकट कर दूंगी।"

यह क्या रहस्य है! इसके अन्दर का तात्पर्य ठीक तरह से न समझ पाने के कारण सतीश कुछ देर तक स्तब्ध हो खड़ा रहा, फिर बोला, "वाह! डेरे के लोग कुछ मेरे गार्जियन नहीं हैं।"

सावित्री ने कहा, "जानती हूं कि नहीं हैं। किन्तु मेरी मौसी वह भार भी अनायास ही ले सकेगी। मैं किस तरह उसकी जीभ को रोक सकूंगी?"

सावित्री के संकेत से सतीश को मन-ही-मन कुछ भय हुआ किन्तु मुंह से बोला, "रुपये देकर।"

सावित्री ने कहा, "उससे सिर्फ रुपये का अपव्यय होगा, काम नहीं होगा। फिर मान लो मौसी को तुमने रुपये से वश में कर लिया लेकिन मुझे क्या देकर वश में करोगे?

सतीश फुसफुसाकर बोला, "प्यार देकर।"

सावित्री के ओठों पर बलपूर्वक दबाई हुई हंसी उभरी, बोली, "इसे लेकर चार बार हो चुका।"

"अर्थात्?"

"अर्थात् इससे पहिले और तीन आदमियों ने यह वस्तु देनी चाही थी।"

"तुमने लिया नहीं?"

"नहीं, जंजाल बढ़ाकर रखने की जगह मेरे पास नहीं है।"

सतीश स्थिर होकर बैठा रहा। सावित्री की विद्रूप भरी हंसी और कण्ठस्वर कुछ भी उसके ध्यान में नहीं आए; इसी से उसकी दोपहर वाली बातें याद आ गईं और उनके याद आते ही प्रेम की नदी में उठा ज्वार शान्त होकर भाटे में बदल गया। सावित्री की बातों को उसने तमाशा कहकर कोई भूल नहीं की थी। हठात् बहुत कठोर होकर बोला, "वे अबोध थे। उन्हें ऐसी चीज को देने को

प्रस्ताव करना उचित था या बक्स में रखना, यह किसी के जंजाल कहने-भर से समझ में नहीं आता। मैं भी कुछ कम अबोध नहीं हूं क्योंकि मैं भी भूल गया कि वह चीज तुम लोगों के लिए कैसे तिरस्कार की सामग्री है। इतनी उम्र में इतनी बड़ी भूल करना मेरे लिए उचित नहीं था। अच्छा चलता हूं।"

उसकी बात सावित्री को शूल की तरह बेध गई। 'तुम लोगों' कहकर सतीश ने उसे किन लोगों के साथ अभिन्न समझकर देखा, सावित्री के लिए इसे समझना बाकी नहीं रह गया। किन्तु परिहास कलह में परिणत होकर हाथपाई की ओर जा रहा है, यह देखकर वह चुप हो रही। किन्तु सतीश अपने को न रोक सका, बोला, "शिकारी जैसे वंशी में शिकार फंसा-फंसाकर अपना आमोद करता है, लगता इतने दिनों तक तुम मुझे लेकर वही खेल कर रही थी, है न?"

सावित्री अब ज्यादा सहन नहीं कर सकी। बिजली की तेजी से उठ खड़ी हुई और बोली, "तुम्हें तो सिर्फ वंशी में ही फंसाकर खींच लिया जा सकता है, कुछ खिलाकर फंसाने योग्य बड़ी मछली तुम नहीं हो।"

सतीश निर्मम भाव से व्यंग्य करता हुआ बोला, "नहीं हूं मैं?"

सावित्री ने कहा, "ना, नहीं हो तुम!" उसके ओठ और अधर टेढ़े पड़ गए। सतीश के मुंह की ओर तीव्र दृष्टि डालकर वह बोलने लगी, "असच्चरित्र! मेरी जैसी एक स्त्री को प्यार करते और उस प्यार की बड़ाई करते तुम्हें शर्म नहीं आई ? जाओ तुम — मेरे घर में खड़े होकर मेरा व्यर्थ अपमान न करो।"

इस अपमान से सतीश और निर्दय हो उठा। इस बार अमार्जनीय और कुत्सित व्यंग्य करता हुआ बोला, "मैं असच्चरित्र हूं! किन्तु मैं चाहे जैसा होऊं सावित्री, तुम्हारे मां-बाप ने तुम्हारा बड़ा सार्थक नाम रखा है।"

सावित्री हटकर चौखट पकड़े कुछ देर स्थिर खड़ी रही, फिर बोली, "जाओ!" उसका मुंह बिल्कुल पीला पड़ गया था।

सतीश अपमान और क्रोध की असह्य ज्वाला के कारण उस ओर देखे बिना ही बोला, "किन्तु जाने के पहले और एक बार आंचल से मेरा पांव न पोंछ दोगी? या फिर कोई और खेल — कुछ और — "

हठात् दोनों की आंखें मिल गईं। सावित्री एक कदम पास खिसक आकर बोली, "तुम कसाई से भी अधिक निष्ठुर हो — तुम जाओ! तुम जाओ! तुम्हारे पांव पड़ती हूं, तुम जाओ! न जाओगे तो सिर पटककर मर जाऊंगी — तुम चले जाओ।"

उसके कण्ठस्वर की अस्वाभाविक और उत्तरोत्तर बढ़ती तीव्रता से अकस्मात् सतीश डर गया और एक भी बात कहे बिना बाहर चला गया। किन्तु अंधेरे बरामदे के अन्तिम छोर तक पहुंचकर उसे रुकना पड़ा। सीढ़ी किधर है, राह किस ओर

है, अंधेरे में कुछ भी दिखाई नहीं देता था। पाकेट में हाथ डालकर देखा, दियासलाई भी नहीं है। इस निरुपाय दशा में संकट के बीच पांचेक मिनट चुप खड़े रहकर उसे फिर सावित्री के कमरे की ओर लौटना पड़ा। बाहर से ही देखा, सावित्री फर्श पर पड़ी हुई है। धीरे-धीरे पुकारा, "सावित्री!" सावित्री में हरकत नहीं हुई। फिर पुकारने पर भी जब कोई उत्तर नहीं मिला तो उसने कमरे में जाकर सावित्री के माथे पर हाथ रखा। फिर झुककर देखा — आंखें बन्द हैं। तब मुंह में उंगली डालकर देखा; अब समझ सका कि सावित्री मूर्च्छित हो गई है। क्षण-भर के लिए उसके मन में कुछ भय और संकोच उत्पन्न हुआ, किन्तु दूसरे ही क्षण सावित्री की अचेतन देह को उठाकर शय्या पर सुला दिया और चादर के एक हिस्से को घड़े के जल में भिगोकर मुंह और आंखों पर फैला दिया और हाथ का एक पंखा लेकर हवा करने लगा। दो-तीन मिनट के बाद ही सावित्री ने आंखें खोल दीं और सिर पर आंचल खींच करवट बदलकर लेटती हुई बोली, "तुम गए नहीं?"

सतीश चुपचाप हवा करने लगा।

तब सावित्री बिछौने से उठ खड़ी हुई और दीपक हाथ में लेकर बाहर निकल आई। बोली, "चलो, तुम्हारे लिए दरवाजा खोल दूं।"

उसके बाद नि:शब्द रास्ता दिखाती नीचे उतर आई और दरवाजा खोलकर एक तरफ खड़ी हो गई।

मूर्च्छित सावित्री को पलंग पर सुलाने के बाद क्षण-भर उसकी अचेत देह को अपनी छाती से लगाकर जब वह उठा रहा था उस क्षण सतीश कुछ अन्यमनस्क हो उठा था; इस समय दरवाजे के बाहर आते ही उसका नशा टूट गया एवं न जाने कौन-सी एक बात कहने के लिए उसने मुंह उठाया तो सावित्री बोल उठी, "नहीं, अब कोई बात नहीं; तुमने अपनी देह तो पहले ही नष्ट कर ली है, वह तो एक दिन आग में मिलकर राख हो जाएगी किन्तु एक अस्पृश्य कुलटा को प्यार करके भगवान के दिए हुए इस मन के मुंह पर स्याही न फेरना। हो सके तो तुम कल ही उस डेरे को छोड़कर चले जाना, अगर न हो सके तो मैं अब वहां न जाऊंगी।" इतना कहकर सावित्री ने जवाब की राह न देख, जोर से दरवाजा बन्द कर दिया।

नौ

सतीश हतबुद्धि हो गया था। क्यों यह सावित्री निरन्तर आकर्षण करती है, और क्यों यह पास आने पर इस प्रकार निर्दय आघात करके दूर फेंक देती है,

उस दिन सारी रात सोचते रहने पर भी इसका कोई अस्पष्ट कारण तक वह खोज नहीं पाया। पिछली रात की एक-एक बात अब तक उसकी हड्डियों में झन-झन करके बोल रही थी। इसलिए बड़े सबेरे ही वह बाहर निकल गया और एक बासा ठीक करके लौटा तथा सामान ले जाने लगा। उसका यह कार्य देख बासे में सभी को आश्चर्य हुआ। सबसे ज्यादा चकित हुआ बिहारी। उसने पास आकर धीरे-धीरे पूछा, "बाबू, क्या आप अपने घर जा रहे हैं?"

सतीश ने उसके हाथ पर पांच रुपये रख दिए और बोला, "नहीं बिहारी, घर नहीं। स्कूल के पास ही एक बासा मिल गया है, वहीं जा रहा हूं।"

बिहारी कुछ देर चुप रहकर बोला, "किन्तु वह तो अभी तक आई नहीं बाबू।

सतीश ने सिर उठाये बिना ही कहा, "नहीं आई? अच्छा, तू ही मेरा बिस्तर वगैरा बांध दे; मैं अभी राखाल बाबू के कमरे में होकर आता हूं।" यह कहकर वह बासे का देना-पावना खत्म करने के लिए राखाल बाबू के कमरे में चला गया। वहां बहुतेरे लोग उपस्थित थे; शायद उसी की आलोचना हो रही थी क्योंकि उसे देखते ही सभी चुप हो गए। राखाल जरा हंसने की चेष्टा करते हुए बोले, "सतीश बाबू, इस प्रकार एकाएक जाना क्यों हो रहा है ?"

सतीश ने हाथ के रुपये-पैसे टेबल के एक किनारे पर रखकर कहा,"एकाएक एक दिन आया भी था; एकाएक ही एक दिन चला जा रहा हूं। मैं समझता हूं, इन रुपयों से हिसाब पूरा हो जाएगा; यदि न हो तो हिसाब करके मुझे बता देंगे तो मैं बाकी रुपये भेज दूंगा।"

राखाल बोले, "बतायेंगे कहां?"

"मेरे स्कूल के पते पर एक कार्ड लिखकर डाल देंगे, बस, इतने से ही आपको शेष राशि मिल जाएगी।" इतना कहकर सतीश और किसी सवाल-जवाब की राह देखे बिना बाहर निकल गया। घर के भीतर से एक दबी हुई हंसी का स्वर सतीश के कान में आ पहुंचा। बिहारी पास ही खड़ा था, वह कमरे में चला गया और अपनी छोटी-सी पोटली किवाड़ की आड़ में रखकर राखाल बाबू से बोला, "बाबू, मेरे सत्रह दिन की तनख्वाह का हिसाब कर दें, मुझे अभी बाबू के साथ जाना होगा।"

राखाल विस्मित और क्रुद्ध होकर बोले, "तू जाएगा तो यहां का काम कौन करेगा? 'जाऊंगा' कहने से ही तो जाना नहीं होता।"

बिहारी ने कहा, "क्यों न होगा बाबू, मुझे जाना ही होगा।"

राखाल आग की तरह जलकर बोले, "जाना होगा कहने से ही हो जाएगा।

कायदे से नोटिस देना चाहिए, जानता है!"

बिहारी ने कहा, "वह एक दिन समयानुसार आकर दे जाऊंगा। इस समय तनख्वाह दे दीजिए; मुझे सामान खरीदकर ले जाना पड़ेगा।"

राखाल और कोई जवाब न देकर, तूफान की भांति बाहर निकल गए और सतीश के कमरे में प्रवेश करते ही कह उठे, "सतीश बाबू! यह सब क्या है?"

सतीश बिस्तरा बांध रहा था; मुंह उठाकर पूछा, "कौन-सी बात?"

राखाल ने उद्धत भाव से कहा, "नौकरानी आई नहीं। देखता हूं, वह तो शायद पहले ही चली गई है, अब बिहारी को क्यों ले जाना चाहते हैं? दोष किया आपने, और दण्ड क्या हम लोग भोगेंगे?"

सतीश विस्मित होकर बोला, "आपकी बात तो मेरी समझ में नहीं आई।"

राखाल ने गले का स्वर ऊंचा करके कहा, "समझ में क्यों आएगी? न समझने में ही तो सुभीता है। यदि आप खुद न जाते तो आपको बाहर निकालना ही पड़ता किन्तु वह जो कुछ हो, सहज भद्रता का कुछ ज्ञान भी क्या मनुष्य में नहीं रहता?"

सतीश की दोनों आंखें जल उठीं; वह नजदीक खिसक आकर बोला, "आप यह सब क्या बक रहे हैं?"

ईर्ष्या की आग राखाल को जला रही थी। उन्होंने कहा, "ठीक ही बक रहा हूं और आप भी ठीक समझ रहे हैं। सतीश बाबू, कोई बात भी हमसे छिपी नहीं है। अच्छा, जाइए आप। कैसे काले सांप को घर में रख छोड़ा था कि उसने सारे बासे को चौपट कर दिया।"

सतीश ने राखाल का एक हाथ पकड़कर उसे दबाते हुए कहा, "क्या कह रहे हैं राखाल बाबू?"

राखाल ने जोर लगाकर हाथ छुड़ा लिया, फिर गरजकर बोले, "जाइए, जाइए। दूर हूजिए।"

बिहारी ने कमरे में आकर कहा, "सतीश बाबू, उन्हें जाने दें। उनका दर्द कहां है, उनकी ज्वाला कहां है, वह किसी दिन आपको बतलाऊंगा। मैं सब कुछ जानता हूं। आइए, हम लोग सामान बांध लें।"

राखाल अपने पांव की धमक से घर को हिलाते हुए बाहर चले गए। सतीश ने कुर्सी पर बैठकर कहा, "यह सब क्या है बिहारी?"

बिहारी ने कहा, "मैं आपके साथ ही चलूंगा बाबू, यहां न रह सकूंगा।"

सतीश आश्चर्य में भरकर बोला, "मेरे साथ? यहां काम कौन करेगा?"

बिहारी ने अविचलित दृढ़ भाव से कहा, "जो इच्छा हो करे, मैं तो आपके

साथ ही जाऊंगा। एक नौकर के बिना तो आपका काम चलेगा नहीं बाबू!"

इतनी देर में मामला समझ सतीश कुछ देर चुप रहकर बोला, "तू यह बात पहले ही तो कह सकता था बिहारी!"

बिहारी ने जवाब नहीं दिया। चुपचाप सामान बांध-बूंधकर मोटिये (भारवाहक) के सिर पर रखने लगा। वह जाएगा ही, इसमें अब कोई सन्देह नहीं रह गया।

नये बासे में आकर सतीश सोच रहा था, यह सब कैसे हो गया? इतना ही नहीं कि ये लोग उसका अपमान करने का साहस करते हैं, अपमान करके स्वच्छन्द सुरक्षित कैसे घूमते हैं? उनकी असाधारण शारीरिक शक्ति एक तिल भी कम नहीं हुई है, तब भी क्यों वह मुंह उठाकर जोर के साथ अपनी बात नहीं कह सकता? क्यों वह सब कुछ सिर झुकाकर सहन कर लेता है? अपने मन की यह शोचनीय दुर्बलता आज उसे बहुत कष्ट देने लगी और उससे भी ज्यादा कष्ट उसे इस बात से होने लगा कि प्रतिकार करने की शक्ति भी आज उसके हाथ से निकल गई है। राखाल की क्रुद्ध भाषा उसी रात वाली घटना की ओर इशारा कर रही थी, इसमें जरा भी सन्देह नहीं। इसे याद कर सतीश लज्जा से मानो धूल में लोटने लगा। विपिन के आदमी उसे किस तरह किस भाव से पकड़ ले गए थे, अंधेरे घर में वह किस प्रकार भयग्रस्त पड़ा हुआ था और चतुर लोग किस तरह सारी चालाकी को भांपकर ओढ़ने के अन्दर से खींचकर ले गए थे, इत्यादि का चित्ताकर्षक दुर्लभ विवरण सच-झूठ, अलंकार-आडम्बर मिला-मिलाकर जब वर्णन किया जा रहा था तो वहां उपस्थित सब लोग उसका किस उत्कट आनन्द, आग्रह और उच्च हास्य के साथ उपयोग कर रहे थे और उनका चेहरा ऐसा मर्मभेदी और बीभत्स दिखाई पड़ रहा था कि उसकी याद कर इस एकान्त कमरे में भी सतीश का सारा मुख वेदना से पीला पड़ गया। फिर उन्हीं के सामने राखाल ने उसका अपमान करके उसे विदा कर दिया और वह एक बात भी कह नहीं पाया। यह बात सुनकर सावित्री अपने मन में क्या समझेगी?

किन्तु वह कुछ भी नहीं कहेगी। चुप होकर सारी लांछना सहन करेगी, एक भी जवाब न देगी। उसका आत्मसम्मान-बोध कितना वृहत् है, इसे जैसे उसने निःसंशय समझ लिया है, वैसे ही उसकी व्यथा-भरी मुख-छवि वह कल्पना में आज स्पष्ट देखने लगा। पर सतीश ने मन-ही-मन कहा, "मेरी अपनी मूर्खता से जो अशोभनीय घटा है, उसके बीच असहाय सावित्री को फेंक देना उचित नहीं है, किन्तु वह इसे भी सोच नहीं पाया कि उचित क्या होता। पर क्या सावित्री ने स्वयं ही उसे चले जाने को नहीं कहा था!"

बिहारी ने आकर कहा, "बाबू, आपके स्नान करने का समय हो गया है।" आज उसके कण्ठ स्वर में एक विशेष अर्थ था।

सतीश लज्जित हो जल्दी से उठ बैठा और तौलिया कन्धे पर रखकर स्नान करने चला गया।

हाय रे! जब उसका मन फटा जा रहा है, तब भी किसी नियमित काम की अवहेलना करने का रास्ता उसके लिए नहीं है। वह स्कूल गया किन्तु कक्षा के अन्दर न जा सका। बाहर ही बाहर घूमते रहकर बासे में लौट आया पर कमरे में प्रवेश करते ही न जाने कैसे नैराश्य से मानो उसका समस्त ह्रदय भर गया। इस नये घर को सजाने-संवारने में बिहारी ने यथा-साध्य परिश्रम किया है, यह तो समझ में आया किन्तु अपटु हाथ की पहली चेष्टा कहीं भी छिप नहीं सकी है, यह बात भी उसकी नजर में पड़ गई। बिहारी शर्बत बना लाया, हुक्का तैयार कर लाया और दुकान से पान लगवा लाकर उसका दोना पास रख गया। वृद्ध की इन सब अनभ्यस्त सेवाओं से सतीश ने मन-ही-मन हंसना चाहा, किन्तु रोकर आंखें पोंछ लीं। रात को बिछौने पर पड़कर सतीश सोचने लगा — जो होना था, हो गया, अब वह इन बातों को मन में न आने देगा, लिखने-पढ़ने के लिए कलकत्ता आया है, सम्भव होगा तो बस उसी के लिए रहेगा, न हो सकेगा तो घर लौट जाएगा। किन्तु उस दिन मूर्च्छिता नारी को जो गर्म-गर्म स्पर्श लेकर वह बासे को लौट रहा था उसका उत्ताप उसके समस्त संयम की चेष्टा को गलाकर नष्ट करने लगा। बिहारी मन-ही-मन सब कुछ समझता था किन्तु सांत्वना देने का साहस उसे नहीं होता था। इसीलिए वह उदास मुंह चुपचाप बाहर बैठा रहा था। प्रायः दस बजे, उसने धीरे-धीरे मुंह उठाकर कहा, "बाबू, रोशनी बुझा दूं क्या?"

सतीश बोला, "बुझा दे, किन्तु तू सोएगा कहां बिहारी?"

"मैं यहीं हूं बाबू।"

सतीश ने पूछा, "इस बासे में क्या नौकरों के लिए सोने की जगह नहीं है?"

बिहारी बोला, "नीचे एक खाली कमरा तो है किन्तु शायद आपको किसी चीज की जरूरत पड़े, इसलिए यहीं रहूंगा।"

सतीश परेशान होकर बोल उठा, "क्या कहता है रे, तू सोने जा। बूढ़ा आदमी है, ठण्ड में कैसे रहेगा?"

"ठण्ड कहां है बांबू", कहकर बिहारी शरीर के कपड़े को सिर के नीचे रख सो रहा।

कुछ देर तक चुप रहने के बाद सतीश ने पूछा, "रात कितनी हुई होगी?"

"कुछ ज्यादा नहीं हुई है, लगता है दस बजे होंगे।"

सतीश फिर चुप हो रहा। कुछ देर बीत जाने पर मीठी आवाज में पूछा, "अच्छा, तू सावित्री का घर तो पहचानता है बिहारी?"

बिहारी उठकर बैठ गया, फिर बोला, "पहचानूंगा क्यों नहीं बाबू? कितने ही दिन साथ जाकर उसे पहुंचाया है।"

सतीश और कुछ बोल नहीं सका। किन्तु बिहारी ने कहा, "एक बार जाकर देख आऊं क्या?"

इस बार सतीश परेशान होकर बोला, "नहीं-नहीं, तू कहां जाएगा? वह बहुत दूर है।"

बिहारी ने कहा, "कुछ दूर नहीं है बाबू!"

सतीश सोचने लगा, कुछ बोला नहीं।

बिहारी ने धीरे-धीरे कहा, "बाबू यदि घण्टे-भर की छुट्टी दें तो देख आऊं। सुबह नहीं आई थी, लगता है बीमार पड़ गई होगी।"

किन्तु सतीश ने कुछ नहीं कहा।

बिहारी मन-ही-मन अस्थिर हो उठा। आज सारे दिन से वह अपने अभ्यासानुसार कोई बात नहीं कर पा रहा है और बात करने के विषय इस बीच बहुत अधिक एकत्र हो गए हैं। इसीलिए एक बार वह फिर बोला, "नई जगह है। नींद नहीं आती होगी बाबू, और एक बार हुक्का भर लाऊं क्या?"

सतीश अनमना-सा पड़ा था, कुछ जवाब नहीं दिया। तब भी बिहारी कुछ देर तक सिर उठाए जवाब की राह देखता रहा, अन्त में निराश होकर शरीर का कपड़ा ही ऊपर तक तान लिया और वहीं तुरन्त सो गया।

दूसरे दिन ठीक समय पर सतीश स्कूल चला गया। दोपहर को बिहारी अपना काम-काज खतम कर नये रखे हुए पांडेजी महाराज के ऊपर के बासे की देखरेख सावधानी से करने का भार डाल, बाहर निकल गया और सत्रह दिन की अपनी तनख्वाह पाने की अभिलाषा लिए पुराने बासे में आ उपस्थित हुआ। उसे यह शंका तो थी कि कहीं राखाल बाबू आफिस न चले गए हों। इसलिए घर में प्रवेश करते ही नए नौकर से सब बातों का पता लगा लिया और रसोईघर के सामने पहुंचकर जोर से कहा, 'महाराजजी! पालागन।"

महाराज गांजा पीकर दीवार की टेक लगाए आंख बन्द किए ध्यान कर रहे थे; चौंककर बोले, "कल्याण हो।" इसके बाद माथा सीधा करके देखते हुए बोले, "ओह बिहारी है? आओ, बैठो।"

बिहारी ने पास आकर चरणधूलि ली; फिर बैठ गया। चक्रवर्ती ने गमछे की खूंट खोलकर थोड़ा-सा गांजा बाहर निकाला और बिहारी के हाथ में देकर कहा,

"उस बासे में खाना कौन बनाता है?"

बिहारी उठा और हथेली में थोड़ा जल लेकर लौट आया, फिर बोला, "एक खोटा ब्राह्मण है। बिल्कुल जानवर है।"

चक्रवर्ती खुश होकर सिर हिलाते हुए बोला, "भगवान ने ही उन्हें बासा देने में भूल की है।" फिर बासे के नये हिन्दुस्तानी नौकर को लक्ष्य करके कहा, "हमारे यहां भी कल ही एक बेटा भूत को पकड़ लाये हैं। आज सुबह उसे कुछ काम दिया तो तुम विश्वास न करोगे बिहारी, बेटे ने सारी चीजें ही खराब कर दीं। किन्तु वहां उन लोगों को कष्ट न होगा। हमारी सावित्री बड़ी होशियार स्त्री है, दो दिन में ही सिखा-पढ़ाकर तैयार कर देगी।"

उन्होंने भी अपनी पन्द्रह आना विद्या इसी गुरु से सीखी है, यह बात छिपाकर वह जल्दी-जल्दी बोल उठे, "किन्तु तब भी कहता हूं बिहारी, सिर्फ हांडी चढ़ा देने से ही काम नहीं चलता; बाबुओं को खुश करना पड़ता है, उनके लिए रसोई परसकर-सजाकर ले जाना कोई सामान्य विद्या नहीं है — इसके लिए ब्राह्मण में बल होना चाहिए; यह कोई छोटे-मोटे काम का नहीं है। किन्तु अब यहां मेरा काम करना न हो सकेगा; तुम्हें तो मैंने पहले ही कह दिया था। तू जरा सावित्री से मेरा जिक्र करना। वह तुरन्त कहेगी, 'जाओ बिहारी, चक्रवर्ती को बुला लाओ, बल्कि दो रुपये महीना तनखाह ज्यादा दे दूंगी।' सतीश बाबू कभी 'ना' नहीं करेंगे। उनका मिजाज तो मैं जानता हूं। और ब्राह्मणस्य ब्राह्मणः गतिम्। दो रुपया ज्यादा पाने पर मैं किसी अपात्र के पल्ले तो नहीं पड़ूंगा।" इतना कहकर चक्रवर्ती खुद ही हंसने लगे।

बिहारी अवाक् हो रहा। कुछ देर बाद बोला, "पर महाराज जी! सावित्री तो वहां नहीं है।"

चक्रवर्ती ने अविश्वास की हंसी हंसकर कहा, "अच्छा नहीं सही! तू मेरा नाम लेकर कहना, उसके बाद जो कुछ होगा, मैं देख लूंगा।"

बिहारी ने बड़ा गम्भीर मुंह बनाकर बायें हाथ की चीज दाहिने हाथ में लेकर कहा, "आपको छूकर कसम खाता हूं देवता, वह वहां नहीं जाती।"

इतनी बड़ी कसम के बाद चक्रवर्ती और सन्देह न कर सके परन्तु आश्चर्य करते हुए बोले, "तू कहता क्या है बिहारी? वह तो यहां भी नहीं आती। तब भी राखाल बाबू बेचारे सतीश बाबू को चौबीसों घण्टे — अच्छा, तू जा एक बार उसे देख आ, उसके बाद मैं हूं और राखाल बाबू हैं। मुझे ऐसा-वैसा बामन न समझना बिहारी!"

उनके ब्राह्मणत्व में बिहारी को अगाध श्रद्धा थी; उसने गांजे की कली चक्रवर्ती के हाथ में देकर प्रश्न किया, "अच्छा, सतीश बाबू ही क्यों चले गए? वह कहते हैं, यहां से स्कूल दूर पड़ता था—किन्तु यह तो कोई काम की बात नहीं है।"

चक्रवर्ती सावधानी के साथ आग रखते-रखते बोले, "नहीं, इसके भीतर कोई बात है।" इसके बाद दोनों आदमियों ने मिलकर गांजे को खतम कर दिया। तब बिहारी उठ खडा हुआ और उद्विग्न मुंह से सावित्री के घर की ओर चल पड़ा। उसे निश्चित रूप से विश्वास हो गया कि सावित्री बीमार पड़ गई है।

सावित्री के मकान का सदर दरवाजा खुला हुआ था; बिहारी बिना अवाज किए अन्दर गया। प्रायः सब कमरों के किवाड़ बन्द हैं; किरायेदार दिन की नींद ले रहे हैं। बिहारी धीरे-धीरे सावित्री के कमरे के सामने आकर वज्राहत की भांति स्तब्ध हो खड़ा रह गया। एक पल्ला बन्द था; उसकी ओट में सावित्री जमीन पर बैठी है और थोड़ी ही दूर पर तख्त के ऊपर बिछौने पर विपिन बाबू शराब पीकर नशे में पड़े सो रहे हैं। पांव के शब्द से चकित होकर सावित्री ने सिर बढ़ाकर बिहारी को देखा और क्षण-भर के लिए मानो पीली पड़ गई। किन्तु दूसरे ही क्षण आत्मसंवरण करके बाहर आई और जबर्दस्ती हंसकर बोली, "आओ बिहारी, बैठो।" उसे साथ ले आकर रसोईघर के बरामदे में चटाई डाल दी और बड़े आदर से बैठाकर स्वयं पास ही फर्श पर बैठ गई। फिर पूछा, "सब खबर अच्छी तो है बिहारी?" बिहारी ने सिर हिलाकर बताया कि ठीक है। उसके बाद सावित्री के मुंह से और कोई बात नहीं निकली। दोनों चुप्पी साधे बैठे रहे। कुछ देर बाद हठात् बिहारी उठता हुआ बोला, "चलता हूं। अभी मुझे बहुत काम है।"

सावित्री ने सूखे मुंह से पूछा, "अभी जाओगे? जरा बैठो न?"

बिहारी ने उठकर कहा, "नहीं, चलता हूं।"

सावित्री साथ-साथ सदर दरवाजे तक आई और धीरे-धीरे बोली, "क्यों बिहारी! बाबू लोग खूब गुस्सा हुए होंगे?"

बिहारी ने चलते-चलते कहा, "वह मैं नहीं जानता। मैं अब वहां नहीं हूं।"

सावित्री ने व्यग्र होकर प्रश्न किया, "नहीं? क्या बासा टूट गया?"

बिहारी ने कहा, "नहीं, टूटा नहीं है। केवल मैं और सतीश बाबू वहां से चले गए हैं।"

"तुम क्यों चले गए बिहारी?"

"उसमें बहुत-सी बातें हैं।" इतना कहकर बिहारी ने फिर से चलने का उद्योग

किया; सावित्री ने दोनों हाथों से उसका हाथ पकड़ लिया और अनुनय के स्वर में कहा, "उठ गए हो, परन्तु तुम्हें एक बार फिर बैठना होगा बिहारी।"

बिहारी ने अटल भाव से सिर हिलाकर कहा, "नहीं, मेरे पास समय नहीं है।"

"तब कल एक बार आओगे, बोलो।"

बिहारी ने उसी प्रकार दृढ़ स्वर में कहा, "नहीं, मुझे समय नहीं मिलेगा।"

क्षण-भर सावित्री ने उसके मुंह पर तेज नजर डाली और उसका हाथ छोड़ दिया फिर सारी छाती में अभिमान भरकर शान्त भाव से कहा, "अच्छा, तब जाओ। जाकर उनसे यह सब बात कह देना।"

इस बात से बिहारी को चोट लगी। उसने मुंह उठाकर कहा, "वह तो तुम्हारी कहानी जानना चाहते नहीं।"

"नहीं चाहते?"

"नहीं।"

सावित्री ने स्थिर भाव से प्रतिघात सहन कर लिया और सूखे स्वर में बोली, "किसी दिन जानना चाहेंगे तब तो कहोगे?"

बिहारी ने कहा, "नहीं। मैं औरत नहीं हूं — मेरे अन्दर दया-माया है।" इतना ही कहकर और किसी सवाल की राह न देख तेजी से गली पार करके चला गया।

सावित्री उसी जगह चौखट के ऊपर स्तब्ध होकर बैठी रही। उसके अन्दर-बाहर फिर एक बार आग भभक उठी।

आज सुबह वह घर नहीं थी। काली-दर्शन करने कालीघाट गई हुई थी। उसी बीच न जाने कहां से विपिन दो साथियों को लेकर मद्यमान से उन्मत्त होकर आ गया और मोक्षदा के हाथ में दो नोट थमाकर सावित्री के कमरे का ताला खुलवा लिया तथा उसके बिछौने पर जा बैठा। और शराब मंगाई गई; मकान के और लोगों के साथ मिलकर सबने खूब पिया और मतवाले हो गए। यह सब कोई भी बात सावित्री जानती न थी। लगभग बारह बजे घर में प्रवेश कर उसने देखा, इस मकान की दो भाड़ेदार प्रवीणा स्त्रियां मतवाली होकर बक-झक रही हैं, और उसकी मौसी मोक्षदा सामने के बरामदे में पड़ी हुई टूटे गले से विद्यासुन्दर का गाना गा रही है। सारे घर में अण्डे के छिलके, मांस के टुकड़े और मछली के छिलके फैले हुए हैं। कहीं पांव रखने की जगह नहीं है। मोक्षदा सावित्री को देखते ही अपने शिथिल वस्त्रों के साथ कमर पकड़कर उठ खड़ी हुई; एकाएक उसका

गला पकड़कर वह रोती-सी बोली, "बेटी, ये सब बाबू दोस्त हैं, उनकी चाकरी करनी है। मैं तेरी गरीब मौसी हूं सावित्री —" उसके मुंह से शराब की तेज गंध आ रही थी; गाल पर, माथे पर, कपड़े पर सर्वत्र हल्दी के सूखे दाग थे, निश्वास में कच्चे प्याज की कुत्सित तीव्र गन्ध थी। असह्य घृणा के साथ सावित्री ने उसे जोर लगाकर दूर ठेल दिया और बोल उठी, "मौसी! तुम भी शराब पीती हो? तुम भी नशेबाज हो?"

धक्का खाकर मोक्षदा ने रोना बन्द कर दिया और आंखें लाल करके वह चीत्कार कर उठी, "नशेबाज? हां, बिल्कुल नशेबाज! मुहल्ले-टोले के लोगों से पूछ ले — वे कहेंगे कि मोक्षदा नशेबाज है। मेरा भी एक जमाना था रे, मेरा भी एक जमाना था! मैं भी एक दिन चौबीस घण्टे शराब में डूबी रहती थी! तू उसे जानेगी कैसे, तू तो कल की छोकरी है।"

उसकी बकवास से कुण्ठित होकर शान्त करने के अभिप्राय से बोली, "किन्तु तुम तो पीती नहीं थीं — आज एकाएक कैसे पी ली?"

मोक्षदा और भी क्रुद्ध होकर बोली, "इसमें एकाएक की क्या बात है। मैं एकाएक पी लेने वाली औरत नहीं हूं। जरा पूछ तो अपने बाबू से, यह जो एक गिलास पीकर उलटा पड़ा हुआ है उससे। अरे हम लोग मरती हैं तब भी मर्यादा नहीं छोड़तीं। मेरे आंचल में दो नोट बांध दिये तब मैंने गिलास को हाथ लगाया।" कहकर अभिमानपूर्वक आंचल की गांठ दिखाती हुई बोली, "सिर्फ कहने से ही टूट पड़ूं, वह मोक्षदा मैं नहीं हूं।"

सावित्री ने चौंककर पूछा, "क्या बाबू आए हैं?"

मोक्षदा ने कहा, "नहीं आए तो यह सब काण्ड किसने किया? किन्तु वही तो कहती हूं, खाओ कहने से ही खाती कैसे? क्या मेरी आबरू-इज्जत नहीं है?"

इसके पहले बरामदे के उस किनारे पर जो बात कर रही थीं वे उच्च कण्ठ स्वर में कलह की संभावना देख उनके पास ही आकर खड़ी हो गईं। विधु बोली, "अरे आबरू-इज्जत हम लोगों की भी है, ठेस देने की बात हम भी समझती हैं। हम क्या सावित्री जैसी स्त्री हैं। तेरे बाबू हम लोगों का हाथ पकड़कर अनुनय-विनय करने लगे, तब हमने पी। ऐसा न होता —"

उसकी बात पूरी होने के पहले ही मोक्षदा गरज उठी, "चाहे सावित्री के बाबू हों; चाहे जमाई ही क्यों न हों। एक कुड़ी मुद्रा आंचल में बांध दिया, तब मैं उसकी गुलाम हुई!"

यह बात सुनकर सावित्री लज्जा और घृणा से मरी जा रही थी। अब बोल उठी, "रुको मौसी, रुको। चुप हो जाओ।"

मोक्षदा बोली, "चुप क्यों होऊं? जो कहूंगी, सामने ही कहूंगी। सारे तल्ले के लोग जानते हैं कि अगर कोई साफ बोलने वाली है तो मैं हूं।"

इस बार विधु भी गला चढ़ाकर बोली, "साफ बोलना सिर्फ तू ही जानती है, ऐसी बात नहीं। हम लोग भी जानती हैं। कपड़े में दो नोट बांध देने पर तू शराब पी गई, तीन नोट पाती तो न जाने—"

मोक्षदा लपककर उठी और बोली, "इतना बड़ा मुंह तेरा नहीं है —" आगे वह और न बोल सकी। सावित्री ने उसके मुंह पर हाथ रख दिया तथा बाहर से सांकल चढ़ा दी। वहीं से मोक्षदा न कहने-सुनने योग्य भाषा की निरन्तर वर्षा करने लगी।

लौट आकर सावित्री ने विधु के दोनों हाथ पकड़कर कहा, "मौसी! मुझे माफ कर दो। सब अपराध मेरा है।"

उसकी नम्र बात से शान्त होकर विधु बोली, "तेरा अपराध क्या है रे? मैं जानती हूं, मोक्षदा सदा से ऐसी ही है; पांव पकड़कर झगड़ा करती है। यह उसका स्वभाव है। जा, तू अपने कमरे में जा।" इतना कहकर विधु संगिनी का हाथ पकड़कर चली गई।

सावित्री काठ-सी खड़ी रही। रोष और क्षोभ के मारे उसे आत्मघात करने की इच्छा हुई। सतीश इतना निर्लज्ज हो सकता है और खुलेआम दिन में ऐसे उन्मत्त आचरण कर सकता है, इसका वह स्वप्न में भी ख्याल नहीं करती थी। पर वह बात अब काल्पनिक नहीं है; एक सच्ची व्यथा उसके कलेजे में विराट् लहर की भांति उठने और फैलने लगी। उसके मन में होने लगा कि जो उसका प्रियतम था, वही मानो उसकी आंखों के सामने ही मर गया है; जिसे उसने सिर्फ दो दिन पहले कड़ुवी बात से अपमानित करके विदा कर दिया था, वही इतनी जल्दी, इतने सहज ढंग पर, अपना समस्त आत्म-संयम धो बहाकर ऐसा हीन और कदाकार हो लौट आया, तब भरोसा करने, विश्वास करने को उसके पास कुछ नहीं रह गया। उसकी दोनों आंखों से आग की लपटें निकलने लगीं, किन्तु एक बूंद जल भी उनमें नहीं आया। उसका सर्वस्व, उसका देवता, उसकी कल्पना का स्वर्ग, उसके भ्रष्ट जीवन का ध्रुवतारा, उसका इहकाल-परकाल सब कुछ एक मुहूर्त्त में विक्षिप्त और उच्छिष्ट राशि के बीच लौट गया। सावित्री स्थिर होकर खड़ी रही, कमरे में जाने के लिए किसी प्रकार उसका पांव न उठा। उसे याद आया, अभी उसी दिन रात को उसको छूकर सतीश ने शराब न पीने की कसम खाई थी। आज जब वह इन लोगों के बीच सब भूलकर, नशे में धुत होकर उसकी शय्या पर आ पड़ा है, तब वह क्या लेकर उसके मुंह की ओर देख सकेगी?

इसी समय नीचे मकान-मालकिन के गले का शब्द सुनाई पड़ा। वह भी आज घर में नहीं थीं। आने पर किसी से मोक्षदा और विधु का हाल और उसके साथ ही जो कुछ हुआ था वह सब सुनकर, क्रोध में भरी ऊपर चढ़ती आ रही थी, हठात् सामने छिलकों एवं कांटों का ढेर देख स्थिर हो खड़ी रह गईं। अभी हाल में ही वह प्रयाग से सिर मुंड़ाकर आई थीं, इसलिए उनके आचार-विचार का कोई अन्त न था। सावित्री को देख बोलीं, "तुझे तो अच्छी स्त्री ही समझती थी — यह कैसी अनासृष्टि है बोल तो बेटी!"

सावित्री ने संक्षेप में ही उत्तर दिया, "मैं घर में नहीं थी।"

मालकिन ने कहा, "अब तो आ गई है, अब इन सबको कौन हटाएगा? मैं ? नहीं बेटी, मेरे घर में यह सब अनाचार नहीं चलेगा। अपने घर में रहकर चाहे जो करो, मैं कुछ कहने नहीं जाऊंगी, किन्तु बाहर रहकर यह सब काण्ड नहीं होगा। मैं छू-छाकर अपनी जाति और जन्म नष्ट न कर पाऊंगी।" इतना कहकर दीवार पकड़े हुए, बचते-बचाते किसी तरह उधर के अपने कमरे में जा पहुंची। सावित्री ज्यादा खड़ी न रह सकी। सारी गन्दी चीजें हटाकर, सारी जगह को धो-पोंछकर फिर से स्नान कर आई और एक सूखा कपड़ा लेने के लिए कमरे में प्रवेश किया। अन्दर जाकर बिछौने की ओर देखते ही वह भय और विस्मय से चीत्कार कर उठी, "मैया री, यह तो विपिन बाबू हैं।"

मद्यप गाढ़ी नींद में मग्न था, जगा नहीं। बाहर और कोई यह शब्द सुन नहीं पाया। सावित्री दो कदम पीछे हट आई, उसका सर्वांग कांपने लगा और मस्तिष्क में एकाएक मूर्च्छा आने के लक्षण का अनुभव हुआ; दरवाजे की आड़ में किवाड़ पर सिर रखकर निर्जीव की भांति बैठ गई।

बहुत देर बाद यह भाव दूर हो गया किन्तु तब भी वह सिर उठाकर सीधे होकर बैठ न सकी। इससे पहले जिस क्षोभ से, जिस दुःख से उसका कलेजा टुकड़े-टुकड़े हुआ जा रहा था, जिसके निर्लज्ज आचरण की लज्जा से वह मरने की इच्छा कर रही थी, वह लज्जा सत्य नहीं है, यह सतीश नहीं कोई दूसरा ही आदमी है, इसे आंखों से देखकर भी उसका वह क्षोभ, वह दुःख मानो बिन्दुमात्र भी कम नहीं हुआ; बल्कि छाती और बोझिल, हृदय और अंधेरा हो उठा। वह शय्या की ओर फिर देख नहीं सकी। इस बार उसकी दोनों आंखों से झर-झर करके बड़ी-बड़ी बूंदें गिरने लगीं।

हाय रे रमणी के प्रेम! इतने दुःख में, उसी के बीच कब गुप्त रूप से निःशब्द सतीश का सब अपराध क्षमा करके उसकी सेवा करने की, सुस्थ करने की प्यास से आर्त्त हो उठी, और कब उसे देखने, उससे बात करने की सर्वग्राही

भूख से उन्मत्त हो पड़ी, लगता है इसका पता उसके अन्तर्यामी को भी नहीं चल सका। इस समय उस तरफ की समस्त आशा मुहूर्त-भर में सब कुछ को मिथ्या करके उसके समस्त अस्तित्व को एक दिशाहीन शून्यता में डुबा गई। ठीक इसी समय उसके दरवाजे के बाहर आकर बिहारी खड़ा हो गया था।

दस

सतीश के चित्त में एक अग्नि-शिखा रात-दिन जलने लगी, यह बात वह अपने निकट अस्वीकार नहीं कर सका। उस आग में निरन्तर जलते रहने के कारण उसका इतना ज्यादा बलवान शरीर निस्तेज हुआ जा रहा है, इसका स्पष्ट अनुभव कर वह उद्विग्न हो उठा। बिहारी को बुलाकर कहा, ''एक बार फिर सामान बांधना होगा रे, आज हम लोग शाम की गाड़ी से घर चलेंगे।''

बिहारी ने प्रश्न किया, ''देश के घर या पछांह के घर, बाबू?''

''पछांह के घर'' कहकर सतीश जरूरी सामान खरीदने के लिए उसे रुपये देकर स्वयं स्कूल चला गया।

बिहारी बहुत खुश था। उसका घर मिदनापुर जिले में था, पच्छिम का मुंह उसने आज तक नहीं देखा था। उसी पच्छिम की ओर आज रवाना होना है। उसने तुरन्त शोरगुल करते हुए बांधना-छांदना शुरू कर दिया। पाण्डे ने आकर खाने के लिए कहा। बिहारी ने हंसते हुए कहा, ''पाण्डेजी, तुम जाकर खा लो। मेरा खाना एक तरफ ढककर रख दो; समय मिलने पर देखा जाएगा — अभी तो मुझे मरने की भी फुर्सत नहीं हैं।'' पाण्डेजी समझकर चले गए; शेष बातें समझ भी नहीं पाए, न समझने की जरूरत ही समझी।

हाथ का पूरा काम कर बिहारी चला गया। बाजार जाना होगा। इसके अलावा पहिले वाले बासे के चक्रवर्ती को भी यह संवाद देना चाहिए। सावित्री का खयाल तो उसने उसी दिन घृणा के साथ हटा दिया था, आज भी उसे मन में जगह न दे सका।

आज सुबह से ही सतीश के सिर में भारीपन था। बारह बजे के बाद वह बाकायदा बुखार लेकर बासे में लौटा। बिहारी घर में था नहीं। वह लगभग तीन बजे चीजों की एक गठरी सिर पर लेकर लौटा और बिल्कुल बैठ गया। इन दिनों चारों ओर इनफ्लुएंजा फैला हुआ था; इस बात की याद आते ही सतीश को भय

लगा। दूसरे दिन ज्वर और दर्द दोनों बढ़ गए संध्या के बाद सतीश ने चिन्तित मुख बिहारी से कहा, "बुखार ने यदि जल्दी न छोड़ा तो तू अकेले कैसे संभाल पाएगा?"

बिहारी आंखों में आंसू भरे हुए बोला, "डर की क्या बात है बाबू!"

सतीश थोड़ी देर चुप रहकर बोला, "एक बार उसे — यही सोच रहा हूं बिहारी, एक बार सावित्री को खबर देना ठीक न होगा? जान पड़ता है, डाक्टर को भी बुलाना होगा।"

किसी कारण सावित्री को बुलाने की जरा भी इच्छा बिहारी को नहीं थी किन्तु उसने अपने मन का भाव दबाकर कहा, "अच्छा जाता हूं।"

तब से सतीश कान लगाए रहा। जैसे उसके ज्वर की यन्त्रणा अपने-आप कम हो गई हो। लगभग दो घण्टे बाद बिहारी अकेले लौट आया। सतीश भयपूर्वक उसे देखता रहा।"

बिहारी ने कहा, "वह घर पर नहीं है बाबू।"

"घर पर नहीं है? तब तुम उस बासे में एक बार क्यों नहीं गए?"

बिहारी ने कहा, "अब, वह उस बासे में भी नहीं जाती। तीन-चार दिन से घर भी नहीं लौटी। कोई जानता नहीं कि कहां गई है।"

"उसकी मौसी भी नहीं जानती।"

"नहीं, उसे भी बताकर नहीं जाती।"

सतीश चुप हो रहा। बिहारी किसी तरह आंखों के आंसू रोककर बाहर आ खड़ा हुआ। सावित्री का जो इतिहास वह उसकी मौसी के पास सुन आया है और जिस बात में वह खुद भी निःसंशय विश्वास करता है, किसी तरह भी उसे वह रुग्ण आदमी के सामने उच्चारण न कर सका।

दूसरे दिन डाक्टर आकर दवा दे गए। सतीश ने दवा की शीशी हाथ में लेकर खिड़की के बाहर फेंक दी। यह देखकर बिहारी एक बार और आंसू रोककर सावित्री की खोज में बाहर निकल गया। मोक्षदा खाना बना रही थी; बिहारी ने पूछा, "क्या आज भी नहीं है?"

मोक्षदा ने हाथ चमकाकर और आंख-मुंह लाल कर कहा, "नहीं बेटा, नहीं। कितनी बार तुमसे कहूं; अब वह नहीं आएगी। जब बुरे दिन थे, तब मैं मौसी थी। इस समय तो उसके अच्छे दिन हैं।"

बासे में लौटकर बिहारी ने मृदु स्वर में बताया, "आज भी सावित्री लौटी नहीं है।"

दो दिन बाद, दवा न खाने पर भी सतीश का बुखार छूट गया। वह भात

खाकर सुस्थ होकर उठ बैठा। बिहारी को पुकारकर कहा, "और रुकना ठीक नहीं, आज ही रवाना हो जाना चाहिए।"

और उसी दिन सतीश कलकत्ता छोड़कर चला गया।

ग्यारह

उपेन्द्र ने सतीश के दुबले-सूखे मुंह की ओर देखकर कहा, "भैया, क्या यही डाक्टरी सीखने का नमूना है?"

सतीश ने हंसकर कहा, "है तो न उपेनदा?"

उपेन्द्र ने आश्चर्यान्वित होकर पूछा, "हुआ क्या रे?"

सतीश ने लज्जित होकर कहा, "डाक्टरी हमारे लिए सह्य नहीं हुई उपेनदा।"

कुछ देर तक सतीश के ऊंचे शरीर को स्निग्ध दृष्टि से देखते रहने के बाद उपेन्द्र ने कहा, "ठीक ही हुआ। पढ़ाई में न जाने कितनी अनर्थकारी जीवहत्या करता, उसके पाप से भगवान् ने तुझे बचा लिया।"

महीने-भर बाद एक दिन उपेन्द्र ने सतीश को बुलाकर कहा, "मेरे साथ तुझे एक बार कलकत्ता चलना होगा सतीश!"

सतीश हाथ जोड़कर बोला, "उपेनदा! ऐसा हुक्म न दो। कलकत्ता बड़ा शहर है, चमत्कारिक स्थान है, सब कुछ ठीक किन्तु मुझे वहां चलने के लिए न कहो।"

बात सतीश ने परिहास में लपेटकर कही थी, किन्तु वह छलना उसकी दबाई हुई व्यथा को दबी रखने में समर्थ न हो सकी। उसकी नकली हंसी वेदना की विकृति से इस प्रकार रूपान्तरित होकर प्रकट हुई कि उपेन्द्र आश्चर्य से उसके मुंह की ओर देखते ही रह गए। उन्हें निश्चित रूप से मालूम पड़ गया कि सतीश वहां कुछ-न-कुछ कर आया है और उसे उनसे छिपा रहा है। क्षण-भर बाद बोले, "तब रहने दे सतीश! तेरा शरीर भी अच्छा नहीं है, मैं अकेले ही चला जाऊंगा।"

उपेन्द्र के मन के भाव का अनुमान कर सतीश ने कुण्ठित होकर प्रश्न किया, "कब जाएंगे उपेनदा?"

"आज ही।"

"आज ही? अच्छा चलिए, मैं भी चलता हूं।" इतना कहकर और अचानक राजी होकर सतीश घर लौट आया। वह क्षण-भर में ही कलकत्ता के लिए अधीर हो उठा। बिहारी से कहा, "एक बार फिर सामान बांध ले, कलकत्ता जाना होगा।"

बिहारी ने चिन्तित मुंह से पूछा, "कब बाबू?"

सतीश ने हंसते हुए कहा, "कब क्या रे! आज ही रात की ट्रेन से।"

"अच्छा," कहकर बिहारी मुंह लटकाए हुए चला गया।

सतीश उसके अप्रसन्न मुंह को देखकर मन-ही-मन बोला, "बिहारी को यहां तो कुछ काम-काज है नहीं, इसीलिए वहां खटने के भय से नहीं जाना चाहता।" किन्तु अन्तर्यामी जानते हैं कि सतीश बूढ़े के मन की बात बिल्कुल ही समझ नहीं सका।

इसके पहले एक दिन सतीश ने बात-बात में बिहारी से कहा था, "अच्छा बिहारी, अब तक तो सावित्री निश्चय ही लौट आई होगी, किन्तु उस समय कहां गई थी, बता सकते हो?"

बिहारी ने थोड़े में ही कह दिया था, "नहीं बाबू!" बोलता तो वह कितनी ही बातें कह सकता था, किन्तु एक दिन सावित्री के मुंह पर वह अपने पुरुषत्व का अहंकार जताकर चला आया था, उस गर्व को वह किसी प्रकार दबा नहीं सका।

जिस दिन कलकत्ता से घर लौटकर सतीश ने अपने घर में कदम रखते ही हाथ जोड़ आर्द्र कण्ठ से कहा था, "भगवान्! तुम जो कुछ करोगे अच्छे के लिए ही करोगे।" उस दिन सृष्टिकर्त्ता के किस विशेष कार्य का स्मरण कर उसने इतने बड़े धन्यवाद का उच्चारण किया था, शायद पूछने पर वह इसे न कह सकता। फिर भी कितने बड़े संकट के मुंह से वह निरापद लौट आ सका है, कितने बड़े दुश्छेद्य जाल को वह कितनी सरलता से तोड़कर बाहर आ खड़ा हुआ है, यह तो वह निश्चित रूप से जानता था और इस सौभाग्य को वह कृतज्ञतापूर्वक ही ग्रहण करना चाहता था किन्तु उसका भीतर सोया हुआ अबोध मन उस ओर नजर तक नहीं डालता, और पड़ा-पड़ा रात-दिन एक ही रूप में रोते हुए बिताता है। फिर भी यत्न करके वह पहले की तरह ही अपने बचपन के बन्धु-बान्धव, थियेटर, गाने-बजाने, अखाड़े इत्यादि में मिलता-जुलता है, किन्तु किसी तरह पहले की तरह नहीं मिल पाता। बल्कि जो घर में गृहिणी के साथ कलह करके बाहर का काम पूरा करने आते हैं उन्हीं की तरह वह छिद्रान्वेषी और असहिष्णु होकर बिना विचारे सभी को डंक मारता फिरता था। इस तरह जब वह दिन बिता रहा था

तभी बीच में कलकत्ता जाने का आह्वान सुनकर उसकी विद्रोही गृहलक्ष्मी धूलि-शय्या छोड़कर उठ बैठी एवं भविष्य के बुरे-भले के प्रति भ्रूक्षेप किए बिना, यात्रा करने को पांव बढ़ाकर आ खड़ी हुई।

उसी रात को सतीश और उपेन्द्र कलकत्ता जाने के लिए मेलगाड़ी के एक सेकेण्ड क्लास डिब्बे में जा बैठे।

सीटी देकर गाड़ी के छूट जाने पर उपेन्द्र खिड़की से मुंह हटाकर बिस्तरे पर सो गए, किन्तु सतीश खिड़की के बाहर ही देखता रहा।

मेल ट्रेन सब स्टेशनों पर नहीं रुकती। वह प्रदेश, नद-नदी, गांव, पथ सब को पार करती हू-हू आवाज करती दौड़ी चली जा रही थी और उस तेज चाल के परिणामस्वरूप कदाचित् निःसंग, निकटवर्ती पेड़-पौधे क्षण-क्षण-भर में अदृश्य होते चले जा रहे थे। दिगन्त में वृक्षों की पंक्ति और बंसवारियां अंधेरा कर रही थीं और उन्हीं के नीचे नदी के वक्रांश में शुभ्र जल-रेखा खिड़की के नीले शीशे के भीतर से दिखाई पड़ जाती थी। बाहर वृक्ष, गुल्म तथा लाइन की बगल में सूखी सनई, सब पर उदास चांदनी फैल रही थी। सतीश की आंखों में जल भर आया। इस रास्ते वह न जाने कितनी बार आया है, गया है और इस निस्तब्ध शान्त प्रकृति को कितनी ही बार वह ऐसी ही मलिन चांदनी के प्रकाश में देख गया है, किन्तु और किसी दिन उसकी आंखों में ये सब चीजें इस प्रकार आई नहीं हैं। उसके मन में होने लगा कि सभी कुछ विच्छिन्न, निर्लिप्त और मृत है। कोई किसी के लिए व्याकुल नहीं है, कोई किसी के मुंह की ओर देखकर उससे अपेक्षा नहीं करता। सभी स्थिर हैं, सभी उद्वेगहीन हैं, सब अपने-अपने में पूर्ण हैं। इस निर्विकार, उदासीन धरती की ओर देखने में उसे क्लेश होने लगा। वह आंखें मूंदकर बेंच के ऊपर चित सो गया। किन्तु थोड़ी देर बाद उठा और ट्रंक खोलकर शहनाई (बाजा) बाहर निकाली। फिर उपेन्द्र को लक्ष्य कर धीरे-धीरे कहा, "गाड़ी की आवाज से यदि तुम्हारी नींद में व्याघात नहीं होता तो वंशी के शब्दों से भी नहीं होगा। मैं तो सो सकता नहीं।" इतना कहकर वह फिर एक बार खिड़की के पास खिसक आया और बैठकर बाहर की ओर देखते हुए वंशी में फूंक मारी।

उपेन्द्र में कुछ हरकत नहीं हुई। भगवान् ने सतीश को गाने के लिए गला और बजाने के लिए हाथ दिए थे। इस ओर उन्होंने कृपणता नहीं की थी। बचपन से ही शुरू करके इस विद्या में उसने निपुणता प्राप्त की थी और शिक्षा कहने से जो कुछ समझ में आता है उसी तरह उसने इसे सीखा था। सतीश वंशी बजाने लगा। उस शुद्ध-सुन्दर अनिर्वचनीय संगीत-सृष्टि को समझने वाला कोई था नहीं — केवल बाहर के आकाश में खण्ड-चन्द्रमा उसका अनुसरण करता भागता चलने

लगा और धरती के ऊपर फैली सुप्त ज्योत्स्ना की नींद टूट गई। क्रमशः जब गाड़ी की गति कुछ मन्द हो गई और मालूम पड़ा कि स्टेशन पास आ गया है, तब उसने वंशी उठाकर रख दी।

उपेन्द्र उठकर बैठ गए और कहने लगा, "नहीं, यदि सीखना ही होगा तो शहनाई बजाना सीखूंगा। उस दिन तुम्हारा सितार सुनकर व्यर्थ ही एक सितार खरीद लाया। पैसा मिट्टी में मिल गया।"

सतीश ने हंसकर कहा, "कृपा करो उपेनदा, ऐसा कहकर शहनाई न खरीदना। घर में बैठे हुए उस बाजे को सीखने की चेष्टा करने पर पढ़ाई करने वाले लोग वहां ठहर न पाएंगे।"

उपेन्द्र जरा भी न झेंपकर बोले, "नहीं, सीखूंगा तो तुम्हारे ही घर बैठकर सीखूंगा।" इतनी बात करके दोनों हंस पड़े।

दूसरे दिन काफी देर बाद गाड़ी हावड़ा स्टेशन पर आ खड़ी हुई; तब उपेन्द्र नें पूछा, "तू कहां जाएगा रे?"

सतीश आश्चर्य में भरकर बोला, "यह कैसी बात है? तुम्हारे ही साथ।"

"क्या तुझे कहीं जाने का ठिकाना नहीं है?"

"हो भी तो तुम।"

इस बारे में कोई और बात नहीं हुई।

स्टेशन पर उतरते ही विलायती पोशाक पहने एक बंगाली साहब ने उपेन्द्र का हाथ पकड़ लिया। यह थे उपेन्द्र के बाल्यबन्धु ज्योतिष राय बैरिस्टर। तार पाकर लेने आए थे। बाहर उनकी गाड़ी खड़ी थी। थोड़ा-बहुत जो सामान साथ में था, कुली द्वारा गाड़ी की छत पर चढ़ा दिए जाने के बाद तीनों आदमी भीतर जा बैठे। बिहारी कोच-बाक्स पर बैठ गया; कोचवान ने गाड़ी हांक दी। बहुत देर बाद, अनेक रास्तों और गलियों को पार कर गाड़ी एक बहुत बड़े मकान के सामने आ खड़ी हुई। तीनों आदमी उतर पड़े।

बारह

शाम होने में ज्यादा देर नहीं है। उपेन्द्र और सतीश पथरियाघाट की एक बड़ी संकरी गली की मोड़ पर आकर खड़े हो गए।

उपेन्द्र ने कहा, "निश्चित रूप से यही गली मालूम पड़ती है।"

सतीश ने सन्देह प्रकट किया, "इसके अन्दर नहीं होगा। ऐसा हर्गिज नहीं

हो सकता।"

टूटी दीवार पर टिन लगा है। बहुत संभव है, इस पर कभी गली का नाम अंकित रहा होगा; अब वह पढ़ा नहीं जाता। सतीश ने कहा, "अच्छी तरह जाने बिना इसमें प्रवेश करना मुश्किल है। यह पाताल में जाने की सुरंग भी हो सकती है।"

उपेन्द्र हंसते हुए बोले, "तब तू यहीं प्रहरी बनकर खड़ा रह, मैं अन्दर जाकर देख आता हूं।"

सतीश ने पहले रोकने की कोशिश की, बाद में उपेन्द्र के पीछे-पीछे चलता हुआ बोला, "उपेनदा, हमारे जैसे फिरन्तू लोग भी इन सब स्थानों में शाम के बाद आने का साहस नहीं करते, आपके अन्दर बड़ा साहस है!"

उप्रेन्द्र हंसकर बोले, "क्या फिरन्तुओं में भद्रजनों की अपेक्षा ज्यादा साहस होता है सतीश? दुष्कर्म करने की क्षमता को साहस नहीं कहते।"

सतीश ने उनकी बात का प्रतिवाद नहीं किया और बड़ी सावधानी से रास्ते को देखता हुआ चलने लगा। पांव के नीचे ही दुर्गन्ध और कीचड़ से भरी नाली थी, क्षीण दृष्टि सतीश के उसमें गिर पड़ने की पूरी आशंका थी। एक जगह जाकर गली बहुत ज्यादा संकरी हो गई और अंधेरा गाढ़ा हो गया। सतीश ने पीछे से उपेन्द्र के कुर्ते की खूंट पकड़ ली, "उपेनदा, क्या इसी रात में मरना है?"

उपेनदा हंसकर बोले, "अब इतनी देर बाद मुझे ठीक याद आ गया। एक और मकान के बाद ही तेरह नम्बर का मकान है। प्रायः आठ साल पहले सिर्फ एक दिन यहां आया था, इसीलिए पहले पहचान नहीं सका। अब पहचान गया, यह रहा रास्ता।"

सतीश को विश्वास नहीं हुआ। बोला, "रास्ता तो है किन्तु आपके-हमारे लिए नहीं। जिन लोगों के लिए विशेष रूप से इस रास्ते की सृष्टि हुई है, उनमें से किसी के साथ शरीर की भिड़न्त हो जाने पर इस रात में स्नान करके मरना होगा; इस समय तो लौट ही चलिए।"

उपेन्द्र ने कुछ जवाब नहीं दिया और सतीश का हाथ पकड़कर उसे खींचते हुए चल पड़े तथा थोड़ा और आगे जाकर एक मकान के सामने खड़े हो गए। बोले, "तू सिगरेट पी ले; तेरी जेब में दियासलाई है। एक बार जरा जला तो, देख लूं, यह कितने नम्बर का मकान है।"

सतीश ने दियासलाई जलाकर रोशनी की और अच्छी तरह मकान का नम्बर देखने के बाद कहा, "ठीक-ठीक पढ़ा तो नहीं जाता किन्तु चौखट पर खड़िया से तेरह नम्बर लिखा हुआ है। जान पड़ता है, आपकी बात ही ठीक है। किन्तु

मैं पूछता हूं कि घर का नम्बर चाहे तेरह हो या तिरपन हो, ऐसी जगह में आपको क्या काम हो सकता है?"

उपेन्द्र उत्तर न देकर पुकारने लगे, "हारान दादा! ओ हारान दादा!"

ऊपर, नीचे, पास में, दूर सर्वत्र अंधेरा है; कहीं कोई शब्द नहीं। सतीश डर गया। उपेन्द्र फिर पुकारने लगे।

बहत देर बाद ऊपर की खिड़की को थोड़ा खोलकर स्त्री कण्ठ सुनाई पड़ा, "कौन है?"

उपेन्द्र ने कहा, "दरवाजा खोलने के लिए कह दीजिए। हारानदा कहां हैं?"

"जरा खड़े रहिए, खोलती हूं।"

क्षण-भर बाद ही दरवाजा खुलने की आवाज के साथ हलकी रोशनी की रेखा रास्ते के ऊपर पड़ी। उपेन्द्र दरवाजा ठेलकर चौखट के ऊपर खड़े होकर स्तंभित-से रह गए। वह औरत मिट्टी के तेल का दीपक लिए एक ओर खड़ी है। थोड़े-से आंचल के हट जाने से सिर के ऊपर यत्नपूर्वक बनाए हुए जूड़े का एक हिस्सा दिखाई पड़ रहा है। यह भी दिखाई पड़ा कि उसका एक भी बाल स्थानभ्रष्ट नहीं है। अत्यन्त सुन्दर मुंह के ऊपर हाथ की रोशनी पड़ने से दोनों भौंहों के बीच की कांच की टिकुली चमक-चमक उठती है और कुछ झुके हुए नयनों से जो बिजली का प्रवाह फूट पड़ा, चारों ओर के निविड़ अंधकार में उसकी अपूर्व ज्योति थोड़ी देर के लिए दोनों को ही विभ्रम में डाल गई। सतीश ने स्पष्ट देखा कि ओष्ठाधर की हंसी की रेखा बाधा पाकर बार-बार लौट जा रही है। उसने उपेन्द्र के शरीर को ठेस दी। उपेन्द्र चकित हो कुछ परेशान-से बोल उठे, "हारानदा कहां हैं?"

स्त्री बोली, "वह ऊपर हैं। उठ-बैठ नहीं सकते। मां भी आज सात-आठ दिन से खाट पर पड़ी हुई हैं; सारे घर में केवल मैं चंगी हूं। आप उपेन्द्र बाबू हैं न? हमने आशा की थी कि आप कल आएंगे, इसीलिए तैयार न थी। रसोईघर में रहने पर वहां तक आवाज सुनाई नहीं पड़ती इसलिए कई बार पुकारना पड़ता है। ऊपर आइए, यहां बड़ी ठण्ड है।" इतना कहकर ऊपर रास्ता दिखाती हुई वह सीढ़ी चढ़ने लगी। दो-तीन कदम चढ़कर मुंह फिराकर हाथ की रोशनी नीचे करके बोली, "सावधानी से चढ़िए, कई जगह सीढ़ियां टूटी हुई हैं।"

उसकी यह आशंका निर्मूल नहीं थी, यह देखते ही दोनों समझ गए और सावधान होकर ऊपर चढ़ने लगे। कोठेवाला घर है। पहले ऊपर की मंजिल में चार-पांच कमरे थे, उनमें से दो तो बिल्कुल गिर गए हैं और एक के आगामी वर्षा की ऋतु में गिर जाने की संभावना जान पड़ती है। शेष जो तीन कमरे बच

गए हैं, उनमें से सामने के कमरे में तीनों प्राणियों ने प्रवेश किया। प्रवेश करते ही समझ में आ गया कि यह अत्यन्त अनधिकार-प्रवेश हुआ है। चूहों का दल जीर्ण एवं पुरातन तथा अव्यवहार्य शय्या पर से कूदकर सारे घर में मनमाने ढंग पर घूमने लगा और असमय ही रोशनी और आदमियों के आ जाने से चें-चें कर उठा। सारे कमरे में टूटे-फूटे टेबल और कुर्सियां फैली हैं, कहीं टूटे काठ के ट्रंक रखे हैं, कहीं टूटे टिन के डिब्बे पड़े हैं, कहीं खाली शीशियां और बोतलें रखे हैं, तथा कहीं पुराने दिनों की सजावट की बहुत-सी चीजें टूटी-फूटी पड़ी हैं। उसी कमरे में एक किनारे एक तख्त रखा है। उसी पर एक ओर गद्दी, तोशक, तकिए हटा दिए गए हैं और एक हिस्से पर चटाई बिछी हुई है। यह अतिथियों के बैठने के लिए है।

उस स्त्री ने मिट्टी के तेल का दीया फर्श पर रखकर कहा, ''जरा प्रतीक्षा कीजिए; मैं खबर देती हूं।'' इतना कहकर कमरे से उसके बाहर जाते ही सतीश जूता तक अतिथियों के आसन पर रखकर खड़ा हो गया।

उपेन्द्र डरकर बोले, ''यह क्या बात है?''

सतीश फुसफुसाते हुए गरज उठा, ''पहले जान बचानी होगी; उसके बाद ही भद्रता की रक्षा का ख्याल करना होगा। देखते नहीं हैं कि पैर के पास रोशनी देख सब कीड़े-मकोड़े चले आ रहे हैं?''

सतीश ने जिस तरह का भय बताया, उसके लिए विचार करे या तर्क करने का और कोई अवसर नहीं था। उपेन्द्र भी कूदकर खड़े हो गए।

तख्त पर स्थानाभाव होने के कारण अब दोनों ठेलमठेल कर रहे थे, तभी वह औरत लौट आई और किवाड़ के सामने खड़ी होकर खिलखिला उठी। ये लोग डर रहे हैं, इसे उसने समझ लिया। बोली, ''यह मेरे ससुर की बैठक है, आप लोग अमर्यादा कर रहे हैं।''

उपेन्द्र झेंपकर तुरन्त ही उतर पड़े और सतीश पर बहुत खीझकर बड़बड़ाने लगे।

परन्तु सतीश नहीं उतरा। हां, विनयपूर्वक बोला, ''भय क्या अकारण है उपेनदा? हमारी विद्या में चाणक्य के श्लोकों की ज्यादा जानकारी नहीं होती किन्तु इतना तो मैंने सीखा ही है कि आत्मरक्षा वस्तु ही श्रेष्ठ धर्म है।''

फिर उस स्त्री की तरफ देखता हुआ बोला, ''अच्छा, आप ही बताइए कि आत्मरक्षा के लिए एक निरापद जगह देख लेने में क्या कोई अन्याय हुआ है? आपके ससुर की बैठक के प्रति असम्मान दिखाने की शक्ति हममें नहीं है वरन् यथेष्ट सम्मान के साथ ही आपके आश्रित प्रजापुंज का मार्ग छोड़कर जरा-सी

जगह में दोनों जने खड़े हैं।"

तीनों जने हंस पड़े। उनके परिहास ने इस दरिद्र गृहलक्ष्मी को व्यथित नहीं किया वरन् उसके अन्दर जो सरलता और संवेदना छिपी हुई थी, उसे यह तरुणी सहज ही ग्रहण कर सकी थी; उसके हास्य से उज्ज्वल मुख पर, इसकी स्पष्ट अभिव्यक्ति देख उपेन्द्र ने अपने मन में बड़े सन्तोष का अनुभव किया। उसके मुंह की ओर देखकर मदु हंसी हंसते हुए बोले, "प्रजापुंज आपके सामने उसके ऊपर अत्याचार करने का साहस नहीं करेगा। मैं समझता हूं कि अब यह नीचे उतर आ सकता है।"

"निश्चय ही"— कहकर मिट्टी के तेल का दीया हाथ में लेकर बहू सतीश की ओर देखती हुई भुवनमोहिनी हंसी हंसकर बोली, "अब निर्भय होकर राजा के दर्शन के लिए चलिए।"

इस हास-परिहास से अपरिचितों का दूरत्व बिल्कुल कम हो गया और तीनों प्राणी प्रफुल्ल मुख कमरे से बाहर हो गए।

राज दर्शन के इच्छुक उपेन्द्र और सतीश एक ओर कमरे में प्रवेश करते ही सिहरकर स्तब्ध खड़े रह गए। क्रुद्ध गुरु की डांट खाकर हंसते हुए शिशुछात्रों के मुख का भाव जैसे बदल जाता है, इन दोनों प्राणियों के मुंह की हंसी उसी प्रकार एक क्षण में काली पड़ गई।

क्षण-भर में उस लांछित भाव को दूर करके उपेन्द्र कुछ दूर पर रखी शय्या के पास चले गए और पुकारा, "हारान दादा!"

हारान निर्जीव की भांति पड़े हुए थे; अस्फुट स्वर में बोले, "आओ भाई, आओ। अब उठकर बैठ नहीं सकता; तुमको भी कष्ट दिया।" इतना कहते-कहते वह हांफ उठे।

उपेन्द्र धप से बिछौने के एक किनारे बैठ गए। उनकी दोनों आंखें छलछला उठीं और उनकी समस्त छाती को हिलाकर एक अदम्य उच्छ्वास गले में भर उठा। उन्होंने कुछ कहने का साहस नहीं किया — दांत पर दांत दबाकर कठोर होकर बैठे रहे। उधर सतीश एक बड़े काठ के सन्दूक के ऊपर सूखा मुंह लिए बैठा रहा।

मैली और सैकड़ों स्थानों से छिन्न-भिन्न शय्या के सिरहाने एक मिट्टी का दीया टिमटिमा रहा था; कमरे में और कोई प्रकाश नहीं था। बस, उतना ही प्रकाश रक्तहीन, पीले, ठण्डे मुंह पर लिए हारान की जीवन्त मृतदेह शय्या पर पड़ी हुई है। सूर्य की गर्मी और आकाश की वायु से सदा वंचित इस कमरे के हाड़-मांस में जो जीर्णता और अन्धकार पलता एवं पुष्ट होता रहा है, वह शीत की रात में

धुंधली रोशनी में उसकी सारी दीवारों से कोढ़ की तरह फूट-फूटकर निकल रहा है। रात-दिन बन्द इस घर की रुद्धदूषित वायु आत्महत्या करने वाले के मुंह से निकलते विषैले फन की तरह गृहस्वामी के कण्ठ को जैसे हर समय बन्द किए हुए है। दरवाजे पर मृत्युदूत पहरा दे रहे हैं। चारों ओर देखकर सतीश बार-बार सिहर उठा। उसके मन में होने लगा कि वह चिल्लाकर भागकर झट से रास्ते पर पहुंच जाय, तभी बच सकता है, यहां मनुष्य का जीवन कैसे बचा रह सकता है? थोड़ी ही दूर पर बहू खड़ी थी, उसकी ओर उसने एक बार देखा तो जैसे उसका भय कुछ और बढ़ गया। उसका वह अतुल रूप कहां चला गया? उसकी वह हंसी कहां चली गई! उसकी आंखों के सामने मानो प्रेतलोक का कोई पिशाच आ खड़ा हुआ। वह सोचने लगा कि इसके स्वामी इस प्रकार पड़े हैं फिर भी वह हंसती है, परिहास में शामिल होती है, केश-कलाप करती है, श्रृंगार करना नहीं भूलती, टिकली लगाती है। क्षण-भर के लिए सम्पूर्ण नारी-जाति के प्रति उसका मन घृणा से भर गया।

इसी समय हारान ने पुकारा, "मां जानती है कि उपेन आए हैं?"

बहू पास आई और झुककर धीरे-धीरे बोली, "मां सो गई हैं। डाक्टर कह गए हैं कि नींद आ जाने पर उन्हें जगाया न जाय।"

हारान मुंह बिगाड़कर चिल्ला पड़े, "चूल्हे में जाएं डाक्टर, तुम जाकर कह दो उन्हें।"

उपेन्द्र पास ही बैठे होने के कारण सब सुन रहे थे; वह परेशान होकर बोले, "आज रात को उन्हें बताने की जरूरत नहीं है हारान। कल सुबह बता देने से भी काम चल जाएगा।"

उपेन्द्र समझ गए कि निरन्तर रोग का कष्ट भोगते रहने के कारण हारान बहुत चिड़चिड़े हो उठे हैं। इसीलिए इस निरपराधिनी, सेवा-परायण बहू के तिरस्कार से व्यथा का अनुभव कर सान्त्वनापूर्ण संकेत के लिए उन्होंने उसके मुंह की ओर देखा परन्तु कुछ भी दिखाई न पड़ा। किरणमयी के झुके हुए मुंह पर दीपक की रोशनी पड़ नहीं रही थी।

क्षण-भर ही लगा। इसके बाद ही क्रुद्ध वधू तेजी के साथ कमरे के बाहर चली गई।

उपेन्द्र दुखी होकर बैठे रहे और हारान पहले की तरह हांफने लगे। निस्तब्ध कमरा सतीश के लिए और भी भीषण हो उठा। थोड़ी देर बाद ही हारान ने हाथ बढ़ाकर उपेन्द्र को स्पर्श किया और उन्हें पास आने का इशारा करके बड़े ही क्षीण स्वर में पूछा, "सात-आठ साल बाद देख रहा हूं। इस बीच क्या तुम एक

बार भी इधर नहीं आए?"

इस बीच बहुत बार उपेन्द्र को इस तरफ आना पड़ा था किन्तु वह इसे स्वीकार न कर सके। बोले, "बीमारी क्या है हारानदा?"

हारान ने कहा, "ज्वर और खांसी है। इस समय उस विषय में बात करने का अवसर नहीं है; वह सब खत्म हो चुका है।" उस ओर सन्दूक के ऊपर बैठे सतीश ने मन-ही-मन हुंकारी भर दी।

हारान ने फिर कहा, "मुझे भी तुम्हारी याद नहीं आई, अगर समय पर तुम्हारा ख्याल आया होता तो काम बन गया होता।"

कुछ देर तक चुप रहकर स्वयं ही कहने लगे, "फिर काम और क्या होता; वह सब बात जाने दो। एक काम कर दो भाई; हमारा दो हजार रुपये का जीवन-बीमा है, और है यह टूटा-फूटा घर। तुम वकील हो; इसे लिखवा-पढ़ा दो; ऐसा कर दो कि सब कुछ तुम्हारी देख-रेख में रहे। उसके बाद तुम और मेरी बूढ़ी मां रह जाती हैं।"

उपेन्द्र ने कहा, "और तुम्हारी स्त्री?"

"मेरी स्त्री किरण? हां, वह तो है ही। उसके मां-बाप कोई जीवित नहीं हैं, उसे भी देखना।"

उपेन्द्र एकटक उस रोगी, सूखे मुंह की ओर देखते हुए सोचने लगे।

सतीश ने जब से घड़ी निकालकर देखी और उठ खड़ा हुआ। बोला, "उपेन दादा, रात के दस बज गए हैं; उधर लोग परेशान हो रहे होंगे।"

हारान ने उधर नजर उठाकर देखा, पूछा, "यह कौन हैं उपेन?"

"मेरा भाई है। हम साथ ही कलकत्ता आए हैं। इस समय जाता हूं हारानदा, कल सबेरे फिर आऊंगा।"

"नहीं, कल नहीं। कागज-पत्र पूरी तरह तैयार करके परसों आना। जो कुछ मुझे कहना होगा, या जो कुछ तुम्हें मुझसे कहना होगा, उसी दिन बात होगी। इस समय ठहरे कहां हो?"

"शहर के उस किनारे पर मेरे एक मित्र रहते हैं, वहीं ठहरा हूं।"

उनके जाने को तैयार होने पर हारान ने पुकारा, "किरण?"

उपेन्द्र ने तुरन्त ही रोककर कहा, "रहने दो हारानदा! सतीश की जेब में दियासलाई है; हम लोग खुद चले जाएंगे। वह काम में लगी होंगी।"

उसके जवाब में हारान ने न जाने क्या कहा, जो सुनाई नहीं पड़ा।

सतीश को किवाड़ खोलते ही ऐसा लगा कि कोई तेजी के साथ उधर से चला गया। वह भयपूर्वक पीछे हटकर खड़ा हो गया।

उपेन्द्र ने पूछा, ''क्या है सतीश?''

''कुछ नहीं, आप आइए'' — कहकर वह उपेन्द्र का हाथ पकड़कर बाहर आ खड़ा हुआ। कैसा घना अंधेरा है! एक तो कृष्ण पक्ष के आकाश में बादल छाए हुए हैं, उसके ऊपर चारों ओर बने हुए बड़े-बड़े मकानों ने उस अंधेरे को मानो पकड़ लाकर इस खुले टूटे बरामदे में एकत्र कर दिया है। दोनों जने अंदाज से जब किसी तरह सीढ़ियों के पास पहुंचे तो देखा कि नीचे वही मिट्टी के तेल का दीया रखे हुए किरणमयी स्थिर होकर बैठी हुई है। उनके आते ही उठकर बोली, ''रोशनी दिखा रही हूं, सावधानी से नीचे उतर आइए। आप ही लोगों के लिए यहां बैठी हुई हूं।''

इस अंधेरी ठण्डी रात में, इस दुरन्त शिशर के बीच, भीगी मिट्टी के ऊपर अकेली बहू को उनकी ही प्रतीक्षा में बैठे देख और उसके शीघ्र ही आने वाले वैधव्य की बात स्मरण कर उपेन्द्र की आंखों में आंसू आ गए।

सदर दरवाजे के किवाड़ तब भी बन्द नहीं थे; नीचे उतरकर सतीश झट गली के बीच आ खड़ा हुआ, किन्तु उपेन्द्र पीछे की तरफ से बाधा पाकर फिरकर खड़े हो गए।

किरणमयी अपनी दोनों करुणा-भरी तीखी आंखें उनके मुंह पर डालकर एक विशेष भंगिमा में खड़ी है। थोड़ी देर के लिए उपेन्द्र हतबुद्धि की भांति निश्चल हो गए।

किरण ने पूछा, ''उपेन्द्र बाबू, आप हमारे कौन हैं?''

ऐसे अद्‌भुत प्रश्न का कोई उत्तर उपेन्द्र सोच नहीं सके। उसने फिर से समझाकर कहा, ''आप क्या मेरे पति के आत्मीय हैं? मैं इतने दिन से इस घर में हूं किन्तु किसी दिन आपका नाम उनके मुंह से भी नहीं सुना। सिर्फ जिस दिन आपको पत्र लिखा गया, उसी दिन आपका नाम सुना — इसीलिए पूछ रही हूं।''

बाहर से सतीश ने पुकारा, ''उपेनदा, आओ न!''

उपेन्द्र ने कहा, नहीं, आत्मीय तो नहीं हूं, किन्तु खास मित्र जरूर हूं। पिताजी जब नोआखाली में रहते थे तब हारानदा के पिता भी वहीं सरकारी स्कूल में अध्यापन का काम करते थे, मुझे भी घर पर पढ़ाते थे। हारानदा और मैं बहुत दिनों तक एक सांथ पढ़ते रहे।''

किरणमयी ने कुछ हंसकर कहा, ''बस यही! इसीलिए लिख-पढ़ कराया जा रहा है। अच्छा उपेन बाबू, आप सब कुछ अपने नाम लिखा लेंगे?''

देर होती देख सतीश सिर उधर करके देखने लगा; उसने चट से जवाब दिया, ''इसी तरह की बात तो तय हुई है।''

हारान के कमरे से बाहर निकलते समय कौन तेजी से बाहर निकल गया है इसे वह पहले ही समझ गया था।

बहू ने उसकी ओर घूमकर ताकते हुए कहा, "अच्छा, आप भी मौजूद हैं। अच्छी बात है; ठीक बात है। इतने दिनों तक कितना भी कष्ट रहा हो किन्तु दोनों समय दो मुट्ठी अन्न तो जुट ही जाता था — अब रास्ते में खड़ा होना होगा। वहीं होने दो; अब ही सब हिस्से अपने नाम करा लें।"

उपेन्द्र स्तम्भित हो उठे।

सतीश ने जवाब दिया, "जिसकी चीज है वह यदि दे जाता है तो किसी के लिए कुछ कहने की बात नहीं रह जाती है।"

किरणमयी की दोनों आंखें आग-सी जल उठीं। बोली, "मेरे लिए तो है। मरणकाल में मति नष्ट हो जाती है; मेरे पति को वैसा ही हुआ है। किन्तु आप लोग लिखा लेने वाले कौन होते हैं?"

सतीश जरा भी कुण्ठित न होकर तुरन्त बोल उठा, "वह मैं नहीं जानता किन्तु मेरे अन्तर्यामी यह मानते हैं कि हारान बाबू में आज भी बुद्धि है।"

किरणमयी ने बड़े विद्रूप स्वर में जवाब दिया, "कैसी आश्चर्यमयी युक्ति है! लोग कहते हैं — पर जाने दो लोगों की बात।" फिर उपेन्द्र को लक्ष्य कर बोली, "किन्तु मैं यह बात पूछती हूं, मैं कैसे जानूं कि आगे यह मुझे रास्ते पर नहीं बिठाएंगे? कैसे विश्वास करूं कि यह धोखा न देंगे?"

इतनी बड़ी चोट उपेन्द्र को भी असह्य हो उठी; वह कुछ कहने जा रहे थे किन्तु उसे न कहकर और चुप रहकर अपने को संभालने लगे।

सतीश ने मीठे स्वर में कहा, "भाभीजी, आपके लिए यह जानना जरूरी नहीं है।"

किरणमयी भी तुरन्त जवाब न दे सकी। इस व्यंग्य-भरे आत्मीय सम्बोधन की स्पर्धा में वह अवाक् हो उठी थी। कुछ देर तक देखते रहने के बाद उसने कहा, "भाभीजी! आवश्यक नहीं है!"

सतीश ने कहा, "नहीं। आपने यदि अपना अधिकार खुद ही नष्ट न कर दिया होता तो हारान बाबू के लिए इस सतर्कता की जरूरत न होती। इतनी रात को झगड़ा न करें — जरा इसे समझने की कोशिश कीजिए।"

तीव्र कारबोलिक एसिड का गन्ध पाते ही जिस प्रकार अपने उठाए हुए फन को सांप क्षण-भर में हटाकर आघात करने की तैयारी को आत्मरक्षा के रूप में बदल देता है उसी प्रकार यह निरुपमा, यह लीला कौशलमयी तेजस्विनी युवती क्षण-भर में संकुचित होकर बोली, "वह मेरे लिए क्या कहते हैं, सुना?"

उपेन्द्र और चुप न रह सके। यद्यपि इस गर्विता नारी का सन्दिग्ध तिरस्कार उनको तप्त शूल की भांति बेध गया था, फिर भी उनका उच्च शिक्षित भद्र हृदय सतीश की इस जासूसी के विरुद्ध विद्रोह कर उठा। वह जो अन्यायपूर्ण उत्तेजना के द्वारा एक गुप्त रहस्य को खींचकर बाहर निकाल लाना चाहता था, इसे उन्होंने समझ लिया और सतीश को रोककर किरणमयी से बोले, "आप सतीश के पागलपन पर ध्यान देकर क्यों परेशान हो रही हैं? पति की सम्पत्ति से आपको वंचित करने का अधिकार किसी को भी नहीं है — इस विषय में आप निश्चिन्त रहें। मैं तो यह समझता हूं कि आपको विशेष सुविधा होगी, इसे ही ध्यान में रखकर हारान दादा कुछ लिखा-पढ़ी कर देना चाहते हैं। किन्तु यदि आपकी सम्मति न होगी तो वह सब किसी तरह न हो सकेगा। इस समय रात बहुत ज्यादा हो चुकी है। दरवाजा बन्द कर दें। चलो सतीश, अब देरी न करो।" सतीश को ठेलकर गली के बीच खड़े हो मृदु हंसी हंसकर बोले, "कल-परसों फिर भेंट होगी — नमस्कार।"

तेरह

उस जनशून्य गली से निकलकर दोनों जने एक भाड़ागाड़ी में जा बैठे और खुली खिड़की से रास्ते में कम होते हुए आदमियों की भीड़ की ओर चुपचाप देखने लगे। किसी के मन की अवस्था बात करने लायक नहीं थी। उपेन्द्र व्यथित चित्त से सोचने लगे, "कल ही घर लौट जाऊंगा। अच्छा हो या बुरा, मेरे हाथ डालने की कोई जरूरत नहीं है। सिर्फ लौटने के पहले इतना ही देख लेना है कि हारान दादा की चिकित्सा हो रही है या नहीं — उसके बाद ? उसके बाद और कुछ नहीं — आठ साल जो आदमी मन से दूर पड़ा रहा, वह बाहर ही पड़ा रहेगा।" इतना सोचकर शरीर से लगे हुए कीट-पतंग जैसी विरक्ति पैदा करनेवाली चिन्ता को शरीर से झपटकर दूर फेंक दिया और सतीश को पुकारकर कहा, "सतीश, एक चुरुट तो दे रे, बड़ी ठण्ड है।"

सतीश ने जेब से चुरुट निकालकर दे दिया और उसी प्रकार बाहर की तरफ देखने लगा, कोई बात नहीं कही।

उपेन्द्र ने चुरुट ले लिया और बार-बार धुआं निकालते हुए सतीश को सुनाते हुए बोले, "ऐसे करने से भीतर का अंधेरा धुएं की तरह बाहर निकल जाता है।"

सतीश ने कोई जवाब नहीं दिया।

झड़-झड़ करती वह भाड़ागाड़ी परिचित-अपरिचित सड़कों, गलियों, मकान-घर-दुकान-बाजार को पारकर चलने लगी। चुरुट खत्म हो गया, उसका धुआं न जाने किस आकाश में जाकर खो गया, किन्तु दोनों सड़क के दोनों ओर बैठे हुए उसी तरह चुपचाप देखते रहे। उपेन्द्र ने मन-ही-मन सोचा, 'निश्चय ही सतीश इन्हीं सब विचारों से आन्दोलित है और कुछ भी हो उसने कुछ-न-कुछ स्थिर कर लिया है; ऐसा न होता तो वह इतनी देर तक चुप रहने वाला आदमी नहीं है।'' उसकी आलोचना के विषय का अनुमान लगाते हुए उन्हें पहले की बातें याद आ गईं। वह गुप्त रूप से सिहर उठे और मन-ही-मन बोले, 'कैसा काण्ड हो गया है!' और जो हो गया है वह चाहे कितना ही शोचनीय क्यों न हो किन्तु उसमें कुछ-न-कुछ संगत हेतु है, ऐसा उन्होंने समझ लिया था, परन्तु सतीश क्या देखकर इस असहाया रमणी के साथ कलह करने लगा, इसे वह किसी तरह समझ नहीं पाए थे। घर की बहू ने अपने सामने खड़े विपद की आशंका से केवल अपनी रक्षा के लिए जो दो बातें कहीं उन सीधी-सादी बातों को भी सतीश न समझ पाया हो, ऐसा विश्वास वह नहीं कर पाते थे। सतीश चाहे ज्यादा पढ़ा-लिखा न हो, परन्तु वह निर्बोध नहीं है। उपेन्द्र को यही समझने के कारण इतनी पीड़ा हो रही थी। मृतप्राय हारान के 'विल' के प्रस्ताव में एक विशेषता थी, इसलिए उपेन्द्र थोड़े ही समय में कितनी ही बातें सोच गए। बालसखा की मृतप्राय देह के पास बैठकर उन्होंने निश्चय किया था कि इन दोनों अनाथा रमणियों का जीवन-भर भरण-पोषण करेंगे। उनके लिए किसी स्वास्थ्यकर तीर्थ में कोई छोटा-सा घर खरीद देंगे जिसमें पेड़-पल्लव लगवा देंगे और भद्र पड़ोसी रख देंगे। घर में पली गाय की सेवा करके, अतिथि-ब्राह्मण की पूजा तथा व्रत-उपवास करते हुए इन दोनों स्त्रियों के दिन किस प्रकार कट जाएंगे, इसका चित्र कल्पना में बड़ा मधुर हो उठा था। इस चित्र के एक सिरे पर पेड़-पल्लवों की आड़ में, समस्त आवश्यक वस्तुओं के पीछे अपना भी एक स्थान है, ऐसा समझकर अज्ञातभाव से अपने को महत्व देने का प्रयास कर रहे थे तभी किरणमयी के भद्दे अभियोग तथा संशययुक्त क्रुद्ध तप्त श्वास की आंधी में इस चित्र का चिह्न तक उड़ गया। उपेन्द्र अब चुप न रह सके। पुकारकर बोले, ''सतीश, क्या सोच रहा है रे ?''

सतीश ने बाहर से दृष्टि हटाकर उपेन्द्र की ओर देखते हुए कहा, ''सोचूं क्या उपेनदा? बचपन में एक बंगला नावेल पढ़ा था, उसी की बात सोच रहा था।''

सतीश ने कहा, ''नाम तो याद नहीं है। लेखक के नाम की भी ठीक से याद नहीं है, वह खूब बड़े आदमी थे। किन्तु कहानी स्पष्ट याद है — बहुत ही

अच्छी है वह।"

उपेन्द्र कुतूहल से उसकी ओर देखते रहे।

सतीश ने कहा, "आपने सदा अंग्रेजी ही पढ़कर अपने दिन व्यतीत किये हैं उपेनदा; कभी आपने बंगला की ओर नहीं देखा। किन्तु हम लोगों के देश में ऐसी भी किताबें हैं कि एक बार पढ़ने पर ज्ञान उत्पन्न हो जाता है।" इतना कहकर उसने एक लम्बी सांस फेंकी और फिर चुप हो रहा।

उपेन्द्र विरक्त होकर बोले, "पहले कहानी तो सुना दे, फिर देखा जायेगा कि उससे कितना ज्ञान उत्पन्न होता है।"

सतीश हंस पड़ा। बोला, "कहिए, गुस्सा तो न होंगे?"

"नहीं, तू कह।"

सतीश ने कहा, "बड़ी सुन्दर कहानी है। पुस्तक में लिखा है कि एक बड़े भारी जमीदार नाव लेकर यात्रा कर रहे थे। एक दिन शाम को अकस्मात् बादल घिर आए और भयानक आंधी-पानी शुरू हो गया। भयवश वह नाव से निकल आए। सामने एक बड़ा, पर टूटा-फूटा मकान खड़ा था। वर्षा के भय से उसी में प्रवेश किया। घर के कमरे-कमरे में अंधेरा है — कोई प्राणी नहीं। सारे मकान में घूमते-घूमते अन्त में ऊपर के एक कमरे में जाकर देखा — टिम-टिम करके एक दीया जल रहा है और बिस्तरे पर एक प्राणी मृतप्राय पड़ा है और उसकी कमल-सी आंखों वाली रूपसी स्त्री जमीन पर लोट-लोटकर रो रही है। उस रात में उसने न जाने कैसा भयंकर स्वप्न देखा था। अच्छा उपेनदा, आप स्वप्न में विश्वास करते हैं?"

उपेन्द्र ने संक्षेप में कहा, "नहीं। उसके बाद?"

सतीश ने कहा, "उसके बाद उसी रात वह बीमार आदमी मर गया। जमींदार बाबू उसे, पद्मपलाशाक्षी विधवा को अपने घर ले आए और जबर्दस्ती उससे विवाह कर लिया। चारों ओर थू-थू होने लगी। और इसी दुःख में उनकी पहली स्त्री ने विष खाकर आत्महत्या कर ली।"

बार-बार पद्मपलाशाक्षी के उल्लेख से उपेन्द्र ने समझ लिया कि सतीश 'विषवृक्ष' का कीचड़ उछाल रहा है। और कोई समय होता तो वह सतीश की इस अद्‌भुत स्मरण-शक्ति का परिचय पाकर खूब हंसते, किन्तु इस समय हंसी नहीं आई। इस गड़बड़झाला कहानी के भीतर छिपा एक भद्दा इशारा तीर की तरह उनके कलेजे को बेध गया। यह तो सतीश की स्मृति नहीं है — यह तो उसकी आशंका है। उसने किसी का सहारा लेकर विषवृक्ष के डाल-पत्तों को तोड़कर अपने ही मन से जो कथा गढ़ डाली है, उसकी याद कर उपेन्द्र गहरी लज्जा से

संकुचित हो उठे।

सतीश अंधेरे में यह देख न सका कि थोड़ी देर के लिए उपेन्द्र का मुंह पीला पड़ गया। उसने व्यथा पर व्यथा देकर फिर कहा, "नीची जमीन खोदकर घड़ियाल न ले आना उपेनदा।"

उपेन्द्र कुछ जवाब न दे सके। बहुत देर तक चुप रहकर धीरे-धीरे बोले, "बंगला नावेल की कथा रहने दो। किन्तु यह बताओ कि तुम किस तरह का उपेदश देना चाहते हो?"

सतीश हंसकर बोला, "देखिए उपेनदा, आप क्रोध कर रहे हैं। आपको उपदेश देने की शक्ति मुझमें नहीं है, किन्तु चरण पकड़कर अनुरोध कर सकता हूं कि वहां आपके जाने की जरूरत नहीं है — वे अच्छे आदमी नहीं हैं।"

"वे तुम किनके लिए कहते हो?"

सतीश ने कहा, "गुस्सा न कीजिए उपेनदा, बहुवचन सिर्फ शिष्टता के नाते है। मैं हारान बाबू की बात नहीं कहता — वह तो बुरे-भले की कोटि के बाहर चले गए हैं। उनकी मां को भी आंख से देख नहीं पाया, मैं केवल तीसरे प्राणी का जिक्र कर रहा हूं।"

"तीसरे प्राणी का अपराध क्या है? देखो सतीश, तुम्हारे पिता यदि और किसी आदमी को अपना सब कुछ लिख देने का संकल्प कर लें, तो मैं समझता हूं, तुम्हें कोई खुशी नहीं होगी।"

"नहीं। आशीर्वाद दो उपेनदा कि पिताजी को ऐसा करने की जरूरत न पड़े। मैं जानता हूं कि वह मुझे अपना अच्छा बेटा कहकर खुश नहीं होते, मैं उनका हीन पुत्र हूं, पर उनकी मृत्यु के समय यह हीन पुत्र सज-धजकर टिकली लगाकर घूमता नजर नहीं आएगा। आज मेरी बाचालता को माफ कर देना उपेनदा, किन्तु आपके आंखें होते हुए भी यदि आप देख पाते कि हारान बाबू का इस प्रकार का प्रस्ताव केवल कल्पना नहीं है, वरन् बहुत दिनों के सोच-विचार का परिणाम है।"

सतीश फिर बोला, "आप यह न समझें उपेनदा, कि हारान बाबू आपके ऊपर समस्त भार डालते समय अपनी स्त्री की बात भूल गए थे बल्कि वह मारे शर्म के उसे कह नहीं सके थे। मेरा विश्वास तो यहां तक है कि आप यदि खुद जिक्र न करते तो वह अपनी ही इच्छा से उसके बारे में कुछ भी न कहते।"

उपेन्द्र मन में विरक्त हो जाने पर भी इतनी देर तक चुप रहकर सुन रहे थे किन्तु दूसरे की स्त्री के विषय में यह सारे सन्देह के इशारे उन्हें असह्य हो उठे। वह कठोर स्वर में बोल उठे, "सतीश, तुम इतना अधम हो गए हो, ऐसा

मैं नहीं समझता था।"

सतीश हंस पड़ा। बोला, "अधम क्यों? बुरे को बुरा कहता हूं, इसीलिए?"

"बुरा हो या भला, तुम्हें वैसा कहने का क्या अधिकार है?"

"अधिकार और क्या होगा? वह सब अंग्रेजी ढंग है, बंगाल में उसका कोई अर्थ नहीं होता। हमारे समाज में इतना सूक्ष्म विचार नहीं चलता। जेलखाने के कैदी को भी चोर कहने पर कितने ही लोग एतराज करते हैं, किन्तु उस बात को तो सामान्य लोग मानकर चल नहीं सकते।"

"वह दूसरी बात है। चोरी प्रमाणित होने के बाद ही उसे चोर कहा जाता है और चोर जेल भी जाता है किन्तु उसके बारे में तुमने क्या प्रमाण पाया है?"

"प्रमाण न होने पर भी कितने ही लोग जेल जाते हैं; वह सब तो जज साहब के हाथ में होता है। हम लोग जो समझ नहीं पाते, उसे वह समझ लेते हैं। फिर तुम हम जिसे पानी की तरह सरल देखते हैं, इतने बड़े जज साहब के नजदीक हो सकता है वह पहाड़ की तरह हो। आज आपके ऊपर भी यह बात लागू होती है। यह न समझो कि मैं गलत कह रहा हूं उपेनदा। इतनी बड़ी दुनिया को आंखों से देखते हुए भी कितनों को खोजने पर भी ईश्वर का प्रमाण नहीं मिलता। मैं जानता हूं, आप क्रोध करेंगे, क्योंकि सदा ही आप भले लोगों से ही मिलते रहे हैं, भला ही देखते आए हैं, स्वयं भले बन गए हैं किन्तु यदि मेरी तरह बुरे-भले को देखकर उसमें ही पके होते तो मुझे इतनी बातें कहने की जरूरत ही न पड़ती; तुम्हारी अपनी आंखें ही कितनी चीजें पकड़ लेतीं।"

उपेन्द्र कुछ देर तक चुप रहकर बोले, "सारी बातों के मेरी आंखों में पड़ने की आवश्यकता मुझे नहीं है; पक्के होने के लिए तुम्हारी तरह हो भी नहीं सकता। तू यह प्रसंग बन्द कर दे; गाड़ी फाटक के अन्दर प्रवेश कर रही है। किन्तु एक बात याद रखना सतीश, कच्चे का मूल्य क्या है, यह तुझे तभी मालूम होगा, जब तू और पक्का हो जाएगा।"

दूसरे दिन उठने में उपेन्द्र को देर हो गई। सूर्योदय हुए काफी देर हो चुकी है, यह खिड़की से आने वाले प्रकाश को देखते ही समझ में आ गया। उपेन्द्र हड़बड़ाकर उठ बैठे। कमरे में सतीश नहीं था, वह कहीं गया हुआ था। बाहर बिहारी खड़ा था; उसने आकर खबर दी, "सतीश बाबू सामने के बाग में कुश्ती लड़ रहे हैं; नीचे चाय लग चुकी है और साहब लोग प्रतीक्षा कर रहे हैं।"

उपेन्द्र तुरन्त तैयार होकर नीच चले गए। उनके वहां पहुंचते ही ज्योतिष बाबू ने हाथ पकड़कर उन्हें चाय के टेबल के पास बैठा दिया। वहां उनकी बहिन सरोजिनी राह देख रही थी; अखबार को दूर फेंक हंसती हुई बोली, "कल रात दस बजे

तक हम आप लोगों का रास्ता देखते रहे। अन्त में भैया ने कहा, ''हो सकता है किसी निर्दय दोस्त के हाथ गिरफ्तार हो गए हों और रात को न लौट सकें।'' लौटने में कल कितनी रात हो गई थी, उपेन बाबू?''

उपेन्द्र हंसकर बोले, ''बारह। विशेष काम में फंस जाने से सबको क्लेश हुआ।''

ज्योतिष बोले, ''यह सब हम समझते हैं। हम यह नहीं समझते कि तुम व्यर्थ की राह में घूमते फिर रहे होगे। सतीश बाबू कहां चले गए?''

बिहारी ने हाजिर होकर निवेदन किया, ''सतीश बाबू बगीचे के उधर कुश्ती लड़ रहे हैं; उनको खबर भिजवा दी गई है।''

बिहारी के चले जाने पर ज्योतिष उपेन्द्र की ओर देखकर बोले, ''कुश्ती कैसी? और कोई है क्या?''

उपेन्द्र ने कहा, ''मैं जानता तो नहीं। शायद कुश्ती न होगी; बचपन से ही उसे कसरत करने की आदत है, वही कुछ कर रहा होगा।''

सरोजिनी कल दोपहर को म्यूजियम देखने चली गई थी। शाम के बाद घर लौटने पर सुना कि उपेन्द्र बाबू और उनके भाई आए हैं। किन्तु तब तक वे लोग पथरियाघाट जाने के लिए बाहर निकल गए थे, इसीलिए पूछा, ''सतीश बाबू कौन हैं, उपेन्द्र बाबू? मैंने तो उन्हें देखा नहीं।''

''कल जिस समय हम लोग आए, आप थीं नहीं। सतीश मेरा बचपन का मित्र है — यद्यपि उम्र में मुझसे बहुत छोटा है। यह रहा —''

सतीश ने कमरे में प्रवेश किया। कैसी सुन्दर बलिष्ठ ऊंची देह है! माथे से तब भी बूंद-बूंद पसीना बह रहा था; सुश्री गौरवर्ण के मुख पर खून की लाल झलक पड़ने से वह और भी सुन्दर दिखाई पड़ रहा था।

सरोजिनी ने क्षण-भर देखकर ही आंखें नीची कर लीं।

ज्योतिष बोले, ''नौकर कह रहा था कि आप कुश्ती लड़ रहे हैं किन्तु कुश्ती लड़ें या जो भी करें, आपकी देह की ओर देखने से ईर्ष्या होती है, लगता है, मेरे जैसे चार-पांच आदमी भी आपके पास फटक नहीं सकते।''

सतीश ने कुछ हंसकर कहा, ''बिना परीक्षा लिए इतना बड़ा सर्टिफिकेट न दीजिए। इसके अलावा, सिर्फ शरीर के बल को लेकर ही क्या होगा, मेरे पास दूसरा कोई जोर है नहीं।''

बात के अन्तिम अंश में दुःख की झलक दिखाई पड़ी। सरोजिनी ने चाय ढालते-ढालते मन-ही-मन अन्दाज लगाया — ''जान पड़ता है, सतीश बाबू की सांसारिक अवस्था अच्छी नहीं है।'' ज्योतिष तो पहले ही उपेन्द्र से सब कुछ

सुन चुके थे, इसलिए वह चुप बैठे रहे। इस बीच चाय के प्याले भर गए। सतीश ने उस ओर नजर तक न उठाई और दीवार पर टंगे हुए एक चित्र की ओर टकटकी लगाए देखता रहा।

ज्योतिष बोले, "आइए, सतीश बाबू, सब कुछ तैयार है।"

सतीश निकट चले आकर कुछ हंसता हुआ बोला, "आप लोग शुरू करें; मैं स्नान किए बिना कुछ नहीं खाता।"

"विलक्षण बात है! मैं तो यह बात जानता नहीं था; तब जाइए, और देरी न करें —"

"नहीं, नहीं, आप परेशान न हों। स्नान मेरा अपने समय पर ही होगा, इसके अतिरिक्त सुबह कुछ खाने की मेरी आदत नहीं है। मेरा मध्याह्न भोजन साधारण लोगों से कुछ ज्यादा होता है — इसलिए चाय इत्यादि व्यर्थ की चीजें खाकर मैं उसे नष्ट कर देना ठीक नहीं समझता। उसकी जगह मैं इस हारमोनियम को खोलकर दो भजन गाता हूं, आप लोगों के दोनों काम चलते रहें।"

गाना गाने के प्रस्ताव से सरोजिनी बहुत खुश हो गई और मुंह उठाकर हठात् कह बैठी, "यही अच्छा है।" किन्तु दूसरे ही क्षण अप्रतिभ होकर उसने सिर झुका लिया। वह बात खुद उसी के कान में न जाने कैसी लगी। ज्योतिष हंसकर बोले, "मेरी बहिन को गाने के आगे और कुछ नहीं चाहिए। नहीं, नहीं सतीश बाबू, आप — "

उपेन्द्र अभी तक चुप रहकर मन-ही-मन खीझ रहे थे; अब बोल उठे, "नहीं-नहीं, इससे क्या? वह स्नान किये बिना खाता नहीं, सुबह के समय नहीं खाता। हम लोग बराबर उसका ख्याल करके बैठे रहे हैं और चाय का प्याला ठण्डा जल होता जा रहा है। नहीं सतीश, तू अपना भजन-तजन खतम कर; मुझे और भी काम है।" इतना कहकर उन्होंने चाय का प्याला मुंह से लगा लिया।

ज्योतिष्र मन-ही-मन आराम का अनुभव कर मृदु-मृदु हंसने लगे।

सतीश दूर एक कुर्सी पर बैठ गया, इसके बाद उसे गाना गाने का और उत्साह नहीं हुआ। सरोजिनी उदास होकर सिर झुकाए चाय उड़ेलने लगी।

उपेन्द्र चाय पीते-पीते बोले, "कहीं भी उसे लेकर शान्ति तो मिले! उसका स्वभाव इतना शिष्टताहीन है कि कोई-न-कोई बात खड़ी ही कर देगा। उसने इस प्रभात बेला में गाना गाने के बदले शहनाई बजाने का प्रस्ताव नहीं किया, यही बड़ी बात हुई।"

इस बात में सत्य की बिन्दमात्र भी झलक है, इसका कोई अनुमान लगाए बिना हंसी-मजाक के भाव से सभी हंसने लगे। इस बीच चायपान भी चलता रहा।

उधर सतीश और चुप बैठा न रह सका, इसलिए कमरे में लगे चित्रों को घूम-घूमकर देखने लगा।

शाम के बाद किसी समय सरोजिनी ने धीरे-धीरे उपेन्द्र से कहा-"सुबह आपने गाना सुनने नहीं दिया, यह आपका बड़ा अन्याय है।"

उपेन्द्र ने कहा, "अच्छा, इस समय उसका प्रतिकार हो जाएगा; आने दो सतीश को।"

ज्योतिष ने कहा, "सचमुच उपेन, ऐसी ठण्ड पड़ रही है कि कुछ करने-धरने की इच्छा नहीं होती पर कुछ गानां-बजाना हो जाता तो बुरा न होता। परन्तु सतीश बाबू कहां हैं? डाक्टरी करने तो नहीं चले गए?"

उपेन्द्र बोले, "हो सकता है। जान पड़ता है किसी मित्र से भेंट करने चले गए हैं।

सरोजिनी ने आश्चर्य में भरकर पूछा, "क्या सतीश बाबू डाक्टर हैं?"

उपेन्द्र ने हंसकर कहा, "हां।"

ज्योतिष बोले, "नहीं उपेन, सिर्फ स्कूल में पढ़ने से न होगा। किसी अच्छे होमियोपैथ के साथ यदि कुछ दिन घूम पाएंगे, तभी कुछ सीख सकेंगे। नहीं तो जैसा कि लोग कहते हैं — शतमारी, सहस्रमारी — केवल मारते-मारते ही घूमते रहेंगे! मैं उन्हें एक भद्र प्राणी के साथ लगा दे सकता हूं, किन्तु दोनों में कैसी बनेगी, यह नहीं कहा जा सकता। तुम जैसा सर्टिफिकेट देते हो —"

उपेन्द्र बोले, "अगर वह आदमी अच्छा होगा, तो निश्चय ही दोनों में बनेगी, अन्यथा खून-खच्चर होगा।"

सरोजिनी विस्मयपूर्वक ताकती रही; ज्योतिष ने कहा, "और भी अच्छा।"

उपेन्द्र ने कहा, "अच्छा तो है ही। उसे पहचान लिया, उसका सब दोष-गुण समझ लिया, उसका मन पा गया तो उसे अच्छी ही चीज मिलेगी किन्तु वही पाना तो कठिन है। वह जटिल या दुर्बोध नहीं है, बल्कि बड़ा ही सीधा, बड़ा ही स्पष्ट है। मैं समझता हूं इतना स्पष्ट बोलने के कारण ही मनुष्य उसे गलत समझ लेता है। मतभेद होने पर हम लोग जहां भद्रता की दोहाई देते हैं और शिष्ट भाव से मतभेद प्रकट कर मन को भारी करके चले आते हैं, वह वहां हाथापाई से उसका फैसला करके ही आता है; मन भारी करके नहीं आता। बचपन से उसे जानता हूं; कभी देखा नहीं कि उसके मुंह और मन की बात अलग-अलग हो, इसीलिए उसे इतना प्यार करता हूं।"

ज्योतिष हंसने लगे। बोले, "इसीलिए सामान्य लोगों के बीच उसकी चाल-ढाल को कठिन बताया था?"

उस समय उपेन्द्र का ध्यान ज्योतिष की ओर नहीं था। इसीलिए उनकी बात कान में जाने पर भी हृदय में प्रवेश न कर सकी। बाल्यमित्र के विरुद्ध कल रात का व्यवहार एवं रूखी भाषा भीतर-ही-भीतर उन्हें क्लेश दे रही थी, बात ही बात में उनका मन पिछले दिन के एकान्त प्रदेश में चला गया था। किशोरावस्था के छोटे-बड़े कलह-विवादों में विभिन्न टोले-मुहल्लों के सम-असम उम्र वाले लोगों के साथ होने वाली हाथापाई, मारपीट, वाद-विवाद तथा और भी कितने ही प्रकार के आपद-विपद में सर्वत्र सतीश अपनी बलवान् देह और प्रबल शक्ति लेकर उसकी बगल में खड़ा हुआ है। उन सब यादों और भूली हुई कहानियों के बीच पड़कर हठात् उनका हृदय अत्यन्त अनुतप्त हो उठा। उसी ध्यान में डूबे हुए ज्योतिष की बात पर उपेन्द्र ने कहा, "हां, इसीलिए। ठीक इसीलिए सदा से उसे इतना प्यार करता हूं।" ज्योतिष और सरोजिनी दोनों ही मुंह से देखते रह गए। इस असम्बद्ध बात का कोई अर्थ किसी की समझ में नहीं आया।

किन्तु दूसरे सवाल के लिए समय ही न मिला। चुपचाप पर्दा उठाकर सतीश ने प्रवेश किया। सबसे पहले उसे देखा सरोजिनी ने, उसीने आनन्दित होकर संवर्द्धना की, "अच्छा हुआ, सतीश बाबू आ ही गए।"

सतीश ने चुपचाप सबकी ओर दृष्टि डालकर हंसते हुए कहा, "लगता है, मेरी ही बात हो रही थी। उपेनदा मुझे और मुंह दिखाने न देंगे।" इतना कहकर थोड़ी ही दूर रखे एक कोच पर बैठने गया तो उपेन्द्र हाथ से हारमोनियम बाजा दिखाते हुए बोला, "जरा वहां जाकर बैठो, सरोजिनी मुझे दोष दे रही थी कि मेरे ही कारण उस समय गाना नहीं हो सका।"

सतीश निर्दिष्ट आसन पर बैठकर कौतुक के साथ बोला, "अभी तो गाना नहीं हो सकेगा — यह मेरे शहनाई बजाने का वक्त है उपेनदा।"

उसी दिन ज्यादा रात गए सभा समाप्त होने के बाद बिछौने पर लेटी सरोजिनी ने दीर्घ निश्वास फेंककर मन-ही-मन कहा, "वह यदि हम लोगों के कोई आत्मीय होते तो उन्हीं के पास सीखती।" उसे संगीत सिखाने के लिए एक हिन्दुस्तानी उस्ताद नियुक्त थे। उन्हीं की जगह सतीश की कल्पना करने के लिए नाना प्रकार की तरकीबें सोचते-सोचते किसी समय उसे नींद आ गई।

चौदह

उपेन्द्र और सतीश के चले जाने पर किवाड़ बन्द करके किरणमयी वहीं खड़ी

रही। अंधेरे में उसकी दोनों आंखें हिंसक जन्तु की तरह जलने लगीं। उसके मन में होने लगा कि दौड़कर किसी के सीने में दांत चुभोने पर ही वह बच सकती है। हाथ के दीप को ऊंचा करके उन्मत्त मुद्रा में बोली, "इस घर में आग लगा देने का उपाय होता तो आग ही लगा देती। आग लगाने के बाद जहां मन में होता चली जाती। बुलाते-बुलाते, चिल्लाते-चिल्लाते एक-एक करके दोनों जल मरते; मेरे साथ शत्रुता करने का समय ही उन्हें न मिलता।" शीत की रात में भी उसके माथे और मुंह पर पसीना आ गया था। उसे हाथ से पोंछते-पोंछते सहसा अपने को ही धिक्कारती हुई बोली, "मैंने उपेन्द्र बाबू को खबर ही क्यों देने दी; क्यों मैंने अपने ही पांव में कुल्हाड़ी मारी? किन्तु मैं निश्चयपूर्वक कह सकती हूं कि यह सब उसी अभागी बुढ़िया का काम है। लड़के के साथ स्वार्थ साधने को उसी ने ऐसा कराया है।"

सतीश की बातें विषैले बिच्छू के डंक की तरह रह-रहकर जल उठने लगीं। इन दोनों प्राणियों ने कुछ-न-कुछ तो सुना है, इसका उसे जरा सन्देह नहीं था, किन्तु कितना और क्या-क्या सुना है, इसे निश्चित रूप से न जान सकने के कारण वह और भी छटपटाने लगी। पति और सास दोनों ने मिलकर उसे समझाया था कि उपेन के समान दूसरा आदमी नहीं मिलेगा। उनके आ जाने के बाद और कोई दुःख नहीं रह जाएगा। तब उसने क्यों विश्वास कर लिया? क्यों उसने अपने ही हाथ से चिट्ठी लिख दी? अंधेरे कच्चे आंगन के एक ओर खड़े होकर क्रोध में उन्मत्त वह स्त्री इन लोगों को मिथ्यावादी, कुचक्री, शैतान इत्यादि न जाने क्या-क्या कह-कहकर भी तृप्ति न पा सकी। क्रोध और हिंसा ने उसके हृदय में जो आक्षेप भर दिए थे, उनका कण मात्र भी प्रकट करने की भाषा उसे याद नहीं आई। तब वह तन-मन से प्रार्थना करने लगी कि उस अधमरे आदमी की रात न बीतने पाए।

दो दिन बाद सुबह किरण रसोईघर में बैठी तरकारी काट रही थी; दासी ने आकर खबर दी, "डाक्टर साहब आए हैं।"

किरण ने कटोरे की ओर से मुंह उठाए बिना कहा, "मां आज अच्छी हैं। जाकर उन्हें कह दे।"

दासी कुछ आश्चर्य में पड़ गई। कुछ देर तक उधर देखते रहने के बाद बोली, "वह उसी कमरे में बैठे हुए हैं।"

उसकी बात के विशेष अर्थ की ओर जरा भी ध्यान न देकर किरण सहज भाव से बोली, "उनकी दवा कोई खाता तो है नहीं, तब भी वह क्यों आते हैं, मैं नहीं समझती। तू अपने काम पर जा, वह अपने आप चले जाएंगे।"

'इस डाक्टर की दवा किसी काम में नहीं आती' दासी के लिए यह कोई नई खबर नहीं थी। इसीलिए उसे कहने की जरूरत भी नहीं थी। किन्तु वह आते क्यों हैं, यह सवाल पूर्णतः नया है। वह विस्मित होकर सोचने लगी — कल शाम को वह कमरे में गया था, इस बीच एकाएक ऐसी कौन बात हो गई कि डाक्टर का इस घर में आना अनावश्यक हो उठा। एक बार वह फिर हिम्मत करके बोली; "न हो तो तरकारी मैं काटे देती हूं, तुम एक बार जाओ न।"

किरणमयी सहसा बड़े ही रूखे भाव से बोल उठी, "तू जा और कोई काम-काज हो तो कर।"

इस आकस्मिक और बिल्कुल अनावश्यक उग्रता से दासी बिल्कुल स्तब्ध हो गई। इस घर में वह बहुत ज्यादा पुरानी न होने पर भी नई नहीं है। इससे पहले भी इस प्रकार की अकारण तेजी का परिचय वह पा चुकी है किन्तु बिल्कुल ऐसी बात की उसे कोई याद नहीं है। और बिल्कुल कोई दूसरा समय होता तो लगता है वह भी गुस्सा करती किन्तु आज नहीं किया, अति विस्मय से वह कुछ ऐसी ही अभिभूत हो उठी थी। इसीलिए कुछ देर चुप रहकर वह धीरे-धीरे उस कमरे के दरवाजे के पास आकर डाक्टर से बोली, "वह इस समय काम में व्यस्त हैं, इस समय आप चले जाएं।"

डाक्टर पांव के पास बैग रखकर तख्त पर उद्विग्न मुख लिए बैठा था, बोला, "अच्छा, व्यस्त हैं! पर मुझे भी तो काम है।"

दासी ने कहा, "तब जाओ न बाबू।"

डाक्टर अवाक् हो गया; फिर कहा, "जाकर एक बार कह दो मुझे एक विशेष काम है।"

दासी ने कहा, "आप समझते क्यों नहीं डाक्टर साहब! मैं खूब कह चुकी हूं — अब और न कह सकूंगी। वह सब मैं कुछ नहीं जानती; आज आप जाएं।" इतना कहकर वह चली गई।

इस उपेक्षा और लांछना से पहले तो डाक्टर को गहरी चोट लगी किन्तु दूसरे ही क्षण वह लज्जाजनक दुर्घटना की संभावना मन में आते ही वह भीतरी बात सुनने को व्याकुल हो उठा। उसे प्रतीक्षा के लिए बैठे रहने में आपत्ति नहीं थी और उसने प्रतीक्षा की भी, किन्तु कोई लौटकर नहीं आया। तब वह खड़े-खड़े न जाने क्या-क्या सोचता रहा, फिर चले जाने का निश्चय कर हाथ में बैग उठा लिया पर सिर ऊपर उठाते ही देखा — द्वार के सामने किरणमयी खड़ी है। डाक्टर ने उठते हुए अभिमान को दबाकर कहा, "जरा हटो, बड़ी देरी हो गई; और भी कितने ही रोगी राह देखते बैठे होंगे। मां तो आज अच्छी हैं?"

''अच्छी हैं।'' कहकर किरणयी राह छोड़ एक ओर खड़ी हो गई।

किन्तु डाक्टर के पांव नहीं उठे। पर खुद ही जाने का प्रस्ताव करने के बाद खड़े रहना भी मुश्किल हो गया।

किरणमयी मृदु-मृदु हंसने लगी। बोली, ''जाइए न!''

डाक्टर ने मुंह उठाकर भवें सिकोड़ लीं। बोला, ''तुम क्या समझती हो कि मैं जाना नहीं जानता?''

''मैं क्या पागल हूं कि समझूंगी, आप जाना नहीं जानते? हां डाक्टर, जरा सुनूं तो कि कितने रोगी तुम्हारी राह देख रहे हैं? इतना कह मुंह फिराकर हंसने लगी।

पहले कुपित डाक्टर की इच्छा हुई कि झांपड़ मारकर मुंह बन्द कर दे, किन्तु वह तो संभव था नहीं, इसलिए इतना ही कहा, ''जाओ तुम!''

''मैं कहां जाऊंगी? घर मेरा है, जाना तो आपको ही पड़ेगा।''

''मैं जाता हूं,'' कहकर उसके जाने को तैयार होते ही किरणमयी दोनों चौखटों पर हाथ रखकर और रास्ता रोककर बोली, ''जाइए किन्तु इतना जानते जाइए यह जाना अब आखिरी जाना है।''

उसके कण्ठ-स्वर और मुख के आश्चर्यजनक परिवर्तन से डाक्टर शंकित हो उठा। किन्तु मुंह से बोला, ''बहुत अच्छा वही सही, यह जाना ही आखिरी जाना है।''

किरणमयी बोली, ''सचमुच ही आखिरी जाना है। जब आ ही गए हैं तब साफ-साफ सब कुछ जानकर जाइए। अच्छा, इस जगह बैठिए, सब कुछ खोलकर कहती हूं।'' कहकर डाक्टर का हैण्डबैग ले स्वयं ही फर्श पर रख दिया और हाथ से चौकी दिखाती हुई बोली, ''खाना बनाना होगा, ज्यादा वक्त नहीं है, संक्षेप में कहती हूं — ''

इसी समय दासी ने आकर खबर दी, ''दो बाबू आ रहे हैं।'' उसी के साथ नीचे जूतों की आवाज सुन, किरणमयी ब्याध के भय से डरी हुई हिरनी की तरह दासी को जोर से धकेलकर कमरे से भाग गई। डाक्टर और दासी दोनों चकित रहकर एक-दूसरे का मुंह देखते रह गए।

थोड़ी ही देर के बाद जूतों का शब्द दरवाजे के पास आकर थम गया। डाक्टर ने देखा — दो अपरिचित भद्र प्राणी हैं। दोनों भद्र प्राणियों ने देखा — डाक्टर है। उसके कोट की जेब से निकला छाती की परीक्षा करने का यन्त्र गले से लटका उसका परिचय दे रहा है। उपेन्द्र और सतीश ने देखा — डाक्टर का मुंह बहुत सूखा हुआ है। दुर्घटना की आशंका करके पूछा, ''आपके देखने में कैसी स्थिति

है डाक्टर बाबू?"

डाक्टर चुप। उसका मुंह और काला पड़ गया।

उपेन्द्र ने और शंकित होकर प्रश्न किया, "इस समय आपको कैसा लगा?"

किन्तु डाक्टर ने कुछ नहीं कहा, विह्वल की तरह ताकता भर रहा।'

दासी ने कहा, "तुम जाओ न डाक्टर बाबू, अब तक क्यों खड़े हो?"

डाक्टर ने परेशान होकर बैग उठा लिया और कहा, "मैं जाता हूं, मुझे बहुत काम है।" इतना कहकर वह उपेन्द्र और सतीश के बीच से होकर तेजी से उतरकर चला गया। और उसी महापुरुष के चरणों का अनुसरण करके दासी भी कहां गायब हो गई, इसका पता तक न लगा।

उस निस्तब्ध टूटे मकान के टूटे बरामदे में लगभग नौ बजे के समय उपेन्द्र एवं सतीश विस्मित से चुप, एक-दूसरे के मुंह की ओर देखते ही रह गए।

कुछ देर बाद सतीश बोला, "उपेनदा, हारान बाबू की मां क्या पागल हैं?"

उपेन्द्र बोले, वह हारान बाबू की मां नहीं थीं, कोई और है — लगता है नौकरानी है। किन्तु मैं सोच रहा हूं, डाक्टर इस तरह क्यों चला गया?"

सतीश ने कहा, "ठीक चोर की भांति, पकड़े जाने के भय से, भाग गया।"

उपेन्द्र अनमने होकर बोले, "प्रायः कोई तो दिखाई नहीं पड़ता। क्या यह घर हारानदा का नहीं है?"

सतीश ने कहा, "हां, इधर से चलिए।"

"किन्तु एकाएक प्रवेश करने का साहस नहीं होता। मुझे तो डर लगता है कि कुछ हुआ है।"

सतीश ने कहा, "ऐसा होता तो रोने-पीटने वाले लोग होते। यहां वैसा नहीं है।"

इसी समय देखने में आया कि बरामदे के उस कोने से बहू चली आ रही है। मन में आया कि शायद वही अकेली रोती होगी, और आंखें पोंछकर चली आई है। कल दीपक के प्रकाश में जो मुंह सुन्दर दिखाई पड़ा था, आज दिन के समय, सूर्य की रोशनी में सहज ही समझ में आ गया कि ऐसा सौन्दर्य और कभी आंखों से नहीं देखा है। जीवित प्राणी में भी नहीं।

बहू ने कहा, "आज हम लोग आपके शुभागमन के लिए प्रस्तुत नहीं थे। सोचा कि आने को कह जाने पर भी शायद आ नहीं सकेंगे।" सतीश की ओर देखकर सहसा मधुर मुस्कान के साथ बोली, "देवरजी भी हैं।"

आज सतीश ने सिर झुका लिया।

उपेन्द्र ने पूछा, "हारान कैसे हैं?"

बहू ने संक्षेप में ही जवाब दिया, "उसी तरह! आइए, उस कमरे में चलिए।"

हारान के कमरे में उनकी मां अघोरमयी शय्या की बगल में बैठी थीं। उपेन्द्र के प्रणाम करते ही वह उच्च स्वर में रो पड़ीं।

हारान ने थके हुए स्वर में मना करते हुए कहा, "चुप हो जाओ मां?"

उपेन्द्र लज्जा और दु:ख से एक किनारे बैठ गया।

सतीश इधर-उधर देखकर मुंह लटकाकर उसी काठ के सन्दूक के ऊपर बैठ गया।

बहू मुहूर्त्त-भर के लिए खड़ी होकर सतीश की ओर बिजली की तरह कटाक्ष करके बाहर चली गई। मानो स्पष्ट कह गई कि "तुम लोग यह अच्छा काम नहीं कर रहे हो।"

पन्द्रह

सतीश ने निश्चय किया — वह डाक्टरी पढ़ना नहीं छोड़ेगा। इसलिए दूसरे दिन शाम को किसी से कुछ न कह, बिहारी को साथ लेकर वह फिर उसी बासे में जा पहुंचा। मकान तब भी खाली ही पड़ा था; मकान वाले को पकड़कर छ: महीने का बन्दोबस्त किया और पास के हिन्दु आश्रम में जाकर एक रसोइया खोज लाया। तब प्रसन्न मन से बाहर निकल गया। बिहारी से कहा, "हम कल ही यहां चले आएंगे — तू क्या कहता है बिहारी!"

बिहारी ने सहमति प्रकट की।

राह में चलते-चलते सतीश ने कहा, "काम अच्छा नहीं हुआ बिहारी! जैसा भी हो उसने हमारी बड़ी सेवा की है; फिर एक तरह से मेरे ही लिए उसकी उस बासे की नौकरी चली गई। एक बार खबर लेनी उचित है।"

बिहारी समझ गया कि किसकी बात हो रही है — वह चुप ही रहा।

सतीश आगे कहने लगा, "वह कुछ भी क्यों न हो, पथ की भिखारिणी होने पर भी दु:ख में खोज-खबर लेनी ही चाहिए — ऐसा न करने पर मनुष्य-जन्म ही व्यर्थ है। किन्तु मैं उन लोगों के घर में नहीं जाऊंगा — गली में भी नहीं — मोड़ पर खड़ा रहूंगा; तुम एक बार जाकर पता लगा लाना कि वह कष्ट में तो नहीं है। कष्ट में तो निश्चय ही है — यह मैं अच्छी तरह देख रहा हूं, उसे किसी

तरह कुछ दे आना।'' बिहारी नि:शब्द पीछे-पीछे चलने लगा। सतीश बोला, ''मुझे वह सारी बातें नहीं बताएगी। किन्तु तुमसे कुछ नहीं छिपाएगी — समझे न बिहारी!''

तब भी बिहारी कुछ नहीं बोला।

सावित्री वाली गली के मोड़ पर आकर सतीश खड़ा हो गया। बोला, ''ज्यादा देर न करना।''

बिहारी ने गली में प्रवेश किया। सतीश वहीं पास इधर-उधर टहलने लगा, दूर जाने का साहस नहीं किया कि पीछे निर्बोध बिहारी उसे न देख कहीं और न चला जाय।

दस ही मिनट बाद बिहारी ने लौटकर कहा, ''नहीं है।''

सतीश ने उत्सुक होकर पूछा, ''कब लौटेगी?''

बिहारी ने कहा, ''वह अब न आएगी। उसे गए दो महीने हो गए किन्तु एक दिन भी नहीं आई।''

सतीश ने गैस के खंभे को पकड़कर खड़े होकर भीषण स्वर में कहा, ''झूठी बात है! किसी ने तुझे धोखे में रखा है।''

बिहारी भी दृढ़ भाव से सिर हिलाकर बोला, ''किसी ने धोखे में नहीं रखा है। सचमुच, वह अब नहीं आती। सच ही वह घर से चली गई है।''

''उसके घर का सामान?''

''सामान पड़ा है। ऐसी क्या चीज है वहां बाबू, कि उसका मोह उसे होगा?''

सतीश गरम होकर बोला, ''ऐसी पैसे वाली तो वह नहीं है। तू बिल्कुल घोंघा है, इसलिए पूछकर चला आया कि अब वह नहीं आएगी। यह क्या हो सकता है, बिहारी? एक आदमी निरुद्देश्य हो गया, और किसी ने उसकी खबर ही न ली? मैं पुलिस में रिपोर्ट करूंगा।''

बिहारी चुपचाप सिर झुकाए खड़ा रहा।

सतीश ने कहा, ''मोक्षदा क्या कहती है कि वह नहीं जानती? मुझे विश्वास नहीं होता। वह निश्चित रूप से जानती है। मैं उसके पास जाता हूं।''

बिहारी परेशान हो उठा, ''आप न जाइए बाबू!''

''क्यों न जाऊं? क्यों वह छिपाएगी? मैं किसी का खाकर भाग आया हूं कि हमसे लुकाचोरी करेगी? मैं तुझे कहता हूं — चाहे जैसे हो, मैं पता लगाऊंगा कि वह कहां है।''

बिहारी ने डरकर कहा, ''इसमें उसकी मौसी का कोई दोष नहीं है बाबू। सावित्री अपनी इच्छा से घर छोड़ गई है। किसी को बताकर नहीं गई।''

सतीश ने धमकाकर कहा, "तब भी कहते हो, जताकर नहीं गई! बताकर गई है — निश्चय ही गई है।"

बिहारी ने सिर हिलाकर कहा, "नहीं, किन्तु इसी शहर में है।"

"किस जगह है? गधे की तरह बात न कर बिहारी। क्या हुआ है बता।"

बिहारी थोड़ी देर स्थिर रहने के बाद न जाने क्या सोचकर बोला, "आपको दुःख होगा, इसलिए। नहीं तो सारी बात सभी लोग जानते हैं — मैं भी जानता हूं।"

सतीश अधीन हो उठा, "क्या जानता है, बता न?"

बिहारी फिर चुप हो रहा।

सतीश प्रायः चिल्लाकर बोला, "हरामजादे, तेरे पांव पड़ता हूं शीघ्र बता।"

बिहारी ने तुरन्त भूमिष्ठ हो प्रणाम किया, फिर उसके जूते की धूल सिर पर लेकर रुआंसा हो कहा, "बाबू, आपने मुझे नरक में डुबा दिया। जरा आड़ में चलिए; कहता हूं।" इतना कहकर अंधेरी गली के अन्दर जाकर एक ओर खड़ा हो गया।

सतीश ने सामने खड़े होकर पूछा, "क्या बात है?"

बिहारी ने थूक निगलकर कहा, "सावित्री की मौसी की धारणा है कि वह आपके पास है। किन्तु मैं जानता हूं कि यह ठीक नहीं है।"

सतीश अस्थिर होकर बोला, "तू तो बड़ा पण्डित है। यह तो मैं भी जानता हूं — उसके बाद क्या कहता है।"

"धीरज रखिए बाबू, कहता हूं" — कह बिहारी ने एक बार फिर अच्छी तरह थूक निगलकर कहा, "मुझे बड़ी आशा है — "

"क्या आशा है?"

बिहारी मृत-सा होकर कह बैठा, "वह उसी जगह गई है — उसी बाबू के यहां।"

"कौन बाबू? हम लोगों के विपिन के पास?"

"हां बाबू, वहीं। वहां न बैठिए, नहीं तो स्नान करना होगा।"

सतीश ने वह बात सुनी ही नहीं। उस ओर दीवार से पीठ लगाकर सीधे बैठ सूखे, भर्राए गले से पूछा, "तब उसकी मौसी ने कैसे समझ लिया कि वह मेरे पास है?"

बिहारी ने कहा, "सावित्री ने जिस दिन विपिन बाबू का अपमान करके उन्हें

विदा कर दिया, उस दिन साफ कहा था कि वह सतीश बाबू को छोड़कर और किसी के पास नहीं जाएगी — घर के लोगों ने आड़ में खड़े होकर उन लोगों का झगड़ा सुना था।''

सतीश उठ खड़ा हुआ। बलपूर्वक अपने को कुछ प्रकृतिस्थ करके पूछा, ''तब तूने कैसे जाना कि वह विपिन बाबू के ही पास गई है?''

बिहारी चुप हो रहा।

सतीश ने कहा, ''बोल।''

बिहारी ने फिर एक बार इधर-उधर की; सावित्री से वह अहंकारपूर्वक 'नहीं कहेगा' कह आया था, उसे स्मरण किया। अन्त में एक बार फिर थूक निगलकर कहा — ''मैं अपनी ही आंखों देख गया हूं।''

सतीश चुप होकर सुनने लगा।

बिहारी बोला, ''हम लोगों ने जिस दिन बासा बदला था, उसके दूसरे दिन दोपहर के समय मैं आया था। उस समय विपिन बाबू सावित्री के बिस्तरे पर सोए हुए थे।''

सतीश भयानक धमकी देकर बोला, ''झूठी बात है।''

बिहारी चमककर बोला, ''नहीं बाबू, मैं सच्ची बात ही कह रहा हूं।''

सतीश ने उसके मुंह की ओर तीखी दृष्टि से देखते हुए क्षण-भर चुप रहकर प्रश्न किया, ''सावित्री स्वयं कहां थी?''

''सावित्री उसी कमरे में थी। बाहर आकर मुझे चटाई बिछाकर बिठाया। पूछने लगी कि बाबू लोग क्रोध करते हैं या नहीं, हम लोगों ने डेरा क्यों बदला आदि।''

''उसके बाद ?''

''मैं गुस्सा होकर चला आया। उस दिन से ही वह उस बाबू के साथ चली गई।''

''इतने दिनों तक क्यों नहीं बताया?''

बिहारी चुप हो रहा।

सतीश ने पूछा, ''तूने अपनी आंखों से देखा था या सुना था?''

''नहीं बाबू, मेरी अपनी आंखों देखी बात है।''

''मेरे पांव छूकर कसम खा कि तेरी आंखों-देखी बात है। याद रख ब्राह्मण के पांव छू रहा है।''

बिहारी ने तुरन्त झुककर सतीश के पांव को छूकर कहा, ''वह बात रात-दिन मुझे याद रहती है बाबू! मेरी आंखों-देखी बात है।''

सतीश और भी एक क्षण चुप रहकर बोला, "अच्छा, तू डेरे पर जा। उपेन दादा से कहना, आज रात को मैं भवानीपुर जाऊंगा, लौट न पाऊंगा।"

बिहारी को उसकी बात पर विश्वास नहीं हुआ; वह रो पड़ा।

सतीश ने विस्मित होकर कहा, "यह क्या हुआ, रोता क्यों है?"

बिहारी ने आंखें पोंछते-पोंछते कहा, "बाबू, मैं आपके बच्चे के जैसा हूं, मुझसे न छिपाइए। मैं भी साथ चलूंगा।"

सतीश ने पूछा, "क्यों?"

बिहारी बोला, "यह सच है कि बूढ़ा हो गया हूं किन्तु जात का ग्वाला हूं। एक लकड़ी हाथ में आ जाने पर पांच-छः जनों से मुकाबला कर सकता हूं। मैं झगड़ा करना भी जानता हूं, जरूरत आ पड़ने पर मरना भी जानता हूं।"

सतीश ने शांत भाव से कहा, "मैं क्या झगड़ा करने जा रहा हूं? मूर्ख कहीं के।" इतना कहकर चला गया।

बिहारी ने अब समझा कि बात झूठी नहीं है। आंखें पोंछकर उसने भी प्रस्थान किया।

सतीश तेजी से मैदान की ओर चल पड़ा था। यह निश्चय नहीं किया था कि कहां जाएगा, किन्तु कहीं तो उसे शीघ्र जाना ही पड़ेगा इसका प्रधान कारण यह है कि वह निःसंशय अनुभव करता था कि मुहूर्त्त-भर में उसके मुख और चेहरे में ऐसा अशोभनीय परिवर्तन आ गया है कि उसे लेकर किसी के सामने खड़ा नहीं हुआ जा सकता।

मैदान के एक एकान्त भाग में पेड़ के नीचे बेंच पड़ी हुई थी। सतीश उसी के ऊपर जाकर बैठ गया और वहां निर्जन देखकर कुछ शान्ति का अनुभव किया। अंधेरे वृक्ष के नीचे बैठकर उसके मुंह से पहली बात यही निकली कि 'क्या किया जाय?' कुछ देर तक यह सवाल उसके दोनों कानों के बीच निरर्थक प्रलाप की तरह घूमने लगा। अन्त में उसे यही उत्तर मिला, 'कुछ भी नहीं किया जा सकता।'

उसने सवाल किया, "सावित्री ने ऐसा काम किया क्यों?"

उत्तर मिला, "उसने ऐसा कुछ भी नहीं किया, जिससे नये सिरे से उसे दोष दिया जाय।"

प्रश्न हुआ, "इतने बड़े विश्वासघात का काम ही उसने क्यों किया?"

उत्तर मिला, "पहले यह तो बताओ कि उसने तुम्हें विश्वास ही क्या दिया था?"

सतीश कुछ भी बोल नहीं सका। "वस्तुतः उसने तो कोई झूठी आशा नहीं

दी; एक दिन के लिए भी कोई छलना नहीं की। बल्कि बार-बार सावधान किया था, शुभ कामना की थी, बहिन से ज्यादा स्नेह और सेवा की थी। उसने उस रात की बात याद की। उस दिन निष्ठुर होकर उसे कमरे से बाहर करके रक्षा की थी। दूसरा कौन इस तरह कर पाता? कौन दूसरा अपने कलेजे में बरछी भोंककर उसे अक्षत रख सकता था।" सतीश के नयनों की पलकें भीग गईं किन्तु यह संशय वह किसी तरह दूर नहीं कर सका कि इस प्रश्नोत्तर-माला में कहीं कोई भूल हो रही है।

उसने फिर प्रश्न किया, "किन्तु उसने उसे प्यार किया था।"

उत्तर मिला, "क्यों किया? क्यों जान-बूझकर कीचड़ में प्रवेश किया?"

प्रश्न किया, "यह तो नहीं जानता। कमल लेने में भी तो कीचड़ लगता है।"

उत्तर मिला, "वह सब पुरानी उपमा है — यहां वह लगती नहीं। मनुष्य घर आते समय कीचड़ धोकर कमल ले आता है। फिर तुम्हारा कमल ही कहां था कि कीचड़ धोकर घर में ले आते!"

प्रश्न किया, "न होता तो घर ही न आता।"

उत्तर मिला, "छिः! वह बात मुंह पर भी न लाना।"

इसके बाद कुछ देर तक वह स्तब्ध होकर तारों-भरे काले आकाश को देखता रहा। फिर हठात् बोल उठा, "मैंने तो उसकी आशा छोड़ ही दी थी। उसे पाना भी नहीं चाहता, किन्तु उसने मेरा इस तरह अपमान क्यों किया? एक बार पूछा तक क्यों नहीं? किस दुःख के कारण वह ऐसा काम करने गई? वह किसी तरह यह बात सोच न सका कि ऐसा उसने पैसे के लोभ से किया है। विपिन जैसे अनाचारी मद्यप को वह मन-ही-मन प्यार करती थी, इस बात पर कैसे विश्वास कर सकूंगा? तब क्यों"

गंगा की ठण्डी हवा से उसे ठण्ड लगने लगी। वह ऊनी चादर ओढ़कर आंखें बन्द कर उसी बेंच पर लेट गया। नींद लगते ही उसके सामने सावित्री का मुंह उज्ज्वल होकर फूट पड़ा। पतिता जैसी कोई कालिमा तो उसके मुंह पर है नहीं। स्वाभिमान से दीप्त, बुद्धि में स्थिर, स्नेह में स्निग्ध, परिणत यौवन के भाव से गंभीर फिर भी रस और लीला में चंचल — वही मुंह है, वही हंसी है, वही दृष्टि है, वही संयत परिहास है, और सबके ऊपर वही निष्कपट सेवा है। यह सब उसने इतनी छोटी उम्र में कब कहां से पाया? राख के अन्दर भी आग की तरह उसके आवरण के साथ खेल करने में जो आग बाहर निकल आई थी, उसकी जलन से किस तरह किस रास्ते पर भाग जाकर आज वह छुटकारा पा सकेगा?

फिर छुटकारा ही पाकर क्या होगा? उसकी दोनों आंखों से झर-झर आंसू गिरने लगे। उसने इन आंसुओं को रोकने की इच्छा नहीं की — उन्हें पोंछने की इच्छा भी नहीं की। ये आंसू कैसे मीठे हैं; इन आंसुओं में इतना रस है कि आज अपने परम दुःख के बीच इस प्रथम उपलब्धि से वह सुखी हुआ और जिसका अवलम्ब लेकर इतने बड़े सुख का स्वाद जीवन में पहली बार ग्रहण कर पाया था, उसके प्रति दोनों हाथ जोड़कर नमस्कार किया।

सतीश और चाहे जैसा हो, इस बात में अंसशय रूप से विश्वास करता था कि भगवान हैं और उन्हें धोखा नहीं दिया जा सकता तथा छोटे-बड़े सभी को एक दिन उनके सामने, अपने कामों के लिए, जवाब देना ही होगा। वह आंखें पोंछकर उठ बैठा और मन-ही-मन कहा, ''भगवान! कोई नहीं कह सकता कि कब किसके हाथ में देकर तुम किसे क्या भेज देते हो। आज तुम्हारे ही हुक्म से सावित्री दाता है, मैं भिक्षुक हूं। ऐसा कर दो कि वह भली है या बुरी इसका विचार मैं न कर सकूं। मेरी छाती के अन्दर की सब ज्वाला, सब विघ्न-द्वेष दूर कर दो, जिससे उसके विरुद्ध मैं कृतघ्न होकर न रहूं।'

उधर ज्योतिष साहब के मकान में, संध्या के बाद, बैठक के कमरे में, सरोजिनी, ज्योतिष, उपेन्द्र के अलावा एक और सज्जन बैठे हैं, जिनकी मूंछ-दाढ़ी सब सफाचट है। इनका नाम है शशांक मोहन। यह विलायत से लौटे हुए हैं, इसलिए साहब भी हैं। थोड़े ही दिनों से सरोजिनी के प्रति आकृष्ट हुए हैं और इस बात को प्राणपण से व्यक्त करने का प्रयास करते हैं। वह प्रयास कितनी दूर तक सफलता की ओर अग्रसर हो रहा है, यह तो केवल विधाता ही जानते हैं। आज सतीश का प्रसंग छिड़ गया था। उपेन्द्र उसके असाधारण शरीर-बल और अद्भुत साहस का वर्णन कर चुके थे और अब उन्होंने उसके अनूठे कण्ठस्वर और उससे भी ज्यादा उसके आश्चर्यजनक संगीत ज्ञान की बात उठाई थी। नजदीक के सोफे पर बैठी सरोजिनी दोनों हाथों पर ठुड्ढी रखे, झुककर, बड़े ध्यान से सब सुन रही थी। ऐसे समय बिहारी ने भग्न दूत की तरह कमरे में प्रवेश कर सतीश के भवानीपुर जाने के संवाद की घोषणा की।

उपेन्द्र ने कुछ विस्मित होकर पूछा, ''उसका वहां कौन है?''

बिहारी थोड़े में केवल 'मुझे नहीं मालूम' कहकर चला गया।

सब लोग सतीश की प्रतीक्षा कर रहे थे, इसलिए सभी निराश हुए।

सरोजिनी सीधी होकर बैठ गई और हठात् लम्बी सांस लेकर बोल उठी, ''तब और क्या होगा?''

ज्योतिष उसके मुंह की ओर देखकर स्नेह से जरा हंस पड़े सिर्फ शशांक

मोहन पर कोई असर नहीं हुआ। बल्कि उन्होंने खुश होकर प्रस्ताव किया — इस समय सरोजिनी ही कर्णधार बने। संगीत से आनन्द प्राप्त करने की कितनी क्षमता उनमें थी, इसे तो वही जानते थे, किन्तु सरोजिनी के दृढ़ आपत्ति प्रकट करते ही वह बोल उठे, ''बल्कि मैं तो यहां तक कहता हूं कि पुरुष का गाना ही गलत है। स्वभावत: ही उसका गला मोटा और भारी होता है, इसलिए शिक्षा उसकी कैसी भी हो और वह चाहे जितनी अच्छी तरह गाने की चेष्टा करे, वह किसी तरह भी सुनने के लायक नहीं हो सकता।''

इस बात का और किसी ने प्रतिवाद नहीं किया, किन्तु सरोजिनी ने किया। वह बोली, ''आपके लिए निश्चय ही सुनने लायक नहीं हो सकता। हार्मोनियम, पियानो आदि भारी पर्दे के बाजों का निर्माण शायद गलत हो परन्तु वे आज भी तैयार हो रहे हैं और लोग उनको खरीदते भी हैं।''

शशांक मोहन के पास इस बात का कोई जवाब नहीं था। फिर भी वह अपने गोरे मुख को कुछ लाल करके न जाने क्या कहने जा रहे थे कि सरोजिनी एकाएक उठ खड़ी हुई और बोली, ''मां को खबर दे आऊं — वह अभी तक भोजन कराने के लिए बैठी होंगी।''

उपेन्द्र चकित होकर बोले, ''उसका खाना-पीना इसी तरह होता है — हम्बग!''

उपेन्द्र के बोलने में आन्तरिक स्नेह से भिन्न और कुछ नहीं था और सतीश यदि उनका नितान्त स्नेहास्पद न होता तो वह ऐसी भाषा का प्रयोग नहीं करते, इसे अच्छी तरह समझ सकने के कारण ही सरोजिनी ने हंसकर कहा, ''यह आपका बड़ा अन्याय है। उनकी रुचि यदि आपकी रुचि से न मिले तो दोष आपका है, उनका नहीं, अच्छा, मां से तो कह आऊं।'' इतना कहकर सरोजिनी तेजी के साथ बाहर चली गई।

उसके चले जाते ही शशांक मोहन ने उपेन्द्र की तरफ घूमकर कहा, ''लगता है, आपके मित्र बड़े कट्टर हैं।''

उपेन्द्र कुछ हंसकर बोले, ''कम तो नहीं है। संध्या-पूजा भी करता है।''

उन्हें यह बात नहीं मालूम थी कि सतीश बीच-बीच में छिपकर शराब पीता है; वह स्वप्न में भी ऐसा ख्याल नहीं कर सकते थे।

शशांक मोहन ने पूछा, ''वह क्या करते हैं?''

उपेन्द्र बोले, ''कुछ भी नहीं; कभी वह कुछ करेगा, यह भरोसा भी किसी को नहीं है।''

इस बात से शशांक मोहन के मन के ऊपर से मानो एक पत्थर हट गया।

खुश होकर बोले, "वही तो।"

ज्योतिष अभी तक चुप होकर सुन रहे थे, उपेन्द्र को लक्ष्य कर बोले, "तुम्हारी बात कुछ जंची नहीं उपेन। क्या शारीरिक उत्कर्ष का कोई मूल्य नहीं है? उसे भी छोड़ दें तो मैं तो उनके गाने पर पूरी तरह मुग्ध हो गया हूं। जो कुछ वह करते हैं, उसके लिए हमारे इस देश में यदि उन्हें सम्मान न मिले तो निसन्देह यह दुःख की बात है, किन्तु यह दोष तो हमीं लोगों का है, उनका नहीं। मुकद्दमे में दावे का कागज दाखिल किए बिना, एटर्नी के साथ माथापच्ची किये बिना, हाकिम की ताड़ना पाए बिना जिसका सोलहो आना अदा हो चुका है, वह यदि इस ओर न देखे तो संसार बिल्कुल मारवाड़ी की कपड़े की दुकान जैसा हो जाए। मुझे तो तुम्हारे मित्र को देख सचमुच ईर्ष्या होती है। अच्छी बात है, बूढ़े की आय क्या है?"

इसी समय सरोजिनी निःशब्द कमरे में आ गई और अपने दादा की कुर्सी पर पीछे की ओर झुककर पूछा, "किसकी दादा?"

ज्योतिष ने कहा, "सतीश बाबू के पिता की!"

उपेन्द्र बोले, "ठीक तो मैं नहीं जानता; समझता हूं दो लाख।"

ज्योतिष ने दोनों आंखें फाड़कर कहा, "क्या वह राजा हैं?"

उपेन्द्र ने कहा, "नहीं, राजा नहीं हैं, परन्तु वैसा ही समझो; वह बहुत बड़े जमींदार हैं। फिर बूढ़े ने कहा, पहले की सम्पत्ति में वृद्धि ही की है।"

ज्योतिष ने निःश्वास फेंककर कहा, "बिल्कुल सौभाग्य के प्रियतम पुत्र! स्वास्थ्य, शक्ति, रूप, ऐश्वर्य! मनुष्य जिस भी चीज की कामना कर सकता है, वह सभी उनके पास है।"

उपेन्द्र हंसने लगे। अन्त में बोले, "एक बड़ा घातक दोष भी है दूसरे की जिम्मेदारी अपने सिर पर लेकर असमय अपघात से न मरा तो जो कुछ कह रहे हो वह सब ठीक है।"

ज्योतिष सीधे होकर बैठ गए और बोले, "अपघात से क्यों मरेंगे?"

उपेन्द्र ने कहा, "असंभव नहीं है और पहले ऐसा हो भी चुका है। क्रोध नाम की चीज उसके शरीर में जिस प्रकार भयानक रूप से अधिक है, प्राणों का मोह उसी परिमाण में कम है। इस कलियुग में रहते हुए भी जिसकी अन्याय-अत्याचार सम्बन्धी धारणाएं सत्ययुग के समान ही बनी हुई हैं और क्रुद्ध होने पर जिसे हिताहित का ज्ञान नहीं रह जाता, उसके बचने-न-बचने पर मैं तो ज्यादा आस्था रखता नहीं। सहन करने में भी एक शक्ति है तथा अनाहूत साहाय्य करने का लोभ संवरण करना भी अवस्था-विशेष में आवश्यक है, यह बात वह समझता

ही नहीं। जैसे पुराने समय का यूरोप का 'नाइट' (वीर) इस जमाने के बंगाल में आकर जन्मा हो।''

ज्योतिष हंसकर बाले, ''किन्तु तुम जो कुछ कहते हो उससे उनके लिए श्रद्धा ही होती है।''

उपेन्द्र ने कहा, ''भले हो! संसार में रहते हुए अनेक छोटी-मोटी मन्द वस्तुओं को अग्राह्य करना पड़ता है — यह शिक्षा उसे आज तक मिली नहीं है। किसी दिन मिलेगी या नहीं, मैं जानता नहीं, किन्तु यदि न मिली तो अन्तिम समय का परिणाम मधुर न होगा। उसके लिए भी नहीं, उसके आत्मीयों और मित्रों के लिए भी नहीं।''

ज्योतिष बोले, किन्तु तुम उनके आत्मीय और मित्र हो, तुम उन्हें क्यों नहीं सिखाते?''

उपेन्द्र के मुंह पर हंसी फूट पड़ी। बोले, ''मैं उसका मित्र जरूर हूं किन्तु इस शिक्षा का भार ऐसे मित्र पर नहीं है। जो सब मित्रों से बड़ा मित्र होगा, जो सब आत्मीयों से बढ़कर आत्मीय होगा, शायद यह विद्या वही सिखाए, नहीं तो, हो सकता है, उसे चिरदिन अशिक्षित ही रह जाना पड़े।''

सरोजिनी इतनी देर तक चुप और स्थिर होकर सुन रही थी, अब मुंह फिराकर अपनी हंसी छिपा ली।

उपेन्द्र बोले, ''किन्तु सतीश की कहानी आज यहीं तक रहने दो। मुझे उठना पड़ेगा। दो-एक चिट्ठियां लिखनी हैं।''

ज्योतिष को भी जरूरी कागज-पत्र देखने थे, उन्हें भी अब बैठना नहीं था, इसलिए वह भी उठने-उठने को कर रहे थे। किन्तु सबसे पहले उठ पड़ी सरोजिनी। एक बार उसके मन में आया कि उपेन्द्र से कुछ कहे किन्तु अन्त में कुछ कहा नहीं, किसी को एक क्षुद्र नमस्कार तक नहीं किया — अनमनी की तरह धीरे-धीरे बाहर हो गई। आज की सभा के जैसे जमने की बात थी, वैसी तो वह जम ही नहीं पाई, बल्कि समाप्त हुई और भी श्रीहीन रूप में।

उपेन्द्र कुछ भी जानते न थे, उन्हें कुछ पता भी नहीं लगा।

सोलह

तीक्ष्ण बुद्धिमती किरणमयी ने पति की बीमारी के कई दिनों में उपेन्द्र को घनिष्ठ भाव से अपने निकट पाकर उन्हें पहचान लिया। इससे उसकी अपनी स्वार्थ-

हानि की व्याकुल आशंका ही दूर नहीं हो गई, बल्कि इस अपरिचित व्यक्ति के प्रति एक गंभीर श्रद्धा के भाव से उसका सम्पूर्ण हृदय उसी प्रकार अनुकूल हो उठा जैसे जल से भरा बादल बरसने-बरसने को हो जाता है। ऐसा आदमी उसने कभी देखा नहीं था। ऐसे आदमी के सम्पर्क में आने के भाग्य की कल्पना ही उसने कभी नहीं की थी। इसीलिए इस थोड़े समय के परिचय में उसने अपने भविष्य के सब सुख-दुःख उन्हीं के हाथ में निःशंक-चित्त हो सौंप दिए और उन पर निर्भय हो निर्भर करने जाकर उसे पहली उपलब्धि यह हुई कि उसके चिरकारारुद्ध प्राण को मानो खुले मार्ग का आलोक देखने को मिला।

उपेन्द्र सुबह से रात तक रहकर रोगी मित्र की सेवा कर रहे थे। प्रयोजन की इस दृष्टि से इस सेवा की कोई कीमत न थी, क्योंकि हारान की जीवन-रक्षा की कोई आशा अब भी नहीं थी — किन्तु इस सेवा ने किरणमयी की आंखों में उसके पति की सूखी देह को भी बड़ा मूल्यवान बना दिया। उस अर्द्धमृत देह के लोभ से वह एकाएक बुरी तरह लुब्ध हो उठी। उसके आचार-व्यवहार का यह आकस्मिक और अमानवीय परिवर्तन मृत्यु के किनारे खड़े हारान ने भी देखा। बचपन से किरण किसी आत्मीय के घर रहकर बड़ी हुई थी और वहां से उससे भी अधिक आत्मीय पति के घर आई थी। सास अघोरमयी ने कभी उसको लाड़-प्यार नहीं दिया बल्कि जहां तक हो सका उसे कष्ट ही देती आई है। पति ने भी एक दिन उसे प्यार नहीं किया। वह दिन को स्कूल में पढ़ाते थे, रात को स्वयं अध्ययन करते थे तथा बहू को पढ़ाते थे। विद्यार्जन के नशे ने उहें इस तरह पकड़ रखा था कि दोनों में गुरु-शिष्या के कठोर सम्बन्ध के अलावा पति-पत्नी के मधुर सम्बन्ध के लिए कोई अवकाश ही नहीं रह गया। इस प्रकार करते हुए यह निरुपमा अत्यन्त बुद्धिशालिनी रमणी शैशव को पार कर भरी जवानी के बीच आ खड़ी हुई थी। घर-गृहस्थी के सौन्दर्य और मिठास से दूर हटा दिए जाने के कारण वह शुष्क और कठोर हो गई थी तथा इस प्रकार स्नेह-प्रेम से वंचित होकर नारी के श्रेष्ठ धर्म को भी तिलांजलि देने लगी थी। अघोरमयी सब कुछ जानती थीं। उनकी रूपसी बहू सती-धर्म की पूरी मर्यादा का पालन करते हुए नहीं चलती, यह भी वह समझती थीं, क़िन्तु उनका पुत्र मृत्यु की गोद में जा रहा है, दुःसह दुःख का दिन नजदीक आ गया है — यही सब सोचकर बहू के प्रतिकूल आचार-व्यवहार की उपेक्षा कर रही थीं। जो डाक्टर हारान की चिकित्सा कर रहा है, वह किस आशा से बिना पैसा लिए औषधि और पथ्य की व्यवस्था कर रहा है, बल्कि गृहस्थी का भी लगभग आधा व्यय-भार उठा रहा है, यह उनसे छिपा नहीं था। किन्तु मरती हुई सन्तान की चिकित्सा के निमित्त किसी भी अन्याय को बड़ा

मानकर देखने का साहस उन्हें न था, वैसी शिक्षा भी न थी। फिर वह पुत्रवधू को प्यार भी नहीं करती थीं। उन्हें इस विषय में भी कोई सन्देह न था, न कोई आपत्ति थी कि उपेन्द्र भी इसी जाल में धीरे-धीरे फंसते जा रहे हैं, और अकातर भाव से इतना पैसा खर्च करने और अथक सेवा करने का गोपनीय उद्देश्य बचपन के बन्धु-भाव को लांघकर कहीं और जड़ जमा रहा है। कल से उपेन्द्र नहीं आए थे। अघोरमयी अपने कमरे की चौखट के बाहर एक जीर्ण और मैली चादर ओढ़े बैठी, यही सोच रही थीं।

शीत का सूर्य तब भी अस्त नहीं हुआ था, किन्तु इस मकान के अन्दर के हिस्सों में, इस बीच, अन्धकार की छाया पड़ चुकी थी। कब सूर्यदेव उगते हैं और कब अस्त हो जाते हैं, अच्छे दिनों में भी यह खबर इस मकान के लोग नहीं रखते थे और अब तो इन दुःख के दिनों में उसके साथ प्रायः सब सम्बन्ध ही टूट गया था।

अघोरमयी ने पुकारा था, "बहू मां, संध्या का दिया जलाकर जरा यहां बैठ तो बेटी, एक बात कहनी है।"

किरणमयी उसी कमरे में काम कर रही थी। बोली, "अभी शाम नहीं हुई है; तुम्हारा बिस्तरा बिछा दिया है।"

अघोरमयी ने कहा, "अभी से मेरा बिछौना! सोने के समय मैं ही बिछा लूंगी। नहीं-नहीं, तुम जाओ न बेटी, दीपक आदि जलाकर जरा ठण्डा होकर बैठो। रात-दिन खटते-खटते तुम्हारी देह आधी रह गई है, इसका भी जरा ध्यान रखना चाहिए बेटी!" इतना कहकर एक लम्बी सांस लेकर चुप हो गईं। थोड़ी देर बाद बहू के पास आकर बैठ जाने पर, वह रोककर बोल उठीं, "पहले दीया आदि—"

बहू थके स्वर में बोली, "मां! तुम क्यों परेशान होती हो, अभी शाम होने में काफी देर है।"

अघोरमयी ने कहा, "भले हो, नीचे जो अंधेरा है; दिन रहते ही सीढ़ी का दीया जला देना अच्छा है। हो सकता है, उपेन अभी आ जाय, कल से वह आया नहीं है — क्यों बहू रानी, देखती हूं अब तक तुम्हारा मुंह-हाथ धोना और केश बांधना नहीं हुआ है — इतनी देर तक क्या कर रही थीं?"

सास के स्वर में अकस्मात् इस विरक्ति का आभास पाकर विस्मित बहू थोड़ी देर उनके मुंह की तरफ देखती रही, फिर जरा हंसकर बोली, "क्या मैं इस समय रोज हाथ-मुंह धोती या कपड़े बदलती हूं मां? अभी तक तो मेरा रसोईघर का ही काम खत्म नहीं हुआ है। उसके बाद — "

सास विरक्त होकर बोल उठीं, "उसके बाद का काम उसके बाद होगा

बहूरानी! अभी जो कहती हूं उसे सुनो।''

बहू जाने के लिए तैयार होकर बोली, ''जाऊं, दीया आदि जला दूं, तब तुम्हारे पास आकर बैठूं।''

अघोरमयी तिनक गईं, ''मेरे पास इस समय व्यर्थ बैठने से क्या होगा बेटी? पहले काम है कि पहले बैठना है? दिन-दिन तुम कैसी हुई जा रही हो बहूरानी?''

उनके स्नेह का दुलार हठात् तिरस्कार के रूप में बदलते ही बातें कठोर और रूखी होकर किरणमयी के कानों में बिंध गईं। उसने भी गुस्से में जवाब दिया, ''तुम मुझे किस तरह टोकती रहती हो मां? सब समय उल्टी-सुल्टी बातें कहने से सुनना भाड़ में जाय, समझ में भी नहीं आतीं। तुम कहना क्या चाहती हो, साफ-साफ कहो न।'' इतना कहकर क्षण-भर भी राह न देख वह तेजी से चली गई। बहू का तेजी के साथ चले जाने का क्या मतलब है, इसे इस घर के सभी लोग समझते थे, अघोरमयी ने भी समझ लिया।

जब नीचे-ऊपर दीपक जलाकर किरणमयी अपनी सास के कमरे में दीपक रखने आई, तब सास रो रही थीं। उनका रुदन जब-तब जिस-तिस कारण से उच्छ्वसित हो उठता था।

किरणमयी थमककर खड़ी हो गई और बोली, ''तुम्हारी हरिनामजप की माला ला दूं मां?''

सास ने चादर की छोर से आंखें पोंछकर रुआंसे स्वर में कहा, ''दे जाओ!''

वह कमरे में जाकर खूंटी पर से लटकती माला ले आई और सास के हाथ में देने लगी पर सास ने माला न लेकर बहू का हाथ पकड़ लिया और 'जरा बैठो बेटी' कहकर खींचकर उसे पास बिठाया। फिर उसके मुंह, सिर और माथे पर हाथ फेरती रही, उसकी ठुड्ढी छूकर चुम्बन लिया और बहुत देर तक कुछ न बोलकर रोती रही। किरणमयी कठोर होकर बैठी स्नेह का यह सारा अभिनय सहन करने लगी।

कुछ देर बाद अघोरमयी ने चादर की छोर से आंखों के आंसू पोंछकर कहा, ''शोक और ताप से मैं पागल हो गई हूं, मेरी एक मामूली बात पर तूने क्रोध कैसे किया बेटी?''

किरण ने अविचलित भाव से कहा, ''शोक-ताप अकेले तुम्हीं को तो है नहीं मां। मैं भी मनुष्य हूं, इसे भूलकर एक बात कहना भी काफी है। वैसा न हो तो हजार बात कहने पर क्रोध भी नहीं होता।''

अघोरमयी ने आंखें पोंछते-पोंछते कहा, ''वह बात क्या मैं जानती नहीं बेटी, जानती हूं। किन्तु मेरा तो एक-एक करके सब कुछ चला गया, इस समय तुम्हीं

मेरी सब कुछ हो, तुम्हीं मेरी बेटा-बेटी हो। हारान के शोक में यदि कलेजे को सम्हाल सकूं तो तुम्हारा मुंह ही देखकर सम्हाल सकूंगी।'' इतना कहकर एक बार फिर चादर की खूंट से आंखें पोंछकर रोने लगीं। किन्तु इस धोखे में किरण आई नहीं। वह मन-ही-मन जल उठकर भी, शान्त भाव से बोली, ''तुम क्यों कलेजे को सम्हालोगी मां, तुमने तो अभी से उसे ठीक करके रखा है; किन्तु मैं कैसे कलेजे को सम्हाल पाऊंगी, उसे तो तुम सोचतीं नहीं मां। फिर यह भी कहती हूं, ये सब बातें इस समय क्यों? जब सचमुच कलेजे को बांधकर रखने का दिन आयेगा तब समय की खींचाखींची नहीं रहेगी; वह समय इतना छोटा होकर नहीं आता मां कि पहले से ही ठीक करके रहे बिना आए ही नहीं।''

बहू की बातें मीठी न लगने पर भी उनके अन्दर जो दो प्रकार के अर्थ छिपे थे, उन्हें अघोरमयी पकड़ नहीं पाई बल्कि वह बोलीं, ''समय अब क्या आएगा बेटी? उपेन उस दिन जिस साहब डाक्टर को ले आए थे, वह भी तो कुछ शुभ बातें नहीं बता गए। मैं यही सोच रही हूं बहू रानी, कि उपेन यदि इस समय न आ गया होता तो हम लोगों की न जाने क्या दुर्दशा होती।''

बहू को चुपचाप सुनते देख वह और उत्साहित होकर कहने लगी, ''उसे उसके बचपन से ही जानती हूं न! नोआखाली में दोनों दो भाई की तरह ही रहते थे और उसी समय से वह मुझे मौसी कहकर पुकारने लगा था। जैसे बड़े आदमी का लड़का है, वैसा ही खुद भी बड़ा है। उस दिन मुझे रोते देखकर बोला, 'मौसी, मुझे हारानदा से छोटा समझकर ही याद करना, इससे ज्यादा और कुछ कहने को मेरे पास नहीं है।' मैंने कहा, 'बेटा, मुझे किसी एक तीर्थ स्थान में रख देना। जो थोड़े दिन रह गए हैं, वे गंगा-स्नान करते-करते कट जाएंगे और मां गंगा की गोद में मैं अपने हारान के पास पहुंच जाऊंगी।' ''

और ज्यादा वह बोल न सकी; इस बार व्याकुल होकर रो पड़ी। बहू चुप थी, चुप ही बनी रही। अघोरमयी कुछ देर रो लेने के बाद कलेजे का बोझ कुछ कम हो जाने पर, अन्त में आंखें पोंछ गाढ़े स्वर में बोली, ''रह-रहकर यही बात मेरे मन में उठती है कि वह यदि न आ जाता नीचे कोई पुकार रहा है क्या बहू रानी?''

बहू ने कहा, ''दासी नीचे बर्तन धो रही है; कोई पुकारेगा तो खोल देगी।''

सास अस्थिर होकर बोलीं, ''नहीं-नहीं, बहूरानी, तुम्हीं जाओ। दासी काम में डूबे रहने पर कुछ भी सुन नहीं पाती।''

किरण जरा भी अधीरता प्रकट न करके धीरे-धीरे बोली, ''मुझे भी काम

है मां, भोजन की तैयारी—''

अघोरमयी अकस्मात् आग हो गईं, ''भोजन तो भाग न जाएगा बेटी। तुम कुछ समझती क्यों नहीं? जिसके न होने—''

किरण उठकर खड़ी हो गई और बोली, ''मुझे समझने की जरूरत भी नहीं है। हम लोगों के सब आदमियों के चले जाने पर भी यदि हमारे दिन बीतने होंगे तो वे उपेन बाबू के न रहने पर भी रुकेंगे नहीं।'' इतना कहकर वह रसोईघर की ओर चली गई।

अघोरमयी मारे गुस्से के कुछ कह न सकीं; और जब तक बहू दिखाई पड़ती रही, तब तक उनके ज्वलन्त नयनों से आग की चिनगारियां निकलकर मानो उसे धकेलकर दूर करती रहीं। उसके बाद वह बड़े क्रोध के साथ दासी को बार-बार पुकारने लगीं। उसे भी आवाज सुनाई न पड़ी। वह ठण्ड के डर से शाम के पहले ही खन-खन, झन-झन करते हुए मांजने-धोने में लगी थी, इसीलिए उनका क्रुद्ध आह्वान सुन न पाई। तब कमरे का दीपक हाथ में ले बरामदे के किनारे आई और चिल्लाकर बोलीं, ''क्यों रे तेरे कान बहरे हो गए हैं? सुन नहीं रही, उपेन बाबू एक घण्टे से बाहर खड़े पुकार रहे हैं?''

यह चीत्कार दासी को सुनाई दे गया। वह उपेन्द्र का नाम सुन हड़बड़ाकर उठी और उसने दौड़कर किवाड़ खोल दिए किन्तु वहां तो कोई नहीं था। बाहर सिर निकालकर अंधेरे में जितनी दूर तक देखा जा सकता है, देखकर भी जब किसी को देख न पाई, तो लौट आकर बोली, ''कोई तो नहीं है मां!''

अघोरमयी हाथ में दीपक लिए अधीर होकर प्रतीक्षा कर रही थीं; उन्हें उसकी बात पर विश्वास नहीं हुआ। वह बोलीं, ''नहीं है? मैंने तो स्वयं अपने कानों से उसकी आवाज सुनी थी। तूने गली में जाकर एक बार देखा क्यों नहीं?''

दासी ने कहा, ''देखा है, कोई नहीं है।''

''विश्वास करने लायक बात नहीं है। उपेन कल आया नहीं; क्या आज भी नहीं आएगा?'' वह विरक्त होकर बोलीं, ''तू, एक बार और अच्छी तरह देख कि कोई है या नहीं।''

बाहर अंधेरी गली में जाने में दासी को आपत्ति थी। इसलिए उसने भी खीझकर कहा, ''तुम्हारी यह कैसी बात है मां! क्या वह लुकाचोरी खेल रहे हैं कि अंधेरी गली में जाकर उन्हें हाथ के सहारे देखूं।'' इतना कहकर वह अपने काम में लग गई।

अघोरमयी कमरे में लौट आईं और निर्जीव की भांति बिछौने पर पड़ गईं। पीड़ित सन्तान की खबर लेने का उत्साह तक उन्हें नहीं रह गया। बार-बार उनके

मन में यही होने लगा कि वह कल नहीं आया, आज भी नहीं आया। बार-बार संभव-असंभव अनेक कारणों को खोजते हुए यह बात एक बार भी उनके मन में नहीं आई कि वह कलकत्ते का निवासी नहीं है; दूसरी जगह उसका घर है; आत्मीय-स्वजन हैं; वहां लौट जाना भी संभव है। सोचते-सोचते हठात् उनके मन में हुआ कि कहीं वह क्रुद्ध तो नहीं हो गया है? इस बात के फिर मन में आते ही उनका हृदय आशंका से भर गया; और बहू के थोड़ी देर पहले के आचरण से इस बात का मन-ही-मन मिलान करके देखने पर वह सन्देह और दृढ़ हो गया। 'यही तो बात है! बहू यदि ऐसा कुछ — ' अब वह सो न सकीं और उठकर रसोईघर की तरफ गईं।

किरणमयी प्रज्वलित अग्नि की ओर देखती हुई चुप बैठी थी। उसके मुंह पर जलते हुए ईंधन का रक्तिम आलोक बहुत ज्यादा मात्रा में पड़ रहा था। सिर पर वस्त्र नहीं था, आज उसने केश बांधे ही न थे — बस किसी तरह से अव्यवस्थित बालों को एकत्र कर लिया था।

अघोरमयी दरवाजे के सामने चुप खड़ी रह गईं। आज जो चीज उनकी आंखों में पड़ी, उसे पूरी तरह हृदयंगम करने की सामर्थ्य उनमें नहीं थी। जिस स्तब्ध मुख पर आग का रक्तिम आलोक विचित्र तरंगों की तरह खेलता फिरता था, वह मुंह उनकी सारी समझ के बाहर था। इस मुंह में कोई खोट है या नहीं, यह आलोचना निरर्थक है। उसे खोट-रहित — निर्दोष — भी नहीं कहा जा सकता। यह अद्भुत है! इसे पहले कभी देखा नहीं — यह अपूर्व है! टकटकी लगाकर बहुत देर तक देखने के बाद अकस्मात् एक दीर्घ निश्वास उनके मुंह से निकल गया।

उस आवाज से चकित हो बहू ने देखा, सास खड़ी हैं। खिसके हुए आंचल को माथे के ऊपर खींचकर बोली, "तुम यहां क्यों आईं मां?"

स्वर सुनकर उन्हें और चोट लगी; ऐसा शान्त, ऐसा करुण स्वर उन्होंने और कभी नहीं सुना था। खप से बोल उठीं, "तुम अकेली खाना बना रही थीं बेटी, इसीलिए यहां बैठने को आ गई।"

बहू ने उनकी तरफ एक पीढ़ा बढ़ा दिया और चूल्हे की ओर देखती हुई चुप बैठी रही। उसके मन में फिर विरक्ति ने सिर उठाया। गन्ध जैसे वायु का आश्रय लेकर फूल के बाहर आ जाती है और तूफान में उड़ जाती है, किरणमयी के मन का भाव उस समय सास के आकस्मिक आगमन से उसी तरह क्षण-भर में बाहर आकर इस छद्मस्नेह की आंधी में उड़ गया। यह सत्य नहीं है-भद्दी प्रतारणा मात्र है; किन्तु बात को काटना उसे अच्छा नहीं लगता था; निरन्तर झगड़ा करते-करते वह सचमुच थक चुकी थी।"

कुछ देर स्थिर रहकर अघोरमयी बोलीं, "एक बार जरा दासी को बुला तो ला।"

किरणमयी ने भीतर के सारे विद्रोह को दबाकर शान्त भाव से पूछा, ''क्या जरूरत है मां? मैं तो रोज ही अकेली रसोई करती हूं–अकेले रहने की आदत मुझे पड़ गई है। बल्कि वह कमरे में अकेले हैं — उनके पास जाकर किसी का बैठना अच्छा रहेगा।''

रोग से पीड़ित सन्तान के उल्लेख से जननी को चोट लगी और वह परेशान होकर बोलीं, ''वहीं जाती हूं। तुम भी जरा जल्दी काम खतम करके चली आना बेटी!''

इस बीच उपेन्द्र घर लौट गए थे; सतीश भी एक ही दिन और उपेन्द्र के साथ हारान को देखने आया था — फिर नहीं आया। वह तो अपनी ही व्यथा में परेशान था। उपेन्द्र ने उसके अनमने भाव और इस घर में आने की उसकी अनिच्छा को जानकर उसे कभी कहा नहीं; चिकित्सा की तथा दूसरी सब व्यवस्था अकेले ही तय करते थे। कलकत्ता छोड़कर घर लौटने के दिन सतीश को बुलाकर कह गए थे कि बीच-बीच में खबर लेता रहे और उसे चिट्ठी लिखकर जनाता रहे। आज सतीश को स्कूल से लौटते ही उपेन्द्र का पत्र मिला। उन्होंने लिखा था, ''विश्वास करता हूं, लिखाई-पढ़ाई ठीक ही चल रही होगी। कई दिनों से हारानदा की खबर न मिलने से चिन्तित हूं। यद्यपि जानता हूं कि खबर देने की जरूरत न होने से ही तुमने न लिखा होगा, तथापि उनकी चिकित्सा कैसी हो रही है, यह लिखकर बताना।''

सतीश की पीठ पर चाबुक-सा लगा। उसने एक दिन भी जाकर खबर नहीं ली। इस बीच उस घर में न जाने क्या-कुछ घट सकता है; फिर उपेनदा उसी पर निर्भर करके घर गए हैं। वह तेजी के साथ नीचे उतर गया। बिहारी जलपान लिये आ रहा था, धक्का-खाकर उसका गिलास गिर पड़ा परन्तु सतीश ने उलटकर देखा भी नहीं। सड़क पर आकर एक खाली गाड़ी में बैठ गया और तेजी से हांकने को कहकर रास्ते की ओर ध्यान से देखने लगा। उसे भय था कि कहीं पहचान न सकने के कारण गली पीछे छूट न जाए। लगभग बीस मिनट बाद जब वह गाड़ी छोड़ उस छोटी गली में घुसा, तब भी दिन बाकी था। पांव के नीचे खुला नाला और चलने की राह तथा सिर के ऊपर आकाश और प्रकाश तब भी अन्धकार में निमग्न नहीं हुए थे। तेज कदमों से चलकर जब वह तेरह नम्बर मकान के सामने पहुंचा तो तुरन्त दरवाजा खुल गया — जैसे कोई उसके लिए प्रतीक्षा करता, उसकी राह देख रहा हो। सतीश का कलेजा अन्दर से कांप उठा; सहसा वह अन्दर न जा सका।

किवाड़ के बगल में ही किरणमयी खड़ी थी, उसने अपना हंसता हुआ मुख

जरा बाहर निकालकर बड़े ही आदर के साथ कहा, "आइए देवरजी, खड़े क्यों हैं?"

फिर देवरजी! लज्जा के मारे सतीश का मुंह लाल हो उठा किन्तु तुरन्त संभलकर विनीत भाव से बोला, "मैं देखता हूं, आपने अभी तक मुझे माफ नहीं किया है।"

किरणमयी ने कहा, "नहीं, आप तो माफी चाहते ही नहीं। चाहने से पहले ही स्वाभिमानी प्राणी का निरादर हो गया। निरादर करने वाली छोटी कीमत की चीज तो तुम हो नहीं देवरजी।"

उसकी इस प्रसन्न रहस्य-भरी बात के बीच भी एक ऐसी गम्भीर करुणा प्रकट हो उठी कि सतीश ने सिर झुकाकर मृदु स्वर में कहा, "मेरी कोई कीमत नहीं है भाभीजी। मेरा कोई निरादर न होगा — मुझे आप माफ कर दें।"

किरणमयी ने कुछ हंसकर कहा, "देवरजी! ऐसी अनेक चीजें हैं जिनको क्षमा करने के साथ ही वे समाप्त हो जाती हैं। आज यदि तुमको क्षमा कर देने पर पुनः सतीश बाबू कहकर बुलाना पड़े, तो वैसा होने पर मैं तुमसे कहे देती हूं देवरजी, कि वह क्षमा आपको नहीं मिलेगी। पकड़े रखने के लिए एक सांकल तुमने स्वयं ही मेरे हाथ में दे दी है, वह मीठी बात भूल जाएगी, ऐसी मूर्ख यह भाभी नहीं है।" इतना कहकर उसने एक विशेष भाव से सिर हिलाया। किन्तु सतीश चौंक पड़ा। यह सांकल में बांधने की उपमा उसे अच्छी नहीं लगी। बल्कि हठात् उसके मन में आया कि उसे असावधान पाकर यह औरत सचमुच कोई कठोर सांकल उसके पांव में बांध रही है, इसलिए क्षणमात्र में उसकी सहज बुद्धि आत्मरक्षा के लिए तैयार होकर खड़ी हो गई। घर में प्रवेश करने के समय उनकी आंखों में जो दृष्टि कर्त्तव्यहीनता के धिक्कार से कुण्ठित और लज्जा से विनम्र दिखाई पड़ी थी, धक्का खाकर वही संदिग्ध और तीव्र हो उठी।

किरणमयी ने कहा, "किन्तु देवरजी, तुम्हारा मुंह सूख गया है; शायद अभी तक तुमने नाश्ता नहीं किया है। आओ, कुछ खा लो।"

सतीश ने कुछ भी नहीं कहा और निमन्त्रण स्वीकार करने को तैयार हो गया और इस रहस्य-कौतुक में कितना केवल रहस्य है और कितना नहीं, अत्यन्त संशय के साथ इसी का विचार करते हुए उसने उस रहस्यमयी रमणी का अनुसरण किया।

ऊपर जाकर बहू उलटकर देखती हुई बोली, "आज दासी को लेकर मां कालीबाड़ी गई हैं। रसोईघर में बैठकर तुम जरा मेरी पूरियां बेल दो; मैं सेंक कर उतारती जाऊंगी — कर सकोगे?" इतना कह हंसकर बोली, "तुम ऐसा कर सकोगे, यह तो तुम्हें देखते ही समझा जा सकता है — आओ।"

सतीश ने अन्तर के द्वन्द्व को दबाकर भले मानुस की भांति प्रश्न किया, "पूरी बेल सकता हूं, क्या यह बात मेरी देह पर लिखी हुई है भाभी!"

किरणमयी ने कहा, "लिखे हुए को पढ़ना जानना चाहिए देवरजी! उस रात को मेरे शरीर में भी तो कुछ लिखा हुआ था—तुमने उसे पढ़ भी लिया था।"

सतीश ने फिर मुंह बना लिया। रसोईघर में जाकर पहले इस प्रकार की नोक-झोंक तथा उसके बाद दोनों के मिलकर भोजन की तैयारी करने के बीच जब इस संघर्ष की गर्मी प्रायः ठण्डी पड़ गई, तब किरणमयी ने पूछा, "तुम्हारी बहुत-सी बातें तुम्हारे उपेनदा के मुंह से सुनी हैं। अच्छा देवरजी, लगता है वह यहां नहीं हैं? क्या घर लौट गए हैं?"

सतीश ने कहा, "हां।" किरणमयी बोली, "मैं जानती हूं, वह यहां नहीं हैं किन्त मां विश्वास नहीं करना चाहतीं। मां कहती हैं कि उनको बताए बिना उपेन बाबू कभी नहीं जायेंगे — लगता है, उन्हें एकाएक जाना पड़ा होगा?"

सतीश को ठीक पता न था। वस्तुतः वह कुछ जानता ही न था। इस बीच इन्हीं लोगों को लेकर दोनों मित्रों के बीच जो अप्रिय बातचीत हो गई थी, वह भी कही नहीं जा सकती थी, इसलिए सतीश चुप हो रहा। उपेनदा के बिना कहे चले जाने का कारण वह किसी तरह अनुमान नहीं कर सका। किन्तु किरणमयी ने बात दबने नहीं दी, बोली, "देवरजी! तुम्हारे दादा का यह काम तो अच्छा नहीं हुआ, अगर वह कहकर जाते तो कोई उन्हें पकड़कर रख नहीं लेता, और मां इतनी चिन्तित न होतीं। मैं किसी तरह उन्हें समझा नहीं पाती कि उपेन बाबू सदा यहां नहीं रह सकते; दूसरी जगह उनका घर-बार है, काम-काज है — उन सब चीजों को छोड़ मनुष्य दूसरे के दुर्भाग्य को लेकर कब तक रुका रह सकता है? किन्तु बूढ़ों से कोई भी युक्ति नहीं चलती — वे अपने मतलब की बात के अलावा संसार में और कुछ देख नहीं पाते।"

सतीश ने उस बात का ठीक जवाब न देकर कहा, "उपेनदा, इतने दिनों तक बाहर रहे, यही आश्चर्य की बात है। कहीं भी ज्यादा दिन तक रहने का उनका स्वभाव नहीं है। विशेषतः शादी के बाद से एक रात भी कहीं ठहर जाने पर सिर खपाना पड़ता है। पहले सभी विषयों में वही हम लोगों के कर्त्ता थे, अब एक-एक करके सब छोड़ दिया है और घर का कोना पकड़ लिया है — यद्यपि अदालत जाना सर्वथा बन्द नहीं किया है किन्तु एक ही बार जाते हैं। जरा देखिए न —"

किरण ने बीच में रोककर कहा, "बैठो देवरजी, तुम्हारे खाने की जगह ठीक कर दूं, तब बैठती हूं। तुम खाते-खाते बात करना। यही ठीक रहेगा।" इतना कहकर

आसन डाल दिया और थाली में कायदे से आहार सजाकर पास बैठ गई और बड़े ही आग्रह के साथ बोली, "उसके बाद?"

सतीश ने पूरी का एक टुकड़ा मुंह में डालते हुए कहा, "वह कोई ब्याह ठीक करने की बात है भाभी! उपेनदा एक अच्छे घटक (विवाह तय कराने वाले) हैं — पता नहीं, कितने लोगों का ब्याह उन्होंने कराया होगा। हमारे दल के एक लड़के के विवाह में उपेनदा ने शुरू से अन्त तक सारा प्रबन्ध अपने ही हाथ से किया था, किन्तु विवाह की रात वह कहीं दिखाई न पड़ें। 'छोटी बहू की तबीयत ठीक नहीं है', यह कहकर किसी तरह वह घर के बाहर नहीं निकले। हम सब लोगों ने मिलकर उनसे अनुरोध किया, किन्तु कुछ परिणाम नहीं निकला। शायद पत्थर के देवता से इतनी विनती करने पर कुछ हो भी जाता, किन्तु उपेनदा को राजी नहीं किया जा सका। 'मैं अच्छी हूं' कहकर स्वयं छोटी बहू ने अनुरोध किया, किन्तु उन्होंने उत्तर दिया, 'तुम्हारे भले-बुरे की विवेचना का भार मेरे ऊपर है, तुम्हारे अपने ऊपर नहीं है; तुम चुप रहो।' "

किरणमयी स्तब्ध होकर बैठी रही। उसका समस्त विगत जीवन, उसी के हृदय के अन्धेरे अन्तस्तल में उतरकर और उमड़-उमड़कर मानो किसी रत्न की खोज करता फिरने लगा। किन्तु सतीश कुछ भी समझ नहीं सका। कौन-सी बात कहां क्या चोट करती है उसकी क्या वह कोई खबर रखता है! वह तो कहता गया — इस अनुपस्थिति की किसने किस तरह निन्दा की, किसने क्या कहकर व्यंग्य और उपहास किया, कितना आनन्द नष्ट हो गया, यही सब।

किन्तु श्रोता कहां है? इस तुच्छ कहानी से किरणमयी उस समय बहुत दूर चली गई थी।

हठात् सतीश ने पूरी खाना और बातचीत बन्द करके पूछा, "आप सुन रही हैं — क्या सोच रही हैं?"

किरणमयी चकित हो हंसती हुई बोली, "सुनती क्यों नहीं हूं देवरजी किन्तु मैं कहती हूं कि कष्ट और बीमारी में सेवा-सुश्रूषा करना ही तो ठीक है।"

सतीश ने उत्तेजित होकर कहा, "ठीक तो है किन्तु घर घुसरापन क्या अच्छा है? जब छोटी बहू को छोटी चेचक निकली थी, उपेनदा आठ-दस दिनों तक उनके सिरहाने से उठे नहीं। घर में इतने लोग हैं, उनका नहाना-खाना बन्द करने की क्या जरूरत थी?"

किरणमयी कुछ देर तक उसके मुंह की तरफ चुपचाप देखती रही फिर पूछ बैठी, "अच्छा देवरजी, तुम्हारे उपेनदा क्या छोटी बहू को बहुत ज्यादा प्यार करते हैं?"

सतीश तुरन्त बोला, "ओह, अत्यन्त गहराई से प्यार करते हैं।"

किरणमयी कुछ देर तक चुप रहकर ताकती हुई बोली, "छोटी बहू देखने में कैसी हैं देवरजी? खूब सुन्दर हैं?"

"हां, खूब सुन्दर हैं।"

किरणमयी मीठी हंसी हंसकर बोली, "मेरी तरह?"

सतीश मुंह नीचा किये रहा। थोड़ी देर बाद न जाने क्या सोचकर मुंह ऊपर उठाकर बोला, "क्या आप सचमुच ही यह बात जानना चाहती हैं?"

"सचमुच नहीं तो और क्या देवरजी।"

सतीश ने कहा, "देखिए, मेरे मतामत का कोई विशेष मूल्य नहीं है। किन्तु यदि कुछ मूल्य हो तो मैं कहूंगा कि आप जैसा रूप संसार में दूसरा नहीं है।"

किरणमयी न जाने क्या कुछ जवाब देने जा रही थी, किन्तु ठीक इसी समय नीचे से किसी के पुकारने की आवाज सुन वह उठ खड़ी हुई। मां कालीबाड़ी से लौट आई थीं।

सतीश जलपान समाप्त करके बाहर आते ही अघोरमयी के सामने पड़ गया! उन्होंने बहू की ओर देखते हुए पूछा, "उपेन का भाई है न बहू रानी, वह कहां है?"

किरणमयी ने कहा, "वह घर लौट गए हैं।"

अघोरमयी थोड़े में 'अच्छा' कहकर उसके सिंदूर और चन्दन-चर्चित मुंह पर कालिमा फेर अपने बेटे के कमरे में चली गईं।

सतीश ने कहा, "तब मैं जाता हूं भाभी!"

किरणमयी ने अनमने भाव से कहा, "अच्छा।"

सतीश दो-एक पग जाकर ही लौटते हुए बोला, "उपेनदा की चिट्ठी आई है। उन्होंने पूछा है कि हारान दादा की चिकित्सा कैसी चल रही है।"

किरणमयी बोली, "चिकित्सा बन्द है। जिस डाक्टर ने देखा था उसे दिखाने को राजी नहीं थे; फिर वह अपनी राय भी बता नहीं गए।"

सतीश आश्चर्य में भरकर बोला, "यह कैसी बात है? चिकित्सा बिल्कुल बन्द करके बैठी हुई हैं, यह कैसी व्यवस्था है?"

"व्यवस्था किये बिना ही तो वह चले गए। मुझे याद आता है कि एक बार उन्होंने कहा था कि सतीश रहेगा, वही व्यवस्था करेगा — परन्तु तुम तो आए नहीं देवरजी!"

सतीश क्षण-भर अवाक् खड़ा रहा, फिर बोला, "कल सुबह ही आऊंगा",

इतना कहकर तेजी से बाहर निकल गया।

सतीश के चले जाने पर किरणमयी ने पति के कमरे के किवाड़ थोड़ा खोलकर देख लिया कि वह एक मोटे तकिए के सहारे लेटे मां के साथ धीरे-धीरे बात कर रहे हैं। उन्हें आज भी शाम को ज्वर नहीं आया, इतना ही समाचार लेकर वह निःशब्द लौट आई और बाहर अन्धेरे में चुपचाप बैठ गई और अपूर्व ममता के साथ जो कुछ उसके मन में था, उसे सींचकर हरा करने लगी। आज सतीश के मुंह से सुने उपेन्द्र के अधःपतन की कहानी ने उसकी समस्त छाती को मधुरिमा से भर दिया; आज जो कुछ भी उस जगह आया वह मधुर होकर किरणमयी को अनिर्वचनीय रस से स्निग्ध करने लगा।

सत्तरह

उस रात सतीश के चले जाने पर किरणमयी बहुत देर तक अंधेरे बरामदे में चुप बैठी रही; अन्त में उठकर रसोईघर में गई और रसोई चढ़ाकर फिर स्तब्ध हो जा बैठी।

उसके कलेजे में सतीश ने अज्ञात भाव से सुरबाला आदि अपरिचित नर-नारियों के दल को ले आकर जिस अद्‌भुत नाटक का अस्पष्ट अभिनय शुरू करा दिया था और शुरू करा के खिसक गया था, इस निर्जन घर में अकेली बैठकर एक ओर उसे स्पष्ट रूप से देखने का लोभ जैसे किरणमयी में प्रबल होने लगा; दूसरी ओर किसी अनिर्देश्य शंका से उसके हाथ-पांव और आंखों की दृष्टि भारी होती गई। ये दोनों बातें इस अंधेरी रात में भयंकर प्रेतकथा की तरह क्रमशः उसे एक ओर खींचने और दूसरी ओर दूर ठेलने लगीं। इस प्रकार के विचित्र स्वप्न-जाल में फंसकर जब वह बिल्कुल अभिभूत हो रही थी तभी जूतों के शब्द से चौंककर देखा कि दरवाजे के बाहर डा. अनंगमोहन आकर खड़ हो गए थे।

किरणमयी सिर का आंचल ऊपर खींचकर उठ खड़ी हुई; यह बात देखकर डाक्टर की भौंहें तन गईं।

इससे पहले यही डाक्टर ठीक इसी जगह कितनी ही बार आकर खड़े हुए हैं और कमल जैसे हाथों से भोजन पाने के लोभ से अतिथि बनने की प्रार्थना कर बार-बार घनिष्ठ वार्तालाप कर गए हैं। किन्तु आज उस पुराने हंसी-मजाक की पुनरावृत्ति की कल्पना मात्र से किरणमयी का समस्त चित्त कड़ुवा हो उठा। वह कठोर होकर उसी की प्रतीक्षा करती खड़ी रही। किन्तु डाक्टर ने रहस्य और

घनिष्ठता की कोई बात नहीं की; क्रुद्ध, गम्भीर मुंह से कुछ देर चुप रहकर बोला, ''दस-बारह दिन से बाहर था, इसलिए हारान बाबू के लिए बड़ी चिन्ता हो रही थी, किन्तु आकर देखता हूं कि घबराने की कोई बात नहीं है।''

किरणमयी ने सिर हिलाकर कहा, ''नहीं, वह अच्छे ही हैं।''

''अच्छा होना ही तो अच्छी बात है। शायद अब मेरी जरूरत नहीं है; क्या कहती हो?''

किरणमयी ने उसके उत्तर में सिर हिलाकर कहा, ''नहीं।''

डाक्टर ने कहा, ''तुम लोगों के लिए आवश्यकता न होने पर भी मेरी आवश्यकता अब भी समाप्त नहीं हुई है, इतना ही कहने के लिए मुझे इतनी दूर आना पड़ा है।''

किरणमयी ने मुंह उठाये बिना धीरे-धीरे कहा, ''अच्छा तो है, मां अभी तक जग रही हैं, जो कुछ हो उन्हीं से कहना चाहिए; मुझसे कुछ कहना निरर्थक है।''

डाक्टर ने भीषण मुंह बनाकर फिर कहा, ''मैं उन्हीं के पास से आ रहा हूं। उन्होंने भी कहा कि अब जरूरत नहीं है। जरूरत खत्म हो गई है, यह मैं भी समझता हूं, किन्तु डाक्टर की विदाई अभी बाकी है; उसे भूलने से काम नहीं चलेगा।''

किरणमयी चुप रही।

डाक्टर श्लेष की भाषा में कहने लगे, ''आज पांच-छ: मास के बाद यह भार तुम लोगी या तुम्हारी सास लेंगी, यह तो तुम लोगों की अपनी बात है। किन्तु 'जाओ' कहने से ही तो डाक्टर जाता नहीं है, किरण।''

डाक्टर के मुंह से निकला अपना नाम उसे तीर की तरह बेध गया। वह इस प्रकार सिहर उठी कि उस क्षीण प्रकाश में भी डाक्टर ने उसे देख लिया।

किरणमयी ने मीठे स्वर में पूछा, ''आप क्या चाहते हैं, रुपये?''

डाक्टर ने हंसी का अनुभव करते हुए कहा, ''आज 'आप' क्यों किरण? यहां तो दूसरा कोई उपस्थित नहीं है, 'तुम' कहने से भी दोष नहीं होगा। किन्तु बताओ तो इतने दिन मैंने क्या चाहा है! क्या वह रुपया है?''

एक बार फिर किरणमयी के सारे शरीर के रोंगटे खड़े हो गये।

डाक्टर ने कहा, ''रुपया नहीं चाहता, यह बात कहने में कठोर लगती है। अब जब तुम्हें उसका अभाव नहीं है तब रुपया देकर ही विदा कर दो। मैं दोनों तरफ से ठगे जाने को तैयार नहीं हूं, किन्तु तुमने इतने दिनों बाद मेरे मन की बात समझी, इसके लिए तुम्हें धन्यवाद देता हूं। आज तुम्हें ज्यादा खिझाऊंगा नहीं;

बोलो, कल एक बार आ सकता हूं?"

यह आदमी अन्दर ही अन्दर किस प्रकार जल रहा है और यह सब उसी से उड़ता भस्मावशेष है, किरणमयी इसे निश्चित रूप से समझकर भी मुख उठा शान्त दृढ़ स्वर में बोली, "नहीं। आप जरा खड़े रहिए मैं अभी लाती हूं", कहकर पास का दरवाजा खोल तेजी से चली गई।

इस बार डाक्टर शंकित हो उठा। वह किरण को पहचानता था। वह कहां क्या लेने चली गई है, इतनी रात को हठात् वह क्या असंभव काण्ड खड़ा कर देगी और कहां का हंगामा कहां पैदा कर देगी, इस दुर्भावना ने उसे बुरी तरह दबोच लिया। वह चोट खाकर चली गई है, और लौटकर निर्दय प्रतिघात अवश्य करेगी। उस निश्चित बदले की कठोरता की कल्पना करके अनंगमोहन आशंका से स्तंभित हो रहा।

लौटने में किरणमयी को ज्यादा देर नहीं लगी। उसने चुपचाप सिर झुकाए हुए आंचल में बंधे हुए कुछ गहने डाक्टर के पांव के पास उलटकर धीरे-धीरे कहा, "यह ले लें आप। आपका दावा कितने का है, इसका हिसाब लगाना इतने दिनों बाद व्यर्थ होगा; मेरे पास इतना समय भी नहीं है, धैर्य भी नहीं है — जो कुछ मेरे पास था, सब कुछ आपको लाकर दे दिया है; इसे लेकर मुझे मुक्ति दें — अब आप जाएं।"

अनंग मलिन मुख लिये चुप खड़ा रहा; किरण ने कहा, "अब किसलिए देर कर रहे हैं? विश्वास कीजिए, अब और कुछ मेरे पास नहीं है; जो कुछ था, सब ला दिया है; रात हो रही है, अब आप विदा लें।"

अनंग ने भय के साथ कहा, "मैं तो तुम्हारे शरीर के गहने नहीं चाहता — सिर्फ रुपये मांगे थे। वह भी — "

किरण बड़े असहिष्णु भाव से बोली, "गहने भी रुपये ही हैं, यह बात समझने की उम्र आपकी हो चुकी है। व्यर्थ की बातें बढ़ाकर क्यों देर कर रहे हैं।"

इस बार अनंग जल्दी से सिर हिलाकर बोल उठा, " 'नहीं' मैं किसी तरह यह सब न ले सकूंगा।"

किरणमयी थोड़ी दूर पर बैठ गई थी; अब बिजली की शीघ्रता के साथ उठ खड़ी हुई, "क्यों न ले सकेंगे? आप दया किसलिए करेंगे? जो कुछ आपको दे चुकी, उसे अब किसी तरह लौटाकर ले न सकूंगी इस बात को आपसे निश्चयपूर्वक कह देती हूं।" फिर एक क्षण चुप रहकर बोली, "यदि आप न भी लेंगे तो कल इन सबको गरीब-दुखिया लोगों में बांट दूंगी, किन्तु घर में रखकर किसी तरह अपने स्वामी का अकल्याण नहीं करूंगी।" इतना कहकर और उन चीजों को पांव

से ठेलकर बोली, "लीजिए उठा लीजिए सब!" अन्तिम बात इतनी कठोर लगी कि अनंगमोहन झुककर उन सबको उठाने लगा।

किरणमयी कुछ देर तक उधर ताकती रही; फिर उग्रता को दबाकर अत्यन्त घृणा-भरे स्वर में बोली, "लेते जाइए। जब तक ये सब चिह्न इस घर में बने रहेंगे, मुंह को अन्न-जल अच्छा न लगेगा, आंखों में नींद आएगी नहीं।"

डाक्टर सब को एकत्र कर उठ खड़ा हुआ। किरणमयी ने अधीर भाव से कहा, "रात बहुत ज्यादा हो गई।"

डाक्टर ने कहा, "जाता हूं। किन्तु भूल तो तुमने भी की है। इन सबको मैंने तो दिया नहीं है; सब तुम्हारा अपना ही है। तब भी क्यों मेरे न लेने पर गरीब दुखियों को दे दोगी, यह मैं समझ नहीं सका। मुझे माफ कर दो किरन।"

किरणमयी धमकाकर बोली, "फिर मेरा नाम लेते हैं! हां, ये सब मेरी ही चीजें हैं किन्तु इन्हीं के मोह के कारण आपकी सहायता ली थी।—रात ज्यादा हो गई है डाक्टर बाबू।"

डाक्टर ने अपने नाम का छपा हुआ कार्ड निकालकर कहा, "इसमें मेरे घर का पता है—"

"दे दीजिए—" कहकर किरणमयी ने हाथ बढ़ाकर ले लिया, और पीछे हटकर धकधक करती आग में फेंककर बोली, "इससे ज्यादा जरूरत इसकी हमें नहीं पड़ेगी। आप क्षमा चाहते थे न? आपको पूर्णतः क्षमा कर सकूंगी, इसीलिए तो आपके समस्त ऋण, समस्त सम्बन्ध को समाप्त कर दिया। किसी दिन किसी कारण आपकी याद मेरे मन में न आए, यही बात कहिए।" और किसी प्रकार के प्रश्नोत्तर की राह न देख जोर से किवाड़ बन्द कर वह रसोईघर में अपनी जगह पर आ बैठी।

बाहर डाक्टर के पांव की आवाज जब उसके कानों से दूर चली गई, तब उसने एक लम्बी सांस लेकर देखा, आग बुझ गई है। फूंककर उसे फिर से जलाया और एक दीर्घ निःश्वास छोड़ चुपचाप बैठ रही।

प्यास से गला सूख गया था, किन्तु वह उठ न सकी। उसके मन में होने लगा कि बाहर के अन्धकार का आतंक मानो हाथ बढ़ाकर उसी की प्रतीक्षा कर रहा है। छाती का अन्तरंग इतना अशान्त हो उठा कि उसने दोनों भुजाओं से उसे दबा लिया। इस विदाई का बदला एक दिन तो देना ही होगा, इसे वह अच्छी तरह जानती थी क्योंकि आकांक्षा फैलकर उसके सारे शरीर को आच्छन्न करती जा रही है; वह इस बात को जितना ही याद करती थी उतना ही उसका मन कड़ुवा और विषैला होता जा रहा था, किन्तु इस बीभत्स बन्धन-जाल से अपने

को छुड़ा लेने की शक्ति वह अपने अन्दर खोजने पर भी, किसी तरह न पाती थी। इसी तरह दिन बीतते गए हैं और उसने क्षण-क्षण सहन किया है, किन्तु कुछ कर नहीं पाई है। वही इतना बड़ा कठिन काम इतनी आसानी से हो गया, इसी को बैठकर किरणमयी अपने हृदय में अनुभव करने लगी। आवश्यकता के कारण जो पाप अपने ही घर बुलवाकर उसने इतना बढ़ा लिया था, वह आज 'जाओ' कहते ही चला गया, ऐसा असंभव कैसे संभव हो गया। मान-भिक्षा, साध-संकोच, रोना-गाना, बिछुड़ने का मर्मस्पर्शी अनुभव-विनय इस कार्य के अवश्यंभावी व्यापार जिसकी कल्पना उसे प्रतिदिन बेधा करती थी, वह सब क्या जरा भी रह गया? वह क्या अब एक दिन के लिए भी नहीं रह गया, क्या वह सब सचमुच ही समाप्त हो गया?

हठात् दरवाजा खुलने के शब्द से चकित हो मुंह उठाकर किरण ने देखा कि दासी कह रही है, ''आग जलकर बुझ गई है बहू मां! और रात भी तो काफी हो गई है।''

किरणमयी झटपट उठ बैठी और पास खिसक आकर धीरे से पूछा, ''डाक्टर हैं या चले गए रे?''

''उन्हें गए तो प्रायः दो घण्टे हो गए'', दासी ने हाथ के दीपक को और तेज करते-करते कहा, ''किन्तु तुम्हें भी कहती हूं''— कहते-कहते अकस्मात् उसकी जबान बन्द हो गई। दीपक को ऊंचा करके उसने पूर्णतः अलंकारहीनता बहू के सर्वांग को बार-बार देखा और फर्श पर धप् से दीये को रख बैठ गई, बोली, ''यह सब क्या बात है बहू मां?''

अठारह

दिवाकर की घोर दुःख की रात प्रभात में बदल गई। कल सुबह उसे गोपनीय रूप से बी.ए. में फेल हो जाने की खबर मिली थी, और सन्ध्या समय अपने विवाह की बातचीत अपने ही कमरे के सामने उपेन्द्र दादा को प्रसन्न-चित्त और परम उत्साह के साथ भट्टाचार्य महाशय के साथ करते सुना तो सचमुच ही उसने अपनी मृत्यु की कामना की। तुरन्त मरे हुए पुत्र की मां जैसे व्यथा में ही सो जाती है और व्यथा के बीच ही फिर उठती है, वैसी ही व्यथा लेकर नींद से वह उठा था। आंखें मलकर देखा कि घर की पूर्व दिशा में प्रभात की किरणें फूट रही हैं,

किन्तु आज इस आलोक के साथ अपना कोई सम्बन्ध उसे अनुभव नहीं हुआ। दिवस के इस प्रथम किरण-समूह को उठकर आदर-सहित प्रणाम करने की बात भी उसके मन में नहीं उठी। अतिथि भवन में ठहरे हुए सम्पूर्ण अपरिचित अतिथियों के मुख की तरह ही वह इन किरणों को उदासी के साथ देखता बिछौने पर ही पड़ा रहा। स्वच्छ कांच के बाहर असीम नीला आकाश दिखाई पड़ रहा था; हठात् उसके मन में आया कि इस विराट् संसार में कहीं, किसी कोने में भी उसके लिए स्थान है या नहीं। जितनी दूर तक देखा जा सकता है, उतनी दूर तक देखकर उसने समझा कि कहीं कोई स्थान नहीं है। सृष्टिकर्ता ने इतनी बड़ी सृष्टि रची जरूर है, किन्तु ऊपर-नीचे, आस-पास, जल-स्थल में उसके लिए सुई की नोक के बराबर भी जगह नहीं रखी है। उसके मां नहीं है, बाप नहीं है, घर नहीं है; शायद जन्मभूमि भी नहीं है। सचमुच, अपना कहने जैसी कहीं कोई भी चीज नहीं है। यह बहुत छोटा-सा कमरा तक, जिसके साथ वह लाखों बन्धनों में बंधा हुआ है और होश होने से अब तक जिसने उसे मातृस्नेह के साथ आश्रय दे रखा है, उसका अपना नहीं है — यह उसके मामा का घर है। यह आश्रय मानो उसकी जननी का नहीं, विमाता का है।

इस तरह दुःख-भरी चिन्ता जब क्रमशः जटिल और विस्तृत होती जा रही थी, तब एकाएक उपेन्द्र के कण्ठ-स्वर से वह सीधे रास्ते पर आ गई। दिवाकर झटपट उठ बैठा, खिड़की खोल दी और सिर निकालकर देखा कि उपेन्द्र नौकर को कोई आदेश देकर बाहर निकल गए हैं; उन्होंने किसी तरफ देखा नहीं, सीधे चल दिए, किन्तु दिवाकर ने अपनी दोनों आंखों में पीड़ा का अनुभव कर मुंह फिरा लिया। उसे लगा कि छोटे भैया के ऊंचे दृढ़ माथे से कितनी ही सूर्य की किरणें मानो धक्का खाकर उसकी आंखों पर पछाड़ खा गिर पड़ी हों। वह एक बार फिर बिछौने पर पड़ गया और मुर्दे की तरह आंखें बन्द कर सो रहा; दुश्चिन्ताओं ने उसे फिर से ग्रस लिया।

आज भी, रोज की तरह ही ब्रह्मवेला में, उसकी नींद टूट गई थी, किन्तु रात में वह सो नहीं पाया था, दुःस्वप्नों की प्रेत-मण्डली ने सारी रात उसकी देह को लेकर जो खींचातानी की थी और अब जिस तरह उसे छोड़ गई थी, उसमें उनके मुंह से निकली सांस की भाप अब भी उसे कमरे में फैली अनुभव हो रही थी। फिर उसे याद आया कि वह फेल हो गया है — इतने कष्ट-दुःख के साथ की गई सारी लिखाई-पढ़ाई व्यर्थ हो गई है। आज सभी लोग यह खबर सुनेंगे! उसके बाद? धुआं जैसे किसी छेद से आकर सारे कमरे में छा जाता है, उसी प्रकार एक निष्फलता के क्षुद्र द्वार से आए निराशा के प्रगाढ़ अन्धकार से उसका

सारा मन भर गया।

प्रातः आठ बजे का समय था। दोनों हाथों की मुट्ठी बांध वह उठ बैठा और बोला—"नहीं; किसी तरह नहीं। छोटे भैया नाराज हों, भाभी दुःख करें किन्तु मैं ऐसा किसी तरह नहीं कर सकता। जो गृहलक्ष्मी होगी, वह मेरे घर आएंगी या फिर आएंगी ही नहीं। कर सकूंगा तो सम्मानपूर्वक उनकी प्रतिष्ठा करूंगा, न कर सकूंगा तो आदर के बीच उन्हें लाऊंगा नहीं। इस संकल्प से कोई मुझे विचलित नहीं कर सकेगा।"

दिवाकर ने धीरे-धीरे अन्तःपुर में प्रवेश किया और सुरबाला के कमरे के सामने खड़े होकर पुकारा, "भाभी!"

अन्दर से मीठी आवाज आई, "कमरे में आओ।"

दिवाकर ने कमरे में प्रवेश करके देखा, अलमारी की चीजें हटाकर सुरबाला सिर नीचा किए ट्रंक सजा रही है, पूछा, "क्या छोटे भैया देहात जाएंगे?"

सुरबाला ने उसी तरह कहा, "नहीं, कलकत्ता जाएंगे।"

इसके बाद दिवाकर के मुंह से कोई बात नहीं निकली। अपने निर्जन कमरे से जो शक्ति ठेलकर उसे इतनी दूर ले आई थी, जरूरत के समय वही गायब हो गई। वह चुपचाप सोचने लगा कि कैसे बात शुरू की जाए।

इसी समय बरामदे में जूते का शब्द सुनाई पड़ा और दूसरे ही क्षण उपेन्द्र ने पर्दा उठाकर कमरे में प्रवेश किया। दिवाकर संकुचित होकर भागने लगा तो उपेन्द्र 'खड़े रहो' कहकर अच्छी तरह चारपाई पर बैठ गए और कुर्ता उतारते-उतारते पूछा, "फेल कैसे हो गया? तब रोज रात को एक-एक बजे तक जगकर क्या किया करता था?"

इस बात का क्या जवाब है! दिवाकर सिर नीचा किए खड़ा रहा।

उपेन्द्र कहने लगे, "देखता हूं, इस घर में रहने से तेरा कुछ भी नहीं बनेगा। कलकत्ता जाकर पढ़, शायद उससे आदमी बन सके।"

इसके बाद कुछ हंसकर बोले, "भाभी से क्या प्रार्थना करने आया था? यही न कि विवाह नहीं करेगा?"

बात सुनकर दिवाकर की जान बची। उसका सारा दुःख जैसे एक ही बार में धो-पुंछ गया और वह सहसा हंसकर सिर ऊंचा करके देखने लगा।

उपेन्द्र हंसे; यद्यपि उस हंसी का मर्म किसी ने नहीं समझा। फिर बोले, "अच्छा जा, अभी तो मन लगाकर पढ़; अगले अगहन तक तेरी छुट्टी है। अभी उसमें काफी समय है।" स्त्री की ओर देखकर बोले, "सतीश ने तार भेजा है कि हारान दादा की हालत बहुत खराब है—मैं रात की ट्रेन के लिए रुक नहीं सकता, इसी

ग्यारह की गाड़ी से जाऊंगा, एक बार थर्मामीटर दो तो देखूं, बुखार बढ़ा तो नहीं है — अरे इतना बड़ा ट्रंक क्या होगा? कोई छोटा मोटा निकाल दो न!''

सुरबाला कपड़े तह कर-करके ट्रंक में रख रही थी; काम करते-करते मीठे स्वर में बोली, ''छोटे ट्रंक में दो आदमियों के कपड़े न अंटेगे; मैं भी साथ चलूंगी!''

उपेन्द्र ने अवाक् होकर कहा, ''तुम चलोगी! पागल तो नहीं हो गई हो?'' सुरबाला ने मुंह उठाए बिना ही कहा, ''नहीं।'' फिर दिवाकर को सुनाकर कहा, ''लालाजी, जल्दी नहा कर खा लो। तुम भी हमारे साथ चलोगे।''

दिवाकर विस्मय के साथ उपेन्द्र का मुंह ताकने लगा। उपेन्द्र हंसकर बोले, ''तुम लोग पागल हो गए हो? हारानदादा बहुत ज्यादा बीमार हैं; लगता है, उनके दिन पूरे हो गए हैं; मैं उनका सत्कार करने जा रहा हूं। वहां तुम लोग क्या करने जाओगे? या, तू अपने काम से जा रही है?''

सुरबाला ने इस बार सिर उठाया। दिवाकर की ओर देखकर शान्त परन्तु दृढ़ स्वर में बोली, ''मैं हुक्म देती हूं लालाजी, तुम तैयार हो जाओ। तुम्हारे छोटे भैया, अभी तीन दिन तक ज्वर में पड़े रहे हैं, आज ज्वर पूरी तरह उतरा नहीं है — इसीलिए मैं साथ जाऊंगी और तुम्हें भी चलना पड़ेगा। जाओ, देर न करो।''

उपेन्द्र को मन-ही-मन बड़ा आश्चर्य हुआ। इसके पूर्व कभी उन्होंने सुरबाला को इस स्वर में बोलते नहीं सुना था, वह एक स्वच्छन्द पुरुष को इस तरह एक छोटे बच्चे की तरह हुक्म दे सकती है, यह अपने कानों खुद न सुनते तो कभी विश्वास न कर पाते। फिर भी उन्होंने तिरस्कार के स्वर में कहा, ''मैं जा रहा हूं विपत्ति के बीच। तुम साथ जाकर उस विपत्ति को क्यों बढ़ाओगी? तुम्हारा जाना नहीं होगा।'' उनके अन्तिम शब्द सुनने में बहुत कठोर लग रहे थे।

सुरबाला उठ खड़ी हुई और पति के मुंह की ओर देखती हुई पहले की तरह ही दृढ़ स्वर में बोली, ''क्यों तुम सबके सामने ये सब बातें मुझ से कह रहे हो? तुम बीमारी लेकर बाहर जाओगे तो मैं साथ जाऊंगी ही। नौ बज रहे हैं; खड़े न रहो लालाजी, जाओ।''

दिवाकर के सामने अपनी दृढ़ता से उपेन्द्र बहुत लज्जित होकर बोले, ''बकूंगा क्या तुमको, बकता नहीं हूं। किन्तु भला बताओ तो कि पिताजी सुनेंगे तो क्या कहेंगे? जा दिवाकर, तू खा-पी ले।''

सुरबाला ने कहा, ''पिताजी ने मुझे साथ जाने को कह दिया है।''

''इस बीच उनके पास भी हो आईं?''

''हां, जाऊं तुम्हारा दूध लेती आऊं'', कहकर सुरबाला कमरे से बाहर चली गई। उपेन्द्र चित लेट गए। अब किसी को कोई संशय नहीं रह गया कि सुरबाला

साथ जाएगी ही, और पति के अस्वस्थ शरीर को किसी तरह आंखों की ओट न होने देगी। तैयार होने के लिए दिवाकर धीरे-धीरे बाहर चला गया।

उपेन्द्र सोचने लगा, हठ करके सुरबाला ने एक नई समस्या पैदा कर दी, कलकत्ता पहुंचकर उसकी क्या व्यवस्था की जाएगी! कहां ठहरना होगा! हारान दादा के यहां तो असंभव है, क्योंकि यह बात नहीं क्रि वहां स्थानाभाव है, बल्कि यह भी है कि वहां किरणमयी का पति मर रहा है। फिर भी अपनी आंखों से देखते हुए सुरबाला अपने पति की जरा-सी भी बीमारी की उपेक्षा नहीं करेगी, उसके लिए शोभनीय-अशोभनीय सब कुछ कर डालेगी, पति के स्वास्थ्य पर रात-दिन सावधानी के साथ पहरा देगी, इन सब बातों की याद करने में भी उन्हें लज्जा का बोध हुआ। मित्र ज्योतिष के घर रहने में भी वैसी ही कठिनाई है। सुरबाला कट्टर हिन्दू है; इस उम्र में ही नियमानुसार जप-तप आरम्भ कर दिया है — उस घर में इतना अहिन्दू आचार आंखों से देखकर तो शायद वहां पानी तक न पिएगी। उतने बड़े घर में मां के आचार-विचार से कोई सहायता मिलेगी। इसके अतिरिक्त वहां सरोजिनी है जो उसकी समवयसी है उसी के घर में रहकर उसी से छुआछूत मानना सुखकर नहीं है; उचित भी नहीं है। बाकी रहा सतीश। उपेन्द्र ने सुना था कि वह अपने नये बासे में अकेले रह रहा है। वह इस प्रकार जप-तप करने वालों के दल में है। सतीश और दिवाकर — आचारनिष्ठ इन दो देवरों के साथ सुरबाला अच्छी तरह रह सकेगी। उपेन्द्र ने तुरन्त सतीश को तार कर दिया कि "हम लोग रवाना हो रहे हैं।" खबर पाकर सतीश स्टेशन की ओर चल पड़ा।

भगवान् ने सतीश को सचमुच ही देह और मन से बड़ा सुदृढ़ बनाया था। इसीलिए उसने उसी दिन से बेहोश-से पड़े हारान के अभागे परिवार का सारा बोझ जैसे अपने सिर पर उठा लिया था, वैसे ही सावित्री तथा विपिन की कहानी को भी सहन कर लिया था।

यह कहानी सिर्फ बिहारी और उसके परमपूज्य चक्रवर्ती महाशय दो ही आदमी जानते थे। बिहारी समझता था कि वह सावित्री को बड़ी घृणा करता है। इसीलिए कल दोपहर के समय भी उसने चक्रवर्ती का प्रसाद पा, गांजे का दम लगाकर तथा लम्बी सांस फेंककर कहा था, "छि: छि: देवता! उस औरत ने क्या किया! उसने मेरे बाबू को पहिचाना नहीं, इसीलिए सोना फेंककर आंचल में कोयला बांध लिया और अन्त में विपिन बाबू के पास चली गई!"

चक्रवर्ती ने धीरे-धीरे जवाब दिया, "बिहारी, निमाई संन्यास में लिखा है — 'मणिकाञ्चन मतभ्रम'। ऐसा न होता तो सावित्री जैसी स्त्री इतनी बड़ी मूर्खता नहीं करती। किन्तु इतना मैं तुझसे बताए रखता हूं कि उसे पछताना तो पड़ेगा ही। वह

लड़की देखने-सुनने में भी बुरी नहीं थी। मेरे साथ उठने-बैठने से, सुन-सुनकर, बाबू लोगों के साथ जरा बातचीत करके उसने बहुत-कुछ सीखा था; उसका युवाकाल भी था; वह सतीश बाबू की आंखों में चढ़ गई थी; उनके साथ टिक जाती तो अच्छा रहता। किन्तु उसने तो मुझसे सलाह तक न ली! फिर भी बेटा, घोड़ा केवल घास खाकर नहीं रह सकता। राज्य के आदमी विपद में पड़ने पर जो इस चक्रवर्ती के पास आकर उसके दोनों पांव पकड़ते हैं, वह क्यों? अभी उस दिन सदी की मां —''

सदी की मां के भले-बुरे के बारे में जानने की बिहारी को कोई उत्सुकता नहीं थी, इसीलिए वह बात के बीच में ही बोल उठा, ''किन्तु देवता, चाहे जो कहो, बाबू अगर हैं तो मेरे मालिक हैं। इस कलकत्ता नगर में मैंने बड़े-बड़े लोगों को देखा, किन्तु ऐसा जवान, ऐसी छाती वाला तो किसी को देखा नहीं — जैसे हाथी के लिए दांत, वैसे ही मर्द के लिए बात। जिस दिन से मैंने कह दिया, 'बाबू, अब उसकी बात छोड़िए।' तब से मारे घृणा के उसका नाम तक मुंह से नहीं लेते। नहीं तो कितना प्यार करते थे — क्या कहते हैं पण्डितजी!''

चक्रवर्ती ने सिर हिलाकर जवाब दिया, ''वह बात तो मैंने शुरू में ही कह दी थी। इसीलिए तो इतना खून-खच्चर, जेल-फांसी है। एक बार चार आंखें हो जाने के बाद उससे कहां बचाव है बिहारी!''

बिहारी सिहर उठा; मलिन मुख से भयपूर्वक बोला, ''नहीं-नहीं, महाराज! हमारे बाबू उस तरह के नहीं हैं। किन्तु वह है कहां, जानते हो? इस बीच राह-हाट में कहीं —''

चक्रवर्ती अट्टहास करते हुए बोले, ''भैया, तुमसे झूठ कैसे कहूं? वह क्या विपिन बाबू के पास दासी का काम करने गई है बिहारी, कि राह-हाट में घूमती फिरेगी? उसके तो खुद कितने ही दास-दासियां लगी होंगी।''

बिहारी निश्चिन्त हो गया। हंसते हुए, सिर हिलाकर बोला, ''वह तो है ही। इसीलिए तो मेरे मन में आया कि एक बार जाकर महाराज से पूछूं कि वह क्या कहते हैं। इसी से कहता हूं देवता, आशीर्वाद दीजिए कि वह राजरानी हो, गाड़ी-पालकी में बैठकर निकले, पर इन दोनों की चार आंखें अब इस जन्म में न हों।'' इतना कहकर उल्लसित चित्त से चक्रवर्ती की चरणधूलि माथे से लगाकर वह बाहर निकल पड़ा।

इस बार कलकत्ता आने के बाद से बिहारी सतीश के बासे से बाहर निकलने पर जब तक उसका लौटना न होता, तब तक इसी भय से व्याकुल रहता था कि कहीं संयोगवश दोनों की भेंट न हो जाय। सतीश बड़े ही क्रोधी हैं, यह बात

वह घर के पुराने नौकर-नौकरानियों से सुन चुका था, और सावित्री ने जो इतना बड़ा गर्हित काम कर डाला है, उसके कारण मारकाट, खूनाखूनी हो सकती है, यह इतनी उम्र में उससे छिपा नहीं था। फिर सावित्री किसी दिन दास-दासियों के साथ गाड़ी में घूमने-फिरने निकल सकती है, यह संभावना उसके दिमाग में नहीं आती। आज चक्रवर्ती के मुंह से आश्वासन के वाक्य सुनकर वह निर्भय हो गया। उसके मन में सावित्री पर जो विषम क्रोध था, वह शान्त हो गया और वह निरुद्वेग चित्त से रास्ता चलते हुए हर क्षण यह आशा करने लगा कि एक शानदार जोड़ी पर राजरानी के वेश में बैठी सावित्री दिख जाय। बिहारी सचमुच सावित्री को प्यार करता था। वह कौन है, या किस तरह उसका रानी बनना संभव है, यह सब फालतू सवाल उसके मन में उठते ही न थे। सदा से ही सावित्री उसके परम स्नेह, परम श्रद्धा की पात्री रही है। वह दुखी है और उसके जैसे लोगों के साथ एक ही स्थान पर रहकर दासीवृत्ति करती है, यह सोचकर लज्जा और संकोच से उसका सिर नीचा हो जाता था। उस दिन से दिल में बड़ा दुःख, बड़ी यातना पाकर बिहारी उसके ऊपर नाराज हो गया था, किन्तु आज जो कुछ सुना उससे उसे लगा कि सावित्री उसके मालिक की राह का कांटा, सुख में बाधक नहीं है, इसलिए वह सर्वान्तःकरण से आशीर्वाद देने लगा कि सावित्री सुखी हो, निर्विघ्न हो, राजराजेश्वरी हो।

उन्नीस

आज सुबह सतीश ने उस घर में प्रवेश करके देखा कि किरणमयी उसी प्रकार प्रसन्न, शान्त एवं उज्ज्वल मुख लिए अकेले गृह-कार्य कर रही है। दो-तीन दिन से सास फिर बीमार पड़ गई हैं। पिछली रात ज्वर कुछ बढ़ गया था, इसलिए आज अभी तक वह खाट पर ही पड़ी हैं। चूंकि किरणमयी का मुंह देखकर किसी बात का अनुमान नहीं किया जा सकता था, इसलिए हर रोज सतीश को सब बातें पूछकर ही जाननी पड़ती थीं। आज प्रश्न करते ही किरणमयी ने काम से सिर उठाकर देखा और क्षण-भर रुककर कहा, "देवरजी, और देरी करने की जरूरत नहीं है, अपने दादा को एक बार आने के लिए लिख दो।"

सतीश ने डरकर पूछा, "क्यों भाभी?"

शरत का एक छोटा-सा बादल का टुकड़ा किरणमयी के मुंह के ऊपर से होकर निकल गया। इस मुंह से उसका ज्यादा परिचय नहीं है, इसलिए यह

छोटी-सी छाया उसकी आंखों में नहीं पड़ेगी। किरण ने एक निश्वास फेंककर कहा, ''ऐसा लगता है कि यन्त्रणा के अन्तिम दिन आ पहुंचे हैं — तुम एक तार कर दो।''

सतीश ने क्षण-भर चुप रहकर ताकते हुए कहा, ''मैं इसे जानता था भाभी। किन्तु तुम डर जाओगी, इसलिए कहने का साहस नहीं किया।''

किरणमयी सहज भाव से बोलीं, ''डर की क्या बात है देवरजी? उनमें श्वास का लक्षण परसों देखा था; कल रात वह और बढ़ गया। यह घटेगा नहीं, इसलिए उनको बुलाने की बात कह रही हूं।''

सतीश को यह बात नहीं मालूम थी, इसलिए चौंककर बोला, ''क्यों मुझे तो कुछ पता नहीं लगा। तुमने भी नहीं बताया।''

किरणमयी ने कहा, ''नहीं। वह इतने धीरे-धीरे उठ रहा था कि दूसरे को पता लगने की बात ही नहीं थी। फिर भी आज ज्यादा डर नहीं है। किन्तु देखो देवरजी, विपत्ति के ऊपर विपत्ति तो यह है कि कल से मां की बीमारी ने भी टेढ़ा मार्ग ग्रहण किया है। देखती हूं कि ज्वर बहुत ज्यादा है, और बीच में बकने-झकने लगती हैं।'' इतना कहकर वह थोड़ा हंसी। किन्तु उस हंसी को देखते ही रोना आता है।

सतीश की आंखों में आंसू भर आए। उसने सजल कण्ठ से धीरे-धीरे कहा, ''उपेनदा आएंगे।''

किरणमयी ने कहा, ''और एक खबर सुनेंगे देवरजी!''

सतीश मौन मुंह लिए ताकता रहा। किरणमयी ने कहा, ''परसों शाम को एक वकील की चिट्ठी मिली थी, जिससे मालूम हुआ कि दो साल पहले इनके एक मित्र ने किसी से तीन हज़ार रुपये कर्ज लिए थे। यही उसके जामिन थे। मित्र व्यवसाय फेल हो जाने के कारण, असल और सूद के चार हजार रुपये इनके सिर पर डालकर जहर खाकर मर गए। वह रुपया इस टूटे-फूटे घर की ईंट-काठ आदि बेचकर चुकाया जा सकता है कि नहीं, वकील यही सूचना तुरन्त चाहते हैं।'' इतना कहकर वह फिर उसी तरह हंस पड़ी। सतीश सिर झुकाए धरती की ओर देखता रहा। उसने आंख उठाकर देखने का साहस नहीं किया, सवाल का जवाब देने की भी चेष्टा नहीं की।

सतीश जब उपेन्द्र को तार देकर वापिस लौटा, तब दस बज गए थे। धीरे-धीरे वह रसोईघर में आ गया। किरणमयी सास के लिए साबूदाना तैयार कर रही थी, मुंह उठाकर बोली, ''बैठो देवरजी!!'' गला जरा भारी है। सतीश ने ध्यान देकर देखा — आंखों में आंसू नहीं हैं, किन्तु दोनों पलकें भीगी हुई हैं। वह पास

ही फर्श पर बैठ गया। आज किरणमयी ने आसन देने की बात तक नहीं उठाई; वह कहां बैठा, क्या किया, जैसे यह सब देखने ही नहीं पाई। उसे किसी सामान्य बात में भी कोई त्रुटि करते अभी तक सतीश ने नहीं देखा था। इतने दिनों के आवागमन में, इतनी भेंट-मुलाकात में एक दिन भी उसे भाभी के सहज-सरल व्यवहार में सौजन्य का जरा भी अभाव, घनिष्ठता का बिन्दु बराबर भी अनाचार खोजने पर भी नहीं मिला था, इसलिए आज की इस जरा-सी उपेक्षा ने मानो उसकी आंखों में अंगुली डालकर दिखा दिया कि भाभी का मन बहुत बड़े भार से दब गया है।

बहुत देर तक दोनों चुप रहे। एकाएक किरणमयी अपने प्रति मानो तीव्र व्यंग करती हंस पड़ी। लगता है, इतनी देर तक वह इसी चिन्ता में डूबी थीं, बोलीं, "अच्छा बताओ तो देवरजी, यम के साथ देना-पावना का झंझट दूर हो जाने पर मेरे लिए नौकरी करना उचित होगा या भिक्षा मांगना उचित होगा?" बात सतीश समझ सका। बोला, "उपेन दादा से पूछना, वही इसका जवाब देंगे।"

किरणमयी ने कहा, "बिना पूछे भी समझ सकती हूं, शायद वह दया करके हमें दो रोटी खाने को देंगे, किन्तु इस प्रकार दूसरे के ऊपर निर्भर करके रहना भी तो भीख मांगना ही है, देवरजी!"

लगता है, हठात् सतीश ने प्रतिवाद करना चाहा, किन्तु कोई बात खोज न पाने के कारण चुप हो ताकता रह गया। उसके मन का भाव समझकर किरणमयी ने जरा-सा हंसकर कहा, "जानती हूं। देवरजी, मुंह से कहने में बात कड़वी लगती है, किन्तु सत्य यही है।" फिर क्षण-भर रुककर बोली, "यह न समझो कि तुम्हारे दादा को मैं पहचान नहीं पाई। मैं उन्हें पहचानती हूं। समझती हूं कि अनाथा को देना वह जानते हैं किन्तु केवल देना ही तो नहीं है, लेना भी तो है। देना तो कभी देखा नहीं देवरजी, किन्तु समस्त जीवन दूसरे के मन को संभालते हुए बिता देना कम कठिन काम नहीं है, इस बात का पता हाड़-हाड़ में पाती हूं।"

फिर भी सतीश उत्तर खोज नहीं पाया। किन्तु किरणमयी तो मानो उसी झोंक से भरी हो, प्रत्युत्तर की राह देखे बिना ही बोली, "इस धरती के साथ मेरा कारबार ज्यादा दिन का नहीं है — देना-पावना समाप्त होने में अब भी बहुत दिन बाकी हैं। इस दीर्घ जीवन का हिसाब निकालने में दोष-अपराध और भूल-भ्रान्ति भी हो सकती है। तब वही क्या दे देंगे, या मैं ही किस मुंह से हाथ पसारूंगी। तब भी अपने पैरों से अपने रास्ते चलना होगा।"

इतनी देर तक सतीश श्रद्धा के साथ, व्यथा के साथ, उसकी भावी आशंका की बातें सुन रहा था किन्तु अन्तिम बात पर मानो वह खोंचा खाकर चौंक पड़ा।

बोला, ''यह कैसी बात है भाभीजी? दोष-अपराध तो सभी से होते हैं; भूल-भ्रान्ति क्यों होगी?''

किरणमयी सतीश के उत्कण्ठित विस्मय को देखकर हंसी। क्षण-भर में ही अपने व्यग्र, उत्तप्त कण्ठ-स्वर को शान्त और कोमल करके बोली, ''कौन जाने देवर जी, आखिर मैं भी तो मनुष्य ही हूं।''

हंसी देखकर सतीश अपनी गलती समझ गया। क्षणिक उत्तेजना में उसके मन ने जो बुरा अर्थ ग्रहण कर लिया था, उसी की शर्म से सिर नीचा करके धीरे-धीरे बोला, ''मुझे माफ करो भाभी, मैं जैसा अबोध हूं वैसा ही अपवित्र भी हूं।''

किरणमयी ने जवाब नहीं दिया, सिर्फ एक बार मुस्कराकर रह गई। अकस्मात् सतीश का अनुतप्त अपराधी मन उद्दीप्त हो उठा; वह जोर देकर बोल उठा, ''किन्तु केवल उपेन दादा की ही बात क्यों है? क्या वही सब कुछ हैं, मैं कुछ भी नहीं हूं? मैं तुमको उनके द्वारा आश्रय न देने दूंगा।''

किरण ने मुस्कराते हुए कहा, ''वह तो एक ही बात है देवरजी। तुम और तुम्हारे दादा तो दूसरे नहीं हैं। तुम्हारे आश्रय में तुम्हारा मन रखकर भी तो भीख लेनी पड़ेगी।''

सतीश ने कहा, ''नहीं, ऐसा नहीं होगा। इसका कारण यह है कि मैं तुम्हारा छोटा भाई हूं, किन्तु उपेनदा तुम्हारे पति के मित्र हैं। आवश्यकता होने पर, अपनी बहिन का भार मैं ही ले सकूंगा।''

''किन्तु यदि तुम्हारे मन को देखकर न चल सकी?''

''मैं भी तो तुम्हारा मन देखकर न चलूंगा।''

किरणमयी ने प्रश्न किया, ''यदि दोष-अपराध करूं तो?''

सतीश ने जवाब दिया, ''वैसा होने पर भाई-बहिन में झगड़ा होगा।'' किरणमयी ने फिर प्रश्न किया, ''जीवन में यदि भूल-भ्रान्ति हो जाय तो क्या मेरा यह छोटा भाई क्षमा कर सकेगा?''

सतीश सिर उठाकर कुछ देर देखता रहा, फिर सहसा बड़े ही व्यथित स्वर में कहा, ''इस भूल-भ्रान्ति का अर्थ मैं नहीं समझ पाता हूं, भाभीजी। छोटे भाई का मतलब समझकर यदि बताना तुम्हें ठीक लगे तो बताओ, यदि जरूरत न समझो तो न बताओ। किन्तु मतलब तुम्हारा जो भी हो, जिस अपराध की मन में कल्पना तक न आये, वह भी यदि सम्भव हो जाय, तो भी यह न भूल सकूंगा दीदी, कि मैं तुम्हारा छोटा भाई हूं।''

उसे सावित्री की बात याद आ गई। बोला, ''दीदी, आज तुम इस छोटे भाई

का अहंकार दूर कर दो, किन्तु जिस अपराध को इस जीवन में मैं क्षमा कर सकता हूं, उस अपराध को क्षमा करने में स्वयं भगवान् का हृदय भी कांप जाता।" इतना कहकर उधर ताककर देखा, किरणमयी की दोनों आंखों से जल की धारा बह रही है। सतीश ने फिर गाढ़े स्वर में कहा, "आज मुझे एक बार अच्छी तरह देखो दीदी, जिस सतीश ने अपनी दुर्बुद्धि की स्पर्धा में तुम पर व्यंग्य किया था, वह तुम्हारा यह भाई नहीं था।" कहते-कहते उसका सारा मुंह प्रदीप्त हो उठा और उसने बड़े जोर से सिर हिलाकर कहा, "नहीं, नहीं, मैं वह नहीं हूं। उसने कभी तुम्हें पहचाना नहीं था, कभी तुम्हारी पूजा करना सीखा नहीं था, इसीलिए जगन्नाथ को वह काठ का पुतला कहकर उपहास करता था। अपने पाप का घड़ा भर जाने से वह डूब गया बहिन; अब वह नहीं है।" वह सिर झुका मानो अपने हृदय की गहराई में देखने लगा। किरणमयी टकटकी लगाए उसकी ओर देखती रही। उसके बाद मीठे स्वर में प्रश्न किया, "कैसे मुझे पहचाना भाई?"

सतीश ने सिर हिलाकर कहा, "वह बात गुरुजनों के सामने कहने की नहीं है दीदी।"

"कहने की नहीं है? ऐसी कौन-सी बात है।" अकस्मात् सन्देह और भय से किरणमयी का मुंह पीला पड़ गया। पुकारा, "देवरजी।"

"क्या है दीदी?"

"मुंह उठाओ, देखूं तो?" सतीश ने सिर उठाया।

किरणमयी कुछ देर तक उसकी ओर देखती रहीं, फिर बोली, "देवरजी, तुम एक बड़ी व्यथा लेकर आए हो, उसका अनुमान मैंने बहुत पहले ही कर लिया था, किन्तु पूछने का अधिकार नहीं था, इसीलिए जानने की इच्छा नहीं की। किन्तु अब तुम मेरे छोटे भाई हो, क्या हुआ था, बताओ।"

सतीश ने सिर झुकाकर कहा, "वह लज्जा की बात है भाभी।"

किरणमयी ने कहा, "हो लज्जा की बात। तब भी तुम्हें अपनी इस बहिन को उसका हिस्सा देना ही होगा। मैं तुम्हें अकेले व्यथा लिये फिरने न दूंगी।" उसके बाद धीरे-धीरे उससे इस दुःख की कितनी ही बातें किरणमयी ने जान लीं। अन्त में कहा, "क्यों ऐसा काम किया?"

सतीश चुप बैठा रहा। किरणमयी ने प्रश्न किया, "वह है कौन?"

सतीश ने मुंह नीचा करके अस्फुट स्वर में कहा, "हतभागिनी — "

"किन्तु वह है कहां?"

"मैं नहीं जानता।"

"खोज नहीं की?"

सतीश ने मीठे स्वर में कहा, "नहीं, उसकी जरूरत नहीं है। सुना है, वह अच्छी तरह है।" किरणमयी ने दुखी होकर कहा, "अच्छी तरह है! छि, छि, क्यों इस तरह अपने को ठगने दिया?"

सतीश ने फिर मुंह ऊंचा किया और स्पष्ट स्वर में जवाब दिया, "मैं नहीं ठगा गया भाभी, क्योंकि मैं उसे प्यार कर सका था। ठगी वही गई है, क्योंकि वह प्यार नहीं कर सकी।"

"उसके बाद?"

सतीश ने कहा, "पहले वह अपने मन को समझ नही पाई थी। किन्तु जब समझ पाई तो चली गई।"

"तुमसे कुछ कहे बिना चली गई?"

सतीश ने सिर हिलाकर कहा, "नहीं, नहीं, ऐसा नहीं है। जाने के पहले मुझे सावधान कर गई कि एक अस्पृश्य कुलटा को प्यार करके भगवान् के दिए इस मन के मुंह पर कालिमा न पोतूं।"

किरणमयी गम्भीर विस्मय से सीधी होकर बैठ गईं, फिर पूछा, "क्या कह गई?"

सतीश के फिर से वही बात दोहरा देने पर किरणमयी कुछ देर तक अस्फुट स्वर में वही बात बार-बार दोहराती रहीं, फिर एकाएक बोल पड़ी, "किन्तु देवरजी, जब एक बार उससे फिर भेंट हो तो मुझे दिखाओगे?" सतीश ने विपिन की बात का स्मरण करके कहा, "किन्तु अब तो भेंट नहीं होगी भाभी "

किरणमयी के ओष्ठाधर पर एक धुंधली-सी हंसी दिखाई पड़ी। बोलीं, "फिर भेंट होगी।"

"कब होगी? न होने में ही तो कल्याण है।"

किरणमयी ने सिर हिलाकर कहा, "कब ऐसा होगा, यह तो नहीं जानती, किन्तु यदि कभी दुःख-विपत्ति में पड़ोगे, तभी भेंट होगी — उस भेंट से कल्याण के सिवा अकल्याण नहीं होगा। देवरजी, वह चाहे जहां हो, तुम्हारी अपनी अपेक्षा भी वह तुम्हारी अधिक मंगलाकांक्षिणी है, यह बात तुम कभी न भूलना।"

उसी दिन संध्या से कुछ पूर्व किरणमयी अपने मुमुर्षु पति की उत्तप्त शय्या से उठकर बाहर आई और कुछ देर तक वहां खड़ी रहीं; दरवाजे के पास ही सतीश दीवार की टेक लगाए बैठा हुआ था; थकावट के मारे कुछ तन्द्रा-सी आ गई थी, किरणमयी ने विस्मित होकर कहा, "क्यों देवरजी, इस तरह क्यों बैठे हो? डेरे को क्यों नहीं जाते?"

सतीश की तन्द्रा भंग हो गई। वह झटपट उठकर खड़ा हो गया; बोला, "नहीं,

भाभी जी!"

"अभी तक कहां थे?"

रास्ते-रास्ते घूमता फिर रहा था, "आज अब डेरे पर नहीं जाऊंगा।" किरणमयी ने आपत्ति करते हुए कहा, "छिः-छिः, यह कैसी बात है? खाना नहीं होगा; सोना नहीं होगा — नहीं, नहीं, मेरे अच्छे भाई, डेरे पर जाओ; आज तुम्हारे लिए डरने की कोई बात नहीं है।"

सतीश ने सिर हिलाकर कहा, "डर हो या न हो, आज मैं तुम्हें अकेले छोड़कर जा न सकूंगा। इसके सिवा मैं दुकान से खा आया हूं।"

किरणमयी ने कहा, "यह नहीं हो सकता। मैं जानती हूं कि तुम्हारा दुकान में खाने से पेट नहीं भरता। इसलिए मुझे फिर से रसोई बनानी पड़ेगी। न होगा, तो मैं रसोई बनाऊंगी किन्तु इधर कई दिनों से तुम्हारा समय पर नहाना-खाना नहीं हुआ है, कल-परसों अच्छी तरह सो भी नहीं सके हो। देवरजी, शरीर पर काफी अत्याचार हो चुका है, अब ज्यादा नहीं। आज रात यहां रहने पर तुम बीमार पड़ जाओगे, और वैसा मैं हर्गिज होने न दूंगी।"

सतीश नाराज होकर बोला, "मैं तो दो दिन आहार-निद्रा में कुछ कमी हो जाने से बीमार पड़ जाऊंगा और तुम जो इस एक महीने से सोई नहीं हो? क्या खाकर दिन-रात काट देती हो, वह किसी भी आदमी को देखने जरूर नहीं देतीं, किन्तु भगवान् तो देखते हैं। उस पर यह निरन्तर श्रम, इस पर भी तुम खड़ी रह सकती हो, और मैं बस इतने में ही मर जाऊंगा?" किरणमयी बोलीं, "क्या इसका यह मतलब है कि तुम भी एक महीना बिना खाए, बिना सोए रह सकते हो?"

सतीश ने कहा, "मैं वह बात तो नहीं कहता, किन्तु —"

किरणमयी हंसकर बोलीं, "फिर वही किन्तु? देवरजी, मैं ठहरी स्त्री-जाति। स्त्रियों को कभी बीमारी आती है, या कभी स्त्रियां मरती हैं? कहीं सुना है कि अयत्न और अत्याचार से कोई स्त्री मर गई है?"

सतीश ने कहा, "नहीं, सुना नहीं है। बल्कि सुनता हूं, स्त्रियां अमर होती हैं।"

किरणमयी ने हंसते हुए कहा, "सचमुच यही बात है। जब प्राण होता है तभी तो निकलंता है; न होने पर तो नहीं निकलता। भगवान् ने स्त्रियों की देह में ऐसा क्या दिया है जो चला जाएगा? मैं तो समझती हूं कि इस जाति को गले में रस्सी बांधकर दस-बीस बरस टांगकर रखें तो भी वह मरेगी नहीं।"

सतीश ने क्रुद्ध होकर कहा, "तुम्हारी ये तमाशे की बातें मैं सुनना नहीं चाहता भाभी! सुनने में भी पाप होता है।"

किरणमयी इस बार गम्भीर होकर बोलीं, ''अच्छा देवरजी, एकाएक स्त्रियों के इतने बड़े पक्षपाती क्यों हो उठे, यह तो बताओ?''

सतीश बोला, ''भाभी! मैं अच्छी तरह समझता हूं कि जब-तब तुम स्त्रियों के नाम पर सिर्फ अपने ऊपर कठोर व्यंग्य किया करती हो। क्यों करती हो, यह तो नहीं जानता किन्तु तुम्हारे बारे में कोई व्यंग्य-विद्रूप तुम्हारे अपने मुख से निकलने पर भी मैं सहन नहीं कर सकता। उससे मुझे बड़ी चोट लगती है। अच्छा, चल दिया।''

बीस

चाहे शब्दों से हो या इशारे से, कभी किसी से सतीश सावित्री का जिक्र नहीं करता। किन्तु जब से वह बात किरणमयी से सुनी है, तब से उसकी सारी देह में अमृत की धारा बहने लगी है। सतीश किरणमयी को देवी मानता है और उसकी सभी बातों पर अत्यन्त श्रद्धापूर्वक विश्वास करता है। उन्होंने कहा है कि दुःख विपत्ति के समय फिर भेंट होगी। तभी से उसके हृदय का वासी उस वाञ्छित दुःख के दिन की आशा लगाए बैठा है। कौन-सा दुःख, किस प्रकार, कितने दिनों में उस पर दया करेगा, इसी चिन्ता में डूबा वह धीरे-धीरे रास्ता पार कर रात आठ बजे के समय डेरे पर पहुंचा। कमरे में प्रवेश कर जिस भी वस्तु की ओर उसकी नजर गई उसी ने उसे एक विशेष भाव से आकर्षित किया। कपड़े उतारकर अलमारी में रखने गया तो देखा कि सारे कपड़े तह करके रखे हुए हैं। हिरन की खाल पर रखा हुआ संध्या-पूजा का कपड़ा साफ धुला हुआ है। बैठने लगा तो देखा कि कुर्सी पर रखे मैले कपडों का ढेर वहां नहीं है। दो हफ्ते हो गए, धोबी नहीं आया, इसलिए मैले कपड़ों की ढेरी रोज-रोज बैठने की कुर्सी पर ही ऊंची होती जा रही थी। बैठना होता तब सतीश उन्हें जमीन पर फेंक दिया करता, उसके उठ जाने पर बिहारी पुनः वहीं रख देता। सात दिन से मालिक और नौकर बस यही काम करते आ रहे थे; एकाएक वे सब अलमारी के अन्दर एक खाने में भर दिए गए थे। बिछौने की चादर, तकियों के गिलाफ बड़े मैले हो गए थे; आज वे सब साफ दप-दप कर रहे थे। मसहरी सदा ही अभद्र लोगों की भांति टेढ़-मेढ़ी रहती थी, वह भी आज चारों कोनों से सीधी खड़ी भद्र-सी हो गई थी। दीपक के पास एक ओर से निरन्तर धुआं उठा करता था, आज उसका कोई चिह्न नहीं है — चमत्कारिक ढंग पर जल रहा है। सब तरफ श्री का लक्षण देख

सतीश को बड़ी तृप्ति अनुभव हुई; किन्तु वह वृद्ध बिहारी के इस रुचि-परिवर्तन का कोई हेतु खोजने पर भी न पा सका। आवाज दी, "बिहारी!"

बिहारी भीतर की तरफ खड़ा था, सामने आकर बोला, "जी!"

सतीश ने कहा, "बहुत अच्छा! बहुत अच्छा! यदि तू यह सब कर सकता था तो फिर क्यों घर-द्वार को ऐसा गन्दा किए रखता था? मुझे बड़ी खुशी हुई है।" बिहारी विनयपूर्वक सिर जरा झुकाकर बोला, "आपका एक तार आया है।"

"कहां है रे?" कहकर इधर-उधर नजर दौड़ाते ही देखा कि टेबल पर पीले रंग का एक लिफाफा रखा है। खोलकर देखा कि उपेनदा के यहां से आया है। वह साढ़े नौ की ट्रेन से हावड़ा स्टेशन पहुंचेंगे। घड़ी में प्राय: साढ़े आठ बजे थे; व्यस्त होकर कहा, "जल्दी से एक गाड़ी ले आ बिहारी, उपेनदा आ रहे हैं।"

पांच मिनट में ही बिहारी ने गाड़ी आ जाने की खबर दी और किवाड़ की आड़ में खड़े होकर पूछा, "बाबू को लेकर डेरे पर लौटेंगे तो?" सतीश ने कुछ सोचकर कहा, "नहीं, आज रात को नहीं आऊंगा।"

सतीश को इस बात में कोई संशय नहीं था कि उपेनदा सीधे हारान बाबू के यहां ही लाएंगे, क्योंकि उनके पत्नी के साथ आने की खबर तार में नहीं थी। इसी बीच सतीश दो पूरी निगल रहा था; बिहारी ने आड़ में से कहा, "बाबूजी, एक निवेदन है।"

कोई प्रार्थना या जरूरत होने पर बिहारी पण्डिताऊ भाषा का प्रयोग करता था। सतीश ने मुंह उठाकर पूछा, "निवेदन क्या है?"

"जी।" कहकर बिहारी चुप हो गया।

सतीश ने सवाल किया, "सुनूं तो कि क्या बात है?"

बिहारी इधर-उधर करके बोला, "जी — "

सतीश ने विस्मित होकर कहा, "अभी परसों ही तो सौ रुपये लिए हैं; घर भेजा था न?" बिहारी ने मीठे स्वर से कहा, "उद्देश्य तो वही था किन्तु चक्रवर्ती महाशय के घर से — "

चक्रवर्ती के नाम पर सतीश जलकर बोला, "वे रुपये चक्रवर्ती को दे दिए — अब सुनूं तो कि ये रुपये किसे दान देने हैं?"

"जी, दान नहीं है। एक आदमी बड़ी विपत्ति में पड़कर — "

"ऋण चाहता है?"

"जी कर्जा तो मैं उसे क्या दूंगा — "

सतीश अधीर भाव से खड़ा होकर बोला, ''बिहारी, तुम्हारे पास हो तो तुम दे दो। मैं इतना बड़ा आदमी नहीं हूं कि रोज रुपया नष्ट कर सकूं। मैं दे न सकूंगा।''

इस बार बिहारी जिद करके बोला, ''न देने की बात ही नहीं है बाबू। न हो तो मेरी तनखाह में से दे दें।''

तनख्वाह के नाम पर सतीश चिढ़ गया, ''तनख्वाह के रुपये? अब तक कितने रुपये ले चुका है बोल तो बिहारी!''

बिहारी बोला, ''जो कुछ लिया है उसी से बच्चों के लिए देश में तीन बीघे जमीन, एक जोड़ी बैल खरीद दिए हैं। इसके अलावा एक नया मकान भी बनवा दिया है। क्या यह सब हमारी तनख्वाह के रुपयों से हुआ है? मेरे रुपये तो आपके पास ही जमा हैं; आज उसी में से दे दें।'' सतीश हंस पड़ा, बोला, ''बच्चों के लिए खरीद दिया, मेरा भारी उपकार किया! जाओ, मेरे पास रुपये नहीं हैं — '' इतना कहकर सतीश एक चादर कंधे पर डाल स्टेशन जाने के लिए बाहर निकल गया।

बिहारी अपनी कोठरी में आकर बोला, ''मां! संध्या-पूजा करके कुछ जल मुंह में डालो, कल सुबह मैं, चाहे जैसे होगा, प्रबन्ध कर दूंगा।''

सावित्री कोठरी के फर्श पर आंचल बिछाकर लेटी थी, उठकर बैठ गई और पूछा, ''बाबू ने नहीं दिया?''

बिहारी बोला, ''जानती तो हो मां, दूसरे के दुःख के नाम पर जब मांगा है तब मिलेगा ही। हमारे मालिक दाता कर्ण हैं। इस समय न देकर स्टेशन चले गए हैं किन्तु कल सुबह जब लौट आएंगे तब देंगे। तुम्हें कोई चिन्ता न करनी चाहिए मां, अभी उठकर जरा पानी-बानी पीओ, सारे दिन से भूखी हो।''

सावित्री के कृश पीले मुंह पर हंसी की एक रेखा फैल गई। बोली, ''ठीक ही हुआ आज राज तो लौटेंगे नहीं तो फिर कल दोपहर की गाड़ी से ही काशी चली जाऊंगी, क्या कहते हो बिहारी?''

बिहारी बोला, ''निश्चय ही मां!'' फिर एक निःश्वास फेंककर कहा, ''मेरे मालिक भी मालिक हैं, तुम्हारे मालिक भी मालिक हैं। देश से बुढ़िया ने अपनी विपदा लिखकर चिट्ठी भेजी थी — बाबू से पढ़ाने गया तो पढ़कर बोले, 'क्या कोई नहीं है रे?' मैं बोला, 'गरीब दुखिया का कौन होता है बाबू?' फिर वह कुछ नहीं बोले। चार दिन बाद छः सौ रुपये हाथ में देकर देश भेज दिया जिससे जमीन-जायदाद खरीदी, गोरू-बछड़ा लिए, घर-द्वार बनवाया और बच्चों के हाथ सब सौंपकर एक महीने बाद फिर मालिक के चरणों में लौट आया। बुढ़िया ने

रोकर कहा — 'मुझे साथ लेते चलो, एक बार दर्शन तो कर आऊं।' बोला — 'नहीं रे, और ऋण मत बढ़ा। तेरे जाने पर दो-एक सौ तेरे हाथ पर रख देंगे।' और एक हैं यह तुम्हारे मालिक। बीमार पड़ने पर पांच-सात रुपयों की दवा खर्च हुई थी, उसके लिए तुम्हें कह दिया — 'रुपये चुका कर जाओ। नौकरी में तुमने कितना कष्ट उठाया है मां, और हम लोगों ने कुछ न जानने के कारण विपिन बाबू का नाम लेकर तुम्हारी कितनी निन्दा की! माफ कर दो मां, नहीं तो मेरी जीभ गिर जाएगी।''

विपिन के संकेत पर घृणा के मारे सावित्री के रोंगटे खड़े हो गए और वह अस्फुट स्वर में 'छी:-छी:' कर उठी। किन्तु तुरन्त उस भाव को दबाकर हंसती हुई बोली, ''स्नान करूंगी बिहारी, एक कोई धोती दे सकोगे?''

''धोती?'' बिहारी ने उदास होकर कहा, ''तुम्हारे आशीर्वाद से एक क्यों पांच कपड़े दे सकता हूं। किसी प्रकार का कष्ट नहीं है मां, किन्तु शूद्र के पहने कपड़े तुमको कैसे दूं? पर चलो, बाबू की एक धुली धोती बाहर निकाल देता हूं।''

बिहारी की देवता-ब्राह्मण में बड़ी भक्ति है, अत: प्रतिवाद करना निष्फल समझकर सावित्री ने उसकी बात मान ली और उसका अनुसरण करती हुई कोठरी के बाहर चली गई। स्नान करके सावित्री ने सतीश की धुली देशी धोती पहनी और मन-ही-मन जरा हंसी। उसी के कमरे में उसी के पात्रों से संध्या-पूजा की और बिहारी द्वारा बड़े आदर से लाए हुए विलायती चीनी द्वारा बने परम पवित्र रसगुल्ला-सन्देश सारे दिन के अनाहार के बाद खाकर कुछ सुस्थ हुई।

इक्कीस

इतनी देर बाद मानो सतीश की नींद टूट गई। इस सब चिल्लाहट, त्रस्त-व्यस्त भाव ने उसकी विह्वलता क्षण-भर में दूर करके उसे एकाएक सजग कर दिया। वह सीधे खड़ा हो गया और दोनों हाथ फैलाकर दरवाजा रोककर बोला, ''नहीं।''

सावित्री ने व्याकुल हो हाथ जोड़कर कहा, ''नहीं क्यों? सर्वनाश न कीजिए सतीश बाबू, रास्ता छोड़ दीजिए। मेरा सच्चा परिचय उन लोगों को मालूम होने दीजिए।''

सतीश ने रास्ता नहीं छोड़ा। परन्तु क्या उसके दृढ़तापूर्वक भिंचे हुए ओठों पर सर्प-जिह्वा की तरह द्विधा विषाक्त हंसी का अति सूक्ष्म आभास दिखाई पड़ा? लगता है, दिखाई पड़ा। बोला, "ओः! तुम्हारा सर्वनाश! नहीं, उस बारे में निश्चिन्त रहो। किन्तु तुम्हारा सच्चा परिचय क्या है, पहले इसे तो सुनूं?"

सावित्री सहसा जवाब न दे सकी, केवल ताकती रही। ऐसी निरुत्तर चितवन सतीश पहले भी देख चुका है। किन्तु यह तो वैसी नहीं है। इस चितवन में इतनी बड़ी चोट भी आज आग जला गई। कैसे हैं ये अद्भुत स्निग्ध करुण दोनों नयन! यह क्या वही सावित्री है?

कुछ देर बाद उसने धीरे-धीरे कहा, "मेरा परिचय? कहा तो कि बासे की दासी हूं। सतीश बाबू, दया करें, मैं उन लोगों को लौटाकर लाती हूं। इस अजान, अंधेरे शहर में वे क्या रास्ते-रास्ते भटकेंगे? यह क्या अच्छा होगा?" सतीश ने जरा भी विचलित हुए बिना जवाब दिया, "उनकी बुराई-भलाई समझने का भार उनके ही ऊपर है। किन्तु राह-राह में भटकना भी अच्छा ही है परन्तु मैं भाभी को किसी तरह इस घर में प्रवेश न करने दूंगा।"

"क्यों न करने देंगे? मैं यहां आ गई हूं, इसलिए! सतीश बाबू, क्या पृथ्वी माता भी मेरे स्पर्श से अपवित्र हो गई है?" सतीश ने क्षण-भर मौन रहकर प्रश्न किया, "तुम इस घर में आई ही क्यों?"

सावित्री मुंह उठाकर देख नहीं सकी। धरती की ओर देखती हुई आंसू-भरे स्वर में बोली, "आप मेरे पुराने मालिक हैं, इसलिए, कुसमय में, कुछ भीख मांगने आई थी।"

सतीश व्यंग्यपूर्वक हंस पड़ा। बोला, "कुसमय में भीख चाहती हो? किन्तु तुम्हारा कोई एक मालिक तो नहीं है, सावित्री? लगता है, इतने दिनों में एक-एक करके सब मालिकों के घर घूम आई हो।"

सतीश की निष्ठुरतम चोटें उसके कलेजे को कुरेद-कुरेदकर काटने लगीं, किन्तु उसने फिर मुंह नहीं उठाया — कोई बात भी नहीं कही।

सतीश ने फिर कहा, "विपिन बाबू ने तुम्हें क्यों भगा दिया?"

सावित्री उसी तरह चुप रही। एकाएक सतीश को बिहारी की प्रार्थना याद आ गई। पूछा, "क्या भीख चाहती हो? तीस रुपये न?"

सावित्री ने सिर हिलाकर स्वीकृति दी कुछ कहा नहीं।

"अच्छा," कहकर सतीश दराज के पास जा खड़ा हुआ, और क्षण-भर कमरे के चारों ओर नजर डालकर कुछ देर रुका रहा।

इस कमरे की नई सजावट से, कुछ देर पहले ही, उसे बड़ी खुशी हुई थी,

अब वही उसे कष्ट देने लगी। यह पास में जो शय्या है, यह भी इसी औरत के हाथ से ठीक की गई है। स्टेशन जाने के पहले इसके ऊपर कुछ लेटकर विश्राम किया था, इस बात की याद आते ही उसका सारा शरीर संकुचित हो उठा। फिर उधर से आंखें हटाकर जल्दी से उसने दराज खोला और कई नोट लेकर सावित्री के पांव के पास फेंक दिए और कहा, ''जाओ, जाओ, लेकर विदा हो जाओ, अब कभी न आना।''

सावित्री ने उनमें से गिनकर सिर्फ तीन नोट ले लिए और उठकर खड़ी हो गई। इस समय सतीश चुपचाप देख रहा था। सावित्री के खड़े होते ही उसने उससे कुछ कहना चाहा परन्तु गले से बात न निकली।

हाय रे! यह बात वह कायम नहीं रख सका। अन्तिम जेठ की कड़ी धूप के समान उसका जलता हुआ क्रोध जब उस हतभागिनी को असहाय धरती के समान जला रहा था, तभी अदृश्य आकाश में उसके बूंद-बूंद पानी के संचय से बड़ा-सा बादल घनीभूत होता जा रहा था। वह अज्ञात रूप से इतनी जल्दी, चुपचाप आकर उसे घेर लगा, यह बात सतीश नहीं जानता था। उसका स्वर, उसका मुंह, उसकी आंखें न जाने किस अदृश्य आक्रमण से दबती गईं, फिर बड़ा जोर लगाकर उसने अपने को मुक्त करके पुकारा, ''सावित्री!''

''जी!''

''कहानी में सुनता था कि अमुक-अमुक को घृणा करता है परन्तु मुझे विश्वास नहीं होता था। सोचता था, वह सिर्फ गुस्से की बात है। कभी सोच ही नहीं पाया कि मनुष्य कैसे मनुष्य को घृणा कर सकता है। आज देखता हूं कि कर सकता है — आदमी आदमी को घृणा कर सकता है। सावित्री, कसम खाकर कहता हूं, मैं मृत्यु आने पर भी तुम्हें स्पर्श नहीं कर सकता।'' सावित्री वैसे ही चुप है।

''अच्छा सावित्री, संसार में तुम्हारे लिए रुपये से बड़ा तो और कुछ नहीं है — ऐसा न होता तो ये तीन नोट तुम किसी तरह उठा न सकतीं — आज मेरे पास जो कुछ है, सब तुम्हें दे दूंगा, पर एक बात मुझे सच-सच बता दो।''

''पूछिए।''

''पूछता हूं'' — कहकर सतीश थोड़ी देर चुप रहा, फिर बोला, ''प्रश्न करने में भी शर्म आती है, तब भी यह जानने की साध है सावित्री, कि कभी, किसी दिन, किसी से प्यार किया है?''

सावित्री क्षण-भर मौन रहने के बाद मीठे परन्तु स्पष्ट स्वर में बोली, ''मेरी कहानी जानकर आप क्या करेंगे?''

सतीश को खोजने पर भी इस सवाल का जवाब नहीं मिला।

सावित्री दरवाजे की ओर बढ़ती हुई बोली, "संसार की कितनी ही बातें आप नहीं जानते; तब भी दिन तो बीत ही जाते हैं। यह बात न जानने पर भी आपका कोई नुकसान नहीं होगा।"

"हो सकता है, न हो।" कहकर सतीश ने एक लम्बी सांस को दबाने की चेष्टा की, किन्तु सावित्री ने सुन लिया। उसके मुंह फिराकर खड़े होते ही उसके रोग से पीले पड़े कृश मुंह पर सतीश की आंख पड़ गई। चौंककर पूछा, "तुम बीमार हो क्या सावित्री?"

सावित्री ने मुंह झुकाकर कहा, "नहीं।"

"बड़ी रोगिणी-सी दिखाई पड़ती हो।"

"वह सब कुछ नहीं है," कहकर सावित्री ने जाने के लिए पग बढ़ाए।

"जा रही हो?" सावित्री कुछ जवाब न देकर दरवाजे के बाहर चली गई। कमरे के अन्दर से रुंधी हुई पुकार सुनाई पड़ी, "सावित्री, क्या सचमुच ही तुमने एक दिन के लिए भी मुझे प्यार नहीं किया?"

सावित्री चौखट पकड़कर खड़ी हो गई, उसने मुंह नहीं फिराया।

अन्दर से, सजल कण्ठ से इस बार रुलाई फूट पड़ी, "सावित्री, एक बार तो कहती जाओ कि इतने दिनों तक क्या सपने में डूबा मैं इस दुःख का बोझ ढोता रहा हूं? मेरी किस्मत में क्या सब भूल ही भूल है, सब मिथ्या ही मिथ्या है? यह असीम दुःख भी क्या मेरे अदृष्ट के धोखा मात्र है?" सावित्री थोड़ी देर सोचने के बाद लौटकर खड़ी हो गई और बोली, "बाबू, मैं बड़ी कठिनाई में फंसकर बिहारी के पास रुपये मांगने आई थी, किन्तु आपसे सच कहती हूं कि यदि मैं जानती कि ऐसे हंगामे में पड़ जाऊंगी, तो नहीं आती।"

सतीश अवाक् हो रहा। यह कण्ठ-स्वर तो शान्त और मीठा है, किन्तु उसमें कोमलता का लेश भी नहीं है। क्षण काल पूर्व तो वह इस स्वर में उससे भीख नहीं मांगती थी।

सावित्री ने फिर से क़हा, "आपने कसम खाकर कहा कि मुझे घृणा करते हैं। आपकी खुशी होने पर प्यार भी कर सकते हैं, नाराज होने पर घृणा भी कर सकते हैं — आपने वैसा किया भी है किन्तु हम लोगों के हाथ-पांव बंधे हैं। इस राह पर जब पांव रखा है, तब सुपथ-कुपथ कुछ भी हो, उसे पकड़े चलने के सिवा तो कोई उपाय नहीं है।"

सतीश चुप है, स्तब्ध है। सिर्फ विह्वल और फैले हुए नयनों से उसकी ओर टकटकी लगाए देखता रहा।

सावित्री यह दृश्य सहन नहीं कर सकी। दूसरी ओर मुंह फेरकर कुछ रुकी।

उसकी अपनी ही कहानी उसीके कलेजे में मृत्युबाण मार रही थी तथापि मरणाहत सैनिक के समान अन्तिम वार करने के लिए उसने सतीश के लज्जास्पद प्रेम के ऊपर तलवार चला दी। बोली, "आपने पूछा था कि किसी दिन आपको प्यार किया है या नहीं? नहीं, प्यार नहीं किया। वह सब मेरी छलना-मात्र थी। और यह खबर आप पा ही चुके हैं कि किसे प्यार करती हूं।" सुनकर हठात् सतीश के मन में आया कि उसकी गृह-प्रतिमा को नदी के जल में विसर्जन करके पीस-पासकर मिट्टी का पिंड बना कोई मानो उसी की आंखों के ऊपर फेंक गया है। उसने आंखें फिराकर कहा, "जाओ — जाओ तुम मेरे सामने से।"

सावित्री चौखट के ऊपर माथा टेककर प्रणाम करने के बाद, बिना कुछ बोले, चली गई। सतीश ने उधर देखा नहीं, केवल अत्यन्त दूर जाते हुए पैरों की आवाज ही सुन सका।

नीचे बिहारी की कोठरी में टिम-टिम करता एक दीपक जल रहा था। उसी कोठरी में सावित्री ने अपने अधमुंदे नयनों से, लड़खड़ाते हुए प्रवेश किया और मानो दोनों हाथ बढ़ाकर कोई चीज पकड़नी चाही किन्तु दूसरे ही क्षण मूर्च्छित होकर धरती पर गिर पड़ी।

बिहारी उपेन्द्र-मण्डती को कुछ दूर तक ज्योतिष बाबू के घर का रास्ता बताने के बाद पांच मिनट पहले ही लौटा था और अंधेरे में छिपा हुआ सावित्री की अन्तिम बातें सुन रहा था। आज सारे दिन उसके साथ उसने न जाने कितनी बातें की थीं; निष्ठुर गृहस्थ के घर काम करने जाकर जो दुःख-कष्ट सहे थे, रोगी होकर जो यन्त्रणा सहन की थी, उसे सुनते-सुनते बिहारी रो-रोकर अस्थिर हो पड़ा था। तब भला बाबू के सामने सावित्री ने झूठी बातें क्यों कहीं, इसका कोई कारण बूढ़े की समझ में नहीं आया। सावित्री के नीचे चले जाने पर वह भी अंधेरे में बाबू की नजर से बचता नीचे आ गया था और उसे वहां न पाकर रास्ते की ओर दौड़ गया था। इधर-उधर कहीं न दिखाई देने पर वह घर को लौट आया था और जल्दी-जल्दी अपनी कोठरी में प्रवेश कर बस खड़ा हो गया। फिर सावधानी से खिसकाकर दीपक की लौ तेज कर दी और सावित्री के मुंह के पास आकर पुकारा, "इस तरह जमीन पर क्यों पड़ी हो मां!"

कोई इशारा न पा स्नेहयुक्त स्वर में बोला, "रोगी शरीर में ठण्ड से बीमारी हो जाएगी मां! उठ बैठो, मैं एक चटाई बिछा दूं।"

सावित्री वैसे ही चुप और स्थिर रही। तब बिहारी को आश्चर्य हुआ। साफ दिखाई नहीं पड़ रहा था, दीपक मुंह के पास ले जाकर और झुककर देखते ही बूढ़ा चिल्ला पड़ा, "मैया री, यह क्या किया मां?" सावित्री की आंखें मुंदी हुई

हैं; सारा मुख नीला पड़ गया है। इतनी चिल्लाहट के बाद भी वह सुगबुगाई नहीं — वैसी ही मुर्दे-सी पड़ी रही।

ऊपर के कमरे में सतीश तब भी उसी भाव में डूबा मूर्ति की तरह बैठा था। बिहारी के रोदन के शब्द से चौंककर उठ पड़ा। रोते हुए महाराज ने आकर खबर दी। सतीश बिहारी की कोठरी में आकर सावित्री के सिर के पास मुंह नीचा करके बैठ गया और रोशनी लेकर उसके मुख की ओर देखते ही समझ गया कि वह मूर्च्छित हो गई है। बोला, "चिल्लाओ मत बिहारी! उसके मुंह और आंखों पर जल के छींटे मारो और महाराज से कहो कि पंखा लेकर हवा करे।"

भरोसा दिलाए जाने पर बिहारी ने जोर-जोर से जल के छींटे मारने शुरू कर दिए और हिन्दुस्तानी महाराज मन लगाकर पंखा करने लगा।

थोड़ी देर बाद सावित्री ने सांस ली और क्षण-भर में ही आंखें खोल दीं तथा सिर पर आंचल खींचती हुई उठ बैठी।

सतीश ने कहा, "महाराज, थोड़ा गरम दूध लाकर पिला दो और बिहारी, उससे भीगे कपड़े शीघ्र बदलने को कह दो।"

महाराज दूध लाने चला गया और बिहारी ने मीठे स्वर में यही बात कह दी। कुछ मिनटों तक चुप रहने के बाद सतीश ने पुनः कहा, "सुस्थ बोध करने पर वह कहां चली जाएगी, इसे पूछकर एक गाड़ी मंगवा देना बिहारी।"

सावित्री का सारा शरीर कांप उठा पर उसे क्षीण आलोक के कारण किसी ने देखा नहीं। वह जी-जान से अपने को संभालकर निश्चल बैठी रही। कुछ मिनट स्थिर रहने के बाद सतीश बोला, "और यदि तबीयत संभली न लगे तो न हो, मेरे कमरे में ही लेटने को कह देना, मैं कहीं और जा रहा हूं।"

सावित्री को सिहरन-सी अनुभव हुई; लगा कि वह किसी तरह भी अपने को पकड़कर न रख सकेगी।

सतीश ने एक छोटी-सी चाबी बिहारी के पास फेंककर कहा, "और देखो दराज की चाबी तुम रखो, जितने रुपयों की जरूरत हो, जाते समय वह ले जा सकती है, जिससे रुग्ण शरीर —"

सतीश की बातों में विष और अमृत दोनों मिले हुए थे जिससे सावित्री का कण्ठ तक फेनिल हो उठा। सतीश बोला, "बिहारी, मैं पथरियाघाट जा रहा हूं; कल देर से लौटूंगा।" फिर एक कदम पीछे हटकर बोला, "सावित्री, कोई संकोच न करना, जो जरूरी हो, ले लेना। मैं चल दिया।" सतीश चला गया।

सावित्री पुनः धरती पर लेट गई। कलेजा जैसे फट गया हो, ऐसे स्वर में रोती हुई बोली, "अरे, तुमने क्यों इस पापिष्ठा को इतना प्यार किया? अभी तो

तुमने कसम खाई थी कि मुझे घृणा करते हो, तब क्या यही घृणा करना है? तुम्हें इतना दुःख देना, इतना झूठ बोलना सब तुम्हारे स्नेह की आग में पड़कर राख हो गया? मुझे कौन यह बताएगा कि क्या करने से मैं तुम्हारी घृणा पा सकूंगी?"

बिहारी इस रोदन का जरा भी मतलब समझ नहीं सका; जरा पास सरककर सांत्वना के स्वर में बोला, "अच्छा, मां! तुमने बाबू से इतनी झूठी बातें क्यों कहीं? जहां गईं नहीं, जो दोष किया नहीं, उन सबको किसलिए अपने ऊपर लेकर तुम अपराधी बन गईं?"

सावित्री ने रोते-रोते कहा, "बिहारी, मैं धर्म नहीं जानती। मेरी सारी बातें ही झूठी हैं। वैसा कहने में कलेजा फट गया, फिर भी कहना पड़ा। किन्तु कुछ भी तो काम नहीं आया, बिहारी।"

बिहारी मूढ़ की तरह मुख की ओर देखता हुआ बोला, "झूठ भला किस काम आएगा मां?"

सावित्री उठकर बैठ गई और उसके मुंह की ओर देखती हुई बोली, "झूठ जानते हो बिहारी, किसी काम नहीं आता?"

बिहारी ने क्षण-भर सोचने के बाद कहा, "आता क्यों नहीं? अदालत में तो झूठ से ही काम बनता है — वहां तो झूठी बातों का ही जयजयकार है।" सावित्री ने इसका कोई जवाब नहीं दिया। बहुत देर तक स्थिर भाव से बैठे रहने के बाद कहा, "क्यों इतना झूठ बोल गई, शायद किसी दिन समझ पाओगे। किन्तु उसे जाने दो बिहारी, मेरी दो बातें रखोगे?"

"रखूंगा क्यों नहीं मां? क्या बात है?"

"पहली बात तो यही है कि मेरे चले जाने के बाद भी किसी दिन बाबू को मत बताना कि मैं उनके सामने झूठ बोलकर चली गई।"

बिहारी मौन ही रहा। सावित्री ने कहा, "एक बात और है। मैं अपना पता तुम्हें लिखकर बता जाऊंगी। यदि कभी समझना कि मेरे आने की जरूरत है तो मुझे लिखकर बताना। तुम्हें बताने में कोई लज्जा नहीं है बिहारी, मुझे छोड़ कोई दूसरा उन पर शासन नहीं कर सकता; मुझसे ज्यादा विपदा में कोई उनकी सेवा भी नहीं कर सकेगा।"

बिहारी रो पड़ा। आंखें पोंछकर रुंधे स्वर में बोला, "सब जानता हूं मां!" सावित्री उठ खड़ी होकर बोली, "तब जा रही हूं। उन्हें तुम्हारे ही हाथ में सौंपे जा रही हूं। देखो बिहारी, मेरी दोनों बातें रखना। भगवान् करें, तुम लोग सुख से रहो — जिससे मुझे अपना जला मुंह लेकर तुम लोगों के सामने आना न पड़े।" इतना कहकर आंखें पोंछ सावित्री आगे बढ़ी।

रास्ते पर आकर बिहारी ने भाड़े पर गाड़ी ठीक की और सावित्री को उस पर बिठाने के बाद झुककर प्रणाम किया। आंखें पोंछकर और गला साफकर बोला, "मां! मेरा भी एक निवेदन है। आज जैसे पुत्र की तरह मुझे ग्रहण किया है, उसी तरह जरूरत पड़ने पर फिर मुझे याद करना।"

बाईस

दूसरे दिन सुबह जब सतीश की अतृप्त निद्रा टूटी, तब काफी देर हो चुकी थी। बिहारी ने आकर हुक्का दिया। हुक्का देकर वह बाहर जा रहा था कि सतीश ने पुकारकर कहा, "सुनो बिहारी, कल वह यहां कब आई थी?"

उसने सिर नीचा किए हुए मीठे स्वर में कहा, "दोपहर के समय।"

"उसे इस घर का पता कैसे लगा?"

"यह तो मुझे नहीं मालूम बाबू!"

सतीश ने उसके मुंह पर कठोर दृष्टि डालते हुए कहा, "क्यों रे बिहारी, तूने क्या सचमुच मुझे इतना मूर्ख समझ लिया है कि मैं इतना भी समझ नहीं सकता? सच बात बोल।" बिहारी आश्चर्य से अपनी दोनों आंखें फाड़कर मालिक के मुंह की ओर देखता रहा।

सतीश ने कहा, "क्या देख रहा है रे? तू विपिन के यहां नहीं गया? सावित्री के साथ तेरी भेंट-मुलाकात, बातचीत नहीं होती?"

"नहीं बाबू"— कहकर बिहारी के बाहर जाने की चेष्टा करते ही सतीश बड़े ही क्रुद्ध स्वर में बोला, "खड़ा रह। तूने उसे इस स्थान पर आने को नहीं कहा था?"

बिहारी ने चुपचाप सिर हिलाकर बताया, "नहीं।"

सतीश ने धमकाकर कहा, "फिर वहीं नहीं!"

बिहारी सिर झुकाए हुए था, चौंककर मुंह उठा उधर ताकने लगा। सतीश कहने लगा, "फिर नहीं? तब उ शैतान को इस घर का पता कैसे लग गया? जाओ तुम, उसी के पास, मुझे तुम्हारी जरूरत नहीं है। मैं अपने घर में शत्रु का पोषण नहीं कर सकता। तुम आज ही चले जाओ— मैं तुम्हें जवाब देता हूं।"

बिहारी ने कोई भी बात नहीं कही। सिर्फ उसके विस्मय से फैले हुए दोनों नयनों से आंसुओं की धारा बह चली। सतीश ने इन आंसुओं को देखा। क्षण-

भर मौन रहकर प्रश्न किया, "रात में वह कहां चली गई?"

बिहारी ने आंखें पोंछकर कहा, "मुझे नहीं मालूम। चिट्ठी में अपना ठिकाना लिख भेजने को कह गई थी।" सतीश फिर थोड़ी देर ठहर नरम होकर बोला, "बड़ी रोगिणी लगती थी।"

बिहारी ने सिर हिलाकर कहा, "हां।"

"लगता है, डे जगह अब नौकरी नहीं रही?"

बिहारी ने उसी तरह सिर हिलाकर स्वीकृति दी।

सतीश फिर कुछ देर तक चुप रहकर बोला, "किन्तु इस बार तुम्हें सावधान किए देता हूं बिहारी, मेरे बासे में वह फिर न आवे और किसी प्रकार दूर से भी मेरे साथ भेंट न करे। मेरी चाबी कहां है? जाते समय कितने रुपए उसे दिए?"

बिहारी ने चाबी बाहर निकालकर कहा, "रुपए नहीं दिए।"

"नहीं दिए? क्यों नहीं दिए? तुम्हें तो देने को कह गया था।"

"उन्होंने नहीं लेना चाहा।" कहकर बिहारी बाहर हो गया। सतीश ने उसे फिर से बुलाया। सावित्री मौजूद नहीं है; बिहारी उसे प्यार करता है, इसलिए इस बिहारी को भी चोट पहुंचाने से उसका कुछ क्षोभ मिट सकता है। उसके सामने आते ही सतीश ने पूछा, "उसके बाद तुम लोगों में क्या सलाह-बात हुई?" अब बिहारी अपने को दबाकर न रख सका। आंसू से रुंधे गले के साथ बोला, "बाबू, मेरे जैसे आदमी के साथ सावित्री क्या सलाह-बात करेगी? आपके चरणों में जो दोष-अपराध किया हो, उसके लिए जो दण्ड आप देंगे माथा झुकाकर स्वीकार करूंगा किन्तु बूढ़े आदमी को इस तरह जलाइए नहीं।" इतना कहकर वह झर-झर आंसू बहाता हुआ रोने लगा।

तेईस

सतीश दबे पांव, यथासंभव आवाज न करते हुए, रसोईघर को चला गया। लगता है, किरणमयी राह ही देख रही थी; सतीश के दरवाजे पर आते ही उत्सुक भाव से पूछा, "यह क्या देवरजी, घर में आकर बाहर ही क्यों खड़े थे, और यह आंख-मुंह कैसे भयानक हो रहे हैं — रात को सोए नहीं हो क्या?"

सवाल के आते ही सतीश के कानों में पहुंचते ही उसका मुंह क्रोध से लाल हो उठा और फिर मानो किसी ने उस पर राख फेर दी। वह बोला, "हां सारी रात जगकर उसे लिए हुए मौज-बहार लूट रहा था। सुनकर सन्तोष तो हुआ?

आगे यहां न आऊं, यही न? किन्तु उस कमीने उपेन बाबू को बोल दो कि मुझसे पूछा जाता तो मैं सच्ची बात ही बतलाता। संसार में उनको छोड़कर सच्ची बात बोलने वाले और लोग भी हैं। इसके अतिरिक्त शायद भयवश मुझे झूठ बोलना पड़ता कि वह मेरी कोई नहीं है।'' इतना कहकर ही सतीश लौट चला।

अकस्मात् सतीश का ऐसा भाव, ऐसा अत्यन्त उग्र कण्ठस्वर? — किरणमयी जैसे दिग्ज्ञान शून्य हो गई हो। सतीश बड़े कमरे का दरवाजा पार करके जा रहा है, यह देखकर किरणमयी परेशान हो गईं और बाहर आकर पुकारा, ''जाओ नहीं देवरजी, सुनो —''

सतीश लौटकर खड़ा हो गया और चिल्लाकर बोला, ''सुना न कि क्या हुआ है? भाभी सच कहता हूं, वह इतना छोटा आदमी है, यह मैं स्वप्न में भी नहीं समझता था। जहां वह होगा, वहां मैं नहीं रहूंगा। आज समझ पाया हूं कि क्यों पिताजी ने उस प्रकार की चिट्ठी लिखी थी। किन्तु उस क्षुद्र आदमी से कह देना कि मैं उसे ग्रहण भी नहीं करता।''

किरणमयी ने कहा, ''किसे? क्या कह रहे हो देवरजी?''

''ठीक कह रहा हूं भाभी, ठीक कह रहा हूं। उसे कहने से ही वह समझ जाएगा। किन्तु आज तुमसे भी कहे जाता हूं — बिना दोष-अपराध के तुम्हारे घर का दरवाजा मेरे मुंह के ऊपर बन्द कर दिया गया किन्तु एक दिन समझोगी कि सतीश चाहे जितना छोटा है, उस पर विश्वास करके कभी कोई ठगाया नहीं गया। और एक बात उसे कह देना कि उसकी जितनी भी इच्छा हो, दिल लगाकर मेरे सर्वनाश की चेष्टा कर ले किन्तु मैं उसे मुंह न दिखाऊंगा, वह भी मुझे अपना मुंह न दिखावे।'' एकाएक सतीश दरवाजे की ओर देखकर रुक गया और दूसरे ही क्षण, मुंह फिराकर आंधी की तरह रवाना हो गया। उसी की दृष्टि का अुसरण करके किरणमयी की दोनों आंखें पत्थर की मूर्ति के समान स्तब्ध उपेन्द्र के ऊपर जा पड़ीं। शोर-गुल सुनकर वह रोगी की शय्या के पास से उठ आए थे और कमरे का किवाड़ जरा हटाकर खड़े-खड़े सुन रहे थे।

किरणमयी के मन में एक बार आया कि मामला क्या है, इसे उपेन्द्र जानना चाहेंगे किन्तु उन्होंने कोई बात ही नहीं कही, चुपचाप किवाड़ बन्द करके भीतर खिसक गए।

किरणमयी के विस्मय की सीमा नहीं है। यह क्या काण्ड है! सतीश अपने उपेन दादा का इस प्रकार उन्हीं के मुंह पर अपमान कर कैसे लौट गया? किसलिए? वह रसोईघर में लौटकर हाथ के काम-काज स्वप्नाविष्ट की भांति करने लगी, किन्तु मन के अन्दर एक गंभीर क्षुब्ध विस्मय हजारों रूप धरकर निरन्तर चक्राकार

घूमता हुआ फिरने लगा। उसके घर में इतनी बड़ी विपत्ति आस-पास ही मंडरा रही है, क्षण-भर के लिए वह इसे भी भूल गई; सिर्फ यह सोचने लगी — कल संध्या के बाद सतीश बासे लौट गया था, उसके बाद इस एक ही रात में ऐसी क्या घटना घट गई कि वह ऐसा उन्मत्त आचरण करके चला गया।

इतने पर भी उपेन्द्र ने एक बात भी जाननी नहीं चाही। उसके मन में आया कि कुछ देर के लिए उपेन्द्र के कठोर सूखे मुंह के ऊपर एक दुस्सह विस्मय फूट पड़ा था किन्तु वह सत्य था या केवल उसके मन की कल्पना थी, इसे कौन जान सकता है?

उपेन्द्र लौटकर रोगी की शय्या के पास अपने पूर्वस्थान पर पुनः आ बैठे, स्वभाव से ही वह शान्त प्रकृति के आदमी हैं। सहसा किसी के पक्ष या विपक्ष में कोई राय नहीं देते। जब कल रात सुरबाला इत्यादि को ज्योतिष के घर पहुंचा देने के बाद गंभीर रात में अकेले हारान के कमरे में प्रवेश किया था और उस समय हारान के श्वास कष्ट को बहुत बुरी तरह बढ़ा हुआ देखा था तब वह सहज निर्मल विचार-शक्ति उनमें नहीं थी — हारान को अदर से होश भी है या नहीं, इसका अनुमान करना भी कठिन था — चारों ओर देखने पर वह किस भीषण रूप से ठगे गए हैं फिर भी जैसे कहीं और व्याकुलता नहीं है। इसके पहले उपेन्द्र ने दो-एक मृत्यु शय्याएं अपनी आंखों से देखी थी, किन्तु उससे इसमें कितना अन्तर है! रोगी के सिरहाने की तरफ एक प्रदीप उसी तरह म्लान टिमटिमाता हुआ जल रहा है; मां कमरे के एक कोने में चटाई बिछाकर सो गई हैं; केवल किरणमयी जागती बैठी है किन्तु उसके व्यवहार या कण्ठस्वर में जरा-सी भी शंका या घबराहट के लक्षण नहीं दिखाई पड़ते हैं, इससे तो यही मालूम पड़ता है कि उसे निश्चय हो गया और वह पति की मृत्यु की राह देखती हुई ही बैठी है। मां का भाव भी कितना निर्विकार है — वह तो अपने ही रोग और रुग्ण देह को लेकर अस्थिर हैं।

कल रात उपेन्द्र ने मानो अच्छी तरह यह देख लिया कि न केवल मृत्यु की कोई विभीषिका इन दोनों स्त्रियों के लिए नहीं रह गई है बल्कि बांध के समान उहोंने इस छोटे परिवार के सुख-दुःख के प्रवाह को ही रोक रक्खा है। इसके अन्दर ही अन्दर उन्हें बड़ी पीड़ा हुई। चाहे जैसे हो, इस अवरोध से मुक्ति पाने पर ही वह बच पाएंगे।

उपेन्द्र अब भी किरणमयी को पहचान नहीं पाये हैं; ऐसा अवसर ही उनको नहीं मिला। किन्तु सतीश ने पहचान लिया था। जब हारान के बुलाने पर ये लोग पहले दिन इस घर में आए थे, उस रात के किरणमयी के व्यवहार को सतीश

न केवल भूल गया था बल्कि अपने रूखे आचरण के लिए अपना शत-शत अपराध स्वीकार कर और उसके लिए लज्जा प्रकट करके उसने क्षमा मांग ली थी और क्षमा प्राप्त कर भाई के स्थान पर हो गया था। किन्तु उपेन्द्र के मन में उस दिन जो दाग पड़ गया था, वह तो बना ही रहा। कल रात की स्मृति ने उस घाव पर काली रेखा खींचकर अस्पष्टता के लिए कोई अवकाश ही नहीं छोड़ा। इन दोनों स्त्रियों के बारे में इतने दिनों तक उनके मन का भाव अन्दर-अन्दर किस प्रकार का था, इसे अपने-आप भी अभी तक विचार करके वह स्थिर नहीं कर पाए थे। यह बात जितनी भी बार मन में आई है उतनी ही बार उसने उसे दबा दिया है, किन्तु पिछली रात को घर में प्रवेश करने के बाद अपने ही साथ वकालत करने के लिए समय नहीं रह गया। एक क्षण में ही उनके अप्रसन्न चित्त में मां के विरुद्ध वितृष्णा और स्त्री के विरुद्ध घृणा भर गई। उसके थोड़ी ही देर बाद किरणमयी गरम चाय का प्याला लिये जब कमरे में आई तब उपेन्द्र ने रोगी के ऊपर ही अपनी दोनों आंखें गढ़ा रखीं और जब उसने बड़े आदरपूर्वक प्याला उनके सामने रखा तब उसे छूने में भी उनका समस्त अन्तःकरण संकुचित हो उठा।

सुबह अघोरमयी को उपेन्द्र के आने-जाने की आहट नहीं मिली। उस समय वह नीचे अपने जिनी कार्यों में मग्न थीं; अब इस समय दबे पांव घर में प्रवेश करके लड़के की ओर देखकर रोने लगी। किसी ने उन्हें सन्त्वना नहीं दी, किसी ने उन्हें चुप रहने को नहीं कहा। हठात् चाय के प्याले पर उनकी नजर पड़ गई; उन्होंने रोने-से स्वर में ही सवाल किया, "क्यों भैया, चाय तुमने नहीं पी?"

उपेन्द्र ने संक्षेप में कहा, "नहीं —"

अघोरमयी बहत व्यग्र हो गईं, "नहीं, नहीं, ऐसा नहीं हो सकता बेटा। सारी रात तो जगते रहे हो। इनके साथ यदि कहीं तुम भी बीमार-विमार हो गए तो मैं किसी तरह बच नहीं पाऊंगी उपेन।"

उपेन्द्र ने बात नहीं की; केवल अघोरमयी के मुख की ओर एक अत्यन्त विरक्त दृष्टि डालकर पुनः रोगी की ओर देखने लगे।

यह हठवादिता खत्म हुई डाक्टर के पास आ जाने से। साहब डाक्टर दो-तीन मिनट की परीक्षा के बाद, अपना अन्तिम जवाब दे गए और यह भी भरोसा दिला गए कि इस रात में रोगी के मरने की कोई संभावना नहीं जान पड़ती।

उस समय प्रातः दस बजे थे। किरणमयी जरा पास आकर मीठे स्वर में बोली, "आपके एक बार वहां जाकर तब लौटने की जरूरत भी तो है।"

उपेन्द्र ने बिना किसी ओर देखे कहा, "ऐसी कोई जरूरत नहीं है। वे सब जानते हैं।"

किरणमयी ने कहा, "तब भी एक बार हो आइए। अभी तो कोई भय है नहीं। जाकर स्नान और थोड़ा विश्राम करने के बाद लौट आ सकते हैं।"

उपेन्द्र ने कोई बात नहीं कही। किरणमयी ने मृदु परन्तु दृढ़ स्वर में कहा, "जरा विचार कर देखिए, स्नानाहार किए बिना उपास करके आमने-सामने बैठे रहने से तो कोई फल होगा नहीं। गाड़ी से आए हैं, कल सारी रात जगकर बिताई है, फिर उस पर आज सारे दिन और इतनी रात तक बैठे रहे हैं; इससे बीमार हो सकते हैं। देवर सतीश भी नहीं हैं — इस समय आप यदि इसके अतिरिक्त आप सचमुच बहुत थके हुए दिखाई पड़ रहे हैं। मैं बैठती हूं — आप तुरन्त जरा घूम-टहल आइए। बात मानिए — उठिए।"

सहसा उपेन्द्र ने मुंह उठाकर देखा और फिर दृष्टि नीची कर ली। इस तरह इतनी बात किरणमयी ने और कभी उनके सामने नहीं कही थी। उपेन्द्रन ने किसी तरफ देखे बिना सवाल किया, "आप लोगों का आज किस तरह बीतेगा?"

किरणमयी ने कहा, "यह बात क्यों पूछते हैं! हम लोगों के लिए आज जो दुःख का दिन है, उसमें तो कोई हिस्सा बंटा नहीं सकता। किन्तु आप अब और विलम्ब न करें, इसी समय उठ जाएं।"

सच्ची बात कहने का यह कैसा अद्‌भुत किन्तु शान्त और कठोर ढंग है! क्षण-भर के लिए उपेन्द्र ने अपनी विस्मय से फैली हुई दोनों आंखें पूरी तरह किरणमयी के मुंह पर लगा दीं। सबसे पहले आंखों में पड़ी उसके मांग की उज्ज्वल सिन्दूर-रेखा — स्त्री के सौभाग्य का सर्वश्रेष्ठ निदर्शन — इस जीवन का परमश्रेय अब भी चिह्नरहित नहीं हुआ है, सौभाग्य का समस्त गौरव वहन करते हुए वह अब भी बना है। प्रबल श्वासोच्छ्‌वास से उपेन्द्र का सारा शरीर कांपकर झुक गया।

किरणमयी ने इसे देखा किन्तु इसका आभास तक उसके मुंह पर प्रकट नहीं हुआ। बोली, "आप उठिये, मैं थोड़ा दूध तो पिला दूं।"

उपेन्द्र ने खिसककर बैठते हुए कहा, "दवा"

किरणमयी ने व्यंग्यपूर्ण स्वर में टोकते हुए कहा, नहीं-नहीं, अब उसकी जरूरत नहीं है। कितनी ही दवाइयां जोर-जबर्दस्ती करके खिलाई हैं; अब खिलाना नहीं चाहती।"

उपेन्द्र ने कोई प्रतिवाद नहीं किया। दवा की अनावश्यकता वह स्वयं भी कुछ कम नहीं समझते थे। पति को दूध पिलाने के बाद उसके फिर से अनुरोध करते ही वह उठ खड़े हुए और यह कहकर कि 'स्नान-भोजन करके जल्दी ही आता हूं' दरवाजे की ओर बढ़ गए। किरणमयी ने मीठे स्वर में प्रश्न किया, "आने के समय देवर सतीश डेरे पर हों तो क्या उन्हें लेते आइएगा?"

उपेन्द्र लौटकर खड़े हो गए, पूछा, "क्यों?"

किरणमयी ने कहा, "मेरे पास तो कोई आदमी है नहीं कि उनके बासे में भेज दूं; इसीलिए कह रही थी कि आप यदि एक बार —"

सहसा उपेन्द्र के मन में यह बात आई कि इस बुलवाने के प्रस्ताव द्वारा विशेष रूप से उसे ही खोंचा-मारा गया है। इसलिए कड़ुवे स्वर में प्रश्न किया, "क्या आपको उसकी कुछ विशेष आवश्यकता है?"

वह कण्ठस्वर और उसका तात्पर्य किरणमयी से छिपा नहीं रहा किन्तु कुछ कहकर अपने कण्ठस्वर द्वारा उन्होंने उसे बढ़ाया नहीं। केवल इतना कहा, "बुरे समय में तो मुझे सभी की आवश्यकता है उपेन बाबू। इसके अतिरिक्त, वह हठात् क्यों आपके ऊपर उस प्रकार क्रोध करके चले गए, यह भी तो मैं नहीं जानती। इसी से सोचती हूं कि एक बार उन्हें बुलवा भेजने की चेष्टा करना क्या अच्छा नहीं होगा?"

उपेन्द्र ने मन-ही-मन खीझकर कहा, "आप उसके लिए उद्विग्न न हों। वह तो मेरा ही बन्धु है; हम लोग अपनी बुराई-भलाई स्वयं ही समझ लेंगे। फिर भी यदि आपको विशेष काम हो तो उसके पास आदमी भेज सकता हूं; मुझे खुद जाने का तो समय नहीं मिलेगा।"

चौबीस

नारी के विषय में उपेन्द्र के मन में परिवर्तन होने का समय आ गया। आज उन्हें मन-ही-मन स्वीकार करना पड़ा स्त्रियों-सम्बन्धी उनकी जानकारी में बड़ी भारी भूल थी। ऐसी नारियां भी हैं जिनके सामने पुरुष का गगनचुम्बी सिर अपने-आप झुक जाता है।

रास्ते में चलते-चलते वह इस बात की जितनी भी आलोचना करने लगे उतना ही उनका मन आक्षेप से भर उठा। सतीश को इतना प्यार करने के कारण ही आज उसके ऊपर उपेन्द्र की वितृष्णा की मानो सीमा नहीं थी। उसने जो अपराध किया है, उस पर किसी और दिन विचार किया जाएगा किन्तु आज जो सतीश खुलकर उनके मुंह पर उनको चिर दिन के अधिकृत बड़े भाई के सम्मानित आसन से अहंकारपूर्वक नीचे गिरा गया है और जिसे ऐसा करने में किसी प्रकार का संकोच नहीं हुआ, उसका दुःख सब दुःखों के ऊपर होकर उपेन्द्र के कलेजे को बेध गया।

सतीश को बुलाने का अप्रिय कार्य जाते हुए राह में ही पूरा कर देना चाहिए कि नहीं, ईसी का निश्चय करते-करते भाड़े की गाड़ी ज्योतिष साहब के घर के सामने आ खड़ी हुई। फाटक के अन्दर प्रवेश करते ही उपेन्द्र की उत्सुक दृष्टि मकान की दक्षिण दिशा में दो तल्ले के एक हिस्से पर जाकर अटक गई।

उपेन्द्र ने मुंह बढ़ाकर देखा, जिसकी वह निश्चित रूप से आशा कर रहा था, वही है। खुली हुई बड़ी खिड़की को पकड़कर एक स्तब्ध प्रतिमा मानो इसी रास्ते पर समस्त मन-प्राण फेंककर खड़ी है। इतनी दूर से अच्छी तरह देखना संभव न होते हुए भी उनके मन की आंखों ने उस खिड़की पर खड़ी महिला के ओठों की हलकी फड़फड़ाहट से लेकर आंखों में रुके आंसुओं तक को देख लिया। उनकी इतने क्षणों की चिन्ता ज्वाला, अभिमान और अपमान के घात-प्रतिघात की वेदना मिट गई और सिर्फ यह बात मन में उठ खड़ी हुई कि सुरबाला ने सारी रात और यह सुबह से अब तक का समय न जाने कैसे काटा है।

लगता है, सरोजिनी को खबर लग गई; वह तुरन्त भागकर बाहर बरामदे में आ गई और उपेन्द्र को देखते ही उसके नयनों में, और मुंह पर हंसी की छटा छा गई। उनके गाड़ी से उतरते न उतरते ही वह बोल उठी, "बाहर एक मिनट भी नहीं; तुरन्त ऊपर चलिए।"

उपेन्द्र यथासाध्य गंभीर मुंह बनाकर कारण पूछते हुए भी स्वंय हंस पड़े। तब सरोजिनी ने हंसते हुए कहा, "अच्छे आदमी को कल रात आप हमारे जिम्मे कर गए थे — न स्वयं सोईं, न मुझे सोने दिया। सारी रात गाड़ी की आवाज पर कान लगाए और खिड़की खोलकर देखती रही। यह क्या आप चिट्ठी लिखने बैठ गए? नहीं, नहीं, यह नहीं होगा। एक बार दर्शन दे आइए, फिर जो इच्छा हो, कीजिए- अभी नहीं"।

बाहर के बरामदे में एक छोटे टेबल पर लिखने की साज-सामग्री रखी हुई थी, उपेन्द्र ने एक कागज उठाते हुए कहा, "चिट्ठी लिखने के बाद जो कहोगी, करूंगा किन्तु उसके पहले नहीं। पांच मिनट से ज्यादा ही लगेगा; मन हो तो जाकर खबर दे सकती हो।

सरोजिनी उसी तरह हंसती हुई बोली, "मेरे खबर देने की जरूरत नहीं, उन्होंने मुझे बाहर खबर देने के लिए भेजा है! अच्छा, पांच मिनट मैं खड़ी रहूंगी — आपको संग लेकर ही जाऊंगी।"

उपेन्द्र और कुछ जवाब न देकर चिट्ठी लिखने लगे। लिखते-लिखते उनके मुंह के ऊपर व्यथा और विरक्ति के जो चिह्न प्रकट हो रहे थे, उन्हें पास ही खड़ी होकर निरीक्षण करती सरोजिनी भी नहीं देख पाई।

पत्र समाप्त करके उसे बन्द करने और पता लिखने के बाद उपेन्द्र ने मुंह उठाया। कोचवान ने सरोजिनी से बताया कि गाड़ी तैयार है।

उपेन्द्र ने पूछा, "आप बाहर जा रही हैं?"

सरोजिनी ने कहा, "हां। मैंने अपना छोटा पियानो मरम्मत करने के लिए दिया था। उसी को देखने जा रही हूं।"

उपेन्द्र ने खुश होकर कहा, "पता लिखा है। जरा कष्ट करके यह चिट्ठी साईस से भेजवा दीजिएगा।" इतना कहते हुए उपेन्द्र ने सरोजनी के फैले हुए हाथ पर चिट्ठी रख दी।

सरोजिनीं कुछ देर चिट्ठी के सिरनामे की ओर देखती रही। यह दो लाइन का नाम-ठिकाना पढ़ने में समय नहीं लगता। उसके बाद कहा, "इस बार सतीश बाबू मेरे मकान पर क्यों नहीं ठहरे?

"वह तो हम लोगों के साथ आया नहीं- सतीश तो पहले से निरन्तर यहां ही है।" खबर सुनकर सरोजिनी चौंक पड़ी।

सरोजिनी ने अपनी लज्जा दबाकर सहज भाव से बोलने की चेष्टा की, "इतने दिनों से इधर ही हैं परन्तु कभी इस तरफ आए भी नहीं।"

उपेन्द्र अनमने होकर कुछ और बात सोच रहे थे, अब बोले, "जान पड़ता है कि आप लोगों का ध्यान उसे नहीं है।" बात कितनी सहज थी किन्तु एक प्राणी के कानों को न जाने कितनी कठोर लगी!

"अच्छी बात है। दिवाकर कहां है? दिखाई नहीं पड़ रहा है।"

"वह भैया के साथ घूमने हाईकोर्ट गए हैं। चलूं, पहले आपको साथ लेकर भीतर पहुंचा आऊं।" कहकर सरोजिनी ने घर के अन्दर प्रवेश किया। बीस मिनट बाद जब लौटकर वह गाड़ी में बैठी और आदेश के अनुसार गाड़ी सतीश के डेरे की ओर रवाना हुई, तब अन्दर बैठी सरोजिनी का हृदय कांपने लगा और गाड़ी जितना ही आगे बढ़ती गई, उतना ही हृदय का कम्पन बढ़ता गया। थोड़ी देर बाद गाड़ी सतीश के डेरे के सामने आकर रुक गई और साईस चिट्ठी हाथ में लेकर उतर गया।

साईस ने लौटकर बताया, "बाबू कलकत्ते में नहीं हैं। दस बजे की गाड़ी से अपने गांव चले गए हैं।" बात सुकर एक बार उसका निवास अपनी आंखों देख_लेने की दुर्दमनीय इच्छा उसके मन में हुई, जिसका कारण वह स्वयं भी ठीक-तरह से समझ नहीं पाई। दूसरे ही क्षण वह गाड़ी से नीचे उतर आई और फिर एक बार दरवाजा खुलवाकर भीतर गई।

सतीश और किरणमयी के ऊपर विरक्ति और अभिमान उपेन्द्र में चाहे जितना

अधिक हो, उसे प्रधानता देकर कर्त्तव्य की अवहेलना करना उनके स्वभाव में नहीं है। इसलिए आहारादि के बाद पथरियाघाट वाले घर में लौटने की इच्छा जरूर थी किन्तु गहरी और भयानक थकावट ने आज उन्हें परास्त कर दिया। फिर सुरबाला इस तरह रोककर खड़ी हो गई कि उसकी उपेक्षा करके जाना असाध्य हो गया।

कई घण्टे के बाद जब उनकी उत्कण्ठापूर्ण नीद टूटी, तब ज्यादा समय नहीं रह गया था। भड़भड़ाकर उठ बैठते ही पास की तिपाई पर रखी चिट्ठी पर दृष्टि पड़ी। उठाकर देखा, चिट्ठी वैसे ही बन्द है — जिस कारण हो, वह सतीश के हाथ तक पहुंची नहीं। हट पाते ही सुरबाला ने कमरे में आकर कहा, "सतीश देवरजी यहां नहीं हैं, दस बजे की गाड़ी से घर चले गए हैं।"

खबर सुनकर उपेन्द्र के मुंह पर स्याही फिर गई। पहले ही स्मरण आया कि इस अपरिचित नगर में हारान की आसन्न मृत्यु-सम्बन्धी सब कार्य अकेले उन्हीं को सम्पन्न करने होंगे। ओः वह कैसा काम है! कितना दारुण और भीषण हैं। लोगों को बुलाकर, साज-सामग्री एकत्र कर, सद्यःविधवा और जननी की गोद से उनकी एक मात्र सन्तान को खींचकर ले जाना! इस मर्मान्तक शोक के दृश्य की कल्पना करके ही उनका सर्वांग पत्थर जैसा भारी और समस्त चित्त पथरिया घाट के विरुद्ध मुंह करके खड़ा हो गया। अपने अनजान में ही, अन्दर-अन्दर वह सतीश के ऊपर कितना निर्भर करने लगे थे वह इस समय अभिमान और अपमान के पर्दे को भेदकर दिखाई पड़ गया।

पच्चीस

तीव्र ज्वर की अवस्था में ही हारान की मृत्यु हुई थी। उसके बाद के आठ-दस दिन किस तरह कहां निकल गए, इसका पता भी नहीं लगा। श्राद्ध-कर्म हो जाने के बाद अघोरमयी उपेन्द्र को जा पकड़ा और बोलीं, "बेटा! पारू के घर के मल्लिकों की बड़ी बहू कान्ती प्रयाग, वृन्दावन की यात्रा पर जा रही हैं, क्या मेरा उनके साथ जाना नहीं हो सकता?"

"क्यों नहीं हो सकता मौसी; अच्छी तरह हो सकता है, किन्तु —" कहकर उन्होंने एक बार किरणमयी के मुंह की ओर देखा।

किरणमयी समझकर बोली, "मेरे लिए चिन्ता नहीं है देवरजी, मैं दासी को लेकर अच्छी तरह से रह लूंगी।"

किन्तु उपेन्द्र तुरन्त इसमें हामी नहीं भर सके; चुप रह गए।

किरणमयी ने कुछ देर उनके मुंह की ओर देखते रहने के बाद कहा, "या यह भी तो हो सकता है कि दिवाकर देवरजी कलकत्ता में ही रहकर बी.ए. में पढ़ेंगे, उन्हें क्यों नहीं मेरे पास रख देते? एक अज्ञात बासे में रहने की अपेक्षा, तो मेरी आंखों के नीचे रहना कहीं ज्यादा अच्छा है। सेवा भी होगी और कलकत्ते में अकेले में रहने में जो सब भय है वह भी न रह जाएगा।" इतना कहकर उसने उपेन्द्र के मुंह पर अपनी आंखें गढ़ा दीं।

अघोरमयी ने एक ही बार में पूरी सम्मति देते हुए कहा, "ऐसा हो जाए तो फिर कोई बात नहीं रह जाती उपेन — यही कर बेटा, यही कर। उस लड़के की भी देखभाल हो जाएगी और यह हतभागिनी भी किसी तरह जी जाएगी। मैं तो किसी प्रकार बाहर जाकर ही बच पाऊंगी।" इतनी जल्दी एक सीधा रास्ता निकल आते देख उन्होंने निश्चिन्त भाव से एक लम्बी सांस ली, किन्तु उपेन्द्र किरणमयी का साहस देख बिल्कुल स्तंभित हो गए।

यह ठीक है कि उपेन्द्र तब भी कोई बात नहीं कह सके, किन्तु उनके मन की आंखों की दृष्टि में दिवाकर एकदम नितान्त छोटे बच्चे के समान ही अपदार्थ हो गया। और उस दिन क्यों सतीश को छोटे भाई समान अपने पास भेज देने के लिए अनुरोध किया था, यह भी बिल्कुल स्पष्ट हो गया। उनके परितृप्त मन ने चुपचाप हाथ जोड़कर इस महा महिमामयी के सम्मुख बार-बार अपना अपराध स्वीकार कर क्षमा की भीख मांग ली। तीनों ही प्राणी निर्वाक् थे। सबसे पहले किरणमयी ने बात की। उसकी दोनों आंखों की करुणा दृष्टि उसी प्रकार उपेन्द्र के मुंह पर जमी रही और उसने अनुनय के स्वर में कहा, "क्या तुम दिवाकर को मेरे पास नहीं रख सकते — देवरजी?"

उपेन्द्र मन्त्रमुग्ध की तरह बोल उठे, "क्यों नहीं रख सकता भाभी? आप यदि उसका भार लेती हैं तो यह उसका परम भाग्य है।" इतने दिनों बाद उपेन्द्र ने आज पहली बार उसे आत्मीया की भांति सम्बोधित किया। बोले, "दिवाकर तो मेरे ही साथ आया था; जान पड़ता है, कहीं अकेले चला गया है; नहीं तो अभी उसे बुलाकर कह देता।"

बात सुनकर किरणमयी चकित हो उठी। इस बार उसके ही मुंह से बात नहीं फूटी। अकस्मात् आनन्द की तूफानी नदी ने मानो दोनों किनारों को ढहा देने का आयोजन कर लिया हो। इसीलिए थोड़ी देर के लिए अपना मुंह दूसरी ओर फिराकर अपने को संभालने लगी। ऐसा आत्मीय सम्बोधन! उसे लगा मानो इसी के लिए न जाने कितने युगों से वह प्यासी थी। सतीश ने भी ऐसा ही कहकर

पुकारा था, दिवाकर तो यही कहकर पुकारता ही है, किन्तु उनमें और इसमें कैसा असीम अन्तर है! इस आह्वान के द्वारा इतने दिनों बाद उपेन्द्र ने उसे अपने निकट आकर्षित किया है! एकाएक उसे आशंका होने लगी कि इसका प्रचण्ड वेग वह सहन नहीं कर पाएगी।

किन्तु इन लोगों की आकस्मिक चुप्पी से अघोरमयी मन-ही-मन शंकित हो उठीं। एक आदमी राजी हुआ, तो दूसरे ने मुंह फिरा लिया! वह ज्यादा ठहर नहीं सकीं, बोलीं, ''बेटा उपेन, वैसा होने पर मेरे जाने में तो कोई विघ्न नहीं है। किन्तु उसमें तो अब विलम्ब है नहीं, क्या मैं अभी जाकर मल्लिक-गृहिणी को कह आऊं?''

उपेन्द्र ने एक बार फिर किरणमयी पर दृष्टिपात करके कहा, ''मैं तो कहता हूं मौसी, कि मुझे इसमें कोई आपत्ति नहीं है। तुम्हारी बहूरानी राजी हैं तो काम बन गया। जब उनकी भी सम्मति है तो मुझे तुम्हारी तीर्थ-यात्रा में कोई बाधा दिखाई नहीं देती।''

''तब जाऊं बेटा, मैं अभी जाकर उन्हें कह आती हूं और यह भी पूछ आती हूं कि उनका जाना कब होगा।'' इतना कहकर अघोरमयी बिना और देरी किए, दासी को साथ लेकर, प्रसन्न मुख से नीचे उतर गईं। उनकी इस जल्दबाजी से उपेन्द्र ने मन-ही-मन तृप्तिबोध करते हुए कहा, ''अच्छा ही हुआ। चाहे जैसे हो, इस समय कुछ दिनों के लिए उनका बाहर जाना बहुत जरूरी है।''

किरणमयी कुछ नहीं बोली। इस बीच वह न जाने कैसी अनमनी हो पड़ी थी। जवाब न पाकर उपेन्द्र ने पुनः कहा, ''आपकी सचमुच सम्मति तो है न भाभी?'' उपेन्द्र की बात सुनकर वह कुछ देर अबोध की भांति उनके मुंह की ओर देखती रही, फिर सचेतन हो गई। बोली, ''सम्मति तो है ही देवरजी, निश्चय ही सम्मति है। सिर्फ हमीं लोग जानते हैं कि यह कैसा अन्धकूप है। जाएं-जाएं, कुछ दिन तो इस दुःख के नरक से दूर रहकर बची रहें।''

उसकी बातें उसके मुंह से कुछ इस तरह निकलीं कि उपेन्द्र ने व्यथा का अनुभव किया। पीड़ित चित्त से कुछ देर मौन रहकर कहा, ''इस दुःख के कुएं से सिर्फ उन्हें ही नहीं, आपकी रक्षा होना भी उचित है भाभी!'' किरणमयी ने कातर दृष्टि से देखते हुए कहा, ''देवरजी, मेरा कौन है? मैं किसके पास जाऊंगी?''

उपेन्द्र ने प्रश्न किया, ''आपके पिता के घर में क्या कोई नहीं है?''

किरणमयी हंस दी। कहा, ''पिता का घर कहां है, यह भी तो नहीं जानती; मामा के घर पलकर बड़ी हुई, उनकी खबर भी आठ-दस वर्ष से नहीं जानती। दस साल की उम्र में ब्याह हुआ, तभी इस घर में आई थी; जान पड़ता है, मृत्यु

हुए बिना इससे बाहर नहीं निकल सकूंगी।"

उपेन्द्र को और ज्यादा व्यथा हुई। थोड़ा सोचकर बोले, "तब आप भी क्यों नहीं मौसी के साथ पश्चिम चली जातीं? घूमना-फिरना भी हो जाएगा, तीर्थ का लाभ भी मिलेगा।" इतना कहकर वह किरणमयी का भाव देखकर आश्चर्य से भर उठे। कारण, ऐसे प्रस्ताव पर उसे कोई आनन्द प्रकट नहीं किया। उसी प्रकार उत्साहहीन मुख से चुपचाप देखती रहीं।

तुरन्त उपेन्द्र के मन में आया कि वह घर छोड़कर जाने को तैयार नहीं हैं। वह बोले, "आप इस घर के लिए ही तो इतना सोच रही हैं? इसके लिए कोई चिन्ता न कीजिए। मैं इसकी देखरेख की व्यवस्था कर सकूंगा। कोई चीज नष्ट नहीं होगी।" इस बार किरणमयी हंसकर बोली, "जान पड़ता है कि तुमने मेरी उस पहली रात के पागलपन की याद करते हुए यह बात कही है देवरजी!"

उपेन्द्र ने उदास होकर तुरन्त कहा, "नहीं, नहीं, वह बात नहीं। क़िन्तु वह भी यदि हो, तो उसे पागलपन क्यों कहती हैं? वैसी हालत में उस तरह सावधान रहना तो सभी के लिए उचित है।" किरणमयी ने हंसकर कहा, "इतना ज्यादा सावधान रहना देवरजी?"

उपेन्द्र ने कहा, "क्यों नहीं? अपने घर-मकान, धन-सम्पत्ति पर ममता किसे नहीं होती? भविष्य की दुश्चिन्ता किसे नहीं होती? नहीं, नहीं, आप ऐसी बात न कहें। उसमें असंगति या अस्वाभाविकता जरा भी नहीं थी।"

"न होना ही अच्छा है। किन्तु मैं तो शुद्ध पागलपन छोड़ और किसी रूप में उसकी कल्पना नहीं कर सकती।"

फिर हठात् गम्भीर होकर बोली, "तुम पर भी सन्देह! छिः, छिः, मैंने कैसी-कैसी कड़ुवी बातें नहीं कहीं। मन में आता है कि इस समय अपनी ही शर्म से मर जाऊं।" इतना कहते-कहते उसका स्वभाव से ही सुन्दर मुंह कृतज्ञतापूर्ण अनुताप से विचलित हो उठा। उपेन्द्र ने प्रतिवाद नहीं किया, चुपचाप देखते रहे। क्षण-भर मौन रहकर वह पुनः बोली, "किन्तु वह ममता आज कहां गई देवरजी? एक बार भी तो मन में नहीं आता कि यह घर-द्वार मेरा रहेगा या नहीं। रहना हो रहे, न रहना हो जाय! सोचती हूं, रास्ते के वृक्षों के नीचे तो कोई रोक सकता नहीं। यह है मेरी मनोवृत्ति।"

उपेन्द्र ने इसका भी कोई उत्तर नहीं दिया। सद्यःविधवा के वैराग्य की इस बात ने उनके हृदय की शिरा-शिरा में श्रद्धा और करुणा भर दी।

किरणमयी ने कहा, "घर के लिए नहीं देवरजी, किन्तु मां के साथ तीर्थ करने जाकर ही क्या मैं शान्ति पाऊंगी? सुनती हूं उन सभी स्थानों में तो आदमियों

की बड़ी भीड़ होती है?''

उपेन्द्र ने सिर हिलाकर कहा, ''तीर्थस्थानों में आदमियों की भीड़ तो होती ही है भाभी, किन्तु आपका और कुछ नहीं होगा पर तीर्थ तो हो जाएगा। वह भी तो एक काम ही है।'' एक बार फिर किरणमयी उपेन्द्र के मुंह की ओर देख ओठ दबाकर हंसी, किन्तु कुछ बोली नहीं। उसकी हंसी का मतलब न समझ उपेन्द्र न जाने क्या कहने जा रहे थे किन्तु हठात् आश्चर्य के साथ देखा कि पास के कमरे से दिवाकर बाहर निकला है। ''तू क्या अभी तक उस कमरे में ही था?''

किरणमयी ने कहा, ''दिवाकर देवर ने दया करके हमारी किताबों को एकत्र कर दिया है। मैं तुम्हें कहना भूल गई थी।''

दिवाकर ने पास आकर कहा, ''किताबें ही कितनी थीं भाभी! किन्तु उन्हें खोलकर देखने पर पता लगता है कि उन्होंने कितने परिश्रम से सब कुछ पढ़ा था।'' किरणमयी ने हुंकारी भरकर कहा, ''सचमुच यही बात है। जिसे पढ़ना कहते हैं, वह उसी तरह पढ़ते थे। तुम्हारे हाथ में वह कौन-सी किताब है देवरजी?'' दिवाकर ने सलज्ज भाव से कहा, ''मैं संस्कृत नहीं जानता, तब भी एक बार पढ़ने की चेष्टा करूंगा। यह कठोपनिषद् है।'' किरणमयी ने कहा, ''इतनी किताबों के रहते तुमने पसन्द किया कठोपनिषद्?''

दिवाकर प्रश्न को ठीक तरह समझ नहीं सका। मुंह की ओर ताकते हुए बोला, ''क्यों भाभी इससे अच्छी पुस्तक संसार में दूसरी कौन है? फिर भी मेरे लिए इस विषय में कुछ कहना अनधिकार चर्चा है। समझ नहीं पाऊंगा किन्तु यथासाध्य चेष्टा करना तो उचित है।''

किरणमयी ने मीठी हंसी हंसकर कहा, ''तुम जो ख्याल करते हो, वह बात नहीं है। इस तरह चेष्टा करने का कोई मूल्य नहीं। स्थान-स्थान पर मन्द लोग तो रहते ही हैं। हाथ में कोई काम-काज न रहने पर आत्मा-वात्मा की तरह-तरह की आश्चर्यजनक कहानियां पढ़कर उनका समय कट जाता है। बस इतना ही।'' मजाक सुनकर दिवाकर का मुंह बिल्कुल पीला पड़ गया। बोला, ''कहती क्या हैं भाभी, सुनता हूं उपनिषद् तो वेद हैं! इनका प्रत्येक अक्षर अभ्रान्त सत्य है!''

उसके आश्चर्य की मात्रा देखकर किरणमयी फिर हंसी। बाली, ''कोई भी धर्मग्रन्थ हो, वह कभी अभ्रान्त सत्य नहीं हो सकता। वेद भी धर्मग्रथ हैं। सुतराम उनमें भी मिथ्या का अभाव नहीं है।''

दिवाकर ने दोनों कानों में उंगली लगाकर, जोरों के साथ सिर हिलाते हुए कहा, ''वेद मिथ्या! अब कुछ न कहिए, कुछ न कहिए! सुनने से भी पाप होता

है — वेद मिथ्या! लोग बातचीत में कहते हैं वेद-वाक्य! ये क्या मनुष्य के बनाए हैं कि मिथ्या होंगे? ये तो वेद हैं वेद!" उसका यह काण्ड देख किरणमयी खिल-खिलाकर हंस पड़ी।

दिवाकर ने कानों में से उंगली निकाल ली और अपनी उत्तेजना पर लज्जित होकर कहा, "सचमुच पाप होता है भाभी! वेद क्या कभी मिथ्या हो सकते हैं? ये क्या इतर धर्मग्रन्थ हैं कि शिव की उक्ति बताकर लोग प्रक्षिप्त श्लोक रचकर, दस उपकथाएं बनाकर घुसेड़ देंगे? वेद का तो अर्थ ही है साक्षात् सत्य।"

किरणमयी, मुंह की हंसी दबाकर, एकाएक गंभीर हो बोली, "क्या जानूं देवरजी, उनसे जो कुछ सुना था, वही कह दिया। किन्तु तुमने भी तो इतना स्वीकार किया कि जिनको धर्मग्रन्थ का नाम दिया जाता है उनमें भी शिव की उक्ति बताकर झूठी उक्तियां मिला दी गई हैं।"

दिवाकर ने मान लिया। कुछ दिन पहले ही पुराणों के बारे में उसे किसी मासिक पत्रिका में समालोचना पढ़ी थी। बोला, "बड़े अन्याय की बात है, किन्तु यह बात अस्वीकार नहीं कर सकता कि उपकथाएं हैं और मिथ्या श्लोक भी हैं। किन्तु यह सब तो ज्यादा दिन चलता नहीं भाभी। जो मिथ्या है, वह दो दिनों में ही पकड़ जाता है।"

"कैसे पकड़ जाता है देवरजी?"

दिवाकर ने कहा, "यह तो मैं ठीक तरह से जानता नहीं भाभी! कितु जो मिथ्या है उसकी उलट-पुलटकर आलोचना करके पण्डित लोग पता लगा देते हैं कि क्या सत्य है, क्या मिथ्या है, कौन-सा अंश शुद्ध है, कौन-सा प्रक्षिप्त है, किन्तु इन बातों के कारण आप जो वेद को सत्य मानकर स्वीकार नहीं करतीं, वह आपका अन्याय है। बहुत बड़ा अन्याय है!" उपेन्द्र ने इतनी देर तक कुछ नहीं कहा। किरणमयी के इस सब उग्र परिहास का तात्पर्य क्या है, इसका ठीक अनुमान न कर सकने के कारण वह चुप होकर यह वाग-वितण्डा सुन रहे थे। किरणमयी ने एक बार उनकी ओर कटाक्ष करके अपनी हंसी छिपा ली। फिर गंभीर होकर दिवाकर से बोली — "क्या जानूं देवरजी, किन्तु एक बार मैंने किसी धर्मशास्त्र में यह पढ़ा था कि एक ब्राह्मण का लड़का किसी कारण से यम के साथ भेंट करने गया था। यम उस समय घर में नहीं थे — जान पड़ता है, ससुराल गए थे। तीन दिन बाद लौटने पर घर के लोगों से सुना कि ब्राह्मण बालक ने उपवास कर रखा है; कुछ भी नहीं खाता। एक तो ब्राह्मण, उस पर अतिथि! यम बड़े दुखी हुए। अन्त में बहुत विनय करने के बाद बोले, "बेटा! तुम तीन दिन के उपवास के बदले तीन वर मांग लो। अच्छा — "

कहानी समाप्त होने के पहले ही दिवाकर हा-हा करके हंस उठा। बोला, "यह कौन-सा उपन्यास शुरू कर दिया भाभी?"

किरणमयी ने निरीह भाव से कहा, "क्या करूं देवरजी, जो पढ़ा है, वही कह रही हूं। अच्छा, क्या तुम्हें विश्वास होता है कि ऐसी बात हो सकती है? दिवाकर ने बलपूर्वक कहा, "निश्चय ही नहीं, असंभव।"

"असंभव क्यों है? धर्मशास्त्र में ही तो लिखा है।"

"रहे धर्मशास्त्र। यह प्रक्षिप्त है, उपन्यास है।"

"कैसे समझे कि उपन्यास है देवरजी?"

"भाभी, सबसे कुछ-न-कुछ बुद्धि की शुद्धि होती है। निश्चय ही मैं कुछ ज्यादा नहीं जानता, किन्तु इसमें मुझे कोई सन्देह नहीं कि यह मिथ्या घटना है। ऐसा हो ही नहीं सकता।"

किरणमयी ने कहा, देवरजी, इसी तरह सभी लोग अपनी विद्याबुद्धि और जानकारी को लेकर सत्य और मिथ्या को तौलते हैं। इसके सिवा दूसरा कोई मानदण्ड नहीं है। किन्तु यह चीज सब में एक-सी नहीं होती — तुम जिसे सत्य कहते मानते हो, उसे मैं यदि सत्य न मान सकूं तो मुझे दोष देना उचित नहीं है।"

दिवाकर ने तुरन्त कहा, "निश्चय ही नहीं।"

किरणमयी ने कहा, "तब देखो देवरजी, जैसे एक मत न होने पर किसी को दोष नहीं दिया जा सकता, वैसे ही जब कोई चीज बुद्धि और अभिज्ञता दोनों के परे हो, तो उसके विषय में कितनी ही प्रकार की अनेकता का होना संभव है। किन्तु इस विषय में हम लोगों में मतभेद नहीं है। हम दोनों ही मानते हैं कि यह घटना हम लोगों की बुद्धि के बाहर है, इसीलिए यह उपन्यास है, क्यों देवरजी?"

बिना ठीक-ठीक समझे कि किरणमयी उसे ठेलकर कहां ले जा रही है, दिवाकर ने संक्षेप में कहा, "हां।"

किरणमयी फिर हंसकर बोली, "अच्छा, अच्छा। किन्तु मेरे इस उपन्यास का अन्तिम भाग तुम्हारे हाथ की इसी किताब में मिलेगा।"

दिवाकर ने चकित होकर कहा, "इस उपनिषद् में?"

किरणमयी ने उसी कौतुक के साथ कहा, "हां, इसी में पाओगे। ज्यादा खोजबीन न करनी पड़ेगी। किन्तु यदि पा जाओ तब इसे अभ्रान्त सत्य के रूप में न मानोगे?"

दिवाकर ने उत्तर नहीं दिया। हतबुद्धि की भांति बैठा रहा।

किरणमयी उपेन्द्र के निःशब्द मुख की ओर देखती हुई बोली, "तुम्हारी क्या राय है देवरजी?"

उपेन्द्र कुछ हंसे, किन्तु बोले नहीं।

दिवाकर ने अपने को संभालकर कहा, "किन्तु यह रूपक भी हो सकता है।"

किरणमयी बोलीं, "यह हो सकता है। किन्तु रूपक तो सत्य घटना नहीं है। ऐसा तो नहीं कि इस पुस्तक में आदि से अन्त तक मिथ्या ही हो; किन्तु आदि से अन्त तक सच नहीं है, यह बात बुद्धि के तारतम्य के हिसाब से क्या ग्रहण नहीं करनी होगी? इसलिए तुम्हारी बुद्धि में यदि वह बाहर आना सत्य हो सकता है तो मेरी बुद्धि में वह पन्द्रह आने मिथ्या भी हो सकता है। इसमें भी तो मेरा अन्याय नहीं कहा जा सकता देवरजी!" दिवाकर हाथ की किताब की ओर चुपचाप देखता रहा। किरणमयी की बातें उसकी छाती में वेदना की तरह चुभने लगीं। कुछ देर चुप रहकर बोला, "भाभी, जिसे आपने मिथ्या घटना बताया है उसमें, हो सकता है, कोई गूढ़ रहस्य हो। यही — "

"यही है मिथ्या की अवतारणा। तुम जो अन्दाज लगाते हो, मैं माने लेती हूं कि वह हो सकता है। फिर भी वह अनुमान के सिवा तो कुछ और नहीं है; और उससे जो भी गूढ़ रहस्य हो, वह मार्ग साधु-मार्ग नहीं है। यह बात हर समय याद रखनी चाहिए कि मिथ्या को लेकर भूलने से सत्य का प्रचार नहीं हो सकता। सत्य को सत्य की तरह करके ही बोलना पड़ेगा। तभी मनुष्य उसे अपनी बुद्धि की मात्रा के अनुसार समझ पाएगा। आज नहीं तो कल समझ पाएगा। वह न समझ पाएगा तो कोई दूसरा समझ पाएगा। यदि वह भी न समझ पाएगा, तब भी उसे मिथ्या की भूमिका में रंगकर मुख से रोचक बनाने की चेष्टा करने के समान अन्याय दूसरा नहीं है। देवरजी, मिथ्या पाप है, किन्तु मिथ्या को सत्य से जोड़कर कहने जैसा पाप संसार में कम ही है।"

दिवाकर दुखी उदास मुंह लिये चुप हो रहा। किरणमयी ने उसका मुंह देखकर मन का भाव स्पष्ट समझ लिया। कोमल स्वर में बोली, "इसमें दुःखित होने की तो कोई बात नहीं है, देवरजी। जो सत्य है, उसे ही सब समय, सब अवस्थाओं में ग्रहण करने की चेष्टा करनी है। उसमें भले वेद भी मिथ्या हों, और शास्त्र भी मिथ्या हो जाएं। ये सब सत्य से बड़े नहीं हैं; सत्य की तुलना में इतना कोई मूल्य नहीं है। हठ के कारण हो, ममता के कारण हो, बहुत दिनों के संस्कार के कारण हो, आंख बन्द करके असत्य को सत्य मानकर विश्वास करने में कुछ भी पौरुष नहीं है।" जरा देर चुप रहकर बोली, "किन्तु इससे यह बात भी न मान लेना कि मेरे असत्य कहने-समझने से ही वह असत्य हो गया। मेरी मोटी बात इतनी ही है कि सत्य मिथ्या जो भी हो, उसे बुद्धिपूर्वक ग्रहण करना ही उचित

है। आंखें बन्द कर मान लेने में कोई सार्थकता नहीं है। उससे उसका भी गौरव नहीं बढ़ता, तुम्हारा गौरव भी नहीं बढ़ता।'' दिवाकर बड़ी देर तक मौन रहकर बोला, ''अच्छा भाभी जो वस्तु बुद्धि के बाहर है, उसके विषय में सत्य-मिथ्या किस प्रकार बुद्धिपूर्वक स्थिर करेंगी?''

किरणमयी ने तुरन्त प्रत्युत्तर दिया, ''करूंगी तो। जो बुद्धि के बाहर है, बुद्धि के बाहर होने के कारण ही उसका त्याग करूंगी। मुख से कहूंगी अव्यक्त, अबोध्य, अज्ञेय और काम में, बात में उसी को क्रमागत बोलने की चेष्टा, जाने की चेष्टा किसी तरह नहीं करूंगी। जो करेंगे उन्हें भी मैं किसी तरह सहन नहीं करूंगी। तुमने ये सब किताबें पढ़ी नहीं हैं देवरजी, पढ़ने पर देख सकोगे, सर्वत्र यही चेष्टा है, यही जिद है। सिर्फ शरीर-बल पर, शरीर के जोर से। जिस मुंह से कहते हैं कि जाना नहीं जा सकता, उसी मुंह से फिर इतनी बातें कह जाते हैं, मानो वे स्वयं अपनी आंखों से वह सब देख आए हों। जिसे किसी तरह पाया नहीं जा सकता, उसे ही प्राप्त करने के लिए, पृष्ठ पर पृष्ठ, पुस्तकों पर पुस्तकें लिख जाते हैं। क्यों? जिस आदमी ने जीवन में लाल रंग देखा नहीं है, उसे मुंह से कहकर कैसे बताया जा सकता है कि लाल रंग क्या है? और इसे ही न समझने, न मानने पर गर्मागर्मी, शाप-प्रहार और भय दिखाने की कोई सीमा नहीं रहती। केवल बड़ी-बड़ी बातों का दांव-पेंच चलता है। निर्गुण, निराकार, निर्लिप्त, निर्विकार ये सब सिर्फ बातें ही बातें हैं। उनका कुछ अर्थ नहीं है। यदि कुछ है तो वह सिर्फ इतना ही है कि ज़िन्होंने इन सब बातों का आविष्कार किया है वे ही प्रकारान्तर से कह गए हैं कि इस बारे में कोई जरा भी चिन्ता न करे — क्योंकि वह सब निष्फल है, झूठा श्रम मात्र है।'' दिवाकर बहुत देर तक चुप बैठा रहा। उसके बाद धीरे-धीरे बोला, ''भाभी, आप आत्मा नहीं मानतीं?''

''नहीं।''

''क्यों?''

''झूठी बात है, इसलिए। इसके अतिरिक्त मेरे मन में ऐसा दम्भ नहीं है कि सब कुछ नष्ट हो जाएगा, केवल मेरी यह महा मूल्यवान् अहंता ही किसी दिन नष्ट नहीं होगी। मैं तो ऐसी कामना भी नहीं करती कि मेरी मृत्यु के बाद भी मेरी अहंता बची रहे।''

''अच्छा, ईश्वर? उसे भी क्या आप स्वीकार नहीं करती?''

किरणमयी ने हंसकर कहा, ''इस तरह डर-डरकर क्यों बोल रहे हो देवरजी? इसमें डरने की कोई बात नहीं है; नहीं, मैं उसे अस्वीकार भी नहीं करती।''

दिवाकर को मानो गहरे अन्धकार में प्रकाश की एक रेखा देखने को मिली।

पूछा, "आप उसका विचार किस तरह करती हैं?"

किरणमयी ने कहा, जिस वस्तु को अज्ञेय कहकर मानते हैं, उसका विचार नहीं किया जा सकता, मैं करती भी नहीं। वस्तुतः अचिन्तनीय की चिन्ता करूंगी ही किस तरह? उस असंभव को संभव करने की चेष्टा मैं कभी नहीं करती। एक वस्तु को बढ़ाकर बड़ा किया जा सकता है, यह भी जानती हूं, कि और भी बढ़ाने पर और बड़ा किया जा सकता है, किन्तु उसे खींच-खींचकर अनन्त किया जा सकता है, ऐसी गलती मुझसे कभी नहीं होती।"

"तब क्या उसका ध्यान किया ही नहीं जा सकता?"

"किया जा सकता है देवरजी, छोटा करके किया जा सकता है। मनुष्य के दोष-गुण मिला देने पर, छोटे-छोटे ठाकुर-देवता कर देने पर, निरक्षर लोग जिस प्रकार भक्तिपूर्वक उसकी भावना करते हैं, उसी तरह किया जा सकता है। ऐसा न करके जो ज्ञान के अभिमान में उसे ब्रह्म बनाकर ध्यान करना चाहते हैं, वे सिर्फ अपने को धोखा देते हैं। किन्तु आज और नहीं। ये सब बातें और किसी दिन होंगी।" फिर उपेन्द्र के मुंह की ओर देखकर हंसते हुए कहा, "किन्तु देवरजी, तुम बड़े सयाने हो। हम लोग जब अपनी सनक को लेकर तर्क-वितर्क करते हुए अपने को धोखा दे रहे थे, तब तुम मुंह बन्द किए अपने को बिल्कुल गुप्त रखे हुए थे। मैं जानती हूं कि तुम सब कुछ जानते हो किन्तु तुम अपने मन की एक बात भी किसी को जानने नहीं दी।"

उपेन्द्र हंस पड़े। बोले, "नहीं भाभी, मैं इस विषय में बिल्कुल ही महामूर्ख हूं। मैं स्तंभित होकर सिर्फ आपकी बातें सुनता रहा।"

किरणमयी भी हंसकर बोली, "मजाक उड़ाते हो देवरजी?"

"नहीं भाभी, सच्ची बात ही कह रहा हूं। हां, यह सोचता हूं कि आपने इतनी कम उम्र में इतना पढ़ा कैसे, इतना सोचा-समझा कैसे? प्रशंसा सुनकर किरणमयी का हृदय पुलक से, गर्व से उच्छ्वसित हो उठा। कितु उसका दमन करके विनयपूर्वक बोली, "नहीं-नहीं, यह बात न कहो देवरजी, मैं भी महामूर्ख हूं। कुछ भी नहीं जानती। बस इतना-भर जानती हूं, कि कुछ भी जानने का उपाय नहीं है। इसीलिए इन सब शास्त्रों की जबर्दस्ती या दांभिक उक्ति देखते ही मेरा शरीर जल उठता है। किसी तरह अपने को संभालकर नहीं रख सकती। बस, इतना ही मन में आता है, तुम भी नहीं जानते, मैं भी नहीं जानती। तब भैया, तुम शरीर का इतना जोर, विधि-निषेध की यह घटा क्यों लगाते हो? इतने मिथ्या की भरती क्यों करते हो? दांभिक अनुशासन का यह माप कि वे समस्त कार्य भगवान् को अपना साक्षी रखकर करते हैं? खाते, सोते, बैठते भगवान् की दोहाई,

और धर्म का दांता किट-किट! क्यों भैया? ऐसे मैं कैसे छीकूंगी, कैसे खांसूगी? फिर इतनी प्रचण्डता कि कोई कारण तक बताने की किसी को जरूरत नहीं। केवल जबर्दस्ती। तुम्हें गो-हत्या का, ब्रह्म-हत्या का पाप लगेगा, तुम नष्ट हो जाओगे, तुम्हारी पीढ़ी नरक में जाएगी। क्यों जाएगी? किसने तुमसे कहा है? श्रुति, स्मृति, तंत्र, पुराण सभी जगह बस यही शारीरिक जबर्दस्ती है, यही लाल-लाल आंखें हैं। सचमुच, इतना अन्याय और जबर्दस्ती सही नहीं जाती देवरजी।''

उपेन्द्र ने कोई बात नहीं कही। किन्तु दिवाकर ने अपनी आखिरी कोशिश करते हुए कहा, ''किन्तु हो सकता है कि यह जबर्दस्ती वे हमारे ही मंगल के लिए करते हों?''

किरणमयी जलकर बोली, ''ऐसी बात नहीं है देवरजी। मानो सिर्फ वही मनुष्य हैं और देश के और सब लोग जानवर हैं जिन्हें लाठी से हांककर अच्छे रास्ते पर ले जाने के लिए ही उन्होंने अवतार लिया है। अपना भला कौन नहीं चाहता? समझना-कहना तो पड़ता ही है भैया कि इसमें ही तुम्हारा भला है — बस, इसीलिए तो इस सब विधि-निषेध की तैयारी कर दी। पर मुझे भी तो समझने देना चाहिए कि क्यों इसी रास्ते से हमारा मंगल होगा? ऐसा होता तो इतना आंख लाल करने की इस प्रकार मिथ्या उपन्यास-रचना की आवश्यकता न पड़ती।'' कहते-कहते उसका अन्दर का क्रोध बहुत स्पष्ट हो गया।

उपेन्द्र को एकाएक वही प्रथम रात की बात याद आ गई। यह वही मूर्ति है, वही रूप है! कटघरे में वन्य-पशु का वही मार्मन्तक गर्जन! किन्तु यह चाहती क्या है? किसके विरुद्ध इसका इतना आक्रोश है? शास्त्र एवं शास्त्रकार के किस अनुशासन-श्रृंखला को तोड़कर यह विधवा मुक्ति की प्रार्थना कर रही है? उसे शान्त करने के अभिप्राय से उपेन्द्र ने विनयपूर्वक हंसते हुए कहा, ''हम दोनों ही तो आपका जवाब नहीं दे सके भाभी; किन्तु एक आदमी है जिसके पास आपको भी तर्क छोड़कर आना पड़ेगा, इतना मैं कहे देता हूं।''

किरणमयी अपनी उत्तेजना अपने ही अन्दर ग्रहण कर अन्त में मन-ही-मन लज्जित हो रही थी। उसने भी हंसकर कहा, ''ऐसा कौन है बताओ तो देवरजी?'' उपेन्द्र ने गंभीर होकर कहा, ''आप इसे हंसी न समझें। सच ही कह रहा हूं, उसे जीतकर आने की आशा बहुत कठिन है। यह नहीं कि उसकी पढ़ा-सुनी ज्यादा हो, किन्तु तर्क-बुद्धि अत्यन्त सूक्ष्म है। वह भी इन सब बातों में विश्वास करती है — उसे निरुत्तर कर देंगी, तब मानूंगा।''

किरणमयी ने उत्साहित होकर कहा, ''वह न कर सकी, तो भी कुछ सिखा तो दूंगी ही?'' फिर हंसकर बोली, ''वह कौन हैं देवरजी? हम लोगों की छोटी

बहू तो नहीं?"

उपेन्द्र हंसने लगे। बोले, "हां, वही। सचमुच भाभी, उसमें विचार करने की अद्भुत शक्ति है। तर्क-बुद्धि को देखकर समय-समय पर मैं सचमुच ही मुग्ध हो जाता हूं। मैं क्या जवाब दूं, क्या प्रश्न करूं, वह सोच भी नहीं पाता। हत्बुद्धि होकर बैठ जाता हूं।"

उपेन्द्र के मुंह से सुरबाला की यह उच्छ्वसित प्रशंसा सुनकर किरणमयी के मुंह की दीप्ति फीकी पड़ गई। उसकी इच्छा हुई कि इसमें योग दे किन्तु ईर्ष्या की वेदना सारे शरीर में फैल गई और उससे मानो गला रुंध गया। एकाएक वह कोई बात न कह सकी।

किन्तु उपेन्द्र ने इस तरफ ध्यान नहीं दिया। पूछा, "जान पड़ता है, उसके साथ, प्रसंग पर आपकी बातचीत किसी दिन नहीं हुई।"

किरणमयी ने सिर हिलाकर कहा, "मोटे तौर पर दो ही दिन तो वह यहां आईं। वह भी ऐसा अवसर नहीं था कि कोई कथा-वार्त्ता हो। चलो न देवरजी, आज एक बार तुम्हारे तर्कवीर को देख आऊं।"

उपेन्द्र हंसने लगे। बोले, "नहीं भाभी, वह तार्किक तो बिल्कुल ही नहीं है। वस्तुतः, इस विषय पर वह तर्क करती ही नहीं; जो कहोगी वह मान लेगी। तीन दिन बाद वह घर लौट जाएगी, अनुमति दें तो यहीं ले आऊं।" किरणमयी ने त्रस्त होकर कहा, "नहीं देवरजी, नहीं। इस जगह लाकर मैं उन्हें कष्ट देना नहीं चाहतीं। वह दो दिन कष्ट स्वीकार करके यहां आईं, यही मेरा बड़ा भाग्य है। मुझे ले चलें, मैं जाऊंगी। अच्छा, एक बात पूछती हूं देवरजी, इतना बड़ा तार्किक गुरु होने पर भी दोनों भाई मुझे जवाब क्यों नहीं दे सके?"

बात किरणमयी ने सरल परिहास के रूप में ही कहनी चाही थी। किन्तु उसकी वेदना के भार से अन्त में वह भारी होकर प्रकट हुई।

दिवाकर चुप बैठा रहा। उपेन्द्र ने कहा, "नहीं भाभी, उसकी सब युक्ति सीखी नहीं जा सकतीं। कितनी ही बार तो सुना है किन्तु किसी तरह समझ नहीं पाया। जो भगवान् को मानते हैं, वे कहते हैं कि यह उन्हीं के दाहिने हाथ में दिया हुआ सर्वश्रेष्ठ दान है। सच कहता हूं भाभी, मुझे कितनी बार ईर्ष्या होती है कि उसके हजार हिस्से में से एक हिस्सा भी यदि मैं पाता, तो वैसा होने पर धन्य हो जाता।"

किरणमयी ठीक से समझ नहीं पाई कि यह किसकी बात हो रही है! किन्तु उसका सारा मुंह काला पड़ गया। इसे उसने स्वयं भी स्पष्ट अनुभव किया और किसी तरह उस पर सूखी हंसी का एक टुकड़ा फेरकर इन दोनों आदमियों के

दृष्टि-पथ से अपने को छिपा लेना चाहा किन्तु किसी तरह उसके मुंह से हंसी फूटी ही नहीं।

सहसा वह बिल्कुल सीधी होकर खड़ी हो गई और बोली, "चलो देवरजी, आज ही मैं उनसे भेंट कर आऊंगी। तुम्हारे मन में भी जिसके लिए ईर्ष्या होती है, वह दुर्लभ वस्तु कैसी है, कौन है, इसे देखे बिना मुझे किसी तरह शान्ति नहीं मिलेगी।" उसके इस अतिशय आग्रह पर उपेन्द्र किसी तरह हंसी दबा न सके। यदि किरणमयी ईर्ष्या से इस प्रकार आच्छन्न न हो पड़ती तो उनकी इतनी देर की नकली गंभीरता पलक गिरते-न-गिरते दूर हो जाती। किन्तु उनकी तो उस तरह दृष्टि ही न थी! बोली, "नहीं देवरजी, तुम्हारे पांव पड़ती हूं, मुझे ले चलो।" उपेन्द्र परेशान हो सिर पर दोनों हाथ टिकाकर बोले, "छिः, छिः ऐसी बात मुंह पर न लाओ भाभी। आप उम्र में छोटी होकर भी मेरे लिए पूजनीय हैं। अच्छा, मौसी को लौट आने दीजिए, तब आज ही आपको ले जाऊंगा।"

छब्बीस

प्रातः तीसरे पहर किरणमयी ज्योतिष बाबू के मकान पर आ उपस्थित हुई। मोटा कपड़ा पहने शरीर में अलंकार का नाम नहीं। सरोजिनी बाहर के बरामदे में एक कुर्सी पर बैठी कोई पुस्तक पढ़ रही थी; आंख उठाते ही उसने इस आश्चर्यजनक रूप को देखा और विह्वल हो गई। उसने किरणमयी को कभी देखा नहीं था, सिर्फ सुरबाला के मुंह से उसका नाम और उसके सौन्दर्य की तारीफ सुनी थी।

उपेन्द्र ने उसका परिचय दिया, "हम लोगों की भाभी सरोजिनी!"

किरणमयी ने उसका हाथ पकड़कर हंसते हुए कहा, "तुम्हारा नाम मैं सभी से सुन रही थी, इसीलिए एक बार आंख से देखने स्वयं चली आई।"

उपेन्द्र की ओर एक बार घूमकर देखने के बाद किरणमयी ने कहा, "किन्तु आज तो ज्यादा समय नहीं है। ज्यादा देर तक ठहरने को वक्त नहीं मिलेगा — चलो देवरजी, जरा छोटी बहू के कमरे में चलकर बैठेंगे।" इतना कहकर उसने सरोजिनी के हाथ को दबाकर इशारा किया।

किन्तु जिस आवेश के वश में किरणमयी आज असमय में सुरबाला से मिलने आई थी, उस उत्तेजना का कारण खुद उससे छिपा न था। रास्ते में आते-आते कितनी ही बार उसके मन में आया था कि उसके साथ केवल दो दिनों का परिचय

है और उस सुरबाला का विश्वास एवं विद्या-बुद्धि चाहे जो हो, अकारण उसके घर पर चढ़ आने जैसा अद्‌भुत हास्यजनक व्यापार और कुछ नहीं हो सकता। इसीलिए लौट पड़ना ही उचित है, इसमें भी उसे कोई सन्देह नहीं था। किन्तु किसी तरह भी लौट न सकी। जैसे किसी ने उसे धीरे-धीरे खींचकर यहां ला हाजिर कर दिया हो। अन्याय असंगत! यह बात भी उसने मन-ही-मन बार-बार कही थी। किन्तु उपेन्द्र को प्रेयसी-पत्नी के अमूल्य ऐश्वर्य को ईश्वर का सर्वश्रेष्ठ दान कहकर स्वीकार करने में कोई शर्म नहीं आई तो मैं भी दिखा दूंगी कि वह कुछ भी नहीं है, उसे मैं पलक मारने-भर में परास्त और टुकड़े-टुकड़े करके उसी की आंखों पर धूलि की भांति उड़ा दे सकता हूं — इसे प्रमाणित करने की अदम्य आकांक्षा उसकी छाती में प्रतिहिंसा की भांति उमड़ रही थी।

इसी तरह सोचते-सोचते जब वह सरोजिनी के पीछे-पीछे सुरबाला के क़मरे के अन्दर प्रविष्ट हुई तब सुरबाला फर्श पर बैठी काशीदास के महाभारत से भीष्म की शर-शय्या का आख्यान पढ़कर रोती-रोती व्याकुल हो रही थी। अकस्मात् किरणमयी को देखकर फैली किताब मोड़ दी और आंखें पोंछ लीं; फिर उठ खड़ी हुई और उसके दोनों हाथ पकड़ बड़े आदर के साथ कहा, "दीदी आओ!"

उसकी जगह कार्पेट पर बैठाकर बोली, "दीदी, मैंने निश्चय किया था कि कल तुम्हारे यहां आऊंगी।"

किरणमयी ने कहा, "मैं भी तो इसीलिए आज चली आई बहन!"

उपेन्द्र ने थोड़ी दूर पर एक कुर्सी खींचकर बैठते हुए कहा, "रोना हो रहा था — लगता है यह महाभारत है?"

सुरबाला बड़ी लज्जा अनुभव कर अपनी दोनों आंखें एक के बाद एक आंचल से पोंछने लगी।

संध्या हो गई। किरणमयी सबसे विदा लेकर धीरे-धीरे आकर गाड़ी में बैठ गई। दिवाकर उस समय घर में नहीं था; शाम को टहलने बाहर निकल गया था। इसलिए हिचकिचाने पर भी उपेन्द्र को अकेले ही गाड़ी के अन्दर जा बैठना पड़ा। किन्तु किरणमयी ने मानो उनकी ओर ध्यान ही नहीं दिया। गाड़ी के एक कोने में सिर रखकर स्तब्ध हुई बैठी रही।

कुछ क्षण बीत गए। इस प्रकार चुपचाप बैठ रहना भी अप्रीतिकर था। इसके अलावा, उपेन्द्र ने निश्चित रूप से समझ लिया कि किरणमयी कुछ सोच रही हैं किन्तु क्या सोच रही हैं, इसे ही जानने के लिए कहा, "देख आईं न। इसी बुद्धिमती को लेकर मुझे घर-गृहस्थी चलानी पड़ती है। किन्तु वैसे ही उसंसे निपटने का उपाय नहीं था, फिर उस पर आपने तमाशा यह किया कि सर्टिफिकेट दे आईं;

अब तो उसकी नकेल ही हाथ न आएगी।'' किरणमयी ने इसका कोई उत्तर नहीं दिया। कुछ देर तक प्रतीक्षा करने के बाद उपेन्द्र ने हंसकर कहा, ''किन्तु यहीं इसका अन्त नहीं है भाभी। वह इतनी बड़ी मूर्खा है कि जन्म-भर कभी कोई मिथ्या बात नहीं कह सकती।''

उपेन्द्र ने कहा, ''क्यों, जानती हैं? एक तो तैंतीस कोटि देवी-देवता उसको चारों ओर से घेरे रात-दिन पहरा दिया करते हैं — इसे छोड़, जो बात हुई नहीं या घटी नहीं, उसे वह अपनी बुद्धि खर्च करके बनाकर कह दे, यह क्षमता ही उसमें नहीं है।''

किरणमयी ने कहा, ''अच्छा ही तो है।''

उपेन्द्र ने कहा, ''यही अच्छा है, ऐसा तो मेरे मन में नहीं आता भाभी! घर-गृहस्थी करने में एक-आध झूठ का आशय लेना ही पड़ता है। जिसमें किसी को कोई क्षति न हो, बल्कि एक प्रकार की अशान्ति, एक प्रकार के उपद्रव से मुक्ति मिल जाए, उसमें दोष क्या है? मैं तो कहूंगा कि वह अच्छा ही है।''

''अच्छा तो है, सिखा नहीं पाते हैं।''

''सिखाऊं किस तरह भाभी! एक बहुत छोटे झूठ के लिए युधिष्ठिर की जो दुर्गति हुई थी, वह महाभारत में लिखी रखी है। देवी-देवतागण इस प्रकार 'हां' करके उसकी ओर देखते बैठे हुए हैं कि जान-सुनकर मिथ्या बात बोलने पर भला बोलने वाले की कैसे रक्षा हो सकती है। घसीट-घसीटकर वे उसे नरक में डाल देंगे।'' फिर कुछ रुककर कहा, ''भाभी, वह आंख बन्द करते ही ठाकुर देवता का चेहरा इस प्रकार स्पष्ट देख पाती है कि आश्चर्यजनक बात लगती है। कोई ढाल-तलवार लिए, कोई शंख-चक्र-गदा-पद्म लिए, कोई हाथ में वंशी लिए उसके सामने इस प्रकार आकर प्रत्यक्ष खड़े हो जाते हैं, कि सुनकर मेरा शरीर तक सिहर उठता है। और किसी के मुख से उस तरह की बात सुनने पर मैं झूठी गढ़ी हुई कहानी कहकर और हंसकर उड़ा देता था। किन्तु उसके बारे में तो ऐसा अपवाद मुंह से निकालने का उपाय ही नहीं है।'' इतना कहकर श्रद्धा से, प्रेम से, गर्व-विगलित चित्त से उपेन्द्र सस्नेह आश्चर्य के स्वर में बोले, ''यही सब देख-सुनकर उसे मनुष्य न कहकर एक जानवर कहने की इच्छा होती है। बलिहारी है उनकी बुद्धि की, जिन्होंने बचपन में ही उसका नाम पशुराज रखा था। यह क्या है भाभी?''

गाड़ी मोड़ पर घूम रही थी तब सड़क के उज्ज्वल गैस का प्रकाश सहसा किरणमयी के मुंह पर आ पड़ा तो उपेन्द्र ने चौंककर देखा कि उसका सारा मुंह आंखों के जल से मानो डूब रहा है।

उपेन्द्र लज्जा से स्तब्ध होकर नीचा सिर किए बैठे रहे।

जब दोनों पथरियाघाट वाले मकान में आ उपस्थित हुए, तब रात एक पहर बीत चुकी थी। प्राय: सारे रास्ते किरणमयी मौन रही थी। किन्तु अन्दर पांव रखते ही हठात् अनुतप्त कण्ठ से बोल उठी, "आह! मेरे जले कपाल! मैं व्यर्थ के लिए ही घूम रही हूं। किन्तु इतनी देर तक एक बूंद जल तक पी नहीं पाए देवरजी, और यह इस हतभागिनी की आंखों में नहीं पड़ा। हाथ-मुंह धोयेंगे? तब रहने दो। मेरे साथ रसोईघर में चलो, दो पूरी तलने में दस मिनट से ज्यादा नहीं लगेंगे। तू लकड़ी का चूल्हा जलाकर ही घर जाना महरी! बेटी, बस झट से आ जा लक्ष्मी बेटी मेरी!"

दासी किवाड़ खोलने के लिए आई थी और अब घर जाने की सोच रही थी, किन्तु अब हुक्म का पालन करने के लिए उसे ऊपर जाना ही पड़ा। सदर दरवाजा बन्द करके वह तेजी से ऊपर चली गई।

रसोईघर में आकर, जैसे पीढ़ा बिछाकर सतीश को बिठाती थी, उसी तरह उपेन्द्र को भी बिठाया।

दासी के चूल्हा जलाकर किसी और काम से बाहर चले जाने पर किरणमयी ने अपने इस नये अतिथि की ओर ताकते हुए कहा, "अच्छा देवरजी, मुझे कष्ट होगा यह कहकर तुमने न खाकर चले जाने का जो प्रस्ताव किया था, उसे यदि और कहीं, और किसी के सामने कह बैठते, तो वैसा होने पर आज तुम्हें क्या दण्ड भोगना पड़ता, इसे जानते हो?"

उपेन्द्र ने कहा, "जानता हूं। किन्तु यहां तो वह दण्ड भोगने का भय था नहीं, भाभी!" दासी मैदे की थाली रखकर चली गई। किरणमयी ने उसे सामने खींचकर सिर झुकाए हुए मृदु स्वर से कहा, "देवरजी, कहा नहीं जा सकता कि कपाल में दण्ड पाना लिखा होने पर कैसे क्या घटित होता है, कहां जाकर क्या भोग भोगना पड़ता है, पहिले से इसका कोई हिसाब नहीं लगाया जा सकता। अदृष्ट का लिखा क्या मिटाया जा सकता है? मिटाया नहीं जा सकता बल्कि वह स्वयं आकर सिर पर सवार हो जाता है।"

उपेन्द्र इस बात का रहस्य ठीक तरह समझ नहीं पाए। सिर्फ इतना ही कहा, "यह तो है ही।" किरणमयी ने तुरन्त कोई बात नहीं कही। एक बार सिर्फ उपेन्द्र के मुंह की ओर देख, आंखें झुकाकर मैदा गूंथने लगी। लगता था, वह धीरे-धीरे मुस्करा रही है।

कुछ देर तक चुपचाप काम करते-करते, हठात् आंखें उठाये बिना ही कहा, "अच्छा, आज इतना ताम-झाम करके बहू दिखाने ले जाने का अभिप्राय क्या था,

बताओ तो?'' उपेन्द्र ने चकित होकर कहा, ''ताम-झाम तो कुछ किया नहीं भाभी!''

किरणमयी बोली, ''तब लगता है, मुझसे कहने में भूल हो गई। कहती हूं कि इतनी छल-चातुरी के साथ जाना क्यों हुआ?''

उपेन्द्र ने कहा, ''मैंने छल-चातुरी ही क्या की?''

किरणमयी ने कहा, ''यही मूर्ख-ऊर्ख की अनेक प्रकार की कथाओं की रचना कर। किन्तु कुछ झूठी बातों की काटकूट करने से और क्या होगा देवरजी? उस बहूटी को यदि मूर्खा या पागल करके ही जानते हो तो इस भाभी का भी तो बहुत-सा परिचय पा चुके हो? क्या समझते हो कि इतनी आसानी से मुझे भ्रमित किया जा सकता है?''

''नहीं, मैं तो ऐसा नहीं समझता।''

किरणमयी ने मुंह उठाकर देखा। कारण, जितना संक्षेप करके उपेन्द्र ने जवाब देना चाहा था, उतना करके दे नहीं सके। अनिच्छापूर्वक ही सही, उनका कण्ठ-स्वर गम्भीर होकर बाहर निकला था, किन्तु किरणमयी ने यह जानने नहीं दिया कि उसके ध्यान में वह आया या नहीं। उसने उसी सहज परिहास के स्वर में कहा, ''तब?''

उपेन्द्र अपने कण्ठ-स्वर की गम्भीरता का अनुभव कर मन-ही-मन लज्जा का अनुभव कर रहे थे, इस अवधि में उन्होंने भी अपने को संभाल लिया और हंसकर बोले, ''भाभी, आपको धोखा देना क्या सरल काम है? किन्तु छल-चातुरी न करता तो आप न जातीं। मैं कितने बड़े निर्बोध को लेकर गृहस्थी चला रहा हूं, यह तो न देख पातीं?''

किरणमयी ने कहा, ''उसे देखने से मेरा क्या लाभ?''

उपेन्द्र ने कहा, ''लाभ आपका नहीं, लाभ तो मेरा है। सभी अपना दुःख जानकर दुःख को कम कर डालना चाहते हैं। मनुष्य का स्वभाव ही यह है। इसीलिए छल-चातुरी करके यदि कुछ कष्ट दिया ही तो वह आपकी दया पाने के लिए! और किसी कारण नहीं।''

किरणमयी कुछ देर तक चुप हो रही। उसके बाद बोली, किन्तु सिर उठाकर नहीं देखा, ''मैं और नहीं सुन सकती देवरजी, यह व्याजस्तुति का पाठ अब बन्द कर दो न। तुम उस निर्बोध को निर्बोध कहकर यदि कुछ कम प्रेम करते, तो भी शायद कुछ और क्षण सुना जा सकता था। शायद तुम्हें कुछ दया भी मिलती। किन्तु मैं सतीश देवरजी से सब सुन चुकी हूं। अच्छा तो न हो तुम उसे खूब प्यार करो, किन्तु क्या उसे कहकर और इस तरह ढोल पीटकर घूमना होगा?''

बात सुनकर क्या कहे, क्या सोचे उपेन्द्र इसे निश्चित नहीं कर पाए। बोलने

की यह कैसी भंगिमा है! यह कैसा कण्ठ-स्वर है! इसमें परिहास की तो कोई बात है नहीं। किन्तु तब है क्या? विद्रूप? ईर्ष्या? विद्वेष? यह किसका आभास है? यह विधवा रमणी इस रात में, इस निर्जन घर के बीच, आज उसके सामने क्या प्रकट करने का प्रयास कर रही है? अब किसी के मुंह से कोई बात नहीं निकल रही है। कुछ देर तक दोनों ही चुप, सिर झुकाए बैठे रहे।

सत्ताईस

लगभग दस मिनट इस तरह बीत गए, तब किरणमयी ने धीरे-धीरे कहा, "अच्छा देवरजी, आड़ से कोई यदि हम लोगों को इस तरह चुपचाप बैठा देखे तो बताओ वह मन में क्या सोचेगा?" इतना कहकर वह होंठ दबाकर हंसी।

आंखों से न देखने पर भी उपेन्द्र ने यह हंसी अपने हृदय में अनुभव की। बोले, "शायद कुछ अच्छा न सोचेगा।"

किरणमयी दृढ़ किन्तु मृदु स्वर में कहने लगी, "मुझमें जो गम्भीर अन्तर्दृष्टि देखी थी देवरजी, वह आपकी आंखों की भूल न थी; सत्य थी, किन्तु वह बड़ी क्षणिक थी। स्वामी को मैंने कभी प्यार नहीं किया किन्तु तन-मन से प्यार करने की चेष्टा आरम्भ की थी। पर वह बचे नहीं; मेरी वह चेष्टा भी स्थायी नहीं हुई। पुस्तकों में यह सब बात पढ़कर कभी सोचती कि यह सब मिथ्या बात है, कभी सोचती, यह कवि की कल्पना-भर है; कभी मन में कहती कि शायद मेरे अन्दर प्रेम करने की शक्ति न होने के कारण ही ऐसा हो। यह शक्ति मुझमें है या नहीं, आज भी यह नहीं जानती देवरजी; किन्तु प्यार करने की साध मुझमें कितनी ज्यादा है, इसका आभास पाया तुम्हें देखकर। इसीलिए तुम मेरे गुरु हो।"

फिर कुछ देर रुककर, मानो अन्दर विचार कर रही हो, बोली, "दो दिन बाद तुम लोग चले जाओगे। और जब फिर भेंट होगी तब शायद अपनी बात कहने लायक अवस्था मन की न रहे। शायद यही कहने में उस समय मारे लज्जा के मर जाऊं। नहीं देवरजी, यह नहीं होगा; आज ही तुमको अपनी सम्पूर्ण कथा सुनाकर खतम करूंगी।"

उपेन्द्र ने कातर होकर कहा, "भाभी, मैं देख रहा हूं कि आज नाना कारणों से आपका मन अत्यन्त उत्तेजित हो उठा है। इस दशा में क्या कहना उचित है, क्या उचित नहीं है, इसका विचार तुम नहीं कर सकतीं, नहीं-नहीं, भाभी, मैं अनुरोध

करता हूं कि और किसी दिन आकर आपकी समस्त कथा सुन जाऊंगा, परन्तु आज नहीं।''

किरणमयी ने कहा, ''ठीक इसीलिए तो आज ही समस्त कथा सुना देना चाहती हूं देवरजी। पीछे कहीं उस दिन लज्जा उठकर बाधक न बन जाय, या सांसारिक बुराई-भलाई की विचार-बुद्धि मेरा मुंह न बन्द कर दे। आज बना-चुनाकर, समझ-बूझकर, सजा-बजाकर बोलने की न तो मुझमें शक्ति है, न प्रवृत्ति है, इसीलिए आज ही कहने का दिन है। इसके बाद, हो सकता है, इस जन्म में तुम मेरा मुंह न देखो — तब भी प्रार्थना करती हूं कि कुछ देर और मेरी यह दुर्बुद्धि, यह उन्मत्त मन बना रहे देवरजी, जिससे मैं तुम्हारे निकट सब कुछ खोलकर कह सकूं।''

उसके मुंह की ओर देखकर उपेन्द्र का निर्मल, शुद्ध सदन्तःकरण किसी अज्ञात भय से त्रस्त हो उठा। वह पिछली बार की तरह बाधा देते हुए बोले, ''भाभी, सभी मनुष्यों के पास गोपनीय बातें हुआ करती हैं। उन्हें किसी के सामने खोलने की आवश्यकता नहीं, बल्कि प्रकट करने से ही अधिक अमंगल होता है। केवल तुम्हारा-मेरा ही नहीं, और भी दस जनों का।'' किरणमयी ने कोई उत्तर नहीं दिया। पूरी निकालना खत्म हो गया; एक थाली में कायदे से सजाकर और उसे उपेन्द्र के सामने रखकर कहा, ''तुम खाओ; मैं अपनी बात पूरी कर डालूं।''

''नहीं कहो, भाभी।''

किरणमयी ने कहा, ''देवरजी, मैं हाथ जोड़कर विनय करती हूं कि अब मुझे मत रोकना। सब कुछ सुनकर तुम्हारी इच्छा हो तो मेरी सास के साथ मेरा भी भार लेना; न इच्छा हो तो मैं अपना रास्ता खुद ही खोज लूंगी। मैंने बहुतों को ठगा है देवरजी, किन्तु तुम्हें ठग न सकूंगी।''

''तब, कहिए।'' कहकर उपेन्द्र ने एक टुकड़ा पूरी तोड़कर मुंह में डाल ली। किरणमयी ने कहा, ''तुम्हें कह ही चुकी हूं देवरजी, स्वामी मुझे प्यार नहीं करते थे; मुझे प्यार नहीं मिला। इसके कारण मुझे कोई खेद नहीं था। घर में स्वामी थे, और सास थीं। एक थे दार्शनिक — उनको मुझे प्राणपण से ही पढ़ाने में खुशी होती थी — और एक घोर स्वार्थी; वह मुझे जी-जान से श्रम कराके ही खुश थीं। इसी तरह दिन कट रहे थे और मैं समझती हूं कि कट भी जाते किन्तु एकाएक एक समय सब कुछ उलट-पुलट गया। स्वामी बीमार पड़ गए। उनसे मैंने कितनी ही किताबें पढ़ी थीं; नाटक-नावेल भी कम नहीं पढ़े थे, किन्तु दोनों की पढ़-पढ़कर सिर्फ हंसते थे। प्यार का नाम या गन्ध तक हमारे घर में न था; जैसे कोई-कोई जन्म से बहरा, जन्म से अन्धा होता है, वैसे ही मेरे स्वामी भी जन्म से ही

नीरस थे। किन्तु मेरे अन्दर कितना रस था, यह यद्यपि उस समय जान नहीं पाई थी किन्तु एक दिन एकाएक आहट लग गई कि प्यार करने की तथा उसे बदले में पाने की तृष्णा मुझमें भी किसी स्त्री से कम नहीं — नहीं, नहीं, उसे इस तरह हटा देने से ठीक न होगा — "

उपेन्द्र ने उदास मुंह से कहा, "भाभी! न जाने क्यों यह सब खाना अच्छा नहीं लग रहा है।" किरणमयी ने क्षण-भर मौन रहकर जैसे कुछ सोच लेने के बाद कहा, "मैं जानती हूं देवरजी, कि कुछ देर बाद ही पूरी-तरकारी का स्वाद तुम्हारी जीभ को फिर मिलेगा, किन्तु अभी तो उसमें देर है। और एक पूरी खा सकते हैं।"

उपेन्द्र और भी उदास हो गया। किरणमयी उसकी ओर ताकती हुई कहने लगी, "यदि कहूं कि तुम्हारे इसे न खाने का दुःख मेरे दाहिने हाथ के काट लिए जाने की अपेक्षा भी मेरे लिए अधिक है, तो उसे तो तुम विश्वास करोगे नहीं। किन्तु करो या न करो, मैं तो जानती हूं कि वह सत्य है। तब भी रुकने का कोई उपाय नहीं है देवरजी; मुझे कहना ही पड़ेगा।"

"अच्छा, कहिए।"

"कहती हूं। जब मेरे स्वामी की बीमारी में मेरे गहनों को छोड़कर जो कुछ संचित या दूसरा कुछ था, वह सब एक-एक करके चला गया, तभी आ गए एक नये पास किए हुए डाक्टर। अच्छा देवरजी, अनंग डाक्टर को तुम लोगों ने देखा था न?"

उपेन्द्र ने कहा, "हां।"

किरणमयी जहर की तरह एक हंसी-हंसकर बोली, "वही। हाय रे मेरा जला भाग्य! जिस घर में स्वामी मरने-मरने को हो रहे हों, उसी घर में मैं गई उसे लेकर प्यार का स्वाद चखने।"

उपेन्द्र सिर नीचा किए चुप बैठा रहा। किरणमयी कहानी कहती गई, किन्तु न जाने किसने उसके गले को दबाकर उसे चुप कर दिया। कुछ देर की प्रबल चेष्टा के बाद, सूखी आवाज में बोली, "सुनते ही तुम्हारा सिर नीचा हो गया देवरजी, तब भी उस अनंग डाक्टर को तुम पहचानते नहीं। पहचानते होते तो समझ पाते कितने वर्षों की दुर्दान्त आवृष्टि की ज्वाला मेरी इस छाती में भरी हुई थी कि ऐसा असंभव संभव हो गया। तुम क्या जानो देवरजी, कि इस तृष्णा में मनुष्य नाले का कलुषित पानी अंजलि भर-भरकर मुंह में डाल लेता है; मेरी प्यास भी वैसी ही थी। किन्तु यह पता लगा, उस जल के गले में डाल लेने के बाद। उसके बाद — उल्टी होने जैसी हालत में दिन कटने लगे।" कहते-कहते सिर से पैर

तक उसकी सारी देह सिहर उठी मानो किसी उत्कट दुर्गन्धमय विषैले उद्गार से उसका कण्ठ तक उच्छ्‌वसित हो उठा हो। क्षण-भर स्थिर रहकर और अपने को संभाल लेने के बाद किरणमयी ने फिर कहा, ''किन्तु उल्टी भी नहीं करने पाई देवरजी, सास ने मेरा मुंह बन्द कर दिया। अनंग तब सारी गृहस्थी का आधा खर्च जो चला रहा था।''

उपेन्द्र उसी एक भाव से पत्थर की गढ़ी मूर्ति की तरह बैठे रहे। उनके निर्वाक् झुके हुए मुंह की ओर एक बार कनखी से देखकर किरणमयी बोली, ''उसके बाद आसक्ति और घृणा, तृष्णा और वितृष्णा के निरन्तर संघर्ष से जो विष रात-दिन उठने लगा, उसे शायद देव-दानव के संघर्ष में मन्दराचल से पीड़ित वासुकि नाग भी अपने उतने बड़े मुंह से न पी पाते। मुझे तो लगता है कि इस घर की प्रत्येक ईंट-काठ, दरवाजा-खिड़की, कड़ी-धरन सब उस विष से नीली पड़ गई हैं।''

जरा थमकर बोली, ''कितने दिनों में, किस तरह इसका अन्त होगा मैं नहीं जानती थी। बहुत सोचा किन्तु किसी तरफ कोई कूल-किनारा ही दिखाई नहीं पड़ा किन्तु देवरजी, तुम न जाने कौन-सा अमृत हाथ में लिये उदय हुए कि न जाने कहां चली गई वह विष की ज्वाला और कहां गई वह विद्वेष-वितृष्णा? जैसे आंख झपने मात्र में सब मानो ऐसे तुच्छ हो गए कि अनंग को विदा कर देने में मुझे एक मिनट भी नहीं लगा। जैसे तुम्हीं आकर मेरे कान-कान, में उपाय बता गए। जानते तो हो, देवरजी, स्त्रियां गहने को कितना चाहती हैं। फिर मेरे तो बड़े कष्ट के गहने थे, जैसे मेरी छाती की ठठरी ही हों। जहां सिर नीचा किए तुम इस समय बैठे हुए हो, ठीक उसी स्थान पर उन ठठरियों को उसके पांवों में फेंक दिया। मेरे प्रति उसकी आसक्ति चाहे जितनी ज्यादा हो, इतने अधिक गहने हाथ में पाकर वह फिर कभी मुंह न दिखाएगा, मुझे मुक्ति देकर चला जाएगा, जैसे यह मंत्र तुम्हीं ने मुझे सिखा दिया हो। ओ:! कितना भय, कितनी चिन्ता थी मुझमें कि बाद में किसी दिन दुर्दिन के प्रहार से मेरे ये गहने नष्ट हो जाएंगे। वे चले गए — उन्हें रख नहीं पाई। किन्तु आ: — उसमें क्या तृप्ति थी, वह कैसा आश्चर्यजनक आनन्द था देवरजी; जब ऐसी ही एक अंधेरी सन्ध्या में उन आभूषणों के लोभ से वह अपना बीभत्स पुष्पजाल मेरे सर्वांग से खोल लेकर चोर की भांति, चुपचाप चला गया, मन में हुआ, बच गई। मैं जी गई।''

उपेन्द्र को याद आ गया कि उनके और सतीश के बीच से होकर एक दिन सुबह चोर की तरह अनंग डाक्टर खिसक गया था। कोई कुछ बात न करके चुप बैठे रहे।

किरणमयी फिर कहने लगी, ''तुम्हें याद आती है देवरजी, मेरी वह रात वाली उग्र मूर्ति? उस दिन मैं जाने कितने काण्ड कर बैठी थी। आड़ से तुम लोगों की बातचीत सुनी, फिर नीचे जाकर तुम लोगों को आंखें लाल कर कितना डराया! उसके बाद तुम लोग चले गए। अपने ही विष की वह कैसी ज्वाला थी! किन्तु उसके बदले जो चीजें पाईं, वही मेरे लिए स्वर्ग हैं — वही मेरा अमृत हैं। श्री रामचन्द्र के चरणस्पर्श से पाषाणी अहल्या जैसी मानुषी अहल्या हो गई थी, में भी उसी तरह बदल गई। नहीं जानती कि अहल्या ने मानुषी होकर क्या पाया, किन्तु मैंने जो पाया उसकी कोई तुलना नहीं है। मेरे भाई नहीं था, सतीश को अपनी मां के पेट के भाई के रूप में पाया, और पाया तुम्हें — छि:! इस प्रकार मलिन न हों देवरजी, पुरुषों को क्या इतनी लज्जा अच्छी लगती है!''

उपेन्द्र ने जोर लगाकर सिर सीधा किया और दृढ़ स्वर में कहा, ''जो लज्जा की वस्तु है, वह पुरुष-स्त्री दोनों के लिए एक-सी है भाभी। मैं यह सब सुनना नहीं चाहता। हो सके तो आप चुप हो जाएं, न हो सके तो मैं इसी क्षण उठा जाता हूं।''

किरणमयी बोली, ''जबर्दस्ती?''

उपेन्द्र ने कहा, ''हां।''

किरणमयी ने कहा; वैसा होने पर भी जबर्दस्ती, पकड़कर रोकने की चेष्टा करूंगी। किन्तु इतना कहे रखती हूं देवरजी, बल की इस परीक्षा में लाभ की जगह हानि ही होगी।''

इस उत्तर के बाद उपेन्द्र सिर लटकाए बैठे रहे। किरणमयी ने फिर हंसकर कहा, ''डर की बात नहीं है, डर की बात नहीं है। तुम्हारी अनिच्छा होते हुए तुम्हारे शरीर को हाथ लगाऊं, इतना उन्माद अब भी नहीं हुआ है। इच्छा हो तो चले जाओ, मैं बाधा नहीं दूंगी।''

उपेन्द्र सिर नीचा किए स्तब्ध बैठे रहे। मेघाच्छन्न चांद जैसे आंखों से न देख पड़ने पर भी, चारों ओर फैली चांदनी के कारण जान लिया जाता है, उसी तरह इन दोनों नर-नारी का गोपन सम्बन्ध भी अब तब आड़ में ही था। किन्तु हवा चली, बादल तेजी से दौड़ने लगे; हृदय में उपेन्द्र अपने को निश्चिन्त अनुभव करके ही इस प्रकार भागने की चेष्टा करते थे किन्तु सब कुछ विफल हो गया। सहसा एक तीव्र वायु ने सारे आवरण को छिन्न-भिन्न कर दिया और जहां तक देखा जा सकता था, सामने का आकाश साफ हो गया।

किरणमयी ने धीरे-धीरे कहा, ''तुम्हें जो प्यार करती हूं, उसे कह देकर मैं बच गई। अब तुम्हारी जो खुशी हो, करो, मुझे कुछ भी कहने को नहीं है। किन्तु

यह न समझना देवरजी, कि मैंने अन्धी आशा में भ्रमित होकर यह कथा सुनाई है। मैं तुम्हें पहचानती हूं; मैं जानती हूं कि यह निष्फल है; बिल्कुल ही निष्फल है। रक्षक होकर आए तुम भक्षक नहीं हो सकते; किसी भी तरह नहीं, यह मैं जानती हूं।''

इतनी देर बाद उपेन्द्र ने मुंह खोला, मृदु कण्ठ से प्रश्न किया, ''यदि मुझ पर ऐसी ही श्रद्धा थी तो मुझे यह जनाया ही क्यों?''

किरणमयी ने कहा, ''उसके भी दो कारण हैं। पहला कारण तो यह है कि न बताने पर मैं पागल हो जाती। दूसरा कारण है — तुम्हें सब बात बताए बिना तुम्हारा आश्रय लेना मेरे लिए असंभव था। वैसा होने पर मेरे मन में सिर्फ यह आता कि सुरबाला ही मुझे खिला-पहना रही है, किन्तु इस समय, इतने पर भी यदि तुम मेरा भार लेते हो तो मुझे लगेगा कि सिर्फ तुम्हारा ही खा-पहन रही हूं, और किसी का नहीं। अच्छा सुरबाला से मेरी कहानी कहोगे तो?''

उपेन्द्र ने कहा, ''नहीं।''

किरणमयी ने प्रश्न किया, ''नहीं क्यों? सुनकर उसे कष्ट होगा?''

उपेन्द्र ने कहा, ''नहीं भाभी, उसे कष्ट तो न होगा। वह बड़ी मूर्ख है। भद्र समाज की स्त्री स्वामी को छोड़ और किसी आदमी को किसी भी अवस्था में प्रेम कर सकती है, यह बात हजार बार कहने पर भी उसके दिमाग में न बैठेगी। किन्तु अनुमति दें तो अब उठूं।''

इस बात ने किरणमयी को गहरी चोट पहुंचाई किन्तु सहज कण्ठ से कहा, ''अनुमति न देने का तो कोई उपाय नहीं है; अनुमति तो देनी ही होगी। किन्तु थोड़ा और बैठो। तुम्हें जो प्यार किया था, केवल वही कथा सुनाई है, किन्तु भुलाने की जो चेष्ट्य की है, वह बात भी तो तुम्हें जाननी चाहिए। किन्तु जानते हो देवरजी, उसमें मेरा गुरु कौन है? निर्बोधों में अग्रगण्य स्त्री, जो छोटी बहू बनकर तुम लोगों के घर में आई है, वही।'' उपेन्द्र के मुंह पर विस्मय का थोड़ा आभास पाकर किरणमयी ने कहा, ''हां वही — तुम पशुराज कहकर जिसका मजाक उड़ाते हो, वही सुरबाला हमारी गुरु है। तुमने जो सिखाया था, वह उसे भुला देना चाहती थीं। वह हमारी प्रणम्य है।''

उपेन्द्र मौन होकर बैठे रहे। किरणमयी कहने लगी, ''तुमसे बार-बार कहती हूं देवरजी, आंज मैंने जो तुम्हारे चरणों में अपनी लज्जा-शर्म के समस्त जंजाल को जलांजलि दी है — समर्पित किया है, उसका सब फलाफल जान-समझकर ही ऐसा किया है। मैं जानती हूं, तुम्हारी सुरबाला है। और तुम्हारी निष्ठुर कठोर पतिव्रता। यह स्फटिक की तरह स्वच्छ है और वज्र की तरह कठोर है। मेरी शक्ति

नहीं कि उसके शरीर पर कोई दाग लगा सकूं। किन्तु जानते तो हो देवरजी, मनुष्य का ऐसा जला स्वभाव है कि जो उसके लिए साध्यातीत है, उसके प्रति ही उसका सबसे ज्यादा लोभ होता है। भगवान को पाया नहीं जा सकता, इसीलिए मनुष्य इस प्रकार सर्वस्व देकर उसे चाहता है। इसीलिए मेरे मन में आता है कि यदि तुम मेरे लिए इतने अधिक अप्राप्य पदार्थ न होते तो शायद मैं तुम्हें इतना प्यार न करती।''

उपेन्द्र ने उठ खड़े होकर कहा, ''बहुत रात हो गई भाभी, अब मैं चलता हूं।''

किरणयमी ने भी उठ खड़े होकर कहा, ''चलो, चलो, तुम्हें दरवाजे तक पहुंच कर सदर दरवाजा बन्द करती जाऊं।''

अठाईस

जो पक्की सड़क संथाल परगना के भीतर वैद्यनाथ से दुमका तक गई है उसी के किनारे, वैद्यनाथ से दो कोस की दूरी पर, बगीचों के बीच एक बंगला था। कलकत्ता से चले आने पर सतीश ने पता लगाकर यह मकान किराए पर ले लिया था और उसी में रह रहा था। अपने साथ झगड़कर कुछ निश्चय करने के लिए वह इस निराले स्थान में अज्ञातवास कर रहा था।

सतीश ने इन दिनों मांस-मछली भी छोड़ दी थी और सात्विक आहार ग्रहण करने लगा था। कहीं से सफेद पत्थर की एक मूर्ति ले आया था जिसकी दिन में पूजा करता और रात में आरती उतारता था।

पृथ्वी पर दो प्राणियों को उसने सबसे ज्यादा प्यार किया था — एक थी सावित्री, और दूसरे थे उसके उपेन दादा। सावित्री उसे धोखा देकर दुराचारी और विश्वासघातक विपिन को साथ ले न जाने कहां चली गई; उपेन दादा बिना कोई सवाल पूछे एक अंधेरी रात में उसे त्यागकर चले गए। अब खड़े होने की एक मात्र जगह रह गई थी किरणमयी के पास, किन्तु उस द्वार को भी बन्द देख लौट आने लायक साहस अब उसे नहीं हुआ।

निर्जनवास के दिन कटते जा रहे थे और शायद कुछ दिन और बीतते किन्तु हठात् एक दिन उसमें बाधा पड़ गई।

सतीश को घोड़े की टाप की आवाज सुनाई दी; चकित हो उसने सिर बढ़ाकर देखा कि एक अच्छा-सा घोड़ा, साज-बाज सहित आंधी के साथ उन्मत्त वेग से

भागा जा रहा है। सतीश ने पुकारकर कहा, "बिहारी, वह किसका घोड़ा छूटकर भागा जा रहा है रे?"

बिहारी ने कमरे की बत्ती को ठीक करते-करते कहा, "किसी बाबू-वाबू का जान पड़ता है।"

सतीश ने प्रश्न किया, "इस तरफ बाबू-वाबू और कौन है रे?"

बिहारी ने कहा, "यहां न रहने पर भी, देवधर से प्रायः बाबू लोग गाड़ी करके चित्रकूट देखने, तपोवन देखने आया करते हैं। उन्हीं में से किसी का होगा। आंधी के डर से भाग खड़ा हुआ है।"

"ऐसी बात है तब तो उनके लिए बड़ी कठिनाई होगी।" कहकर सतीश पुनः आरामकुर्सी पर लेट गया। किन्तु उस बात को वह मन से दूर नहीं कर सका। उसके मन में यह बात उठने लगी कि "कोई हो, यदि साथ में स्त्रियां हुईं तो विपत्ति की बात होगी। इस जगह गाड़ी-पालकी तो दूर रही, किसी आदमी की मदद पा लेना भी कठिन है। इसके सिवा संध्या होने में भी देर नहीं है; सम्भवतः वर्षा भी आएगी।" सतीश बैठा न रह सका; एक लाठी बरामदे के कोने से उठा ली और बाहर निकल गया। सड़क पर आकर देखा कि पत्थर की कंकरियां आंधी के वेग में छर्रे-सी शरीर में लगती हैं और सारा रास्ता धूल-बालू से अंधेरा हो रहा है। एकाएक उसी अंधकार में से ही आंधी के साथ ही 'हो-हो' करके एक चीत्कार सुनाई पड़ा। होली के दिन की छुट्टी पाकर हिन्दुस्तानी दरबानों का दल जिस प्रकार का शोर करता हुआ रास्ते पर निकल पड़ता है, कुछ उसी प्रकार का चीत्कार। मामला क्या है, यह जानने के लिए सतीश ने उसी धूल के बीच सड़क पर कुछ और चलने पर देखा कि सड़क पर एक टमटम है और उसे ही घेरकर आठ-दस आदमी आनन्द-ध्वनि कर रहे हैं। किसी के सिर पर टोपी है, किसी के माथे पर पगड़ी है — सभी हिन्दुस्तानी पोशाक में हैं।

आनन्द की क्या बात है, इसका पता लगाने के लिए सतीश और भी कुछ कदम आगे बढ़ गया, तो देखा कि टमटम पर हाथ रखे एक लड़की सिर झुकाए बिलकुल जड़ की भांति खड़ी है, और उसे ही लक्ष्य करके लोग जिस भाषा का व्यवहार कर रहे हैं, उसे वे ही उच्चारण कर सकते हैं। पहले सतीश के मन में आया कि ये लोग इस लड़की को लेकर कहीं से यहां आमोद मनाने आए होंगे और घोड़े के भाग जाने से उन्हें आनन्द का एक और साधन मिल गया है। इसीलिए एक बार सोचा, लौट चलें, किन्तु न जाने क्यों आज वह अपना कौतूहल किसी प्रकार दबा नहीं सका। ठीक इसी समय उसकी दृष्टि उस लड़की की पोशाक पर पड़ी। उस संध्या के धूलि-भरे अंधेरे में भी उस लड़की का परिधान वैसा

ही है जैसा बंगाली स्त्रियों का होता है। पांव में जूते हैं और वैसे ही हैं जैसे अंग्रेज रमणियां पहनती हैं। अकस्मात् लड़की ने उच्च स्वर में पुकारकर कहा, "महाशय, मुझे बचाइए।"

'बचाइए!' मुहूर्त्त-मात्र में सतीश का वैराग्य का नशा दूर हो गया। कामिनी-कांचन पूर्णतः हेय हैं, यह तत्त्व भूल गया — बाघ की भांति उछलकर वह तुरन्त लड़की के पास आ खड़ा हुआ।

लड़की ने अभी तक अकेले बहुत यंत्रणाएं सही थीं, इस बार मुंह ढककर बैठ गई और रो पड़ी।

सतीश ने व्यग्र कण्ठ से प्रश्न किया, "मामला क्या है? क्या हुआ है?"

"ये लोग मेरा बड़ा अपमान कर रहे हैं।"

"अपमान कर रहे हैं? कौन हैं ये?"

"मैं नहीं जानती।"

"जानती नहीं?" सतीश ने एक साथ ही कितने ही प्रश्न पूछ लिए, "तुम कौन हो? कहां से यहां आई हो? तुम्हारे साथ के आदमी कहां हैं? गाड़ी किसकी है?"

लड़की ने आंखें पोंछकर रुंधे हुए स्वर में कहा, "मेरा साईस घोड़ा पकड़ने के लिए साथ दौड़ गया है — और कोई नहीं है। मैं त्रिकूट देखने आई थी; प्रायः आती रहती हूं। वहीं से ये लोग मुझे परेशान करते आ रहे हैं।" सतीश ने क्रुद्ध होकर कहा, "ठीक कर रहे हैं। आप क्या मेम साहब हैं कि टमटम हांककर इतनी दूर आई हैं! आप क्या अंग्रेज की लड़की है कि जहां मन में आवे, अकेली जाने पर भी कोई डर नहीं? हम देशी आदमी असहाय देशी लड़की को पाकर ही उसका अपमान करते हैं, अत्याचार करते हैं। इस देश का नियम क्या आपके मां-बाप नहीं जानते?" इतना कहने के बाद उनमें से जो सबमें बड़ा था उसकी ओर आग-भरी दृष्टि से देखते हुए कहा, "तुम लोग खड़े क्यों हो?"

उसने कहा, "हमारी खुशी।"

सतीश ने हाथ उठाकर सीधी राह दिखाते हुए संक्षेप में कहा, "जाओ।" इसके जवाब में उसने मुंह बिगाड़कर कहा, "अरे, जाओ रे!" प्रत्युत्तर में सतीश ने उसके गाल पर ऐसा एक थप्पड़ लगाया कि बस वहीं एक शब्द निकालने का अवसर उसे मिला और फिर वह अचेत होकर रास्ते पर गिर पड़ा। उसी के साथ, उसी क्षण, पास खड़ा छोकरा, बिना दोष-अपराध के सतीश के बाएं हाथ का थप्पड़ खाकर पहले टमटम के साईस के स्थान पर गिरा, फिर वहां से लुढ़ककर पहिए के नीचे आंख बन्द करके पड़ रहा। शेष कई आदमी या तो नशे के प्रभाव

में या झापड़ से अपनी रक्षा के लिए हतबुद्धि की भांति देखते खड़े रहे। सतीश ने सामने के आदमी को बुलाकर कहा, "अब तुम जाओ — "

तब सतीश ने लड़की से कहा, "उठिए — "

लड़की चुपचाप उठकर खड़ी हो गई। सतीश ने कहा, "पानी आ रहा है, आइए मेरे साथ।"

लड़की ने डरते-डरते कहा, "मैं क्या शहर तक पैदल चल सकूंगी?"

सतीश बोला, "शहर नहीं, मेरे डेरे पर। इसी बगीचे के बीच। पानी आ रहा है, अब ठहरकर सोचने से काम नहीं चलेगा। ना आना हो तो यहीं खड़े होकर भीगिए। मैं चल दिया।"

लड़की ने कहा, "चलिए न। आपके साथ जाने के सिवा और क्या सोचूं?"

बूंदें पड़ने लगी थीं; आंधी का वेग तो कुछ कम हो गया था किन्तु वह रुकी नहीं थी। दोनों प्राणी कुछ देर तक चुप रहकर चलते रहे। बाग के फाटक के पास सतीश ने एकाएक रुककर कहा, "किन्तु मेरे डेरे पर कोई स्त्री नहीं है — मैं अकेला ही रहता हूं।" लड़की ने पूछा, "तब आपका भोजन-वोजन, घर-द्वार का काम कौन-करता है? स्वयं?"

"नहीं नौकर हैं। किन्तु वे भी स्त्री नहीं हैं।"

"न हों। किन्तु आप खड़े क्यों हो गए? चलते-चलते बताइए।"

सतीश ने कुण्ठित होकर कहा, "यही कह रहा हूं कि मेरे यहां कोई स्त्री नहीं है। इस रात में अन्दर जाने के पहले आपको बता देना उचित है।" लड़की ने कहा, "यदि उचित है तो वहीं क्यों नहीं बता दिया? किन्तु मैं अब और खड़ी नहीं रह सकती — मेरे हाथ-पांव कांप रहे हैं। फिर मुझे खूब प्यास भी लगी है।"

"आइए, आइए।" कहकर सतीश अप्रतिभ होकर अंधेरे बाग के बीच से रास्ता दिखाता आगे बढ़ा। इस समस्त दु:खद घटना के बाद लड़की कितनी अवसन्न हो गई है, इसे मन-ही-मन अनुभव कर सतीश लज्जित हुआ। कुछ देर बाद ही उसने धीरे-धीरे कहा, "लगता है, आपकी बोली कहीं सुनी है?" लड़की ने इसका जवाब नहीं दिया, किन्तु इतना समझ गई कि सतीश अंधेरे में उसका मुंह देख नहीं पाया है। बरामदे में बढ़ते ही वह जाकर सतीश की टूटी आराम कुर्सी पर बैठ गई और बोली, "साथ में बिहारी तो है?" फिर जोर से पुकारा, "बिहारी, मेरे लिए एक गिलास पानी लाना तो?"

बिहारी उस ओर के कमरे में था। पुकार सुनकर जल ले उपस्थित हुआ। बरामदे की दीवार पर टिम-टिम करता एक किरासन लैम्प जल रहा था; उस धुंधले

प्रकाश में भी वह लड़की को देखते ही पहचान गया और विस्मय के साथ बोला, ''दीदी रानी आप, यहां?''

''वह लम्बी कहानी है,'' कहकर लड़की ने खुद ही उठकर बिहारी के हाथ से पानी का गिलास ले लिया और एक ही सांस में उसे खाली करके बिहारी को लौटाने के बाद बोली, ''दादा को खबर देनी पड़ेगी, बिहारी। ठिकाना बता देने पर, इस रात में तुम घर खोज सकोगे?''

बिहारी ने सिर हिलाकर कहा, ''नहीं, दीदी रानी। मैं तो शहर में कुछ भी नहीं पहचानता। उसे छोड़ मैं ठहरा बूढ़ा आदमी, इस आंधी-पानी और अन्धकार में रास्ता न चल सकूंगा।''

''तब क्या होगा बिहारी? घोड़ा यदि जाकर अस्तबल में खड़ा हो जाएगा तो दादा सोचकर घबड़ा उठेंगे। किसी उपाय से उन्हें बताना ही होगा कि डर की कोई बात नहीं है, मैं निरापद हूं।''

बिहारी ने सोचकर कहा, ''हमारा महाराज इसी देश का निवासी है, घाट-वाट सब जानता है। ज्योतिष साहब का ठिकाना बता देने पर निश्चय ही जा सकेगा। जाकर उसे बुला लाऊं।'' कहकर रसोईघर की ओर चला गया। अब सतीश ने लड़की को पहचाना। बोला, ''दादा को एक चिट्ठी लिख दीजिए।''

लड़की ने कहा, ''वह तो देनी ही होगी।''

सतीश बोला, ''इस तरह लिख देंगी कि बहन को मेम साहब बना देने का फल आज क्या हुआ, साहब आदमी सुनकर शायद खुश ही होंगे।''

व्यंग्य सुनकर सरोजिनी क्रुद्ध हो गई। यह सच है कि उसका आज का आचरण दैव-विडम्बना से भद्दा हो गया और उसके लिए खुद उसे भी कुछ कम पश्चाताप नहीं था, किन्तु और कोई आदमी ऐसा कहकर मेमसाहब के साथ बार-बार तुलना करके हंसी उड़ाता है तो वह सहन नहीं होता। उसने कड़ुवे स्वर में जवाब दिया, ''दादा को आप ही लिख दें कि उनकी बहिन की किस विपद से आपने अकेले रक्षा की है।'' उसकी विरक्ति का कारण सतीश समझ गया। किन्तु खुद वह यह सब साहबीपन बिलकुल ही देख नहीं सकता था। बोला, ''लिखना ही उचित है, किन्तु उससे भी यदि आप लोगों के समाज में कुछ चेतना पैदा हो।''

सरोजिनी ने कहा, ''हम लोगों के समाज के प्रति आपकी खूब घृणा है। है न? धारणा यही तो है न कि हम लोग मनुष्य नहीं हैं?''

सतीश ने कहा, ''मेरी धारणा जो भी हो, स्वयं आप लोगों की धारणा तो यही है कि आप लोगों के सिवा बंगाल में और आदमी ही नहीं है — यही न?'' सरोजिनी ने कहा, ''अन्ततः हम लोगों में से यह धारणा जिन लोगों की

है, उन्हें मैं दोष नहीं देती।"

सतीश ने कहा, "यह मैं जानता हूं। इसी के लिए आज आपको इससे और ज्यादा दण्ड मिलना चाहिए था। उस जगह यदि मैं आपको पहचान लेता तो चुपचाप चला आता, बात भी न करता।"

सरोजिनी ने कहा, "जरा सुनूं कि वह दण्ड क्या होना चाहिए था? अपमान या अत्याचार, बस यही न?"

सतीश ने कहा, "हां, वही।"

सरोजिनी ने कहा, "इतनी देर बाद मैं समझ पाई हूं कि क्यों आपने कहा था कि असहाय स्त्रियों का अपमान करना देशी लोगों का स्वभाव है। आपके लिए यही उचित था कि अपने घर लाकर स्वयं ही बाकी अपमान करते। परिचित होने से जो बाधा पड़ी, उसी पर इस समय आपका क्रोध है।"

सरोजिनी की बात सुन सतीश नाराज होने पर भी हंस पड़ा। बोला, "ठीक यही बात है। आपका अपमान न कर पाने के कारण मेरा इतना क्रोध है। हमारी बंगला भाषा में कृतज्ञता नाम की एक चीज होती है। आप लोगों के साहब-मेम वाले शब्दकोष में, शायद, वह चीज लिखी नहीं।"

सरोजिनी के ओष्ठाधर पर एक दबी हंसी की घटा बिजली की भांति कौंध गई। तब भी उसने क्रोध के स्वर में ही जवाब दिया किन्तु कण्ठ-स्वर इतना ज्यादा बनावटी था कि बड़े-बड़े असावधान श्रोताओं को भी उससे ठगा नहीं जा सकता था। सरोजिनी ने कहा, "ना, नहीं है। ये साहबमेम जितने अकृतज्ञ होते हैं, उतने ही पाखण्डी भी होते हैं। आपके उनके दल में आए बिना उनकी मुक्ति का कोई उपाय नहीं है। आएंगे उनके दल में।"

प्रत्युत्तर में सतीश भी हंसी दबाकर न जाने क्या कहने जा रहा था कि इसी समय बिहारी ने हनुमान पाण्डे को ला उपस्थित किया। सरोजिनी ने हाथ का बैग खोलकर पांच रुपये निकाले और उन्हें कुर्सी के हत्थे पर रखकर कहा, "पाण्डेजी, यदि इसी समय शहर में जाकर एक चिटठी दे आओ तो यह तुम्हारा इनाम है।" इतना कहकर उसने नाम-धाम बता दिया।

उन्नतीस

दो मास पहले, हारान की मृत्यु के समय, दिवाकर सिर्फ दो-चार दिन के लिए कलकत्ता में रहकर लौट जाने के लिए बाध्य हो गया था। इस बार किरणमयी

के तत्त्वावधान में रहकर कलकत्ते के कालेज में बी.ए. की पढ़ाई का निश्चय होने पर अपने नये खरीदे स्टील के ट्रंक में कागज-पत्र, कपड़ा-लत्ता भरे हुए वह हारान बाबू के पथरियाघाट वाले घर पर एक दिन शाम के समय आ उपस्थित हुआ।

किरणमयी ने उसे कम उम्र वाले छोटे भाई के रूप में ग्रहण किया।

कुछ दिन बाद ही 'चन्द्रोदय' पत्रिका में 'विष की छुरी' कहानी प्रकाशित हुई। 'सूर्योदय' पत्रिका ने उसकी समालोचना करते हुए लिखा, "यह बंगालियों के गौरव, सुप्रसिद्ध नवीन लेखक श्रीयुत दिवाकर वन्द्योपाध्याय की लिखी हुई कहानी प्रेम का एक विशुद्ध चित्र है।" इतना लिखने के बाद समालोचक महाशय ने इस विशुद्ध चित्र में क्या-क्या है और कैसे वह उसे पढ़ते-पढ़ते आंसू न रोक सके, यह सब बताकर यह आशा प्रकट की थी कि वह ऐसी ही एक कहानी और देखने के लिए उत्सुकतापूर्वक प्रतीक्षा कर रहे हैं।

ऐसे आकर्षक साहित्य का मुकुट सिर पर पहनकर दिवाकर एक दिन सुबह गर्व से उज्ज्वल मुख के साथ रसोईघर में आकर उपस्थित हो गया। उसके हाथ में वही 'सूर्योदय' की प्रति थी।

बोला, "भाभी, क्या आप बड़ी व्यस्त हैं?"

किरणमयी भोजन बना रही थी, बोली, "नहीं, ज्यादा व्यस्त तो नहीं हूं भाई; काम प्रायः खत्म हो चुका है। तुम्हारे हाथ में यह पत्रिका कौन-सी है लालाजी?"

"ओह, यह? यह एक मासिक पत्र है — 'सूर्योदय' नया ही निकलने लगा है। किन्तु जो चाहे कहो भाभी, लिखता अच्छा है।"

किरणमयी 'सूर्योदय' के अस्तित्व तक से अपरिचित थीं; आग्रहपूर्वक बोली, "सचमुच? यदि ऐसा है तो मैं भी एक बार देखूंगी।"

"अभी देखोगी?"

"नहीं, अभी नहीं — जाकर मेरे बिछौने पर रख दो। दोपहर के समय देखूंगी।" दोपहर को खाना-पीना, काम-काज निपट जाने पर किरणमयी 'सूर्योदय' को लेकर बैठी।

इधर-उधर देखते-देखते ठीक जगह पर निगाह पड़ गई। दिवाकर पास के कमरे में ही था; वह उठकर वहां गई और बोली, "क्यों लालाजी, 'विष की छुरी' कैसी है? समालोचना देख ली, अब असली कहानी दिखाओ।" दिवाकर, लज्जायुक्त विनय के साथ बोला, "ओह! वह कहानी, वह तो कुछ नहीं है भाभी; जल्दबाजी में लिखी हुई है।"

किरणमयी ने हंसकर कहा, "वैसी ही सही।" कहकर खुद ही खोज कर 'चन्द्रोदय' पत्रिका बाहर निकाल ली और वहीं एक कुर्सी पर बैठकर उसे पढ़ने

लगी। वह चुपचाप पढ़ रही थी किन्तु दिवाकर आशा-आकांक्षा की तीव्र उत्तेजना को छिपाकर झूठे ही एक पुस्तक के पन्ने उलटने लगा।

थोड़ा पढ़कर किरणमयी ने सहसा मुंह उठाकर कहा, "लालाजी, तुम निश्चय ही किसी को प्रेम करते हो? है न?"

इस आकस्मिक अपवाद की प्रबल लज्जा से दिवाकर हतबुद्धि हो गया। मुहूर्त्त-भर बाद कुण्ठित और परेशान होकर प्रतिवाद कर बैठा, "मैं? छि:! राम-राम! कभी नहीं — किसी तरह नहीं।"

"नहीं? लालाजी को कभी बिच्छू ने नहीं काटा?"

"नहीं — कभी नहीं।"

किरणमयी ने कहा, "आश्चर्य! किसी को किसी दिन काटते देखा भी नहीं?"

"नहीं, वह भी नहीं देखा।"

किरणमयी ने और अधिक आश्चर्य प्रकट करते हुए कहा, "तुम्हारा हृदय किसी दिन टूक-टूक हुआ हो, ऐसा भी नहीं लगता। किसी दिन प्यार भी नहीं किया, एक छोटे-से बिच्छू को भी किसी दिन आंखों से देखा नहीं, यह भी नहीं जानते कि वज्राघात की व्यथा कैसी होती है, तब विरह की यह भयानक सुधि तुमने पाई किस तरह?"

किरणमयी उसे किस ओर धकेल रही है, दिवाकर क्रमशः उसे समझने लगा था। मुंह लाल करके बोला, "क्या वह जाना नहीं जा सकता?" किरणमयी बोली, "मैं तो जानती नहीं कि कैसे जाना जा सकता है, किन्तु यह बात अवश्य ठीक है कि सुनकर या दूसरे की किताबों से चोरी करके लिखा जा सकता है।"

दिवाकर उत्तेजित हो उठा। बोला, "मैंने क्या चोरी की है, क्या यह बता सकती हो?" किरणमयी ने हंसकर कहा, "वही कहना चाहती हूं। चोरी तो तुमने निश्चय ही की है और तुम इतने अंधे हो कि जो चोरी की उसकी भी खबर तुमको नहीं है। क्रोध न करो लालाजी, किन्तु एक बिच्छू या वज्राघात छोड़ तुम्हारे हाथ में दूसरा कोई संबल है नहीं; क्या इतनी जरा-सी पूंजी लेकर इस समुद्र में नींव डालोगे? उपन्यास-लेखन ऐसी छोटी चीज नहीं है। फिर भी यदि छलांग मारकर समुद्र में डुबकी लगाना चाहो तो उसके लिए देवता का आशीर्वाद चाहिए — इस तरह नहीं होता।" इतना कहकर हंसने लगी।

वाक्यों की इस अप्रत्याशित आंधी से दिवाकर स्तम्भित हो गया। इतने दिनों से जिसके पास से सिर्फ मीठी बातें और मधुर परिहास ही प्राप्त करता रहा है उसी की इस प्रतारणा और नीरस व्यंग्य का प्रत्युत्तर वह क्या दे, यह समझ न पाया।

कुछ देर चुप रहकर धीरे-धीरे कहा, "तब क्या जितने लोग यह सब लिखते हैं वे सब प्रेम किये होते हैं या विरह की ज्वाला भुगत चुके होते हैं? इस आशा में बैठे रहने से कि कब ज्वाला सहने का मौका मिले, मैं समझता हूं कि साहित्य-चर्चा ही छोड़ देनी होगी।"

उसका उत्ताप देख किरणमयी हंसते हुए बोली, "क्या इसे साहित्य-चर्चा कहते हैं? इसे तो अनाधिकार-चर्चा कहते हैं।" इतना कहते-कहते उसके मुंह की हंसी अकस्मात् बड़ी कठोर हो उठी और अपनी ही बातों में मानो डुबकी लगाकर और छाती के अन्तरतम को मथकर एवं खून में भीगकर भारी एवं लाल हो उठी। उसने मलिन मुख से कहा, "मेरी बात तुम समझोगे नहीं लालाजी और आशीर्वाद देती हूं कि किसी दिन समझना भी न पड़े, किन्तु मैं तुमसे उम्र में बड़ी हूं, मेरी बात सुनो लालाजी, जिसे स्वयं न समझ सको, उसे दूसरे को समझाने की झूठी चेष्ट्य न करो। जिसे पहचानते नहीं, उसका परिचय दूसरे को देना नहीं।"

तीस

पांच-छः दिनों बाद एक दिन दोपहर को दिवाकर ने किरणमयी के कमरे में प्रवेश कर बड़े आश्चर्य के साथ देखा कि बड़ी तल्लीनता के साथ फर्श पर बैठकर वह हाथ की लिखी मूल संस्कृत रामायण का अध्ययन कर रही हैं। दिवाकर इसे जानता था कि किरणमयी ने साधारण गृहस्थ घर की स्त्रियों की अपेक्षा अधिक लिखाई-पढ़ाई की है और बंगला तथा अंग्रेजी दोनों का अच्छा ज्ञान रखती हैं।

किरणमयी ने हाथ के पन्ने को यथास्थान रखकर मुंह उठाकर कहा, "एकाएक इस प्रकार असमय में कैसे?"

दिवाकर ने सवाल किया, "तुम रामायण पर विश्वास करती हो?"

किरणमयी ने कहा, "करती हूं।"

दिवाकर ने बहुत विस्मित होकर कहा, "किन्तु बहुत-से लोग नहीं करते। सचमुच, इसके अन्दर इतनी मिथ्या है, इतना असम्भव है, इतना प्रक्षिप्त व्यापार है कि उन बातों को किसी भी तरह स्वीकार नहीं किया जा सकता।" किरणमयी ने हंसकर पोथी को हाथ से ठेल दिया और बोली, "यह तो मूल ग्रन्थ है। जरा देखूं तो कि कितनी प्रक्षिप्त बातें बाहर निकालते हो?"

दिवाकर अप्रतिभ होकर बोला, "मैं कैसे बाहर निकालूंगा भाभी? मैं तो संस्कृत जानता नहीं।" किरणमयी ने कहा, "ज्ञान न होने के कारण ही ऐसी बात चट

से तुम्हारे मुंह से निकल गई। विद्या न रहने पर ही अविद्या आकर घेर लेती है। इसी कारण से मनुष्य जो जानता नहीं, वहीं दूसरे को विशेष रूप से जनाना चाहता है। इसी बुरी आदत को छोड़ देना चाहिए।"

दिवाकर एकदम कुण्ठित हो गया। यह बात कहने में उसका कोई उद्देश्य नहीं था। उसने समझा था कि धर्मग्रन्थ के प्रति अश्रद्धा प्रकट करने से भाभी खुश होंगी।

किरणमयी ने जरा हंसकर कहा, "लिखना कैसा चल रहा है?"

दिवाकर ने कहा, "मैं तो अब लिखता नहीं।"

किरणमयी ने बड़े विस्मय का भाव प्रकट करते हुए कहा, "लिखते नहीं? कहते क्या हो लालाजी? किन्तु जो कुछ लिखा था, वह तो बुरा नहीं था। भला बताओ तो छोड़ क्यों दिया?"

दिवाकर ने कहा, "क्यों लज्जित करती हो भाभी? मैंने उसके बाद बहुत विचार कर देखा है कि तुम्हारी बात ही सत्य है। मेरी वह रचना भले दूसरों की चोरी न हो, परन्तु अनुकरण तो थी ही। सच बात है कि मैं प्रेम के विषय में क्या जानता हूं कि ऐसी कहानी लिखने बैठा! इसीलिए मैं अब नहीं लिखता, केवल विचार करता हूं।"

"विचार करते हो? दिन-रात क्या सोचते रहते हो, बताओ तो? मेरे विषय में तो नहीं?"

दिवाकर ने बात पर कान न देकर कहा, "पर देखता हूं कि उपन्यास लेखन के नशे को भी मैं छोड़ नहीं सकता। इसीलिए मन में आज यह निश्चय करके आया था कि तुम्हारे पास ही बैठकर सीखूंगा।"

किरणमयी ने कहा, "मेरे पास और क्या सीखोगे लालाजी, प्रेम करना?" दिवाकर ने प्रबल लज्जा को किसी तरह दबाकर गम्भीर होकर कहा, "सभी कुछ सीखूंगा। जरूरत पड़ेगी तो उसे भी सीखूंगा।"

किरणमयी ने भी मुंह पर बनावटी गम्भीरता लाकर कहा, "किन्तु इसमें एक गड़बड़ी है लालाजी। मुझे पकड़कर प्रेम करना सीखना शुरू करने पर लोग कहेंगे क्या?" दिवाकर ने तड़ाक से खड़े होकर कहा, "जाओ, मैं चला। तुम्हें तो केवल मजाक करना है।"

किरणमयी ने झट से उसका हाथ पकड़कर और होंठ दबाकर हंसते हुए कहा, "तो इसे ही स्पष्ट करके बताओ न भैया कि तुम मजाक नहीं चाहते, सचमुच करना चाहते हो।"

जोरों से हाथ छुड़ाकर दिवाकर तेजी के साथ बाहर हो गया।

किरणमयी ने मन-ही-मन हंसकर अपनी पोथी बन्द कर दी। उसके बाद उसे यथास्थान रखकर बाहर निकली और दिवाकर के कमरे में प्रवेश किया। दिवाकर मुंह लटकाए खिड़की के बाहर की ओर देखता हुआ चुपचाप बैठा था। किरणमयी ने कहा, "भला बताओ तो कि गुस्सा करके भाग क्यों आए?"

दिवाकर ने मुंह फिराए बिना ही कहा, "वह सब हंसी-मजाक मुझे अच्छा नहीं लगता।" किरणमयी ने कुछ देर चुप रहकर स्निग्ध कण्ठ से कहा, "लालाजी, तुम ठहरे मेरे देवर। तुम्हारे साथ हंसी-मजाक ही ठीक है। भैया, यह सब न करूं तो जीऊंगी कैसे, बोलो तो।"

इस स्नेहयुक्त कोमल स्वर से दिवाकर का क्रोध दूर हो गया। आज पहली बार उसके मन में हुआ कि सच ही तो कहती हैं। मेरे लिए लज्जित होने की तो कोई बात नहीं है। हम लोगों का सम्बन्ध तो हंसी-मजाक का ही सम्बन्ध है।

दिवाकर को और एक दिन की बात याद हो आई, जब इन्हीं से वेद तक की निंदा सुनकर उसने कानों में उंगली डाल ली थी। बोला, "मैं जानता हूं भाभी, कि तुम घोर विदुषी हो। इच्छा करने पर तुम सब विषय मुझे समझा सकती हो।"

किरणमयी ने कहा, "समझा सकती हूं? अच्छा, तब कहती हूं कि रमणी का रूप एक भ्रम मात्र है। असल में वह कुछ नहीं है — मरीचिका की तरह मिथ्या है। विश्वास करोगे?"

किरणमयी ने फिर क्षण-भर मौन रहकर कहा, "और इतनी सुविधा पर भी रूप का तत्व खोजकर नहीं पा सके। किन्तु आश्चर्य तो यह है, कि सतीश देवरजी ने भी एक दिन मुझसे ठीक यही बात पूछी थी; और भी एक आदमी ने पूछा था, और आज तुम भी पूछ रहे हो। मैं सोचती हूं, मेरा रूप देखकर ही क्या तुम लोगों के मन में यह प्रश्न उठता है?"

हठात् दिवाकर चौंक पड़ा। लाज से उसका सिर मानो कटकर गिरने लगा; वह मुंह नीचा करके बोला, "मुझे माफ कर दो भाभी, मैं जानता नहीं था।"

किरणमयी हंसते हुए बोली, "एक-आध बार नहीं भैया, तुम्हें सौ बार माफ किया।" इतना कहकर चुप हो मानो अपने ही मन में आई एक दुविधा को जोर लगाकर फेंक दिया; और अतुल-सुन्दर ग्रीवा को ऊंचा करके न जाने कैसे एक मृदु करुण स्वर में कहने लगीं, "लालाजी, आज जितनी बातें मुझसे पूछी हैं, उनके सच्चे उत्तर यदि देने लगूं तो वे सब बातें मेरे दंभ जैसी लगेंगी। इनको तुम्हें भूल जाना होगा। नहीं तो अपनी भूल को मेरी भूल समझ सब गोलमाल कर दोगे। मेरी बात समझ रहे हो लालाजी?" दिवाकर ने चुपचाप सिर हिला दिया।

इक्तीस

शय्या बिछाते-बिछाते किरणयमी उसी के एक छोर पर बैठ गईं और म्लान, करुण स्वर में बोलीं, ''यह क्या तुम्हारी नौकरी या व्यवसाय है लालाजी, कि मालिक की मर्जी के ऊपर या दुकान की खरीद-बिक्री के ऊपर सफलता-विफलता निर्भर करेगी? यह तो अपने कलेजे का धन है। लालाजी, बाहरी लोगों की शक्ति क्या है कि इसे विफल करें।'' कहकर थोड़ी देर के लिए आंखें बन्द कर लीं।

दिवाकर भक्ति से विनम्र चित्त से उस सुन्दर मुंह की ओर ताकता हुआ धीरे-धीरे बोला, ''अच्छा भाभी, तुम क्या आंखें बन्द करते ही हृदय में अपने स्वामी का मुंह देख पाती हो?''

किरणमयी आंख से देखकर मानो कुछ चकित होकर बोली, ''स्वामी का? हूं, देख क्यों नहीं पाती भैया। मेरे यथार्थ स्वामी हैं, वह रात-दिन मेरे इसी स्थान पर हैं।'' इतना कहकर अंगुली से अपनी छाती की ओर इशारा कर दिया।

दिवाकर ने उसकी बात को सरल ढंग से ग्रहण करते हुए विनम्र स्वर में कहा, ''किन्तु इस तरह देखने में लाभ क्या है भाभी? तुम तो ठाकुर-देवता को भी नहीं मानती, इहलोक-परलोक को भी स्वीकार नहीं करतीं तब मरने के बाद उनके पास कैसे जाओगी?'' किरणमयी ने कहा, ''मरने के बाद मैं किसी के भी पास जाना नहीं चाहती लालाजी!''

''कहीं किसी के पास नहीं? बिल्कुल अकेली रहना चाहती हो?'' कहकर दिवाकर मानो हतबुद्धि हो देखता रह गया और उसका सवाल सुनकर किरणमयी भी कुछ देर के लिए अवाक् हो गई। किन्तु दूसरे ही क्षण जोर लगाकर हंसती हुई बोली, ''किन्तु जब-तब तुम मेरी अपनी कहानी इतना क्यों सुनना चाहते हो बताओ तो लालाजी?''

''क्या जानें भाभी, परन्तु मुझे सुनने की बड़ी इच्छा होती है।''

किरणयमी ने बिछौने पर चादर बिछाने के बहाने मुंह फिराकर कहा, ''मैं एक आदमी के पास जाना चाहती हूं, किन्तु वह मरण के उस पार नहीं, इसी पार है।'' दिवाकर ने कहा, ''किन्तु वह तो मरण के उस पार चले गए हैं। इस पार किस तरह उन्हें पाओगी?''

किरणमयी ने हंसकर कहा, ''मेरे वह अभी भी इसी पार हैं। अब तक चली भी जाती, केवल — ''

''केवल क्या भाभी?''

"यदि एक बार भी जान लेती कि वह मुझे चाहते हैं या नहीं।"

दिवाकर ने पुनः विस्मित होकर कहा, "कौन हैं इस पार? कैसे पता पाओगी कि वह तुम्हें चाहते हैं या नहीं? यह सब तुम क्या कह रही हो भाभी?" क्षण-भर के लिए किरणमयी के मुंह पर एक मलिन छाया आई, किन्तु दूसरे ही क्षण वह दूर हो गई और फिर उसका सारा मुख उज्ज्वल हो उठा। उसने बनावटी गुस्से के स्वर में कहा, "तुम तो बड़े दुष्ट हो लालाजी! खुद तो मुंह खोलकर कुछ कहना नहीं चाहते, सिर्फ मेरे मुंह से सौ बार सुनना चाहते हो? जाओ, उनकी खबर मैं तुम्हें न दे सकूंगी।" इतना कह, मुंह को जरा आड़ में करके दबी-दबी हंसी हंसने लगी। दिवाकर ने वह हंसी देख ली और एक अज्ञात आवेग से उसकी छाती तेजी से धड़कने लगी। कुछ संभलकर बोला, "मेरी और क्या बात है भाभी, कि मुंह खोलकर तुमसे कहूं?"

किरणमयी लौटकर खड़ी हो गई और बोली, "इतना करके इतने दिनों तक जो कुछ सिखलाया, क्या वह सब व्यर्थ गया? एक बार अपनी छाती पर हाथ रखकर देखो कि एक भयानक बात वहां द्रुत गति से घूम-फिर रही है या नहीं? सच बोलो।" दिवाकर ने मंत्रमुग्ध की भांति कहा, "कौन-सी बात? तुमने क्या सिखाया?"

किरणमयी ने कहा, "तुमने तो अवाक् कर दिया लालाजी! इसी उम्र में क्या अभिनय करना सीख लिया है? किन्तु तुम्हारे मुंह खोलकर कहे बिना मैं भी न कहूंगी, फिर चाहे ऐसा करने में मेरी छाती फटे या तुम्हारी फट जाए!" कहकर हठात् नजदीक आ दिवाकर की ठुड्डी पर हाथ रख दिया और एक बार उसे ठुनकी देकर कमरे से तेजी से बाहर चली गई। दिवाकर स्तब्ध होकर बैठा रहा। किरणमयी ने अभी तक उससे कितनी ही बार कितने ही प्रकार का परिहास किया; हजारों बार हजारों बहाने से स्पर्श किया है, किन्तु आज का यह परिहास, यह स्पर्श उसके कान के अन्दर से होकर अंग-अंग की स्नायुओं-शिराओं में मानो प्रज्वलित विद्युत् प्रवाह संचारित कर गया। अपनी देह के प्रत्येक रक्त बिन्दु में इतना आश्चर्यजनक वेग उसने कभी अनुभव नहीं किया था।

बत्तीस

बहुत दिनों बाद आज फिर संध्या के समय अघोरमयी मुहल्ले की कई बूढ़ी स्त्रियों के साथ कालीघाट काली का दर्शन करने गई थीं। बात यह तय हुई थी

कि मां की आरती होने के बाद कुछ रात में घर लौटेंगी।

रात के प्रायः आठ बजे हैं। दिवाकर अपने बिछौने पर चुपचाप पड़ा है। उसके सिरहाने मिट्टी का एक दीया टिम-टिम करता जल रहा है। इस धुंधले आलोक में वह इससे पहले 'दुर्गेश नन्दिनी' पुस्तक पढ़ रहा था, उसी जगह उसे मुंह पर रखकर वह शायद मन-ही-मन उस आयेशा के बारे में ही सोच रहा है। किरणमयी ने कमरे में आकर पूछा, ''छोटे देवर जी! क्या नींद नहीं आ रही है?'' दिवाकर ने मुंह पर किताब हठाए बिना ही कहा, ''नहीं, सिर बहुत दर्द कर रहा है।''

किरणमयी ने हंसकर कहा, ''ऐसा होने पर तो अच्छी विशेष चिकित्सा होगी। सिर पर प्रकाश जलाए रखने से भी दर्द नहीं जाता लालाजी?'' दिवाकर बोला ''किताब कल ही वापिस कर देनी होगी, इसीलिए उसे समाप्त कर रहा हूं।''

किरणमयी ने कहा, ''आंखें बन्द करके आयेशा का विचार करने से किताब नहीं खत्म होगी भाई। आंखें खोलकर पढ़ना होगा! न हो तो उसे खा-पीकर खत्म करना — इस समय चलो, खाना ठण्डा हुआ जा रहा है।'' दिवाकर की उठने की इच्छा न थी; उसने थकावट-भरे अनुनय के स्वर में कहा, अभी रहने दो भाभी! मौसी आ जाए, उसके बाद ही खाऊंगा।''

किरणमयी ने कहा, ''वह कब तक आएंगी, इसका क्या ठीक है लालाजी? आज मेरा खुद का शरीर भी अच्छा नहीं है। सोचती हूं, उनके कमरे में भोजन रखकर ढक दूं और जरा सो लूं। उठो, तुम्हें खाना परोस दूं।'' इतना कहकर वह पास आ गई और किताब दिवाकर के मुंह पर से उठा ली।

पास ही दिवाकर का लोहे का ट्रंक रखा था। किरणमयी लौटकर उसके ऊपर बैठ गई और फिर से कहा, ''उठ जाओ न।''

''मेरी उठने की इच्छा नहीं हो रही है भाभी! उससे अच्छा तो यही होगा कि तुम कुछ गप-शप लगाओ, मैं सुनूं।''

''सिर्फ गप-शप सुनने से तो पेट भरेगा नहीं लालाजी; समय पर खाना भी पड़ेगा। क्या कहते हो?''

दिवाकर ने क्षण-भर चुप रहकर कहा, ''अच्छा भाभी, मेरे नहाने-खाने-सोने के विषय में तुम इतना सिर-दर्द क्यों मोल लेती हो?''

किरणमयी ने हंसते मुंह से कहा, ''क्या नहीं जानते?''

''बिना कहे कैसे जानूंगा?''

''तुम्हारी यह बात तो झूठी है भाई। न कहने पर भी जाना जाता है, और तुम भी ठीक तरह से जानते हो।''

दिवाकर का मुंह-नयन सब लज्जा से लाल हो उठे। वह कुछ देर तक चुपचाप

पड़ा रहा, फिर न जाने कैसे एक उदास, करुण स्वर में बोला, "अच्छा भाभी, एक बात पूछता हूं।"

"एक ही क्यों भैया, सौ बातें पूछो। किन्तु पहले खा-पीकर मुझे छुट्टी दे दो। उसके बाद न होगा तो सारी रात बैठकर तुम्हारी बातों का जवाब दूंगी। क्यों, राजी हो?" कहकर वह हंसने लगी। दिवाकर ने इस परिहास के बदले जवाब देने का प्रयास करते हुए बनावटी सहानुभूति के स्वर में कहा, "अच्छा तो है भाभी! तुम समझती हो कि इस कठिन बक्से पर बैठकर तुम सारी रात मेरी बातों का जवाब दोगी?"

किरणमयी मुस्कराई। बोली, "इस पर बैठने पर यदि तुम्हें व्यथा होगी लालाजी, तो न होगा तुम्हारे नरम बिछौने पर ही उठकर बैठ जाऊंगी। क्यों? वैसा होने पर तो क्षोभ न रह जाएगा?"

फिर दिवाकर के कानों की जड़ तक लाल हो उठी। वह मारे शर्म के करवट लेकर सो गया। किरणमयी उठ आकर बोली, "भले न उठो — मुझे छुट्टी दो, फिर करवट लेकर सोने की जरूरत न रहेगी।"

ऊपर आकर अघोरमयी ने तीव्र कण्ठ से पुकारा, "कहां हो, एक बार बाहर निकलो न बहू? यह उपेन आया है — "

अंधेरे घर के भीतर बैठी किरणमयी का कलेजा धक् से हो गया। और बिछौने के अन्दर दिवाकर का सारा शरीर शिथिल और बर्फ जैसा ठण्डा हो गया। अघोरमयी ने फिर पुकारा, "कहां चली गईं? कोई चटाई-वटाई बिछा दो न बहू। उपेन खड़ा है न।"

किरणमयो ने बाहर आकर बरामदे में एक चटाई डाल दी। उसके मुंह से सहसा कोई बात बाहर नहीं निकली।

उपेन्द्र ने पास आकर प्रणाम करके कहा, "अच्छी तो हो भाभी?"

किरणमयी ने अपने को सम्भाल लिया। सिर हिलाकर बोली, "हां। तुम कैसे हो देवरजी? बहू तो अच्छी हैं? खबर दिए बिना एकाएक कैसे आ गए?" किन्तु कण्ठ स्वर सुनकर उपेन्द्र चकित हो गए। जैसे गले में कहीं लेशमात्र भी रस न हो, ऐसा शुष्क, ऐसा विरस।

उपेन्द्र ने कहा, "मुवक्किल के पैसे की आशा में भाभी; फिर कल शाम को ही लौट जाना होगा। कालीघाट में प्रयोजन के बाद, बाहर निकलते ही देखता हूं कि मौसी हैं। तब से साथ-साथ ही घूमता रहा हूं। दिवाकर का क्या हाल है बताओ तो? वह न तो चिट्ठी-पत्री लिखता है, न कोई खबर देता है। शायद घूमने गया है?"

किरणमयी ने कहा, ''सिरदर्द की बात कहकर लेट गए हैं। क्या जानूं, शायद सो गए होंगे।'' अघोरमयी का मिजाज आज ठीक नहीं था। एक तो जब बहू का दोष दिखाई देता हो तब वैसा सुअवसर वह कभी हाथ से जाने नहीं देती थीं, फिर दिवाकर से भी उनका चित्त प्रसन्न नहीं था। सुबह उसे साथ लेकर कालीघाट जाना चाहती थीं किन्तु काम के मारे दिवाकर ने अस्वीकार कर दिया था। वह तेज आवाज में बोलीं, ''अभी तो तुम उसी के कमरे से निकलकर आ रही हो बहू, किन्तु यह भी नहीं मालूम कि वह सो रहा है या नहीं?''

''नहीं, नहीं जानती।'' कहकर किरणमयी ने सास की ओर विषैली नजर डाली।

उपेन्द्र ने जोर से आवाज दी, ''दिवाकर!''

वह जग ही रहा था, इस बुलाहट की उपेक्षा नहीं कर सका। धीरे-धीरे बाहर आकर खड़ा हो गया। प्रणाम करके अस्फुट स्वर में बोला, ''कब आए दादा?''

''सवेरे। क्या तुम्हारे सिर में दर्द है?''

''मामूली-सा है।''

अघोरमयी ने गुस्से के साथ कहा, ''सिर दर्द न करेगा बेटा! पहले तो तुम चाहे जैसे हो, घूम-फिर आते थे अब घर के बाहर ही नहीं निकलते। सुबह कहा, दिवू, मेरे साथ जरा कालाबाड़ी चल तो बेटा।'' नहीं मौसी, मुझे काम है' कहकर टाल दिया। भला बताओ तो भैया कि तुम्हें क्या काम था?'' दिवाकर चुप खड़ा रहा। उपेन्द्र ने पूछा, ''चिट्ठी-पत्री लिखना भी बन्द कर रखा है। किस कालेज में दाखिला हुआ?''

दिवाकर ने मीठे स्वर में कहा, ''कालेज खुलने पर ही दाखिला होगा। अभी नहीं हुआ।''

''खुलने पर ही दाखिला होगा! अभी नहीं हुआ!'' असह्य क्रोध से उपेन्द्र की दोनों आंखें आग का भांति जल उठीं — ''सोलह-सत्रह दिन से अधिक हुए, सब कालेज खुल गए — तुझे इसकी भी खबर नहीं है?''

दिवाकर का मुंह कागज की तरह सफेद पड़ गया।

अघोरमयी बहुत विरक्त होकर कहने लगीं, ''कैसे पता होगा उपेन? दोनों रात-दिन गप-शप, हंसी-मजाक, फुस-फुस न जाने क्या-क्या करते रहते हैं, वही जानें। मैंने बार-बार कहा, 'बहू वह पराये का लड़का है, लिखने-पढ़ने के लिए आया है, उसके साथ आठों पहर यह सब क्यों? भले हो वह देवर, जवान लड़के के सामने बहू क्या कुछ भी लाज-वाज न करेगी?' पर वह क्या किसी की बात सुनती है?''

फिर उपेन्द्र की ओर देखती हुई बोलीं, ''तू बैठा है उपेन, इसीलिए चुप है। नहीं तो अब तक मेरे बाल मुट्ठी में पकड़ लेती। ऐसी है मेरी बहू! मैं कसम खाकर कह सकती हूं उपेन, सारा दोष इसी हतभागिनी का है।'' किरणमयी पास ही खड़ी थी। उसने एक भी बात का जवाब नहीं दिया। धीरे-धीरे रसोईघर की ओर चली गई।

''सुनो, उपेन दिन-भर का भूखा है।''

किरणमयी लौटकर खड़ी हो गई और बिल्कुल सहज स्वर में बोली, ''उसी के लिए तो जा रही हूं मां।'' फिर उपेन्द्र को लक्ष्य करके कहा, ''भागना नहीं देवरजी। मुझे कुछ पूरियां उतारकर लाने में दस मिनट से ज्यादा न लगेंगे।''

फिर स्तब्ध, मूर्च्छित प्राय: दिवाकर से कहा, ''छोटे लालाजी, तुम्हें भी चलो कुछ खाने को दे दूं, रसोईघर में आओ। मां, दासी को जरा दुकान तक भेज दो, देवरजी के लिए कुछ मिठाई खरीद लाये।''

उपेन्द्र चुपचाप उठ आकर निर्दिष्ट आसन पर बैठ गए। किरणमयी ने पास ही फर्श पर बैठते हुए कहा, ''आज जो कुछ बन सका है, उसे ही थोड़ा खा लो देवरजी। ज्यादा कुछ करने में व्यर्थ ज्यादा रात हो जाती।''

उपेन्द्र ने मुंह उठाकर देखा धुंधले आलोक में उसका मुंह पत्थर की भांति कठिन दिखाई पड़ रहा था। भोजन की थाली एक ओर हटाकर कहा, ''भाभी, खाने के लिए तो यही यथेष्ट था। किन्तु मैं खाने के लिए नहीं आया — आपके साथ एकांत में दो बातें करने आया हूं।''

किरणमयी ने कहा, ''मेरा बड़ा भाग्य है, किन्तु खाओगे क्यों नहीं?''

उपेन्द्र क्षण-भर टकटकी लगाए देखते रहे। उनका कठिन मुंह और कठिन दिखाई पड़ने लगा। कहा, ''तुम्हारे हाथ का छुआ खाने में आज मुझे घृणा होती है।''

किरणमयी चुप सिर झुकाए बैठी रही। बहुत देर के बाद मुंह उठाकर धीरे-धीरे बोली, ''ऐसा है तो खाने की जरूरत नहीं।'' फिर कुछ देर तक सिर झुकाकर चुप रहने के बाद मुंह उठाकर कुछ हंसी। बोली, ''घृणा होने की बात है। किन्तु कभी सोचा नहीं था कि तुम्हारे मुंह से ऐसी बात सुनूंगी। सिर्फ एक ही आदमी था जो घृणा से थाली हटा दे सकता था। वह था सतीश। तुम वैसे नहीं हो देवरजी!''

उपेन्द्र ने अन्दर का दुर्निवार क्रोध जी-जान से दबाकर कहा, ''भाभी तुम्हें याद दिला देता हूं कि आज भी मेरी सुरबाला जीवित है! वह कहती है कि जो मुझे एक बार प्यार कर चुका है उसकी शक्ति नहीं कि वह दूसरे किसी को प्यार करे। मैंने सिर्फ इसी भरोसे दिवा को तुम्हारे हाथ सौंप दिया था। सोचा था, इन

सब विषयों में सुरबाला से कभी भूल नहीं हो सकती।"

बात पूरी होने के पहले ही किरणमयी अचानक दोनों हाथ उठाकर बोलीं, "रुको देवरजी। भूल उनसे हुई है तुमसे नहीं, ऐसी बात पर तुमने इस तरह नि:संशय कैसे विश्वास कर लिया?"

उपेन्द्र ने हठात् उठ खड़े होकर कहा, "रात होती जा रही है; मेरे पास बहस करने का समय नहीं है। मैं आपको पहचानता हूं। किन्तु इस बात को अच्छी तरह से समझ रखना कि शुभ भाव से आप किसी को प्यार कर ही नहीं सकतीं — वह शक्ति ही आपमें नहीं है। केवल सर्वनाश ही कर सकेंगी। छि:-छि: अन्त में दिवा को ही — "

घृणा से उनका गला रुंध गया। किन्तु सामने ताकने पर देखा कि किरणमयी का सारा मुंह इस तरह बदरंग हो गया है मानो किसी ने उसकी छाती में एकाएक गोली मार दी हो। दरवाजे के बाहर खड़ी होकर अघोरमयी ने पूछा, "खाना हो गया भैया उपेन?"

"नहीं मौसी, खाया नहीं। तबीयत ज्यादा खराब मालूम होती है।"

"तबीयत खराब है? क्या बात हुई? अगर ऐसी बात है तो न हो तो यहीं सो जाओ — मत जाओ।"

"नहीं मौसी, मुझे जाना ही होगा।" कहकर उपेन्द्र बाहर निकल आए। दिवाकर के कमरे के सामने आकर पुकारा, "दिवा।"

दिवाकर दीपक बुझाकर लेट गया था। उसके हृदय की बात केवल अन्तर्यामी ही जानते थे। अस्फुट स्वर में हुंकारी दे कांपते पांवों से बाहर आकर खड़ा हो गया। उपेन्द्र ने कहा, "अपना बक्स-बिस्तरा बांध ले—मेरे साथ ही चलना होगा।"

अघोरमयी विस्मित और परेशान होकर बोलीं, "यह क्या उपेन, रात में लड़का कहां जाएगा?"

"मेरे साथ जाएगा, उसकी चिन्ता क्यों मौसी। ले रे, जल्द ठीक कर ले — मैं गाड़ी बुला लाता हूं।"

"लालाजी!"

यह समझकर कि रात बीत गई और सवेरा हो गया है, दिवाकर चौंककर उठ बैठा। देखा, ठीक सामने किरणमयी खड़ी है।

दिवाकर ने चौंककर कहा, "यह क्या भाभी! तुम?"

"हां लालाजी, मैं ही हूं।" कहकर किरणमयी विह्वल दिवाकर की छाती के ऊपर औंधी हो पड़ गई। बोली, "लालाजी, मुझे छोड़कर तुम चले जाओगे?

देखती हूं, कैसे जाते हो?"

जवाब में दिवाकर एक बात भी न सह सका — सिर्फ उसकी आंखें भर आईं। किरणमयी उठ बैठीं और आंचल से उसकी आंखें पोंछकर बोलीं, "छि:! रोते क्यों हो भाई।"

"भाभी, मैं निरुपाय हूं। छोटे दादा ने आज सुबह ही मुझे चले जाने के लिए कहा है।"

उपेन्द्र के नाम मात्र से किरणमयी क्रोध से अन्धी होकर बोली, "कौन छोटे दादा! कौन हैं वह! वह क्या मेरी अपेक्षा भी तुम्हारे अधिक अपने हैं? तुमको देख न पाने पर क्या उनकी छाती फटती है? नहीं लालाजी, संसार में किसी की मजाल नहीं है कि वह हमें अलग कर सके। बाहर गाड़ी खड़ी है — चलो, हम चलें।"

"कहां भाभी?"

"जहां मैं ले चलूं, वहीं लालाजी।"

"अच्छा चलो।" कहकर दिवाकर उठने को तैयार हो गया। एक बार उसके मन में आया, मानो वह अभी जगा नहीं है, नींद में स्वप्न देख रहा है। किन्तु दूसरे ही क्षण किरणमयी का अनुसरण करते हुए, धीरे-धीरे बाहर आ खड़ा हुआ।

तैंतीस

भृंगी जैसे पतंग को अपने पास खींच लाता है, उसी तरह किरणमयी ने मानो किसी दुर्निवार जादू-मंत्र से अर्द्धचेतन, विमूढ़चित्त, अभागे दिवाकर को जहाज के घाट पर लाकर खड़ा कर दिया और टिकट खरीदकर अराकान (बर्मा) जाने वाले यात्री-जहाज पर चढ़ गई। इस जहाज पर भीड़ नहीं थी, इसलिए जहाज के अधिकारियों ने उन्हें पति-पत्नी समझ एक केबिन में जगह दे दी। इस स्थान पर किरणमयी को बैठाकर दिवाकर डेक पर, एकान्त में, रेलिंग पकड़े चुपचाप खड़ा हो गया। धीरे-धीरे डेक पर से यात्रियों की भीड़ छंट गई; कुलियों का शोर-गुल बन्द हो गया। लंगर उठाने का कर्कश शब्द सुन जहाज के अगले भाग की तरह दिवाकर की छाती के भीतर भी कंपकंपी होने लगी। थोड़ी ही देर में जहाज भागीरथी की धारा के बीच आ गया और अकूल समुद्र में जाने के लिए धीरे-धीरे चाल बढ़ाने लगा। जब ठीक समझ में आ गया कि जहाज चल पड़ा है, तब दिवाकर की दोनों आंखों में पानी भर आया। उसने दोनों हाथों की हथेलियों से जोर के

साथ दबाकर किसी तरह उठते हुए रोने को रोका और लाज बचाई। उस समय तक पूर्व दिशा का आकाश अरुण सूर्य की आभा से लाल हो चला था और तब भी उसके निःसंशय उपेन दादा ज्योतिष साहब के घर में शय्या त्याग करके उठे नहीं थे। भागने के लिए घर से बाहर आने तक जो भीषण अव्यक्त ग्लानि दिवाकर के मन में जमा हो रही थी, वह अन्त में कितनी कुत्सित और निदारुण है, इस समय उसकी आंखों के सामने वह दृश्य स्पष्ट हो गया। एक भद्र गृहस्थ की बहू को कुल के बाहर वह न जाने किस अनजाने देश में लिये जा रहा है, ऐसा असंभव काण्ड उसके हृदय में अभी तक सचमुच आश्रय नहीं पा सका था। उसकी शिक्षा, संस्कार, चरित्र, स्कूल-कालेज, देश, बन्धु-बान्धव और सबके ऊपर उसके पिता तुल्य उपेन दादा — इन सबसे वह किस प्रकार निर्मम भाव से अलग होता जा रहा है, इसका ज्ञान उसे उस समय हुआ, जब उसने देखा कि जहाज सचमुच चल पड़ा है! अपने उपेन दादा के आगे वह आज भी बच्चे की तरह है। उन्हीं उपेन दादा के मन का भाव इस संवाद को सुनकर कैसा हो जाएगा, इसका ध्यान आते ही उसे ऐसा लगा मानो उसकी छाती की धड़कन बन्द हो गई है। वह उसी जगह दोनों घुटनों के बीच सिर रखकर बैठ गया और क्षण-भर में ही उसकी आंखों से झर-झर आंसू गिरने लगे। ऐसे ही समय किरणमयी उसके बगल में आकर खड़ी हो गई और सिर पर हाथ रखकर स्नेहार्द्र स्वर में बोली, "लालाजी, एक बार कमरे में तो चलो।"

बड़ी कोशिश के बाद, बहुत देर में जब उसकी आंखों के आंसू सूख गए, तब दिवाकर सिर नीचा किए-किए उठा और धीरे-धीरे किरणमयी का अनुसरण करता हुआ केबिन में आ उपस्थित हुआ। किरणमयी ने दरवाजा बन्द कर दिया और दिवाकर को अपने बगल में बैठाकर उसके दोनों हाथ अपने हाथ में ले मुंह की ओर देखती हुई बड़े ही करुण स्वर में बोली, "रोते क्यों हो भाई?"

सवाल सुनकर दिवाकर की आंखों से फिर आंसू गिरने लगे।

किरणमयी ने आंचल से आंसुओं को पोंछते हुए कहा, "लालाजी, सच-सच बताओ कि तुम मुझे प्रेम करते हो या नहीं?"

दिवाकर कुछ भी नहीं कह सका। बिल्कुल बच्चों की तरह व्याकुल होकर रोने लगा। किरणमयी ने उसका आंसुओं से भीगा मुख अपनी छाती पर खींचकर दबा लिया और उसके सिर पर धीरे-धीरे अंगुली फेरती हुई बिना बोले ही सान्त्वना देने लगी।

इस तरह बहुत देर बीत गई। बहुत देर बाद दिवाकर की अश्रुधारा अपने-आप ही सूख गई और वह पहले की अपेक्षा कुछ सुस्त होकर उठ बैठा और

कुछ न कहकर दरवाजा खोलकर धीरे-धीरे बाहर चला गया।

दिवाकर रेलिंग के पास एक कुर्सी खींच लाकर फिर बैठ गया।

कुछ देर बाद फिर केबिन से पुकार हुई। किरणमयी ने कहा, "बहुत देर हो गई है, स्नान कर आओ। तब तक मैं तुम्हारे भोजन का बन्दोबस्त करती हूं।" इस बीच उसने स्वयं स्नान कर लिया था और पीठ के ऊपर गीले बाल बिखराये केबिन के फर्श पर बैठी हांडी का मुंह खोलकर कुछ खाद्य सामग्रियों के जमा-खर्च का हिसाब कर रही थी। रात में नौकरानी से उसने सब कुछ मंगवा लिया था। दिवाकर ने जवाब दिया — "तुम खाओ, मुझे जरा भी भूख नहीं है भाभी!"

किरणमयी ने मुंह उठाकर देखा। बोली, "यह नहीं होगा। तुम्हारे न खाने पर मैं भी न खा सकूंगी। अब तुम्हीं मेरे सर्वस्व हो — तुम्हें खिलाये बिना मैं किसी तरह न खा सकूंगी।" बात सुनकर दिवाकर लज्जा से मर गया और कोई बात न कहकर बाहर जाने लगा। किरणमयी उसे पकड़कर बोली, "यह चक्रव्यूह है लालाजी, भागकर कहां जाओगे? इसमें घुसने का रास्ता है, बाहर निकलने की राह क्या सभी जानते हैं? यदि ऐसी ही इच्छा थी तो यह विद्या तुम अपने उपेन दादा के पास से सीख क्यों नहीं आये?"

फिर कुछ देर मौन रखकर बोली, "यह कोई तमाशा नहीं है लालाजी, तुम मुझे छोड़कर जा नहीं सकते। स्नान कर लो और आकर कुछ खाओ, उसके बाद रेलिंग पकड़े-पकड़े जितनी इच्छा हो, रो लेना, मैं आपत्ति नहीं करूंगी। किन्तु लालाजी, इतना कहे रखती हूं कि इसके बाद आंखों से आंसू गिराने की बहुत जरूरत पड़ेगी; उसे इस तरह खर्च न करो कि बाद में अफसोस करना पड़े।"

दिवाकर ने जवाब नहीं दिया। आने वाले दिनों के इस निष्ठुरतम परिणाम के इशारे को सिर झुकाकर ग्रहण कर लिया और स्नान करने के लिए चुपचाप बाहर हो गया। सूने केबिन में किरणमयी भी स्तब्ध बैठी रही। उसके व्यंग्य-विद्रूप का शूल सिर्फ दिवाकर को ही नहीं चुभा, वह हजार गुना होकर अपनी छाती में भी लौट आया।

बिना नहाए, बिना खाए ही दिवाकर डेक की आरामकुर्सी पर पड़कर ऊंघने लगा। जल्द ही सो गया। किसी के कोमल हाथों के स्पर्श से उसका ध्यान उचट गया। सिर घुमाकर देखा — किरणमयी है।

किरणमयी ने कहा, "क्या हुआ है लालाजी? तुमने क्या मृत्यु का प्रण लेकर अनशन कर रखा है?"

दिवाकर ने उत्तर नहीं दिया; चुप्पी ही साधे रह।।

किरणमयी ने थोड़ी देर उत्तर की राह देखी, फिर 'कमरे में चलो' कहकर बलपूर्वक उसे केबिन में ले आई और फर्श पर बिछी शय्या पर बैठाकर कहा, "यदि कुछ नहीं समझते तो इतना तो समझो कि सैकड़ों रुदन से भी जहाज तुम्हें देश को लौटाकर नहीं ले जाएगा। न खाकर सूख-सूखकर मर जाने पर भी नहीं, सागर के जल में कूद पड़ने पर भी नहीं। अराकान तो तुम्हें जाना ही होगा। तब क्यों व्यर्थ अपने को सुखाकर मुझे भी सुखा रहे हो? जो दूं उसे खाते चलो। उसके बाद जब अराकान पहुंच जाओ तो खुशी हो उतर जाना और जब खुशी हो लौट आना; तुम्हारी कसम खाकर कहती हूं लालाजी, मैं रोकूंगी नहीं।" कहते-कहते किरणमयी का कण्ठस्वर उग्र हो गया और पिपासातुर दोनों आंखें आग की तरह जलने लगीं। दिवाकर मुंह उठाकर मुग्ध की तरह देखता ही रह गया। आज इतने दिनों बाद उसके मन में आया जैसे पर्दे की ओट की सच्ची वस्तु के उसने एकाएक दर्शन पा लिए हों। किरणमयी की सुन्दर आंखों की वासना-दीप्त, भूखी दृष्टि में और जो कुछ भी हो उसमें उसके लिए एक कण भी प्रेम नहीं है। फिर भी उसने कुछ कहा नहीं, चुपचाप नजर झुकाकर उठी हुई दोनों हथेलियों में मुंह छिपा लिया और पत्थर की तरह बैठा रहा।

क्षण-भर बाद ही किरणमयी उठ गई और एक हांडी के अन्दर से थोड़ी मिठाई निकालकर तश्तरी में ले आई; फिर दिवाकर के सामने घुटनों के बल बैठ गई। अब एक हाथ से उसका मुंह पकड़कर एक-एक करके मिठाई उसमें डालने लगी। इस तरह सब खिलाने के बाद उसने न जाने क्या सोचा कि एकाएक दिवाकर के गीले ओंठ को चूमकर खिलखिला पड़ी।

इस विषाक्त चुम्बन और इस निष्ठुर हंसी को दिवाकर ने अपनी सारी शक्ति लगाकर किसी तरह सहन कर लिया, किन्तु जब रात में एक ही शय्या पर सोने का आयोजन होने लगा तब वह किसी तरह भी स्थिर न रह सका। खड़े होकर कहा, "यह नहीं होगा भाभी, यह मैं किसी तरह न कर सकूंगा। मुझे छोड़ दो, मैं जहां भी होगा बाहर कहीं पड़ा रहूंगा, किन्तु तुम्हारा यह हुक्म पालन करने के लिए मैं कमरे में रात नहीं काट पाऊंगा, किसी तरह नहीं।"

किरणमयी उस समय बिछौना बिछा रही थी। उसने सिर घुमाकर देखा। दिवाकर ने फिर दृढ़ स्वर में कहा, "यह किसी तरह नहीं होगा।"

किरणमयी ने पहले तो हंसने की चेष्टा की, किन्तु हंसी आई नहीं। बोली, "क्या नहीं होगा लालाजी, सोना?"

उसकी दोनों आंखें बाण से घायल शेरनी की आंखों की तरह जल उठीं। उसने दांतों को दांतों से दबाते हुए धीरे-धीरे कहा, "तुम क्या समझते हो कि

सारा अपराध मेरे सिर पर मढ़कर, अच्छे-भले आदमियों की तरह देश लौट जाकर, अपने उपेन दादा के पांव छूकर और कसम खाकर कह दोगे कि तुम साधु हो; और तुम्हारे उपेन दादा सिर ऊंचा करके चलेंगे? यह नहीं होगा लालाजी। मेरी सब बातें समझ नहीं पाओगे, समझने का प्रयोजन भी नहीं है — तुम साधु हो या न हो, उसकी मैं चिन्ता नहीं करती; किन्तु अपराध के बोझ से जब मेरा सिर झुक जाएगा तब तुम्हारे उपेन दादा को भी सिर ऊंचा करके चलने लायक मैं किसी तरह न रहने दूंगी, यह तुम निश्चित समझ रखना।" इतना कहकर पुनः वह शय्या ठीक करने लगी और पास ही गद्दी लगे बेंच पर दिवाकर सिर नीचा करके बैठा रहा। रात को दोनों पास-पास सोए। अदृष्ट के चक्र से जैसे सब कुछ दान करने के बाद हरिश्चन्द्र ने चांडाल के हाथ में अपने को समर्पित कर दिया था, उसी प्रकार घृणा से दिवाकर ने किरणमयी की शय्या पर आत्मसमर्पण कर दिया था। किन्तु यह वितृष्णा किरणमयी से छिपी न रह सकी।

सारी रात उसके तन्द्राच्छन्न दोनों कानों में किसी का अस्फुट रोदन प्रवाह की तरह आकर पहुंचने लगा और उसी के बीच-बीच में किसी का क्रुद्ध दीर्घश्वास रह-रहकर गरज उठने लगा। भोर में एक धक्का लगने से वह एकाएक जग गया, तब मालूम हुआ कि बाहर बड़े वेग से आंधी चल रही है और जहाज तेजी से हिल रहा है। आंख खोलकर देखा, उसकी छाती पर किरणमयी का कोमल बायां हाथ निद्रित काल-सर्प की तरह पड़ा हुआ है। कहीं जागकर उठने पर काट न ले, इसी डर से उसने उठने का साहस नहीं किया; फिर से आंखें बन्द करके पड़ा रहा।

कुछ ही देर बाद वितृष्णा ने दिवाकर को ठेलकर उठा दिया और उसने किरणमयी के बन्धन से अपने को बलपूर्वक मुक्त कर लिया और किसी तरह कमरे के बाहर निकल गया।

चौंतीस

बाहर कम होती हुई आंधी के दबे रोदन को भेदकर ऊपर जहाज पर बाहर का घण्टा बज उठा। डेक की एक कुर्सी पर, छाती में लम्बी सांस छिपाए, दिवा र चुप बैठा था, हठात् दबे गले से पुकार आई "लालाजी।"

दिवाकर चौंक पड़ा। तुरन्त जवाब दिया, "क्या है भाभी?"

किरणमयी ने कहा, "तुम लौट ही जाओ।"

दिवाकर ने जोर देकर कहा, ''किसी तरह नहीं।''

किरणमयी ने कहा, ''नहीं क्यों? बिना समझे एक गलती कर डाली। अब समझते हुए भी उसका प्रतिकार न करोगे तो पाप का बोझ बढ़ता ही जायेगा। मैं तो उसकी जरूरत देखती नहीं, लालाजी।''

दिवाकर ने कहा, ''तुम नहीं देखतीं, पर मैं तो देखता हूं। इसके सिवा क्या लौट जाने मात्र से पाप का बोझ उतर जाएगा भाभी?''

किरणमयी ने कहा, ''अभी उतर जाएगा, यह तो नहीं कहती। किन्तु दो दिन बाद तो उतर जाएगा।''

दिवाकर ने मृदु स्वर में पूछा, ''किन्तु जाऊंगा कहां?''

किरणमयी ने कहा, ''अपने घर, आत्मीयों-स्वजनों के पास। अपने उपेन दादा के पास। सब कुछ तो तुम्हारा है।''

दिवाकर कुछ देर चुप रहने के बाद बोला, ''जो कुछ मेरा बता रही हो, यह कुछ भी मेरा नहीं है, यह बात तुम जानती भी हो। हैं सिर्फ उपेन दादा, किन्तु उन्हें क्या तुम पहचानती नहीं? उन्हीं के पास मुझे लौट जाने को कहती हो भाभी?''

''हां, उन्हीं के पास लौट जाने को कहती हूं।''

दिवाकर थोड़ी देर के लिए चुप हो गया। उसके बाद धीरे-धीरे बोला, ''समझता था कि तुम उन्हें पहचानती हो, किन्तु नहीं, नहीं पहचानतीं। मैं ही उन्हें पहचानता होऊं, ऐसा भी नहीं है। शायद, ठीक तरह से उन्हें पहचाना ही नहीं जा सकता। किन्तु शिशुकाल से उन्हीं की देखरेख में बड़ा होने के कारण इतना समझ सका हूं कि इसके बाद उनके सामने जाकर खड़े होने की अपेक्षा मेरे लिए आग में कूद पड़ना ज्यादा सरल है।'' हठात् किरणमयी चकित हो उठी। दिवाकर के मुंह की ओर देखती हुई बोली, ''क्यों, क्या वह इतने निष्ठुर हैं? दोष तुम्हारा नहीं है, यह बात समझाकर कह देने के बाद भी क्या वह तुम्हें दण्ड देंगे? यह तो किसी तरह सम्भव नहीं लगता, लालाजी।''

किरणमयी के आकस्मिक उत्साह की ओर दिवाकर का ध्यान नहीं गया। दीवार पर जो रोशनी जल रही थी, उस ओर देखते हुए अनमने के समान, धीरे-धीरे बोला, ''उन्हें कोई बात समझाकर कहनी नहीं पड़ती। न जाने कैसे वह सब कुछ जान जाते हैं। निश्चय ही तुम्हारी तरह मैं यह नहीं सोच सकता कि मेरा दोष नहीं है, किन्तु यदि तुम्हारी बात ही ठीक है, यदि सचमुच मैं निर्दोष हूं, तो जिस दिन भी उनके सामने जाकर खड़ा हो जाऊंगा, उसी दिन वह जान जायेंगे। किन्तु खड़ा हो न सकूंगा। तुमने दण्ड की बात कही थी — कैसे जानूंगा भाभी, कि वह दण्ड देंगे? आज तक कभी उन्होंने मुझे दण्ड दिया नहीं।

आगे वह बोल नहीं सका। दोनों हथेलियों को आखों के ऊपर दबाकर वह चुप हो गया। किरणमयी ने भी कुछ नहीं कहा — दोनों आंखें फैलाकर दिवाकर के मुंह की ओर देखती रही। उसके हृदय में जो विप्लव हो रहा था, उसे सिर्फ अन्तर्यामी ही जानते थे।

कुछ देर बाद ही दिवाकर अत्यन्त व्यथित स्वर में कहने लगा, ''कल तुमने कहा कि उपेन दादा का सिर नीचा कर दूंगा। उस रात को तुम्हारी क्या बात थी, किसी गुस्से में तुमने यह बात कही थी, उसे अब भी मैं समझ नहीं पाता। तुम्हारा हेतु तो कुछ-न-कुछ रहा ही होगा किन्तु कारण जो भी हो, उस सिर को नीचे झुकाने में कितना बड़ा दुःख है, यदि इसे जानतीं तो ऐसी बात मुंह से न निकलाती। इसके अलावा यदि वह सिर झुक ही गया तो फिर किस तरफ देखकर कभी हम अपना सिर ऊंचा कर सकेंगे? तुम वह चेष्टा न करो। जब तक वह स्वयं झुककर हम लोगों की ओर नहीं देखते, तब तक उनका सिर नीचा करने की क्षमता संसार में किसी की नहीं है भाभी। मेरी इस बात को सत्य समझकर विश्वास करो।''

भोर में कब दिवाकर शय्या छोड़कर बाहर निकल गया, निद्रामग्न किरणमयी को इसका पता भी नहीं लगा। इसलिए नींद टूटते ही वह दिवाकर के लिए बेचैन हो उठी। कल रात को, बात-बात में किरणमयी को अनेक बातें मालूम हुई थीं। दिवाकर सचमुच ही कितना निस्सहाय है और उसके लिए अपने उपेन दादा से विच्छिन्न हो जाना कैसी मर्मान्तिक दुर्घटना है, इसे निःसंशय अच्छी तरह समझ लेने के बाद किरणमयी अपने नारी-हृदय के एकांत अन्तस्तल में जरा भी शान्ति नहीं पा रही थी। इस सरल, विनीत, सत्यवादी और सच्चरित्र युवक को, उसके जीवन के प्रारम्भ में ही अकारण स्थान-भ्रष्ट कर देने का अपराध नींद में भी उसे बींध रहा था। इसीलिए नींद टूटते ही एक नवीन स्नेह के साथ, वेदना के साथ निरपराध अभागे की ओर पहली बार ही मुंह फेरकर देखा, दिवाकर नहीं है। उठकर बाहर खोज आई पर दिखाई न पड़ा।

इस बीच किरणमयी उत्कंठित होकर प्रतीक्षा कर रही थी। किन्तु आज इस उत्कंठा में भी बहुत दूर से आने वाली मीठी सुगन्ध के समान एक अस्पष्ट आनन्द का आभास पाकर उसका हृदय पुलकित हो रहा था।

वही अत्यन्त तुच्छ दिवाकर, जिसे उसने किसी दिन प्यार नहीं किया, किसी दिन प्यार कर नहीं सकी, बुद्धि-विपाक से अब उसी की गृहस्थी चलानी होगी, प्रेम का अभिनय करना होगा — जहाज में चढ़ने तक यह धिक्कार भीतर-ही-भीतर मानो उसे पागल करता जा रहा था।

अकेले घर में बैठी, निःश्वास छोड़कर बार-बार वह यही बात कहने लगी —

अब मुझे भय नहीं है, मुझे कोई भय नहीं है। जिसे प्रेम न कर सकूंगी, स्नेह देकर उसके भी मन की कालिमा को बहुत-कुछ दूर कर सकूंगी। किन्तु एक भय उसके मन में डंक मारने लगा — बाद में अग्नि का प्रलोभन संवरण न कर सकने के कारण किसी दिन दिवाकर कहीं पतंग की भांति जल मरने को न तैयार हो जाए। वह इस बात से अपरिचित नहीं है कि उसके रूप के आकर्षण में कैसी दुर्निवार शक्ति है।

तभी कहीं से दिवाकर ने सूखा, मुरझाया मुंह लिए केबिन में प्रवेश किया। उसे देखते ही किरणमयी के दुःस्वप्न की अंधियारी एक क्षण में कट गई। उसने स्नेहयुक्त हंसी मुंह को उज्ज्वल करके तिरस्कार के स्वर में कहा, "लालाजी, बताओ तो बात क्या है? कहां फिर रहे हो, क्या खाना-पीना नहीं होगा? अच्छे लड़के हो भाई!"

उसका ऐसा कण्ठ स्वर इतने दिनों बाद सुनकर दिवाकर चकित हो उठा। अकस्मात् ऐसा लगा कि मानो कितने ही हजार वर्षों से भाभी का ऐसा कण्ठ-स्वर सुना नहीं था। इस स्वर में विद्वेष, व्यंग्य की ज्वाला नहीं है; वह निश्चित रूप से स्नेह की वेदना से कोमल है, मनुष्य के कान ऐसी जगह भूल नहीं कर सकते, न जाने कैसे उसे पहचान लेते हैं। दिवाकर अभिभूत की भांति चुप हो रहा। किरणमयी ने फिर मृदु हंसी हंसकर कहा, "जरा सुनूं तो कि सुबह से अभी तक थे कहां?"

दिवाकर ने धीरे-धीरे कहा, "नीचे।"

"नीचे!" इतनी देर तक नीचे क्यों बैठे रहे? लगता है, एक बार ऊपर आकर मुंह में कुछ डालने के बाद जाने की भी फुर्सत तुम्हें नहीं मिली?"

किरणमयी ने फिर से पूछा, "क्या कर रहे थे नीचे?"

उसके मुंह पर बड़ी बहन की वही निर्मल स्नेह की हंसी है, कण्ठ में प्यार का वही अनुरोध है, जिसे पहली बार कलकत्ता आने पर उसी के पास दिवाकर ने प्राप्त कर अपने को कृतार्थ समझा था। आनन्द के मारे उसकी आंखों में जल भर आने को हुआ, जिसे किसी तरह रोककर उसने कहा, "भाभी, नीचे एक सज्जन बंगाली परिवार के साथ अराकान जा रहे हैं—उनके पास वहां काफी घर हैं—"

किरणमयी ने उत्सुक होकर कहा, "कहते क्या हो लालाजी?"

दिवाकर ने कहा, "सच कहता हूं भाभी, वे लोग अच्छे आदमी मालूम पड़ते हैं — " किरणमयी बीच में ही बोल उठी — "ऐसा है तब तो हम लोग जाकर उन्हीं के घर ठहर सकते हैं। उनके परिवार के साथ मेरी जान-पहचान नहीं करा सकते?"

दिवाकर ने खुश होकर कहा, "क्यों नहीं करा सकता? बाड़ी वाली तो खुद कह रही थी कि तुम्हारे साथ एक बार —" किरणमयी ने विस्मित होकर पूछा, "यह बाड़ी वाली कौन है लालाजी?"

दिवाकर ने कामिनी का संक्षिप्त परिचय देकर कहा, "हरीश बाबू यही कहकर अपनी स्त्री को पुकारते हैं। एक मकान है न उनका।"

सुनकर किरणमयी मौन रही। कारण इस बाड़ी वाले शब्द के बारे में इससे पहले ही वह कलकत्ता में अपनी महरी के मुख से सुन चुकी थी कि ये बाड़ी वालियां किस उद्देश्य से घर रखती हैं और यह भी कि उनमें से कोई भली गृहिणियां नहीं हैं। इसीलिए दिवाकर जब उसे साथ लेकर यहां जाने के लिए तैयार हुआ तो किरणमयी ने जरा हंसकर स्निग्ध स्वर में कहा, "वे लोग ठीक आदमी तो हैं, लालाजी!"

दिवाकर ने तुरन्त सिर हिलाकर जोश के साथ कहा, "वे विचित्र आदमी हैं भाभी, एक बातचीत होते ही —"

किरणमयी बोली, "न हो, आज रहने दो लालाजी और किसी दिन —"

दिवाकर सिर हिलाकर बोल उठा, "नहीं भाभी, तुम्हारे पांव पड़ता हूं, वे लोग तो अभी आना चाहते थे। जब उनके घर जाकर ठहरना होगा तो जाता हूं भाभी, उन्हें बुलाने।" कहकर दिवाकर प्राय: अधीर होकर खड़ा हआ और साथ-ही-साथ उसकी आंखों, मुंह और कण्ठ के अन्दर से फूटकर निकलती छोटे भाई की स्नेहधारा उसकी भूल को मानो जलता शूल बनाकर किरणमयी के हृदय में बींध गई। एकाएक प्रबल वाष्पोच्छ्वास से उसका कण्ठ तक मानो फेनिल हो उठा और उमड़ते आंसुओं को छिपाकर किरणमयी ने मुंह फिरा किसी तरह कहा, "अच्छा, तब जाओ —"

बात सच है कि किसी अज्ञात-अपरिचित स्थानों में जाते हुए राह में मित्र-लाभ कम भाग्य की बात नहीं है, अन्त में यही सोचकर उसने दिवाकर के व्यग्र अनुरोध को स्वीकार कर लिया; किन्तु वह जब सचमुच उन्हें बुलाकर लाने के लिए तेजी से बाहर चला गया। तब अपनी स्थिति की बात याद कर किरणमयी को मन में बड़ी लज्जा लगने लगी। जो आयेगी वह बंगाली स्त्री ठहरी; उसकी उम्र बीत रही है; क्या जाने उसकी आंखों को धोखा देना संभव होगा या नहीं। दिवाकर की तुलना में उसकी अपनी उम्र भी स्वामी-स्त्री के हिसाब से ऐसी है कि बंगाली समाज में वह चौंकाने वाली है। सिर्फ, इसी बात को याद कर किरणमयी कुण्ठा-वश संकुचित हो उठी।

थोड़ी ही देर में दिवाकर के पीछे-पीछे बाड़ी वाली आ उपस्थित हुई। उसकी

ओर देखते ही किरणमयी समझ गई कि वह भले घर की स्त्री नहीं है। जो कलकत्ता में दासी का काम करके रहती हैं उन्हीं में से एक है। उसकी छाती पर से एक बोझा उतर गया। हंसते हुए कहा, "आओ, बैठो।"

रूप देखकर बाड़ी वाली थोड़ी देर अभिभूत हो खड़ी रही। बाद में गले में आंचल डालकर झुककर प्रणाम किया और ड्योढ़ी के पास बैठ गई। बोली, "बाबू के मुंह से सुनकर बाड़ी वाले ने कहा — 'जाओ बाड़ी वाली ब्राह्मणी मां को एक बार नमस्कार कर आओ।' यह ठीक है कि तुम कुदेश में जा रही हो बहू मां, किन्तु ऐसे बेटे-बेटी कोई नहीं हैं कि कामिनी बाड़ी वाली के मकान पर आकर चूं भी कर जायं। झाड़ू से सारा जहर झाड़ दूंगी न।" कहकर झाड़ू के अभाव में सिर्फ हाथ ही ऊंचा करके रह गई।

किरणमयी ने खुश होकर कहा, "जी गई बेटी, नई जगह जाने में कितना भय लग रहा था, हम दोनों कितने सोच में थे।"

बाड़ी वाली ने कहा, "भय क्या है मां? मैं अराकान की एक मशहूर बाड़ी वाली हूं मेरा नाम लेने से यमराज भी रास्ता छोड़ देते हैं। चलो, मेरे यहां किसी तरह का कष्ट नहीं होगा। मेरे यहां का बंधा हुआ मकान-भाड़ा है पांच रुपये, तुम लोग चार ही रुपये देना। फिर बाबू के लिए नौकरी-वौकरी की बात वहां चलकर देख लेंगे। और उसके लिए भी कोई चिन्ता न करो बहू मां, मेरा बाड़ी वाला जाकर जिस साहब को पकड़ेगा वह क्या नहीं कर सकेगा? तुम्हारे माता-पिता के आशीर्वाद से इसकी चिन्ता हम नहीं करते।" इतना कहकर कामिनी ने ओठों को फैलाकर गर्दन दो बार दाहिने-बायें हिला दी।

किरणमयी ने एक निःश्वास छोड़कर कहा, "भगवान् तुम लोगों का भला करेंगे बेटी।"

हठात् उसके मुख की ओर मकान वाली ने एक तीव्र दृष्टि डालकर कहा, "यह क्या बात है बहू मां! तुमने सिर इस तरह धो लिया है कि मांग में सिन्दूर का चिह्न तक नहीं रहा! जरा डिबिया दो, माथे में सिन्दूर लगा दूं।"

किरणमयी इसके लिए पहले से ही प्रस्तुत थी। बायां हाथ दिखाकर कहा, "नहीं बेटी, सिर धोने के कारण ऐसा नहीं है। मेरा चूड़ा और सिन्दूर एक साल से मां काली के चरणों में बांध रखा गया है। पिछले साल बाबू के प्राणों की आशा नहीं रही थी — चूड़ा-सिन्दूर बांध रखने से उन्हें किसी तरह बचा पाई हूं मां।" कहकर उसने एक लम्बी सांस फेंककर आड़ से दिवाकर की ओर देखा कि उसका मुंह लज्जा और कुण्ठा से एकदम पीला पड़ गया है।

"तभी तो कहती हूं मां!" कहकर बाड़ी वाली ने सहानुभूति प्रकट करते हुए कहा, "हमारे अराकान में भी काली बाड़ी है। पहुंचते ही कुछ पूजा-अर्चना

करके चूड़ा-सिन्दूर छुड़ा लेना; नहीं तो पांच प्राणी पांच तरह की बात सोचेंगे। अराकान जैसी वाहियात जगह — तीनों लोक में दूसरी नहीं है। सिर्फ हम लोगों के भय से ही जो कुछ शासन है, नहीं तो — "

किरणमयी ने हंसते हुए कहा, "सिर्फ यही एक बात तो बाबू के साथ दो दिन से हो रही है। उन्होंने तुम्हारी कितनी तारीफ की है, उसे तुम्हारे सामने क्या कहूं। जहाज पर चढ़ने के बाद से दोनों आदमी भय से मरे जा रहे थे, बेटी, कि क्या होगा! सो भगवान —"

बात पूरी नहीं होने पाई — "भय क्या है मां!" कहकर और अभय दान देकर बाड़ी वाली अपनी तारीफ के पुल बांधने में पंचमुखी हो उठी और देखते-देखते दोनों के बीच घर-गृहस्थी के सुख-दु:ख की बातें ऐसी जम गईं कि देखकर कोई भला कह सकता था कि अभी दस मिनट पहले तक दोनों का परस्पर लेशमात्र भी परिचय नहीं था।

दिवाकर पास ही कुर्सी पर जो आकर बैठा तो फिर उठा ही नहीं। किरणमयी कितना झूठ किस रूप में बनाकर बिना किसी संकोच के कह सकती है, इसे सुनते-सुनते वह मानो चेतनाशून्य की तरह स्तब्ध हो गया था, अब इतनी देर बाद उठकर बाहर जाने का उपक्रम करने लगा; इसे देखकर किरणमयी बोल उठी, "सारे दिन खाया नहीं, फिर बाहर चले?" प्रत्युत्तर में दिवाकर ने जो कुछ कहा वह सुनाई तो नहीं पड़ा, पर समझ में आ गया। किरणमयी ने परेशान होकर कहा, "नहीं-नहीं, ऐसा नहीं होगा। तुम एक बार बाहर गये तो फिर शीघ्र लौटोगे नहीं, यह मैं खूब जानती हूं।" फिर बाड़ी वाली के मुंह की ओर देखकर हंसते हुए कहा, "सास-ससुर हैं नहीं। विवाह होने के बाद से हमेशा यही मेरी चिन्ता रहती है। खाने-पीने के लिए मानो लड़ना पड़ता है, बेटी।" फिर जरा हंसकर बोली, "मैं जाती हूं, जोर-जबर्दस्ती करके खिलाऊंगी बाड़ी वाली, और कई स्त्री होती तो उसे सिर्फ नयनों में जल भरकर उपवास ही करना पड़ता।" घोर लज्जा से दिवाकर का सिर झुक गया।

बाड़ी वाली ने हंसकर कहा, "क्यों बाबू, दोनों विदेश में जाकर क्या इसी तरह घर-गृहस्थी चलाओगे? मेरे घर में यह सब नहीं चलेगा बाबू, बहू मां को मैं कष्ट न देने दूंगी, यह कहे देती हूं।" फिर किरणमयी के मुंह की ओर देखकर हठात् पूछ बैठी, "हां, बहू मां! लगता है, बाबू तुमसे कुछ ज्यादा बड़े नहीं हैं, समवयस्क से लगते हैं। है न?"

किरणमयी ने तुरन्त ही सिर हिलाकर हंसते हुए कहा, "कुलीन का घर था न बेटी। इतना ही मेरा भाग्य है कि मैं बड़ी नहीं हुई। प्राय: समवयस्क तो हैं

ही। उनका जन्म वैसाख मास का है, मेरा जन्म आषाढ़ का है : बस मात्र दो ही महीने की बड़ाई कोई बड़ाई है! बल्कि कितने ही लोग तो मुझे ही उम्र में बड़ी बताते हैं। मैया री! कैसी लज्जा की बात है!'' कहकर किरणमयी दबी-दबी हंसी हंसने लगी।

पैंतीस

यह बात तो कई साल पहले कलकत्ता में ही प्रकट हो गई थी कि सरोजिनी की मां का ही आग्रह इस विषय में सबसे ज्यादा था किन्तु सबकी अपेक्षा ज्यादा व्याकुलता और आग्रह होने के कारण ही शायद उनके मन में एक संशय भी था कि क्या जानें कहीं उनकी शिक्षिताभिमानी कन्या चिर दिनों के समाज और संस्कार को तोड़कर सतीश को ग्रहण करने के लिए तैयार होगी या नहीं। इस समय वह पिता के पास अपने मायके शान्तिपुर गई हुई थी, लौटते ही वह बात पक्की कर लेंगी, जाते समय जगततारिणी ऐसा इशारा कर गई थीं।

सबेरे के समय सतीश बेले के ऊपर नये तार चढ़ा रहा था कि बिहारी के साथ कोई भले आदमी उपस्थित हुए। यह ज्योतिष बाबू के घर के व्यवस्थापक थे; जगततारिणी के साथ शान्तिपुर गये थे और उन्हीं के साथ लौट आये हैं। उन्होंने नमस्कार करके बताया, ''मां ने आपको आज वहीं भोजन करने के लिए आमंन्त्रित किया है।''

खबर सुनकर सतीश की छाती का रक्त नाच उठा, पूछा ''वह कब लौट आई?'' उस सज्जन ने कहा, आज तीन दिन हुए।''

प्राय: 6-7 दिन हो गये, सतीश उधर गया नहीं। उनके बीच का सम्बन्ध अत्यन्त स्पष्ट हो जाने के बाद से बार-बार ज्योतिष बाबू के घर जाने में उसे लाज आने लगी थी। बोला, ''अच्छा, मां से कह दीजिएगा कि मैं दस और ग्यारह के बीच हाजिर हो जाऊंगा।''

''जो आज्ञा'', कहकर वह सज्जन नमस्कार करके चले गये।

सतीश को निमन्त्रित करने के लिए भेजकर भी जगततारिणी भोजन का कोई उद्योग किए बिना ही निश्चिन्त बैठी थीं, क्योंकि उनकी धारणा थी कि सतीश सतीश से पहले नहीं आयेगा। अब उन सज्जन के मुंह से सूचना पाकर वह परेशान हो गई और खीझ उठीं।

आज थी एकादशी। उनको अपने लिए तो किसी प्रकार का प्रयोजन आवश्यक

नहीं था; और जिस विधवा ब्राह्मण कन्या के द्वारा उनके यहां रसोई बनाने का काम-काज होता था, वह भी दो-तीन दिन से मलेरिया ज्वर से पीड़ित हो अपने गांव में खाट पर पड़ी हुई थी।

उन्होंने खीझकर व्यवस्थापक महोदय (सरकार) से कहा, "तुमने इस समय भोजन करने को क्यों कहा? क्या तुम्हें जरा भी अक्ल नहीं है?" सरकार ने डरते-डरते कहा, "मैंने तो कहा नहीं। उन्होंने स्वयं इस समय आने की बात कहीं है।" तब जगत्तारिणी ने नाराज होकर हुक्म दिया, "तब तुम्हीं जाओ बेटा, अच्छी मछली-वछली जहां मिले, लेकर जल्दी आओ।"

आज सुबह से ही उनका मन बिगड़ गया था और उसका एक कारण भी था। सतीश को निमन्त्रित करने के लिए भेजने के बाद उन्हें खबर मिली थी कि कल रात एकाएक शशांकमोहन फिर से आ गए हैं। इस आदमी में जो उत्कट साहबीपन था, उसके कारण वह उन्हें बिल्कुल ही नहीं भाता था। विशेषत: जब से उन्होंने सुना था कि वह सरोजिनी से विवाह का उम्मीदवार है, तब से तो वह उनकी आंखों में कांटे-सा चुभता था। जब लगभग बीस दिन पहले किसी बहाने वह कलकत्ता से यहां आया था तभी जगत्तारिणी ने एक तरह से उसे स्पष्ट बता दिया था कि उनकी कन्या के साथ उसका विवाह असम्भव है। तब भी वह बेहया बिना कुछ कहे-सुने फिर आ गया है, यह सुनकर ही उनका चित्त संशय से कण्टकित हो गया था। अगर यह बात कुछ पहले मालूम हो गई होती तो संभव था वह आज सतीश को निमन्त्रित न करतीं। क्यों यह खबर यथासमय उन्हें नहीं बताई गई इसके लिए वह ज्योतिष से लेकर बेयरे तक, सभी के ऊपर खिसिया उठी थीं। सरोजिनी बाहर के बैठकखाने से निकल, मां की आंख बचा किसी तरह ऊपर जा रही थी; उसे भी शशांकमोहन के आने का पता न था। किन्तु जगत्तारिणी घूमकर खड़ी हो गईं और उसे चुपचाप कुछ देर तक देखकर, क्रोध के स्वर में बोलीं, "घूमना हो गया न? अब जूता-मोजा कुछ देर के लिए निकाल दे बेटी! सतीश आज यहां भोजन करने आयेगा; मैं खुद न पकाऊंगी तो तुम लोगों के इस क्रिस्तानी घर में वह जलस्पर्श भी न करेगा। जाओ, घाघरा-वाघरा उतारकर मेरे रसोईघर में आओ। बूढ़ी मां की जरा सहायता करने पर तुम्हारे ईशू ख्रीष्ट गुस्सा न होंगे! जाओ।"

गुस्सा होने पर मां कैसी आग हो जाती हैं और सच-झूठ को बिना विचारे ही किस तरह लांघ जाती हैं तथा जो मुंह में आता है वही बकने लगती हैं, यह बात किसी से भी छिपी न थी। सरोजिनी ने कुण्ठित होकर कहा, "मैं अभी आई मां!"

किन्तु मां का गुस्सा इससे जरा भी शान्त नहीं हुआ। बोलीं, "आकर ही तू क्या निहाल कर देगी; सत्रह-अठारह वर्ष की ढूंढ़ हो गई, आज तक एक मुट्ठी चावल पकाना भी नहीं सीख पाई। मैं भी गरीब घर की बेटी नहीं थी, किन्तु उसी उम्र में गृहस्थी चलाती थी। यदि वह ब्राह्मण-कन्या (रसोईदारिन) आज चली जाय, तो हमें खाए बिना सूखकर मरना होगा। जिस गृहस्थी में धर्म-कर्म नहीं है, उस घर में पेट में लड़की का आना ही व्यर्थ है।" इस कठोर मन्तव्य को अत्यन्त कठोरता के साथ व्यक्त करके जगततारिणी मुंह लटकाकर स्वयं रसाईघर में चली गई।

सतीश कलकत्ता से भाग आकर अज्ञातवास कर रहा था। सरोजिनी ने ही उसकी खोज की है, इसे ज्योतिष ने बातचीत में मां को बताया। अपनी कन्या की दुर्घटना का विवरण सुनकर उन्होंने सतीश के सिर पर हाथ रखकर उसे असंख्य आशीर्वाद दिए और उसी के बहाने अंग्रेजी सीखकर अंग्रेजों की नकल करने वालों को खूब गाली देकर कहा, "बेटा सतीश, तुमने इस कन्या की रक्षा की है, यह बात वे कभी न भूलें। किन्तु जंगल में अकेले रहने की क्या जरूरत है सतीश? तुम इसी घर के लड़के हो, जब तक हम लोग यहां रह रहे हैं तब तक तुम इसी मकान में आकर क्यों नहीं रहते?" सतीश ने हंसकर कहा, "मैं अच्छी तरह हूं मां। मुझे वहां कोई कष्ट नहीं है।"

जगततारिणी ने कहा, "कष्ट के लिए नहीं बेटा, अकेले रहने में बहुतेरी विपदाएं हैं। इस घर में कितने ही कमरे खाली पड़े हुए हैं, तुम चले आओ। जलवायु तो जैसी वहां है, वैसी ही यहां भी है।" सरोजिनी ने कहा, "ऐसा करने पर उनकी जाति न चली जाएगी मां!"

जगततारिणी उस समय भी भीतरी बातें नहीं जानती थीं; मन-ही-मन बड़ी विरक्त होकर बोलीं, "तू तो अच्छी लड़की है सरो! क्यों, हम क्या हैं कि हमारे यहां आदमी की जाति चली जाएगी? नहीं बेटा सतीश, तुम उसकी बात पर विश्वास न करो। यदि ऐसा होता तो उपेन अपनी बहू को लेकर हम लोगों के घर इतने दिन कैसे रह जाते? उनकी जाति तो गई नहीं? मैं कह देती हूं कि तू व्यर्थ ही उसे डर न दिखा।"

सरोजिनी मुंह फिराकर हंसने लगी, सतीश ने कहा, "नहीं मां, जाति क्यों जाएगी? मैं तो प्राय: प्रतिदिन ही आता हूं, रात का खाना-पीना भी तो मेरा यहीं होता है!"

सुनकर जगततारिणी पुलकित हो कहने लगीं, "ऐसे ही आते रहो बेटा। मैं कितने दिन के लिए हूं; मेरे ही पास तुम्हें रोज खाने के लिए आना पड़ेगा।"

इतना कहकर वह तुरन्त भोजन की व्यवस्था करने अन्यत्र चली गईं। अब सरोजिनी ने कहा, "आपने मुझे गाना सिखाने के लिए कहा था न?" सतीश ने कहा, "मैं तो प्रायः रोज ही आता हूं, सीख सकती हैं।"

सरोजिनी बोली, "आपके आते ही तो कितने भद्रजन आपका गाना सुनने के लिए आ जाते हैं — क्या उनके बीच बैठकर सीखा जा सकता है?" सतीश ने हंसकर कहा, "'नो एडमिशन' कहकर फाटक पर दरबान को क्यों नहीं बैठा देतीं?"

सरोजिनी ने कहा, "उसकी अपेक्षा तो जो मां ने कहा है, वही कीजिए न। इस जंगल के बीच और पड़े न रहिए।"

किन्तु जंगल में रहने का प्रयोजन और चाहे जिसे बताया जाय, सरोजिनी को बताना व्यर्थ है। इसलिए सतीश चुप रहा।

सरोजिनी ने फिर से कहा, "अच्छा, दादा ने जो कहा कि पांच-छः दिन बाद कलकत्ता जायेंगे, तब भला हम लोगों की देखभाल कौन करेगा?" सतीश ने पूछा, "कितने दिनों के लिए जायेंगे?"

सरोजिनी ने कहा, "अन्ततः सात-आठ दिन तो उन्हें वहां रहना ही होगा।" सतीश ने कहा, "ऐसा होने पर वह स्वयं ही व्यवस्था कर जायेंगे। फिर यहां डर ही किस बात का है? आप लोग तो हम लोगों के हिन्दू घरों की स्त्रियों की तरह असूर्यम्पश्या नहीं हैं कि घर में किसी मर्द के न रहने से ही कठिनाई में पड़ जाएंगी। बल्कि आप ही सब कितने पुरुषों — "

सरोजिनी का मुंह क्षण-भर के लिए लाल हो उठा। वह बोली, "हम लोग क्या करती हैं सुनूं तो भला? पुरुष के कान काट लेती हैं? नहीं, हिन्दू घर की स्त्रियां नहीं हैं हम?"

सतीश ने अप्रतिभ हो तुरन्त बात को संभाल लेने के लिए मुंह उठाते ही देखा कि सामने से ही शशांकमोहन बैरिस्टर को लिए हुए ज्योतिष कमरे में आ रहे हैं। और दिनों की तरह आज भी ज्योतिष ने स्टेशन घूमने जाकर देखा कि बैरिस्टर साहब फर्स्ट क्लास के डिब्बे से उतर रहे हैं। कमरे में प्रवेश करते ही शशांकमोहन ने सरोजिनी की ओर तेजी से बढ़ाकर हाथ मिलाया और कुशल-प्रश्न करने के बाद अपने अकस्मात् आगमन की कैफियत देते हुए कहा कि न जाने क्यों कलकत्ता मुझे असह्य लगा और कैसे कुछ भी सोचे बिना स्टेशन आकर उन्होंने देवघर का प्रथम श्रेणी का टिकट ले लिया तथा गाड़ी में बैठ गए, यह सब खुद उन्हें ही नहीं मालूम। इसके बाद खुद ही एक कुर्सी लेकर बैठ गए और बैरिस्टर साहब अनर्गल बकने लगे, किन्तु सरोजिनी के फीके मुंह से दो-

एक साधारण बातें छोड़कर और कुछ भी बाहर नहीं निकला।

दस मिनट बाद सतीश को उठकर जाते देख उसकी दृष्टि अपनी ओर आकृष्ट करने के उद्देश्य से विस्मय प्रकट करते सरोजिनी से बोले, ''इन्हें कहां देखा है याद नहीं आती?''

सरोजिनी का पीला मुख प्रदीप्त हो उठा। उसने संक्षेप में कहा, ''कह नहीं सकती, कहां देखा होगा।'' थोड़ी देर बाद जब जगततारिणी ने भोजन लगाकर सतीश को बुलाने के लिए भेजा तब मालूम हुआ कि सतीश किसी से कुछ कहे बिना चला गया है।

इसके बाद तीन दिन तक सतीश को फिर न देख पाकर जगततारिणी अन्दर-ही-अन्दर क्रुद्ध और उद्विग्न हो उठीं। लड़के को एकान्त में बुलाकर कठोरतापूर्वक पूछा, ''वह आदमी कितने दिन यहां रहेगा ज्योतिष? मैं तो यहां तक कहूंगी कि तुम उसे स्पष्ट बता दो कि उसके यहां रहने की अब जरूरत नहीं है।''

कहा नहीं जा सकता कि ज्योतिष ने मां की आज्ञा का पालन किस प्रकार किया, किन्तु जाने के पहले शशांकमोहन को संशयरहित रूप से मालूम हो गया कि जिसके लिए उन्होंने आशा लगा रखी थी, उसकी आशा अब जरा भी नहीं रही। उसे यह जानने को भी नहीं रह गया कि वह भाग्यवान् पात्र सतीश ही है।

छत्तीस

सहसा भाई की बीमारी का तार पाकर जगततारिणी को जल्दी में शान्तिपुर चला जाना पड़ा। इसलिए सतीश के सामने प्रस्ताव रखने का सुयोग ही उन्हें नहीं मिला था। आज उसे अच्छी तरह खिलाकर बातचीत करूंगी, मन-ही-मन यह संकल्प करके सबेरे ही उठकर सरकार को निमन्त्रण देने के लिए भेजा था। इसी बीच यह अमानवीय घटना घट गई। जिसका आगमन सबसे अधिक अप्रीतिकर था अचानक वही शशांकमोहन, सुबह की ट्रेन से आ गया है, यह जानकर जगततारिणी की खीझ की सीमा नहीं रही।

उसके बाद सारा दिन बीत गया किन्तु सतीश के दर्शन नहीं हुए। न आने का कारण भी कोई बता नहीं गया। सारे दिन भागने-दौड़ने के बाद जगततारिणी ने संध्या के बाद ज्योतिष को पुकारकर कहा, ''उसे जरूर कुछ हो गया है, किसी को खबर लेने के लिए उसे भेज क्यों नहीं दिया?''

ज्योतिष ने बहानेबाजी के साथ जवाब दिया, ''भला, उतनी दूर किसे भेजा

जाता? जगततारिणी ने आश्चर्यपूर्वक कहा, "क्यों, दरबान क्या एक बार जा नहीं सकता था?"

"जरूरत क्या है मां?"

"तू कर क्या रहा है ज्योतिष? वह बीमार-सीमार पड़ गया, या न जाने क्या हुआ। क्या एक बार उसकी खबर लेना जरूरी नहीं है?"

"क्यों जरूरी है? वह हमारा आत्मीय भी नहीं है, मित्र भी नहीं है, उसके लिए चिन्ता कर मरने का मैं तो कोई कारण ही नहीं देखता।" इतना कहकर ज्योतिष बाहर चला गया। सतीश के विषय में लड़के के मुंह से यह जवाब सुनकर जगततारिणी हतबुद्धि हो गईं।

धीरे-धीरे ऊपर जाकर अपने पलंग पर पड़ गईं और सरोजिनी को पास बुलाकर जो उसके मुंह की ओर देखा तो जगततारिणी और भी भयभीत हो गईं। कुछ देर चुप रहकर बोलीं, "सरो, जानती है कि सतीश क्यों नहीं आया?"

सरोजिनी ने कहा, "नहीं।"

कन्या का यह अत्यन्त संक्षिप्त उत्तर सुनकर जगततारिणी उठकर बैठ गईं और बोली, "नहीं! यदि नहीं जानती तो आदमी भेजकर पता लगाने में क्या बाधा थी? क्या यह भी हमें कहने की जरूरत थी?"

सरोजिनी ने मृदु स्वर में कहा, "भैया ने कहा कि आदमी भेजने की जरूरत नहीं है।"

"क्यों नहीं, यह भी तो उससे पूछना चाहिए था। जाओ, अब भी दरबान को भेज दो कि उसकी खबर ले आए।"

"वह नहीं, मां। भैया ने उसे उपेन बाबू को तार करने के लिए भेज दिया है।"

"उपेन बाबू को! अचानक उसे तार क्यों दिया जा रहा है?"

"मैं सब बात जानती नहीं मां। तुम भैया से ही पूछो।" इतना कहकर सरोजिनी, मां के प्रति उपेक्षा-सी प्रदर्शित करके, चली गई।

इस बार जगततारिणी के मन में एकाएक आया कि जान पड़ता है, इस बीच निश्चित रूप से सतीश को मना कर दिया गया है। उसका कारण कोई उन्हें बताना नहीं चाहता किन्तु इसमें संदेह नहीं कि वह गंभीर ही होगा। उन्हें इस बात में भी संशय नहीं रह गया कि इसी षड्यंत्र के कराण शशांकमोहन फिर यहां आया था। किन्तु कारण चाहे जितना भी भयानक हो, खुद उनके यहां रहते हुए लड़के-लड़की ने उनकी अनुमति लिये बिना ही सतीश को मना कर दिया, इसका खयाल आते ही उनका मन क्रोध से भर उठा। उन्होंने तुरन्त एलोकेशी को भेजकर ज्योतिष

को बुलवाया और उससे पूछा, "तूने सतीश को इस घर में आने से मना कर दिया है?" ज्योतिष ने आश्चर्यान्वित होकर कहा, "नहीं। यह तुमसे किसने कहा?"

"उपेन को तुमने सतीश की बात के विषय में तार दिया है?"

"हां।"

"सतीश ने क्या किया है?"

ज्योतिष कुछ देर चुप रहकर बोला, "जो किया है वह यदि सत्य है तो उसके साथ अब हमारा कोई सम्बन्ध नहीं रह सकता।"

"यह खबर तुझे किसने दी, शशांकमोहन ने? दुष्ट आदमी है, उसकी बात का मैं तिल-भर विश्वास नहीं करती।"

ज्योतिष ने कहा, "मैं तो विश्वास करता हूं। किन्तु यदि उसका आधा भी सत्य हो तो भी मैं कहता हूं मां, सतीश की छाया से हम लोगों को घृणा करना उचित है।"

लड़के के उत्तप्त कण्ठ-स्वर से जगततारिणी नरम होकर बोलीं, "ठीक ही तो है; मुझे साफ-साफ बता न बेटा, कि क्या हुआ है। सतीश ने कुछ चोरी-डकैती तो की नहीं, खून करके भागा भी नहीं है, कि उसकी छाया छूने में भी तुम लोगों को घृणा हो। मर्द बच्चा है, मन की भूल से यदि कुछ दोष-घाट कर ही दिया हो — और ऐसा कितने ही लोग करते हैं — तो वह कितनी देर पकड़े रहेगा?"

ज्योतिष ने सिर हिलाकर कहा, "नहीं मां, वह सब अपराध माफ नहीं किया जाता। अन्ततः सरोजिनी न कर पायेगी, यह मैं तुम्हें निश्चित रूप से बताए देता हूं।" जगततारिणी ने जरा चिन्तित होकर पूछा, "पहले यह तो बताओ कि अपराध है क्या?"

"कल सुन लेना मां? उपेन की चिट्ठी न पाने तक इस आलोचना की जरूरत नहीं।" कहकर ज्योतिष दूसरे अनुरोध के पहले ही कमरे के बाहर चला गया।

दूसरे दिन तीन बजे का समय होगा कि फाटक पर साइकिल खड़ी करके सतीश ने बाहर वाली बैठक में प्रवेश किया।

उसका मुंह सूखा हुआ था, बाल उलझे और रूखे थे; उपस्थित सभी की दृष्टि उसकी ओर आकर्षित हो गई। सरोजिनी ने मुंह उठाकर देखा, किन्तु बोली नहीं। ज्योतिष ने पूछा, "आपकी तबीयत कुछ खराब हो गई क्या सतीश बाबू?"

सतीश ने जरा हंसने की चेष्टा करते हुए कहा, "नहीं।"

सतीश को यह देखकर मन-ही-मन विस्मय हुआ कि किसी ने और कोई बात नहीं की। वह तो यह सोचता हुआ आ रहा था कि आज पहुंचते ही उलाहनों

की सीमा नहीं रहेगी। इसलिए उसने अन्दर की ओर अग्रसर होते हुए स्वयं कहा, "कल के अपराध के लिए पहले मां के पास से माफी मांग आऊं; उसके बाद ही दूसरा कोई काम होगा।"

शशांक इतनी देर तक तीव्र दृष्टि से सतीश की ओर देख रहा था। उसी ने बात कही, बोला, "मां इस समय सो रही हैं। उन्हें जगाकर माफी मांगने की इतनी जल्दी क्या है? जरा बैठिए, आपके साथ कुछ चर्चा करनी है।" उसकी बात के ढंग से सतीश चकित होकर बोला, "मेरे साथ चर्चा?"

शशांक ने सामने के टेबल पर एक मुक्का मारते हुए कहा, "जी हां; मेरा तो बचपन से ही यह स्वभाव रहा है कि जिसे प्रेम करता हूं उसके बारे में किसी प्रकार आंख बन्द करके उदासीन नहीं रह सकता। इसलिए पिछले दिन सुनकर मन-ही-मन कहा कि यह तो कोई अच्छी बात नहीं है। सतीश बाबू के इस निर्जन वास की कुछ खबर लेना उचित है। शायद आप क्रोध करेंगे सतीश बाबू, किन्तु मैं भी तो अपने स्वभाव के विरुद्ध नहीं जा सकता। क्या कहते हैं, ज्योतिष बाबू?" ज्योतिष चुपचाप सिर झुकाए बैठा रहा। सतीश भी चुप होकर ताकता रहा।

सब सुनने वालों की एकत्र चुप्पी के बीच शशांक की उत्तेजना का वेग कम हो गया। वह अपेक्षाकृत संयत स्वर में बोला, "ज्योतिष मेरे परम मित्र हैं, इसलिए आपसे कुछ सवाल करने का मुझे अधिकार है। आप तो जानते ही हैं —" बात के बीच में ही सिर हिलाकर सतीश बोला, "मैं मित्रता की बात कुछ नहीं जानता, किन्तु सुनूं तो कि आपके प्रश्न क्या हैं?"

शशांक थूक घोटकर बोला, "मैं जानना चाहता हूं कि आप यहां आकर क्यों ठहरे हुए हैं?"

सतीश ने कहा, "मेरी इच्छा। आपका दूसरा प्रश्न?"

शशांक धक्का खाकर ज्योतिष को सुनाकर कहने लगा, "सतीश बाबू के कलकत्ता के डेरे को खोज निकालने में हमें बड़ा कष्ट उठाना पड़ा है। यह राखाल बाबू को पहचानते ही होंगे; उन्होंने कहा — "

सतीश की दोनों आंखें जल उठीं। बोला, "चूल्हे में जाएं राखाल बाबू। आप अपनी बात कहिए।"

इस बार ज्योतिष ने मुंह उठाकर कहा, "सतीश बाबू, शशांक मेरे ही अनुरोध पर आपसे पूछ रहे हैं। अच्छा, न हो, मैं ही प्रश्न करता हूं, सावित्री कौन है? और आपके साथ उसका क्या सम्बन्ध है?"

सतीश क्षण-भर चुप देखता रहा, फिर कहा, "सावित्री कौन है यह मैं नहीं जानता ज्योतिष बाबू। किन्तु उसके साथ मेरा क्या सम्बन्ध है, इसका उत्तर देने

की जरूरत मैं नहीं समझता।"

"क्यों?"

"क्योंकि बताने पर भी आप लोग उसे समझ न पायेंगे।"

"किन्तु चाहे जैसे हो, हम लोगों के लिए उसे समझना बहुत जरूरी है। अच्छा, उसे लाकर कहां रखा है, यह बता देने पर शायद हम समझ सकें।" सतीश ने ज्योतिष के मुंह पर अपनी जलती हुई आंखें गड़ाकर शान्त कण्ठ से कहा, "देखिए ज्योतिष बाबू, मैंने कभी गले पड़कर आप लोगों के साथ घनिष्ठता बढ़ाने की चेष्टा नहीं की, इसलिए प्रश्नोत्तर के बहाने अप्रिय बातें करने की जरूरत मैं नहीं समझा। मैं समझता रहा हूं कि क्या हुआ है। इसलिए आप लोगों के लिए जितना जानने की जरूरत है, मैं खुद ही बताता हूं। मैं नहीं जानता कि सावित्री कहां गई है। क्यों, किस लिए, यह सब पूर्णतः अनावश्यक है। तब भी इतनी बात बिल्कुल सत्य है कि सावित्री जो भी हो, यदि अपनी इच्छा से वह मुझे छोड़कर न चली जाती तो मैं जब तक जीता रहता, उसे सिर-आंखों पर रखता। यह बात केवल आप लोगों के सामने ही नहीं, सारे संसार के सामने भी स्वीकार करने में मुझे शर्म नहीं है। आशा करता हूं, इसके बाद आपकी और कोई जिज्ञासा नहीं होगी। हो भी तो मैं जवाब न दे सकूंगा।"

सतीश के इस स्पष्ट और अतिशय संक्षिप्त उत्तर से सभी अपनी दोनों आंखें निकाले, पत्थर की मूर्ति के समान बैठे रहे। सरोजिनी के मुंह पर ही उनकी वह अमानुषिक हृदयहीन स्पर्द्धा उनकी असीम निर्लज्जता को भी बहुत पीछे छोड़ गई। बहुत देर तक स्तम्भित की भांति बैठे रहने के बाद ज्योतिष ने बड़ी चेष्टा से अपने को सचेतन किया और सिर हिलाकर कहा, "नहीं, आपसे हमें और कुछ पूछना नहीं है। जो बचा था वह उपेन के जवाब से पूरा हो गया, यह देखिए।" कहकर उसने तार का कागज सामने फेंक दिया।

"उपेनदा का तार है? क्या है, देखूं।" कहकर सतीश ने व्यग्र हाथ से तार का कागज उठा लिया। खोलकर धीरे-धीरे पढ़ने के बाद लौटा दिया। थोड़ी देर चुप रहने के बाद एक निःश्वास फेंककर कहा, "सब सत्य है। मेरे उपेन दादा कभी झूठ नहीं बोलते। सचमुच मैं अच्छा आदमी नहीं हूं, सचमुच मेरे साथ किसी को सम्पर्क रखना उचित नहीं है। लगता है, मैं स्वयं ही अपने मन में इसकी टोह पाकर एक दिन जंगल में भाग आया था।" कहते-कहते उसका कण्ठ-स्वर मानो किसी मंत्र के बल से जल के भार से दबे हुए की भांति गद्‌गद हो गया। किन्तु किसी ने कोई बात कही और सतीश खुद भी स्तब्ध होकर बैठ रहा। दूसरे ही क्षण कलेजा चीरने वाली एक सांस के साथ उसके मन में आया कि एक बहुत

बड़ी जटिल समस्या का आज अद्भुत समाधान हो गया। कल सुबह भी जगततारिणी का निमन्त्रण पाकर न जाने कितनी ही चिन्ताएं मन में उदय हो आई थीं। यह सच है कि सरोजिनी का हृदय पाने की आकांक्षा कब अचानक उसके हृदय में पहली बार जगी थी, इसका उसे स्मरण नहीं है किन्तु एकांत हृदय के अन्दर उसकी इच्छा तो थी ही! न होती तो ऐसा होता ही कैसे! किस सागर को मथकर यह अमृत निकाला था? सावित्री को खोने के बाद से उसने इस सत्य का दर्शन कर लिया था कि युवती रमणी का मन पाना एक बात है और उसे काम में ले आना, उसका उपयोग कर लेना एक बिल्कुल दूसरी बात है।

किन्तु आज अब कुछ भी भय नहीं रह गया। एक ही दिन में अचिंतनीय उपाय से सब गांठें खुल गईं; समस्त दुश्चिन्ताएं दूर हो गईं। वह बच गया।

यह सब बातें अपने ही मन में कहकर उसने चौंककर मुंह उठाया और देखा कि सब लोग इसी तरह सिर झुकाए बैठे हुए हैं। उसने सरोजिनी के मुंह की ओर ताककर देखा, किन्तु प्राय: कुछ भी दिखाई नहीं पड़ा तब उसे ही सम्बोधन करके कहा, "आपने मेरे पुराने बासे में खुद ही जाकर एक दिन जिसका कपड़ा सूखते वहां देखा था, उसी का नाम है सावित्री। मैंने सोचा था कि एक दिन स्वयं ही सारी कहानी आपको बता दूंगा। किन्तु कभी वह अवसर नहीं मिला; शायद वह साहस भी मुझमें नहीं था।" कहकर उठ खड़ा हुआ और बोला, "ज्योतिष बाबू, दोष मेरा है। मुझे रोज ही इसकी आहट मिलती थी, इसीलिए मेरे मन में आनन्द नहीं था।" फिर कुछ देर चुप रहकर कहा, "किन्तु मैंने किसी विषय में किसी को धोखा नहीं दिया, ठगा नहीं; वह सब मैं जानता ही नहीं। फिर भी कहने को मेरे पास कुछ नहीं है।"

ज्योतिष मुख उठाकर न जाने क्या कहना चाहता था, किन्तु उसके कण्ठ से स्वर ही नहीं निकला।

लगता है, सतीश ने स्वयं भी एक कठोर वाष्पोच्छ्वास को दबा दिया। बोला, "मैं चलता हूं। मेरा सिर्फ एक ही अनुरोध है, मेरी बातों की अलोचना करके आप लोग अपना मन खराब न करें। मैं कभी किसी बहाने भी आप लोगों के सामने न आऊंगा, आप लोग मुझे भूल जायें।" इतना कह धीरे-धीरे बाहर निकल गया।

ज्योतिष ने बगल में ताककर भयपूर्वक देखा कि सरोजिनी का सिर अचानक उसके घुटनों पर झुक गया है!—"अरी, अरी सरो" कहकर चीत्कार कर उठे कि सरोजिनी की शिथिल मुट्ठी कुर्सी के हत्थे से हट गई और वह नीचे कार्पेट पर मूर्च्छित होकर गिर पड़ी। अभिमान और अपमान के क्रोध से ज्योतिष की बुद्धि

इस तरह आच्छन्न हो गई थी कि सतीश की बिदाई की यह घटना जब सरोजिनी के सामने ही हो रही है तो उसे क्या आघात लगेगा, इसका खयाल ही उसे नहीं हुआ।

दूसरे दिन दोपहर का खाना-पीना निपट जाने के बाद सरोजिनी अपने ऊपर के सोने के कमरे में खुली खिड़की के सामने एक कुर्सी पर बैठी रास्ते की ओर देख रही थी। अचानक उसे ऐसा लगा कि कुछ दूर पर बोझा ढोने वाली एक बैलगाड़ी के पीछे-पीछे जो आदमी सिर पर छाता ताने धीरे-धीरे चल रहे हैं, उनमें एक बिहारी है। सरोजिनी सतर्क होकर खड़ी हो गई। गाड़ी जब धीरे-धीरे उसकी खिड़की के सामने आई तो उनमें से एक आदमी ने सिर उठाकर ऊपर की ओर देखा; तब स्पष्ट ही मालूम हो गया कि वह बिहारी है। सरोजिनी ने हाथ के इशारे से उसे बुलाया। बिहारी, अपने साथी को आगे चलते रहने के लिए कह छाता मोड़, खिड़की के नीचे आ खड़ा हुआ। सरोजिनी ने कहा, "घुसते ही बायें हाथ सीढ़ी है। ऊपर आओ।"

उस समय घर के सब लोग दिन की नींद ले रहे थे; बिहारी शीघ्र ही सीढ़ी से सरोजिनी के ऊपर के कमरे में जा पहुंचा।

बिना पूछे ही उसने समझ लिया था कि सतीश यहां का डेरा छोड़कर कहीं और जा रहे हैं।

सरोजिनी ने स्निग्ध दृष्टि से इस ग्रामवासी धर्मभीरु बूढ़े की ओर देखा और स्नेहपूर्ण हंसी हंसकर बोली, "यह तो जानती हूं बिहारी, कि तुम कभी झूठ बोलते नहीं, किन्तु मैं जो कुछ पूछूंगी, उसे तुम किसी से कह न सकोगे, अपने मालिक से भी नहीं।" बिहारी ने कहा, "मुझे किसी से कहने की जरूरत ही क्या है दीदी रानी?"

सरोजिनीं ने कुछ देर मौन रहने के बाद असली कथा छेड़ी। पूछा, "अच्छा, सावित्री है कौन बिहारी?"

बिहारी सरोजिनी के मुंह की ओर देखकर बोला, "मेरी सावित्री मां की बात पूछती हो दीदी रानी? मैं जानता नहीं कि मेरी वह मां, किसके शाप से पृथ्वी पर जन्म लेकर इतना दु:ख उठा रही हैं! अहा, मां क्या है, लक्ष्मी की प्रतिमा हैं!"

सरोजिनी ने धीरे-धीरे प्रश्न किया, "वह इस समय कहां है बिहारी?"

बिहारी ने सिर हिलाकर कहा, "ठीक से तो नहीं जानता किन्तु फिर भी जानता हूं। किन्तु उसे कहने की मां ने मनाही कर रखी है दीदी रानी, इसलिए मैं कह न सकूंगा।"

सरोजिनी ने कहा, "मना क्यों कर रखा है?"

कुछ देर तक चुप रहकर बोला, "तुम्हें बता सकता हूं दीदी रानी, यदि तुम मेरे बाबू से न कहो।"

सरोजिनी के मन में बड़ा आश्चर्य हुआ। बिहारी जानता है किन्तु सतीश नहीं जानते और उन्हें ही पता न चलने का विशेष रूप से सावित्री ने निषेध कर रखा है, इसका क्या कारण हो सकता है, वह सोच नहीं पाई। बोली, "नहीं बिहारी, मैं किसी से नहीं कहूंगी, तुम कहो।"

बिहारी दो मिनट तक बिल्कुल निस्तब्ध रहा। लगता था, सोच रहा है कि इससे असत्य का पाप उसे लगेगा या नहीं। फिर धीरे-धीरे एकाएक करके सारा इतिहास खोलकर सुनाने लगा।

सावित्री सतीश को प्राणों से भी ज्यादा चाहती थी और इसीलिए राखाल बाबू ने अपनी आग में जलते हुए झगड़ा करके बाबू को बासे से चले जाने के लिए बाध्य कर दिया। सतीश बाबू बीच-बीच में शराब भी पीते थे, इत्यादि कोई बात उसने छिपाई नहीं।

सरोजिनी मंत्रमुग्ध की तरह बैठी सब कुछ सुनती रही। लगता है, ऐसे एकाग्रचित्त से, इतने मनोयोग के साथ किसी ने कभी किसी की बात न सुनी होगी। जिस राखाल बाबू से शशांकमोहन ने सूचना का संग्रह किया था, देवयोग से उस आदमी का इतिहास भी आज सरोजिनी को मालमू हो गया।

सावित्री का घर कहां, या उसके मायके या ससुराल का क्या परिचय है, यह सब पता न दे सकने पर भी बिहारी ने बार-बार यह बात बताई कि वह ब्राह्मण-कन्या है, विधवा है, सुरूपा है, लिखना-पढ़ना जानती है। केवल भाग्य की विडम्बना से दासी का काम करने आई थी। उसने बताया कि "इतना प्यार करने पर भी बाबू मां से शेरनी की तरह डरते थे दीदी रानी! शराब पीकर बासे में आने तक का उनमें साहस न था। विपिन बाबू नाम का बाबू का एक बदजात मित्र था, उसके साथ मिलकर बाबू गाना-बजाना करते और एक बुरी जगह जाया करते थे; पर मां के कान में खबर पड़ने मात्र से ही उनका वहां आना-जाना एकदम बन्द हो गया। इतनी भी ताकत न थी कि मेरी सावित्री मां का कहना न मानकर वहां चले जायें।" इतना कहकर बिहारी ने बड़े गर्व के साथ सरोजिनी के मुंह की ओर देखा।

सतीश के ऊपर और किसी स्त्री का इतना बड़ा अधिकार हो सकता है, यह सूचना सरोजिनी के कलेजे में बाण की भांति बिंध गयी, किन्तु उसने धीरे-धीरे पूछा, "अच्छा बिहारी, उनसे इतना डरने की आवश्यकता सतीश बाबू को क्यों हुई?"

बिहारी जैसा समझता था वैसा ही बोला, "मेरी मां बड़ी गम्भीर और प्रभावशालिनी प्रकृति की महिला हैं, दीदी रानी। सिर्फ मेरे बाबू ही नहीं, डेरे के सभी लोग उनसे मन-ही-मन डरते थे। एक दिन की बात बताता हूं। उस दिन बहुत रात को बाबू कहीं से शराब पीकर और शराब की एक बोतल साथ लेकर बासे को लौटे थे। उन्होंने सोचा था कि इतनी रात को सावित्री मां निश्चय ही अपने डेरे पर लौट गई होंगी। मैं जग रहा था; दरवाजा खोल दिया। पूछा, 'सावित्री चली गई है न बिहारी?' बोला, 'नहीं बाबू, आज वह नहीं गई हैं — यही हैं।' यह सुनते ही शराब की बोतल सड़क पर फेंक दी और धीरे-धीरे चोर की भांति डेरे में प्रवेश किया। मारे भय के सारा नशा पल-भर में उड़ गया। बोलो तो दीदी रानी उन्हें छोड़ क्या कोई कभी बाबू पर शासन कर सकता है?" कुछ देर तक चुप बैठी रहने के बाद सरोजिनी ने कहा, "सतीश बाबू क्या अब भी शराब पीते हैं बिहारी?"

बिहारी ने सिर हिलाकर कहा, "नहीं। किन्तु फिर शुरू करने में कितनी देर लगती है दीदी रानी? इसीलिए तो आज दो दिन से केवल यही सोचता हूं कि इस दुःसमय में यदि मेरी सावित्री मां एक बार आ जातीं!"

सरोजिनी ने उत्सुक होकर जिज्ञासा की, "क्यों बिहारी?"

बिहारी ने कहा, मैं बराबर देखता हूं कि बाबू मन खराब होने पर ही शराब पीना शुरू करते हैं। एक उपेन बाबू से डरते हैं किन्तु उनके साथ भी न जाने क्या हो गया है। उस रात में वह डेरे पर आए परन्तु अचानक सावित्री मां को आंखों से देखते हुए लौट गए; उसके बाद से कोई एक-दूसरे का नाम भी नहीं लेता। तभी तो कहता हूं दीदी रानी, कि मां को छोड़कर बाबू को और कौन संभाल सकता है?"

बिहारी उठ खड़ा हुआ और पांव के पास झुककर प्रणाम किया तथा फिर से चरणधूलि लेकर कमरे से बाहर निकल गया। किन्तु दूसरे ही क्षण, अचानक लौटकर हाथ जोड़ सामने खड़ा हो गया।

बिहारी उसी तरह हाथ जोड़े हुए करुण स्वर में बोला, "मैं अहीर गंवार हूं, उस पर बूढ़ा आदमी ठहरा। कुछ कहने की जगह यदि कुछ और कह जाऊं तो मेरा अपराध न मानेंगी।"

सरोजिनी की आंखों को फाड़कर आंसू आ गए, किन्तु प्राणपण से उन्हें रोककर, सिर हिलाकर सिर्फ इतना ही बोली, "नहीं।"

बिहारी ने बड़े ही करुण स्वर में कहा, "मैं जानता हूं, तुम्हारी बात वह कभी टाल न सकेंगे। तुम भी इच्छा होने पर बाबू की असमय में रक्षा कर सकती

हो। किन्तु मेरा मन कहता है, जैसे तुमने उनका त्याग कर दिया है मां!" बिहारी ने यह पहली बार ही सरोजिनी को 'मां' कहकर संबोधित किया।

अब सरोजिनी के आंसू रुक न सके। दोनों आंखों से बड़ी-बड़ी बूंदें बूढ़े के सामने ही झर-झर गिरने लगीं। उसने सिर हिलाकर शान्त पर कठोर स्वर में कहा, "नहीं बिहारी, तुम डरो मत; सावित्री के आते ही सब कुछ ठीक हो जाएगा। किन्तु मेरे द्वारा तुम्हारा कोई उपकार न हो सकेगा।"

सैंतीस

सावित्री को काशी से बिहारी ले आया था।

वह सफेद गरद की साड़ी पहने हुए थी; अभी-अभी स्नान कर आने के कारण गीले लम्बे बाल पीठ पर नीचे की ओर झूल रहे थे; कुछ छिटके बाल मुख तथा माथे के ऊपर आ गए थे; सतीश ने छिपी नजरों से देखा। अचानक उसके मन में आया, जैसे आज उसने सावित्री को पहली ही बार देखा हो।

सावित्री ने कहा, "बचपन में बिल्ली के गले में घण्टी बांधने वाली कहानी पढ़ी थी न? मैं भी देखना चाहती हूं कि इस क्षेत्र में घण्टी बांधने के लिए कौन आगे आता है? तुम स्वयं या तुम्हारे साधु लोग?"

सतीश ने कुछ नहीं कहा, जैसे चुप था, वैसे ही बना रहा।

एक कुर्सी खींचकर सावित्री पास ही बैठ गई। किन्तु अब उसका परिहास से तरल स्वर गंभीर हो गया। "तमाशा छोड़ो, काण्ड क्या है, क्या मुझे समझा दे सकते हो? उपेनदा के साथ झगड़ा किया, अंत में सरोजिनी के साथ भी झगड़ा करके चले आए। जानती हूं कि वह एक दिन दूर हो जाएगा किन्तु यह क्या हो रहा है? मुझे छूकर कसम खाई थी कि मदिरा का स्पर्श नहीं करेंगे, फिर वह मदिरा तो चूल्हे में जाए, गांजा पीना भी शुरू कर दिया। वह भी सीधे-सीधे नहीं, सारे अभागों का दल जुटाकर, गेरुए कपड़े पहन यंत्र-मंत्र की दुहाई देकर खुलेआम छाती फुलाकर यह सब हो रहा है!"

सावित्री के मुंह से सरोजिनी का नाम सुनकर सतीश की देह जल उठी। वह समझ गया कि बिहारी ने सब कुछ कह दिया है; कुछ भी छोड़ा नहीं है। एक बार तो उसके होंठों तक आया कि कह दे 'तुम्हारे कारण ही मेरा सर्वनाश हुआ है, तुम्हीं मेरी शनि हो?' किन्तु उस बात को दबाकर धीर-गंभीर गले से सिर्फ इतना ही कहा, "छाती फुलाकर मदिरा और गांजा पीने में दोष क्या है?"

"अच्छा, यदि यह भी नहीं जानते तो इतना तो जानते हो कि मेरी देह छूकर प्रतिज्ञा की थी कि नहीं पिएंगे?"

"तुम मेरी कौन हो कि इस प्रकार जबर्दस्ती कराई गई प्रतिज्ञा को इतनी बड़ी बाधा माना जाए?"

सावित्री ने किसी तरह हंसी दबाकर सिर हिलाकर कहा, "मैं कोई नहीं हूं? बिल्कुल कोई नहीं?"

सतीश ने भी सिर हिलाकर कहा, "नहीं।"

"तब शराब का गिलास पीकदानी में उंडे़लकर इलायची चबाते-चबाते क्यों आए थे?"

"तुम बको-झकोगी, इसी भय के कारण।"

सावित्री हंस पड़ी। बोली, "तब भी सावित्री कोई नहीं है? अच्छा, अभी थोड़ा दूध पीकर सो जाओ।" कहकर दूध का कटोरा हाथ में लेकर सतीश के सामने खड़ी हुई। सतीश ने कोई एतराज नहीं किया, उठ बैठा और सारा दूध पीने के बाद लेट गया।

सावित्री कटोरा हाथ में लिए चली जा रही थी, सतीश ने पुकारकर पूछा, "तुम्हारी संध्या-पूजा हो गई?"

सावित्री लौटकर खड़ी हो गई, फिर बोली, "हां।"

"क्या खाया?"

"अभी तक खाया नहीं है, अब जाकर जो कुछ होगा, खाऊंगी।"

"सोओगी कहां?"

"देखती हूं कि फाटक के बाहर कहीं कोई जगह-वगह मिलती है या नहीं! न होगा तो पेड़ के नीचे।" कहकर स्वयं ही हंसकर बोली, "अच्छा, क्या कोई बात मुंह से बाहर निकालने में भी कुछ कष्ट नहीं होता? धन्य हो तुम!" कहकर बड़े स्नेह के साथ सतीश के माथे पर फैले बालों को हाथ से ऊपर हटा दिया और उसके माथे का ताप अनुभव कर चौंक पड़ी। बिहारी ने कमरे में प्रवेश करके कहा, "मां! तुम्हारा बिछौना —"

सावित्री ने हाथ से पास के कमरे की ओर दिखाकर कहा, "इसी कमरे में मेरा बिछौना रहेगा बिहारी। बाबू का ज्वर कुछ ज्यादा मालूम पड़ता है, मैं पास के कमरे में ही सोऊंगी। बीच का दरवाजा खुला रहेगा। तुम्हें भी आज इसी कमरे में फर्श पर सोना होगा।" फिर सतीश से कहा, "अब और रात को न जगो, जरा सोने की चेष्टा करो।" इतना कहकर धीरे-धीरे दरवाजा बन्द कर चली गई।

थोड़ी ही देर में कुछ मामूली आहार करके लौट आई और पास के कमरे

में एक चटाई बिछाकर सो रही और देखते-ही-देखते उसकी थकी हुई आंखें गहरी निद्रा में मुंद गईं।

बहुत सवेरे नींद टूटते ही सावित्री हड़बड़ाकर उठ गई और इधर के कमरे में आकर देखा, शय्या पर सतीश यातना से तड़प रहा है। माथे पर हाथ रखकर देखा कि वह गरमी से जला जा रहा है। उसके शीतल स्पर्श से सतीश ने आंखें खोल दीं। सावित्री ने देखा, दोनों आंखें गुड़हल के फूल की तरह लाल हो रही हैं! ज्वर की हालत देख भय के मारे सावित्री उसी शय्या पर धप् से बैठ गई।

सतीश ने उसका हाथ खींचकर अपने जलते हुए माथे पर दबा लिया, फिर बोला, "मुझे तो कल ही आभास मिल गया था। कल ही मैंने बिहारी से कह दिया था, यह मेरा अन्तकालीन ज्वर है। इस बार मैं नहीं बचूंगा।" ज्वर की तीव्र यातना में हांफते-हांफते जिस तरह उसने ये बातें कहीं, उससे सावित्री सान्त्वना तो क्या देती, अदम्य रोदन से उसका अपना ही गला रुंध गया और इस अनुताप से कि ऐसे में सारी रात वह निश्चिन्त होकर सोती रह गई, उसने अपना सिर पीट लेना चाहा।

सतीश ने कहा, "मेरा धीरज और बल बस यही है कि तुम मेरे पास हो।" कहकर उसने करवट बदल ली।

थोड़ी देर के लिए सावित्री को यह भी होश नहीं रह गया कि बिहारी से डाक्टर लाने को कहे। बस, वह सतीश की बांह पर हाथ रखकर पत्थर की मूर्ति की तरह बैठी रही।

क्षण-भर बाद सतीश ने फिर उधर की ओर करवट बदली। फिर सावित्री का हाथ खींचकर अपनी छाती पर दबाते हुए बोला, "मैंने भी तो कुछ-कुछ डाक्टरी पढ़ी है; मैं निश्चित रूप से जानता हूं कि तीसरे पहर तक मुझे वह चेतना भी नहीं रहेगी, अभी ठीक तरह से ज्ञान है। यदि मेरा यह ज्ञान फिर न लौटे तो उपेन दादा से कहना कि उस दराज में मेरा वसीयतनामा है। मैं जानता हूं, वह मेरा मुंह न देखेंगे, किन्तु यह भी जानता हूं कि मेरी मृत्यु के बाद मेरी अन्तिम इच्छा का वह अपमान नहीं करेंगे। सावित्री, इस संसार में एक तुम्हें छोड़कर और कोई उनकी अपेक्षा मेरा अधिक अपना नहीं है।"

वसीयत के उल्लेख से सावित्री के होश-हवास गुम हो गए और इतने दिनों के संयम का बांध आज एक क्षण के आवेश में टूट गया। सतीश की छाती पर लोटकर वह बिल्कुल बच्चों की तरह रो पड़ी।

बिहारी प्रायः सारी रात जागने के बाद भोर के समय सो गया था; वह चौंककर उठ बैठा और हतबुद्धि की तरह ताकने लगा।

उस समय सतीश दोनों हाथों से बलपूर्वक सावित्री का मुंह अपनी ओर खींचकर उसे क्षण-भर देखता रहा; फिर उन मुंदी हुई आंखों के आंसुओं के सोते को आग की तरह जलते अपने ओठों के ऊपर रखकर स्थिर हो रहा।

उसका मुंह, उसकी ठुड्डी, उसका गला सावित्री की दोनों आंखों से बहते हुए आंसुओं के प्रवाह में मानो डूबने लगा। इस प्रवाह ने उसके रोग से उत्पन्न प्रबल दाह को भी भिगोकर शीतल कर दिया, यह बात अन्तर्यामी से छुपी नहीं रही, किन्तु उस बूढ़े बिहारी की विस्मयमुग्ध विह्वल आंखों के सिवा इस संसार में उसका दूसरा साक्षी नहीं रहा।

बाहर जब शरद् का स्निग्ध प्रभात दिन के आलोक में बदलता जा रहा था, तब सावित्री अपने को संभालकर उठ बैठी और आंचल से अपनी आंखें पोंछने के बाद प्रियतम के मुख पर से सब अश्रु-चिह्न पोंछ डाले। फिर उठकर कमरे के सब दरवाजे और खिड़कियां खोल दीं; सूर्य की सुनहली किरणों से कमरा भर गया।

उस समय बिहारी की आंखों से बूंद-बूंद जल गिर रहा था; सावित्री ने मुख के भाव को संभाल कर शान्त सहज कण्ठ से कहा, "डर की क्या बात है बिहारी; जब तक मैं हूं, उन्हें कोई भय नहीं है। बाबू अच्छे हो जाएंगे। जब तक मैं बाबू का कपड़ा-वपड़ा तथा बिछौने की चादर बदलती हूं, तब तक तुम जाकर डाक्टर बाबू को बुला लाओ।" इतना कहकर वह पुनः रोग शय्या की ओर लौट गई।

डिस्पेंसरी के डाक्टर बाबू ने आकर अच्छी तरह सतीश की परीक्षा करने के बाद मुंह बिगाड़कर कहा, "निमोनिया के लक्षण हैं, पर भय की कोई बात नहीं है।"

भरोसा और सान्त्वना देने के बाद डाक्टर बाबू अपने की हाथ से दवा तैयार करने के लिए नीचे चले गए। सतीश ने बड़े कष्ट से जरा हंसकर और सावित्री के मुंह की ओर देखकर कहा, "भय तो मैं जरा-सा भी नहीं करता।" कहकर तकिये के नीचे हाथ डालकर चाबियों का एक गुच्छा निकाला और उसे दिखाते हुए कहा, "इसे पहचानती हो सावित्री? स्वयं ही इच्छा करके एक दिन जिसे आंचल में बांध लिया था, आज उसे ही मैं तुम्हारे आंचल में बांधे देता हूं।" कहकर सावित्री का आंसुओं से भीगा आंचल पकड़कर उसमें चाबियों का गुच्छा बांध दिया और शान्ति की एक सांस फेंककर करवट बदल सो गया।

सावित्री पर बिहारी की निर्भरता की सीमा नहीं थी; उससे उत्साह और साहस पाकर वह खुश हुआ अवश्य, किन्तु वह तो कोई बच्चा नहीं है; कई दिनों के बाद उसी सावित्री का चेहरा देखकर वह मन-ही-मन डर गया। वह ध्यान से

स्पष्ट देख रहा था कि इस असीम कर्मपटु और सहिष्णु स्त्री के शान्त मुंह के ऊपर एक पीली छाया धीरे-धीरे गहरी होती जा रही है।

आठ-दस दिन के बाद एक दिन संध्या की बात है। उसने सावित्री को एकान्त में पाकर सहज स्वर में कहा, ''मां! इस बूढ़े को धोखा देने से क्या होगा? तुम्हारी कच्ची छाती से जो कुछ सहन होगा, वह क्या इस बूढ़े से सहन नहीं होगा मां? इससे तो तुम मुझे सब बातें खोलकर कहो, मैं देखूं कि क्या उपाय कर सकता हूं।''

सावित्री ने कुछ स्थिर होकर कहा, ''तुम्हें अभी तक बताया नहीं बिहारी, किन्तु तुम्हारे नाम से आज सुबह उपेन बाबू को मैंने चिट्ठी लिख दी है। दो दिन प्रतीक्षा करके देखें, यदि वह नहीं आते, तो तुम्हें स्वयं ही एक बार उनके पास जाना होगा बिहारी!''

बिहारी ने उत्कंठित होकर कहा, ''मुझसे कहे बिना यह काम क्यों किया मां?''

''क्यों बिहारी, क्या वह आयेंगे नहीं?''

बिहारी ने सिर हिलाकर धीरे-धीरे कहा, ''वह आ भी सकते हैं, किन्तु मुझे एक बार भी बताया क्यों नहीं मां?''

''क्यों बिहारी?''

बिहारी बड़े कष्ट से संकोच को दूर कर बोला, ''यह तो जानता हूं मां, किन्तु तुम्हारे पास में न रहने पर यदि दुनिया के सारे आदमी भी बाबू के बिछौने को घेरकर एकत्र हो जायें तो भी उन्हें बचा न सकेंगे, यह बात सोचकर क्यों नहीं देखती हो मां?''

सावित्री ने कहा, ''सोचती हूं बिहारी! मैं घर में जहां कहीं हो सकेगा, छिपकर अपना काम कर लूंगी, किन्तु उपेन बाबू के न आने पर नहीं। फिर मैं ठहरी औरत जात, भले ही इस विपद का बुरा-भला जो समझूं। नहीं बिहारी, वह आवें।''

बिहारी ने सिर हिलाते-हिलाते कहा, ''उपेन बाबू की बात मैं नहीं जानता मां, किन्तु बाबू की बात जानता हूं। मूर्ख हूं सही, किन्तु इन साठ वर्षों में संसार का बहुत कुछ देखा है। कितने मर्द तुम्हारी अपेक्षा ज्यादा बुरा-भला समझते हैं मां? जो कुछ हो, तुम्हारे पास से हट जाने पर इस यात्रा से फिर बाबू को लौटा न सकूंगा यह बात मैं तुम्हारा पांव छू कसम खाकर कह सकता हूं। ऐसा काम मत करो मां, तुम मेरे बाबू को छोड़ और कहीं न जाओ।''

सावित्री ने दृढ़ स्वर में कहा, ''नहीं बिहारी, यह मैं होने न दूंगी। परसों तक यदि वह न आयें तो तुम्हें खुद जाकर उन्हें ले आना होगा। बिहारी ने मलिन

मुख हो कहा, "ऐसी बात क्यों कहती हो मां? मैं तो चाकर ठहरा, मुझे जो हुक्म दोगी, वह मुझे करना ही होगा। किन्तु मैं भी तो मनुष्य हूं? चोर की तरह तुम्हारे छिपकर रहने को यदि किसी दिन मैं न सह सका मां, तो मुझे गाली न दे पाओगी, यह मैं पहले से ही कहे देता हूं।" क्षुब्ध चित्त से वह चला गया।

सावित्री की वह चिट्ठी उपेन्द्र को नहीं मिली। पिता और माहेश्वरी के बार-बार के अनुरोध पर वह कुछ दिन पहले, अपनी सारी इच्छा के विरुद्ध जलवायु बदलने पुरी चले गये थे। वहां किसी के साथ परिचय नहीं था, इसलिए पहली रात उन्हें एक छोटे-से होटल में आश्रय लेना पड़ा था। इच्छा यह थी कि दूसरे दिन सुबह एक अच्छी-सी जगह खोजकर वहां चला जाऊंगा। किन्तु होटल के मालिक भुवन मुखर्जी ने आदर-सत्कार की हद कर दी — अलग कमरे में बिछौना लगवा दिया और भरोसा दिलाया कि जितने दिन खुशी हो रहिए, यहां रहने पर भी आपके आराम में कोई त्रुटि नहीं होगी।

सुबह एक प्रौढ़ा स्त्री कमरे में झाड़ू लगाने आई। वह बार-बार उपेन्द्र को देखती रही। बाद में झाड़ू फेंक झुककर प्रणाम करने के बाद बोली, "बाबू, क्या बीमार थे? बड़े रोगी-से दिखाई पड़ते हैं। वह चेहरा नहीं रहा, वह रंग नहीं रहा —"

उपेन्द्र ने विस्मित होकर पूछा, "क्या तुम मुझे पहचानती हो?"

स्त्री ने कहा, "मैं मोक्षदा हूं बाबू, भला आपको पहचानूंगी नहीं?"

उपेन्द्र को याद आ गया कि यह वही मोक्षदा है जो बहुत दिनों पहले सतीश के यहां नौकरी करती थी। बोले, "लगता है, तुम यहां नौकरी करती हो?" मोक्षदा ने लज्जा के भाव से कहा, "नहीं — हां, एक प्रकार से नौकरी ही है। मुखर्जी महाशय ने कहा — अब कलकत्ता में रहकर क्या करेंगे, चलो, किसी तीर्थ-स्थान में चलकर रहें। कोई होटल-वोटल खोलकर —"

उपेन्द्र ने कहा, "तो होटल अच्छी तरह चल रहा है?"

उनकी विरक्ति मोक्षदा की दृष्टि से छिपी नहीं रही। बोली, "ऐसे ही चल रहा है। भला इस उम्र में मुझे चाकरी क्या करनी थी, या मुखर्जी की छाया ही क्यों लेनी थी? उस लड़की को एक प्रकार से मैंने ही तो पाल-पोसकर बड़ा किया था। वह मुझे मौसी कहकर पुकारती थी; सचमुच मौसी के समान ही उसे छाती से लगाकर रखती थी; कौन इसे नहीं जानता।" उसने कहा, 'मैं नौकरी करके मौसी की जीविका चलाऊंगी!' वही हुआ। बाबुओं के एक मेस में नौकरी करवा दी; बाबू लोग उसे नौकरानी नहीं, घर के व्यक्ति की तरह मानते थे। यदि वह चली न जाती तो मुझे यह सब क्यों करना पड़ता। किन्तु जो कुछ कहो बाबू,

"मैं सच्ची बात कहूंगी। हम लोगों के छोटे बाबू के कारण ही तो आज हमें इतना कष्ट है।" उपेन्द्र ने उत्सुक होकर प्रश्न किया, "छोटे बाबू कौन? हम लोगों का सतीश?"

मोक्षदा ने सिर हिलाकर कहा, "हां। लड़की ने न जाने किस आंख से छोटे बाबू को देखा कि उनके लिए सब कुछ त्याग दिया। और उन छोटे बाबू को भी क्या शरीर पर हाथ रखने दिया? कभी नहीं। विपिन बाबू एक लखपती जमींदार थे। मेरे बासे में रात हो, दिन हो, जब हो हाजिर हैं; बहुत रोए-गिड़गिड़ाए। सोना, चांदी, जड़ाऊ गहने और दस हजार नकद देने चाहे पर उसने लात मार दी; उसका मुंह भी न देखा और अपना घर-द्वार, सामान सब छोड़ चली गई; एक ब्राह्मण के घर छः महीने तक चाकरी की; खटते-खटते हाड़-पांजर गला दिए; फिर न जाने कहां चली गई। मां दुर्गा ही जानती हैं कि वह जीवित है या मर गई।" कहकर मोक्षदा ने पुरानी याद के आवेग में आंचल से आंखें पोंछीं। उपेन्द्र चुपचाप ताकते रहे।

मोक्षदा ने आंखें पोंछकर रुआंसे गले से पूछा, "हां बाबू, छोटे बाबू इस समय कहां हैं? एक बार भेंट होती तो पूछती कि उसका कुछ पता-वता है उन्हें।"

उपेन्द्र ने मृदु-स्वर में कहा, "सतीश इस समय ठीक-ठीक कहां पर है, यह मैं नहीं जानता। सुना है, वह अपने गांव के घर पर है। अच्छा, यह सावित्री है कौन, मोक्षदा?"

मोक्षदा क्षण-भर में ही आग होकर बोली, "कहते हैं कौन है! कुलीन ब्राह्मण-कन्या है बाबू असली कुलीन कन्या। बेचारी छोटी उम्र में विधवा होकर घर पर ही रहती थी; यह कलमुंहा उससे ब्याह करने का चकमा देकर बाहर निकाल लाया था और अन्त में उसे बुरे हाल में छोड़कर भाग गया था। मैं ही हूं कि उसका मुंह देखती हूं — नहीं तो वह बामन नहीं, चमार है। चमार के हाथ का पानी पी लेना अच्छा है, पर उसके हाथ का नहीं।"

उपेन्द्र ने समझ न पाकर कहा, "किसकी बात कहती हो मोक्षदा?"

मोक्षदा ने उद्धत भाव से कहा, "इसी कलमुंहे भुवन मुखर्जी की! नहीं तो ऐसा चमार इस संसार में और कौन है? अरे तू उसका बड़ा बहनोई था, तेरा यह काम?" उपेन्द्र ने अत्यन्त आश्चर्यान्वित होकर पूछा, "यह होटल जिसका है? वही?"

मोक्षदा ने कहा, "हां बाबू, हां, यही दरिद्र अभागा आदमी!" फिर अनुपस्थित मुखर्जी को सम्बोधित करके कहने लगी, "किन्तु तू क्या कर सका? उसे कगार

से धकेल दिया पर क्या कभी उसके शरीर का स्पर्श भी कर पाया? ले तो आया, आज नहीं कल, कल नहीं परसों करके महीना-भर बिता देने के बाद जब कहा कि ब्याह नहीं होगा तो उसी दिन उसने मारकर निकाल दिया। बेचारी अल्पबुद्धि की लड़की तो थी पर क्या फिर भी उसके घर की देहरी भी लांघ पाया? वह मोक्षदा तो नहीं थी कि सोहाग की दो-चार मीठी-मीठी बातें करके भ्रमित कर देगा? वह है सावित्री! दस हजार रुपयों और जड़ाऊ गहनों पर लात मारकर चली जाने वाली! हां, वही!"

उपेन्द्र बहुत देर तक मौन रहने के बाद बोले, "अपने मुखर्जी महाशय को तो जरा बुला दो, दो-एक बातें पूछूंगा।"

मोक्षदा ने कहा, "वह बाजार गया है।" फिर कुछ रुककर बोली, "इस बीच एक दिन रास्ते में चक्रवर्ती महाराज मिल गए थे। महाराज बात करते जाते थे और रोते जाते थे — मेरी बेटी को सभी लोग प्यार करते थे। जैसा रूप था, वैसा ही गुण और वैसी ही दया-माया थी!"

उपेन्द्र ने पूछा, "चक्रवर्ती महाराज कौन हैं?"

मोक्षदा ने कहा, "अरे! वह बाबुओं के बासे में भोजन बनाते थे न? सब बातें जानते थे। बिहारी के मुंह से सुनकर सब कुछ मुझे बताया था। चेतला के ब्राह्मण के घर में काम करते हुए बीमार पड़ी; मेरी बेटी ने छुट्टी मांगी तो — अच्छा बाबू, क्या ब्राह्मण-मात्र इतने निष्ठुर होते हैं! उसने कहा — 'तुम्हारी दवा के दामन में सात रुपये खर्च हुए हैं। देकर तब जाओ।' रुपया चुकाने के लिए सावित्री उधार लेने सतीश बाबू के बासे में, सारी राह चलकर आई। छोटे बाबू इस इशा में बड़ी ही उदार प्रकृति के थे — रुपया-पैसा जो चाहिए, उसके लिए कभी 'नहीं' नहीं करते थे। किन्तु ऐसा दुर्भाग्य हुआ कि उसी रात बाबू का कोई कलमुंहा मित्र परिवार के साथ आया। सारे दिन के बाद स्नान करके बेटी उसी कमरे में बैठी थी — ऐसे ही समय वे आ गए। मित्र आए थे रात में रहने के लिए, किन्तु वैसा किया नहीं; क्रोध करके स्त्री का हाथ पकड़ शीघ्रता से नीचे उतर बाहर चले गए। छोटे बाबू तो अवाक् रह गए। किन्तु मेरी बिटिया बड़े मानवाली स्त्री थी। वह क्या यह अपमान सह सकती थी? बिना एक बूंद जल ग्रहण किए वह उसी समय निकल गई फिर उसका कोई पता नहीं लगा।"

उपेन्द्र स्तब्ध हो बैठे रहे। उस रात का निष्ठुर इतिहास उनकी आंखों में उज्ज्वल होकर फूट पड़ा। बार-बार उनके मन में होने लगा कि मोक्षदा की कथा यदि आधी भी सच है तो जिसके नाम से वह घृणा करता आ रहा है, वह कैसी आश्चर्यजनक स्त्री है!

मोक्षदा अपने की काम से चली गई। किन्तु उपेन्द्र वहीं निस्पन्द की भांति बैठे रहे।

उनकी तन्मयता टूटी भुवन मुखर्जी की आवाज सुनकर। आवाज देकर कमरे के अन्दर प्रवेश कर बोला, ''बाबू ने क्या मुझे बुलवाया था?''

उपेन्द्र ने कहा, ''बैठो। तुम सावित्री को पहचानते हो?''

मुखर्जी माथा झुकाकर बोला, ''जी, पहचानता हूं।''

''उसके बारे में जो कुछ जानते हो, मुझे बता सकते हो?''

''जी, बता सकूंगा,'' कहकर वह निर्लज्ज प्राणी अपने गंभीर अपराध का इतिहास एक-एक करके बताने के बाद अन्त में बोला, ''मैं भी भले आदमी का लड़का हूं बाबू, किन्तु यदि पहले उसे पहचान सका होता, तो इस रास्ते पर पांव रखकर आज विदेश में होटल चलाने का काम करके दिन न काटता होता। मुझे सन्तोष यही है कि उसकी देह में प्राण रहते कोई उसे भ्रष्ट नहीं कर सकेगा।''

उपेन्द्र ने प्रश्न किया, ''इसमें तुम्हारे लिए सन्तोष की क्या बात है?''

मुखर्जी ने कहा, ''परलोक में जवाब तो दे सकूंगा कि वह भ्रष्ट नहीं हुई है।''

उसे विदा करके उपेन्द्र उसी प्रकार निर्जीव की भांति बैठे रहे, सिर्फ उनका मन उन्हें निरन्तर यह कहकर बेधने लगा, ''तुमने अच्छा नहीं किया उपेन, अच्छा नहीं किया। जो निरुपाय नारी इतने बड़े प्रलोभन को अनायास जीतकर चली जा सकती है, उसका अपमान करने का अधिकार तुम्हें नहीं था।''

अड़तीस

स्टेशन पर उतरकर उपेन्द्र ने जिस भद्र युवक से सतीश के गांव जाने का रास्ता पूछा, भाग्य-वश वह लड़का उन्हीं की डिस्पेंसरी का कम्पाउण्डर निकला; अपने किसी काम से स्टेशन आया हुआ था। ये लोग बाबू के यहां जा रहे हैं, यह सुनकर वह कहीं से सरोजिनी के लिए पालकी का प्रबन्ध कर लाया और उपेन्द्र से कहा, ''यही तो महेशपुर दिखाई दे रहा है; चलिए न, बात करते-करते पहुंच जायेंगे; जाने में आधा घंटा भी न लगेगा। बैलगाड़ी से जाने में बहुत देर लगेगी।''

उपेन्द्र की हालत पैदल चलने लायक न थी, किन्तु बैलगाड़ी के डर से पैदल चलना ही स्वीकार किया।

सरोजिनी को पालकी पर बैठा देने और दासी तथा दरबान को उसके साथ कर देने के बाद, उपेन्द्र लड़के के साथ रवाना हो गए।

उपेन्द्र ने बहुत कुछ निश्चिन्त होकर पूछा, "बीमारी क्या बहुत ज्यादा बढ़ गई थी एककौड़ी बाबू?"

एककौड़ी ने कहा, "ज्यादा? वह तो मर ही गए थे। गृहिणी मां न आतीं तो बिल्कुल ही असाध्य थी। होगी नहीं महाशय? दिन-रात थाको बाबा के साथ शराब पर शराब, गांजे पर गांजा। भला काली कैसे सिद्ध होंगी। होंगी! वह सब क्या हम डाक्टर लोग विश्वास करते हैं महाशय? हम लोग हैं साइण्टिफिकमैन। किन्तु गृहिणी मां के आने के साथ ही थाको बाबा का सारा बाबापन निकाल दिया।"

उपेन्द्र ने कुछ विस्मित होकर पूछा, "गृहिणी मां कौन हैं?"

एककौड़ी ने कहा, "यह मैं क्या जानूं महाशय।"

उपेन्द्र ने जिज्ञासा की, "क्या उम्र होगी?"

एककौड़ी ने सोचकर कहा, "लगता है चालीस-पचास होगी। उनके न होने पर बाबू पर दूसरा कौन शासन कर सकता था? डाक्टर बाबू तो कहते हैं, वह न आतीं तो सब खत्म हो चुका था।"

एक्कौड़ी के साथ उपेन्द्र जब सतीश के घर जा पहुंचे तब दिन डूबने-डूबने को हो रहा था। सरोजिनी पहले ही पहुंच गई थी; उसकी पालकी फाटक के बाहर वट-वृक्ष के नीचे उतारकर दरबान राह देख रहा था। सामने ही चिकित्सालय है, वहां लोगों की भारी भीड़ थी।

एककौड़ी ने सबको साथ ले जाकर नीचे की बैठक में बैठाया। फिर बिहारी को बुलाने गया, किन्तु उससे भेंट नहीं हुई।

उपेन्द्र को इस गृहिणी मां के विषय में बड़ा सन्देह था, इसलिए वह सरोजिनी को वहीं प्रतीक्षा करने के लिए कहकर सामने की सीढ़ी से ऊपर चले गए।

सतीश शय्या पर सो रहा था। उसके सिरहाने बैठकर सावित्री ज्वर के चार्ट को बड़े ध्यान से जांच कर रही थी।

ऐसे ही समय दरवाजे का भारी पर्दा हटाने की आवाज सनकर सावित्री ने मुंह उठाकर देखा कि कोई अपरिचित भद्र व्यक्ति आए हैं।

जल्दी से माथे पर आंचल खींचकर उठने की चेष्टा करते ही आगन्तुक ने पास आकर कहा, "आप उठें नहीं। मैं हूं उपेन। आप सावित्री ही हैं न ?" सावित्री

ने सिर हिलाकर बताया, "हां।"

उपेन्द्र ने पूछा, "सतीश सो रहा है? अब कैसा है?"

सावित्री ने पहले की भांति ही सिर हिलाकर जताया, अच्छे हैं।

तब उपेन्द्र धीरे-धीरे पलंग के एक हिस्से पर बैठ गए। अपना कर्तव्य उन्होंने पहले ही तय कर लिया था। बोले, "अब मैं समझ रहा हूं कि वह चिट्ठी मुझे आपने ही लिखी थी। यह न समझें कि मैं इसे नहीं समझता कि मुझे आने के लिए कहकर आपने अपने सुख-दुःख, अच्छे-बुरे को कितना तुच्छ कर दिया था। यही तो चाहिए। यही तो अपना परिचय है।"

सावित्री के मन में आया, मानो वह स्वप्न देख रही है। जैसे कोई और है, सतीश के उपेन दादा नहीं हैं।

सावित्री मौन हो प्रतीक्षा कर रही है, यह देखकर उपेन्द्र ने कहा, "सरोजिनी का नाम सुना है?"

सावित्री ने सिर हिलाकर कहा, "सुना है।"

"लगता है, सब कुछ सुन चुकी हो?"

तब उपेन्द्र धीरे-धीरे बोले, "सतीश की बीमारी का समाचार सुनने के बाद उसे किसी तरह रोका नहीं जा सका; वह मेरे साथ ही आई है।"

सावित्री ने घबराकर उठते हुए कहा, "वह आई हैं! मैं अभी जाकर—किन्तु मैं क्या उनके पास जा सकती हूं दादा?" इस इशारे को उपेन्द्र ने समझा। दोनों आंखें फाड़कर मुक्त-कण्ठ से बोल उठे, "तुम नहीं जा सकतीं? मेरी छोटी बहिन संसार की किस स्त्री से छोटी है सावित्री, कि कहीं भी उसे सिर ऊंचा करके खड़ी होने में संकोच होगा? मेरी बहिन है, पृथ्वी में यह कैसा सीधा परिचय है!"

सावित्री और सह नहीं सकी, पलक मारते वह अपना सिर उपेन्द्र के दोनों पांवों में रखकर पृथ्वी पर लेट गई। बार-बार उन दुबले पांवों की धूल अपने माथे पर लगाकर वह जब सीधी उठ खड़ी हुई, तब उसके मुंह पर घूंघट नहीं था और दोनों आंखों से आंसू झर-झर गिर रहे थे। आंसुओं से गीले उस मुख पर नारी-चरित्र की असीम महिमा को उपेन्द्र टकटकी लगाकर देखने लगे।

आंखें पोंछकर सावित्री जब घर से बाहर चली गई तो उपेन्द्र ने पीछे से कहा, "जाओ बहिन, जो बहिन कहकर तेरे निकट अपना परिचय दे, उससे कहना कि हम दोनों भाई-बहिन ने आज तक कभी दुनिया में कोई क्षुद्र कार्य नहीं किया है।"

सावित्री के चले जाने पर उन्होंने निद्रित सतीश की ओर देखते हुए पुकारा,

"सते? ओ सतीश।"

नींद टूट जाने से सतीश हड़बड़ाकर उठ बैठा और आंखें मलकर देखता रहा।

"तेरा उपेन दादा हूं — मुझे पहचान नहीं रहा?"

उपेनदा! सतीश विह्वल आंखों से देखता अवाक् हो रहा।

"तब जरा दोनों पांव तो एक बार उठा दो उपेनदा; बहुत दिनों से तुम्हारे चरणों की धूलि माथे से लगा नहीं पाया हूं।"

सावित्री का हाथ पकड़े सरोजिनी चली आ रही थी।

सरोजिनी क्षण-भर सतीश के कंकाल से पीले मुख की ओर देखकर आगे बढ़ गई और बिछौने पर उसके चरणों के पास पेट के बल गिरकर उमड़े हुए रोदन को दबाने लगी। कोई कुछ नहीं बोला, किन्तु इस रोदन के भीतर कितनी बड़ी व्यथा और क्षमा की भीख छिपी थी, यह किसी के भी समझे बिना बाकी नहीं रहा। नीरवता भंग हुई उपेन्द्र के स्वर से। उन्होंने सरोजिनी के माथे पर अपना दाहिना हाथ रखकर कहा, "अपराध चाहे जिससे भी हुआ हो सतीश, मेरी इस बहिन को आज तू माफ कर दे। उसके कलेजे के अन्दर बहुत दिनों से संचित दुःख ने ही आज तुम्हारी सेवा करने के लिए मेरे साथ उसे भेज दिया है। किन्तु सावित्री, तू इस तरह उदास मुंह लिए खड़ी रहेगी तब तो कुछ भी न होगा। आज से तुझे अपने इस मरणोन्मुख दादा के अनेक अत्याचार, अनेक बोझ उठाने पड़ेंगे बहिन! आओ, मेरे पास आकर बैठो।"

सावित्री का नाम सुनकर सरोजिनी लज्जा, शर्म, वेदना, सब कुछ भूलकर मुंह उठाकर खड़ी हो गई। अभी तक वह उसे उपेन्द्र की कोई आत्मीया समझ रही थी।

सावित्री चुपचाप आकर उपेन्द्र के पांव के पास बैठ गई। उपेन्द्र ने उसके सिर पर हाथ रखकर कहा, "तुम यह न समझना बहिन, कि तुम्हारे निकट माफी मांगकर मैं तुम्हारी अमर्यादा करूंगा। किन्तु सतीश, तू मुझे माफ कर। तेरा जितना अपमान और जो कुछ अनिष्ट मैंने किया है, आज उन सबको भूल जा भैया!" सतीश क्या कहेगा, वह सिर्फ अवाक् होकर टकटकी लगाये देखता रहा।

इस दिन पहले जब सरोजिनी को ले जाने के लिए ज्योतिष स्वयं आए थे तब उपेन्द्र की मध्यस्थता से विवाह की बात पक्की हो गई थी।

सतीश ने कुछ भी आपत्ति नहीं की। तय यह हुआ था कि उसके पिता की मृत्यु-सम्बन्धी अशौचकाल बीत जाने पर ही शादी होगी। सावित्री ने इस समय उसी की ओर इशारा किया था और सतीश ने चुपचाप सुन लिया। जाने के दिन सुबह उपेन्द्र ने कुछ चिन्तित होकर प्रश्न किया, "तेरा शरीर क्या वैसा स्वस्थ

लगता नहीं सतीश? कल से तुझे बहुत उदास देख रहा हूं।"

सतीश ने उदास कण्ठ से कहा, "नहीं, ठीक ही तो हूं।"

उपेन्द्र के चले जाने पर सावित्री ने कमरे में प्रवेश किया। उसकी दोनों आंखें लाल हैं; आंखों की पलकें भीगने से भारी हो गई हैं, यह देखते ही मालूम हो जाता है। सिर की कसम की बात बार-बार याद कराकर बोली, "एक बात मानोगे?"

सतीश ने कहा, "मानूंगा।"

"मदिरा, गांजा कभी हाथ से भी नहीं छुओगे न?"

"नहीं।"

"मुझसे पूछे बिना तंत्र-मंत्र के पास तो न जाओगे?"

"नहीं।"

"जब तक शरीर पूरी तरह ठीक न हो जाए दो-दो दिन के अन्तर से चिट्ठी लिखोगे न?"

"लिखूंगा।"

"उसमें कोई बात छिपाओगे तो नहीं?"

"नहीं।"

"तब जाती हूं", कहकर सावित्री एक बार जल्दी से नमस्कार कर बाहर निकल गई।

सतीश ने मुंह फिराकर, अचानक हाथ बढ़ा सावित्री की देह की चादर जोर से पकड़कर कहा, "बैठो। मैं तुम्हें जाने न दूंगा। यह मेरा गांव है, मेरा घर है। मेरी इच्छा के विरुद्ध तुम्हें बलपूर्वक ले जाने की शक्ति दस उपेनदाओं में भी नहीं है।"

सावित्री समझ गई कि यहां जोर नहीं चलेगा। शय्या के एक छोर पर बैठ गई और स्निग्ध भर्त्सना के स्वर में बोली, "छि:, यह कैसी बात करते हो। वह तो मुझे बलपूर्वक लिए नहीं जा रहे हैं — उनकी स्त्री नहीं है, भाई नहीं है, तुम भी इस समय नहीं हो, इतनी बड़ी सांघातिक बीमारी में सेवा करने वाला कोई नहीं है। इसीलिए तो वह मुझे तुम्हारे पास से मांगकर ले जा रहे हैं। इसे क्या बलपूर्वक ले जाना कहते हैं?"

सतीश ने प्रबल वेग से सिर हिलाकर कहा, "यह सब झूठी बात है — धोखा देना है। वह अपने मित्र ज्योतिष बाबू का मुख देखकर ही तुम्हें यहां से हटा देना चाहते हैं। इन दो दिनों में मैंने रात-दिन सोचकर देखा है कि जो चुप रहकर सह लेता है, उस पर सभी अत्याचार करते हैं। फिर कारण चाहे कुछ भी हो, मैं तुम्हें जाने न दूंगा। जाएं, इस बात को लेकर तर्क-वितर्क करके मैं अपना

माथा गरम करना नहीं चाहता। बिहारी को भेजकर नीचे कहला दो कि तुम्हारा जाना नहीं होगा। बिहा — "

सावित्री ने जल्दी से उसके मुंह पर हाथ रखकर कहा, "तुम क्या पागल हो गए हो? मान लो उनकी भावना शुद्ध नहीं है, किन्तु तुम्हीं मुझे लेकर क्या करोगे, जरा सुनूं तो?"

सतीश पल-भर चुप रहकर बोला, "यदि कहूं, ब्याह करूंगा तो?"

सावित्री ने कहा, "और मैं यदि कहूं कि उसमें मेरी राय नहीं है?"

सतीश ने कहा, "तुम्हारे मतामत से कुछ आता-जाता नहीं।"

सावित्री भयपूर्वक हंसकर बोली, "तब क्या जबर्दस्ती ब्याह करोगे?" इतना कहकर मुंह की हंसी को गंभीर करके उसके माथे से रूखे बालों को अत्यन्त स्नेहपूर्वक ऊपर उठाते-उठाते बोली, "छि:! ऐसी बात कभी भूलकर भी मन में न लाना। मैं विधवा हूं, मैं कुलत्यागिनी हूं, मैं समाज से लज्जित हूं; तुम भले ही न समझो कि मेरे साथ ब्याह करने का दु:ख कितना बड़ा है किन्तु जो आजन्म शुद्ध हैं, शोक की आग ने जिन्हें जलाकर हीरे की भांति निर्मल कर दिया है, वह समझकर ही इस अभागिनी को आश्रय देने के लिए अपने साथ लिये जा रहे हैं। उनकी मंगल इच्छा को तुम अपने आवेग में देख नहीं पा रहे हो, किन्तु इसीलिए उन पर मिथ्या दोषारोपण करके अपराधी न बनो।" कहते-कहते उसकी आंखों से जल गिरने लगा।

सतीश ने कहा, "मैं यही भीख चाहता हूं कि कोई कभी यदि हम लोगों के सम्बन्ध में पूछताछ करे, तो तुम बताओ कि मेरा पति होना स्वीकार करोगी?"

सावित्री ठीक यही आशंका कर रही थी, पर वह इस अद्भुत अनुरोध पर हंस पड़ी। कहा, "क्यों भला, बताओ तो? गवाहों के बल पर अन्तिम समय में जबर्दस्ती घर में लाने के लिए?"

सतीश ने कहा, "तुम्हारा अपने हृदय के अन्तर्यामी ही हम लोगों के गवाह हैं — दूसरे किसी गवाह की हम लोगों को जरूरत नहीं है और मैं बाहर के गवाहों के बल पर अन्तिम काल में तुम्हें घर में लाकर रखूंगा, यही भय तो तुम्हें है? किन्तु अपने जोर से अगर आज ही तुम्हें घर में रख लूं तो कौन रोकने वाला है, बोलो तो?" सावित्री ने बात नहीं दोहराई। सतीश ने कहा, "तुम्हारा यहां-वहां-जहां भी खुशी हो, इस तरह रहना मुझे पसन्द नहीं है।"

सावित्री का मुंह बराबर मलिन होता जा रहा था, किन्तु इस अवस्था में सतीश के उत्तेजित होने के भय से वह चुप ही रही। सतीश ने कहा, "उपेन दादा, पत्थर के देवता हैं, पर रक्त-मांस के देवता होते तो भी मैं तुम्हें उनके साथ न भेजता। अच्छा आज जा रही हो तो जाओ, किन्तु ज्यादा दिनों तक वहां रखने में मुझे

सुविधा न होगी।''

''तुम्हारी इच्छा'' कहकर सावित्री ने नमस्कार किया और बाहर निकल गई।

उन्नतालीस

दिवाकर मुरझाए मुंह को झुकाए चुप खड़ा रहा। वह दोपहर को खाना खाने आया था; तब किरणमयी से झगड़कर वैसे ही बिना नहाए-खाए अपने काम पर लौट गया था। अब छुट्टी होने के बाद डेरे पर आया था। किन्तु उसकी दशा देखकर बाड़ी वाली को क्रोध नहीं आया; उसने फिर से कहा, ''वह तुम्हारी ब्याहता स्त्री तो है नहीं बेटा, कि इतना जोर-जुलुम करते हो। बाहर निकालकर जैसे लाए थे, वैसे ही उसने भी धर्म रखा। इस समय तुम्हारी भी, जैसी हो, एक नौकरी लग गई है — इस बार निकल जाओ। उसे दुःख क्यों देते हो बेटा! ऐसी सुन्दर स्त्री, खाने-पहनने के बिना सूखकर बिल्कुल काठ हो गई।'' फिर कुछ चुप रहकर बोली, ''नहीं तो उधर रहनेवाले मारवाड़ी बाबू मेरे पास रोज ही आदमी भेजते हैं। कहते हैं — सोने से सारा शरीर ढक दूंगा और तुम्हारी इस स्त्री बेचारी की भावना क्या है बेटा? अभाव में खाना भी छोड़ देती है। जाओ, हट जाओ। मेरी बात सुनो, कई दिनों से कह रही हूं कि अब तुम लोगों में पटनी मुश्किल है।''

दिवाकर ने जल्दी से बाधा देकर कहा, ''बस चुप रहो; हमारी बात करने की जरूरत नहीं। किन्तु उसका भी क्या यही मत नहीं है? तुम्हीं तो उसकी मंत्राणी जी — सलाह देने वाली — हो!''

ठीक इसी समय किरणमयी अपनी कोठरी से बाहर निकली।

पाप के साथ निष्फल खेल खेलने जाकर उसी दिवाकर के अन्तर से आज वासना का जो राक्षस बाहर निकल आया है, उसी से आत्मरक्षा करने में, उसी से रात-दिन लड़ने में किरणमयी आज क्षत-विक्षत हो गई है। उसे देखते ही भूख से पीड़ित दिवाकर गर्ज उठा।

निर्लज्जता की कोई सीमा नहीं रह गई। इसे विश्वास करना भी सरल नहीं कि यह वही पहले का मुंह चुराने वाला दिवाकर है, जो एक ही मकान में रहने वाले लोगों के सामने ही ऐसी भाषा मुंह से निकाल सकता है। उसने चीखकर कहा, ''भाभी, यही बात है न? अब मारवाड़ी, मुसलमान, मग, मद्रासी इनकी जरूरत पड़ने लगी है न? ओह! इसीलिए दिन-रात झगड़ा है; तभी तैं आंखों की

किरकिरी हो रहा हूं?"

किरणमयी पहले तो कुछ समझ नहीं पाई — सिर्फ उसी तरह ताकती रही। किन्तु उसका जवाब दिया बाड़ी वाले ने। वह एक कदम आगे बढ़कर हाथ उठाकर, आंख मुंह चमकाकर बोली, "क्यों न चाहे ऐसा? हम लोग कुछ गृहस्थों की स्त्रियां तो हैं नहीं कि एक आदमी को ही पकड़कर हमें रहना पड़ेगा। हम हैं सुख से खाने-पहनने वालियां। जहां जिसके पास सुख मिलेगा, सोना-वोना मिलेगा, उसी के पास जाएंगी। इसमें शर्म की क्या बात है और किट-किट ही किस बात के लिए है!"

दिवाकर क्रोध से जल उठने के कारण उसे धमकाकर बोला, "तू चुप रह बदजात! मैं जिससे पूछता हूं, उसे ही बोलने दे।"

अब तो बाड़ी वाली बारूद जैसी जल उठी; तिलमिलाकर बोली, "क्या? मेरे ही घर में खड़ा होकर मुझे बदजात कहता है? मैं कहती हूं — निकलो मेरे घर से।"

दिवाकर भी क्रुद्ध हो उठा। छः मास पहले उसके लिए इतने बड़े दुःस्वप्न की कल्पना करना संभव नहीं था, किन्तु आज एक अन्त्यज गणिका के मुंह से इतना अपमान किए जाने पर भी, कमर बांध तू-तू, मैं-मैं कर रहा है! किन्तु अब तो उपेन्द्र और सुरबाला के स्नेह और शासन में पला-पोसा वह दिवाकर नहीं है। इसीलिए वह भी आंख-मुंह लाल करके गरज उठा, "क्या? तू मुझे निकालती है? क्या तू भाड़ा नहीं निगलती?"

बाड़ी वाली ने भी उसी तरह गुर्राकर कहा, "हिस! बड़ा भाड़ा देने वाला। तुझे छिः है! तुझे गले में लगाने के लिए फांसी नहीं मिलती है रे! कहती हूं निकल जा, नहीं तो झाड़ू मारकर निकाल दूंगी।"

"अच्छा, बाहर निकलवाती है!" कहकर दिवाकर दांत पीसता उन्मत्त जैसा तेजी से दौड़कर आया और चुप खड़ी किरणमयी को जोर से धक्का दिया। सारे दिन भूख-प्यास से थकी, अवसन्न किरणमयी उस धक्के को संभाल नहीं पाई; पहले जाकर रंगी की एक खाली बाल्टी के ऊपर गिरी, फिर वहां से लुढ़ककर कंडे के टोकरे पर मुंह के बल पड़ी रही।

उन्मत्त दिवाकर ने कहा, "जाओ, बाहर हो। कौन तुम्हारा मारवाड़ी है — दूर हो।" इतना कहकर कोठरी में घुस गया।

बाड़ी वाली विकट रूप से चीख उठी। कारखाने से तुरन्त ही लौटे हुए पुरुषों का झुण्ड, जो अपने हाथ-मुंह की कालिख धो रहा था, चीख से चकित हो, साबुन फेंक, दौड़कर बाहर निकल आया। बाड़ी वाली जोर से चिल्लाकर कहने लगी,

"इस बदमाश को मारकर फेंक दो! इस अभागे लड़के को तुम लोग मारते-मारते दूर निकाल दो — हमारे मकान में अब बिल्कुल न रहे।"

बाड़ी वाली के आदेश से वे लोग इकट्ठा होकर कोठरी में घुसने का विचार करने लगे। इसे देख किरणमयी माथे पर आंचल खींच उठकर बैठ गई और दृढ़ स्वर में बोली, "झगड़ा-टंटा किसके घर में नहीं होता? मेरे शरीर पर हाथ लगाया तो उससे तुम लोगों का क्या? तुम लोग अपने-अपने घर जाओ।" इतना कहकर तुरन्त उठी और अपनी कोठरी में जाकर अन्दर से सांकल लगा दी।

सारे दिन के उपवास के बाद दिवाकर ने खाना खाया और मुंह धोने के लिए बाहर गया। उसके मन के ग्लानि भी कम हो गई थी, मुंह धोकर प्रसन्नचित्त से कोठरी में प्रवेश करके आश्चर्यपूर्वक देखा कि किरणमयी ने उसके बिछौने को लपेटकर खाट के नीचे रख दिया है। पूछा, "नीचे क्यों रख दिया?"

किरणमयी ने अविचलित स्वर से कहा, "पहले कहती तो तुम्हारा खाना-पीना न होता, इसी से नहीं कहा। आज से हम लोगों की भेंट-मुलाकात न होगी। अभी रात कुछ ज्यादा नहीं हुई; आज कालीबाड़ी में जाकर सो जाओ, कल सुविधा के अनुसार एक डेरा खोज लेना और यदि इस देश में न ठहरना चाहो, तो परसों स्टीमर जाएगा; मैं रुपया दूंगी; देश लौट जाओ। मोटी बात यह कि जो इच्छा हो करो; मेरे साथ तुम्हारा आगे कोई सम्बन्ध न रहेगा।"

दिवाकर हतज्ञान की तरह सब बातें सुनता जा रहा था? उसके मन में हो रहा था कि किरणमयी अपने निर्मम कठिन पत्थर के टुकड़ों जैसे एक-एक शब्द से उनके बीच सदा के लिए एक अभेद्य दीवार खड़ी कर रही है। उसकी बात खत्म होने पर उसने स्वप्नाविष्ट की तरह कहा, "और तुम?"

किरणमयी ने कहा, "मेरे बारे में जानने से तुम्हें कोई लाभ नहीं तब भी यदि इस देश में रहे तो कल-परसों तक सुन ही लोगे।"

दिवाकर ने कहा, "तब तो बाड़ी वाली की बात ही सच्ची है, उसी बदमाश मारवाड़ी को ही" किरणमयी ने कठोर स्वर में जवाब दिया "हो भी सकती है। किन्तु और जो हो तुम्हारे कन्धे पर चढ़कर अध:पतन के पथ पर उतर आई थी, इसका मतलब यह तो नहीं है कि तुम्हीं को लेकर अन्त तक नीचे गिरते जाना होगा। मेरा शरीर अच्छा नहीं है, अभी सो रहूंगी, अब तुम व्यर्थ देर न करो। जाओ। कल सुबह तुम्हारी चीजें तुम्हारे पास भिजवा दूंगी।"

दिवाकर ने कहा, "इतनी जल्दबाजी! आज रात-भर भी तुम मुझे रहने नहीं दोगी?" किरणमयी ने कहा, "नहीं।"

दिवाकर ने क्षण-भर स्थिर रहकर कहा, "तब क्या सिर्फ मेरा सर्वनाश करने

के लिए ही इस विपद में खींच लाई थीं? किसी दिन प्यार भी नहीं किया?" किरणमयी ने कहा, "नहीं। किन्तु तुम्हारा नहीं, और एक दूसरे आदमी का सर्वनाश करने की बात सोचकर ही तुम्हें क्षति पहुंचाई। और मेरा? जाने दो मेरी बात। आगे-पीछे सर्वत्र भूल ही हो गई और इस भूल के लिए ही आज तुम्हारे पांव पकड़कर क्षमा मांगती हूं देवरजी!"

चालीस

सुबह के समय किरणमयी अपनी थकी, अवसन्न देह से काम-काज कर रही थी कि कामिनी बाड़ी वाली आकर दरवाजे के पास खड़ी हो गई और एक बाहर हंसकर कहा, "गए बेटा। अच्छा हुआ, गया। कल जैसे मुझ पर झपटा पड़ता था। अरे, तेरी इज्जत तो औरत ने रख ली; अगर कुण्डी न बन्द कर लेती तो लोग उस जानवर को छोड़ते नहीं।"

किरणमयी ने मुंह उठाकर पूछा, "किसने कहा कि वह चला गया?" बाड़ीवाली ने आंखें नचाकर कहा, "जाओ, अब हंसी न करो। किसने कहा? मैं हूं मकानवाली, मुझसे कौन कहेगा? खुद अपने कानों से सुना करती हूं। ऐसा न होता तो इतने दिनों से यह बाड़ी रख पाती, न जाने कौन पांच जूते मारकर निकाल देता?"

किरणमयी चुपचाप घर का काम करने लगी। जवाब न पाकर बाड़ीवाली खुद ही बोलने लगी, "कितने दिनों से कह रही हूं बहू, कि इस बला को दूर करो। पर नहीं, बेचारा कहां जाएगा; कहां जाएगा, यह मैं क्या जानूं! इतना सोचने-विचारने से तो काम नहीं चलता। खाओ, पहनो, सोने-चांदी से शरीर संवारो, साथ-साथ प्रीति भी करो। दुनिया से अलग यह कैसी प्रीति है बेटी?"

इसी समय बाहरी बरामदे के एक ओर से टूटे गले से आवाज आई, "बाड़ी वाली?"

"वह आ गया," कहकर इशारा करती बाड़ीवाली के बाहर जाने का उपक्रम करते ही किरणमयी ने दोनों हाथ बढ़ाकर उसका आंचल जोरों से पकड़ लिया और बोल उठी, "नहीं, नहीं, यहां किसी तरह नहीं — इस कोठरी में कोई भी न आए।"

बाड़ीवाली ने अवाक् होकर कहा, "तू तो अब किसी कुल की बहू है नहीं! आदमी तेरे घर आएंगे, बैठेंगे, इसमें भय की क्या बात है? तू तो वेश्या है

ही।''

किरणमयी चीत्कार कर उठी, ''मैं क्या हूं? मैं वेश्या हूं?''

उसकी लाल-लाल आंखों और तेज कण्ठ-स्वर से बाड़ीवाली विस्मित हो गई। खीझकर बोली, ''वह नहीं है तो फिर क्या है, बोलो। असफल होने पर शरीर जलता ही है — अभी तो हम लोग जो हैं, तू भी वही है। भद्र आदमी आए हैं, ले उन्हें घर में बिठा।''

इस भद्र आदमी से बाड़ीवाली ने रुपये खाए थे तथा आगे कुछ और मिलने की आशा थी। भद्र आदमी दरवाजे के पास आकर खड़ा हो गया और दांत निपोरकर हंसते हुए बोला, ''क्यों बाड़ीवाली, सब मामला ठीक तो है?'' बाड़ीवाली ने आंचल खींच लेकर विनयपूर्वक कहा, ''तुम लोगों की मेहरबानी है। जाओ, कोठरी में जाकर बैठो। मैं पान लगा लाती हूं।'' फिर कुछ हंसकर बोली, ''इस समय यह घर-द्वार सब तुम्हारा है बाबूजी! किन्तु यह कहे देती हूं कि अच्छी तरह साज-श्रृंगार कर देना होगा।''

''अच्छा-अच्छा, वह सब हो जाएगा,'' कहकर आदमी लेश मात्र संकोच किए बिना कोठरी के अन्दर जाकर खाट पर बैठ गया।

किरणमयी की स्नायु-शिराओं की सहिष्णुता इस्पात से भी अधिक दृढ़ थी; इसीलिए इतनी देर तक वह बरदाश्त कर सकी थी, किन्तु अब आगे उससे सहन नहीं हुआ। उसके रूप-यौवन के इस अपरिचित हिन्दुस्तानी खरीदार के कोठरी में आने के साथ ही वह चेतना खोकर आंधी में चोट खाए हुए केले के पेड़ की तरह जमीन पर गिर पड़ी।

वह आदमी चौंक पड़ा और सिर घुमाकर देखा तो इस आकस्मिक विपत्ति के आ पड़ने से हतबुद्धि हो गया। बाड़ीवाली के प्रबल चीत्कार से उस मकान की सब स्त्रियां कच्ची नींद से उठकर दौड़ आईं और कोई पानी, कोई पंखा लेकर अभागिनी की शुश्रुषा करने लग गईं।

बाड़ीवाली दरवाजे के सामने बैठकर जोर-जोर से निरन्तर घोषणा करने लगी कि उसने इस काम में बाल जरूर पका दिए किन्तु अब भी ऐसे नखरे, ऐसे ढंग सीख नहीं पाई। आज भी आदमी को देखकर इस तरह दांत से दांत लगा देने की कला नहीं आई।

अकस्मात् इस दुर्घटना के बीच फिर एक नया गोलमाल सुनाई पड़ा। खबर मिली कि सदर दरवाजे पर कोई एक नया बाबू आकर दिवाकर और भाभी का नाम लेकर हंगामा मचा रहा है। नौकरों से बाड़ीवाली आगन्तुक बाबू का विशेष परिचय पूछ ही रही थी कि एक लम्बे पुरुष ने बायें हाथ में एक बहुत बड़ा

चमड़े का बैग लिये सामने आकर गंभीर कण्ठ से पुकारा, "भाभी!"

उसके दाहिने हाथ की उंगली में एक बहुत बड़ी हीरे की अंगूठी सूर्य की किरणों में चमक उठी। बाड़ीवाली ने सम्मानपूर्वक खड़े होकर पूछा, "किसे खोज रहे हैं?"

"यहां दिवाकर रहता है?"

बाड़ीवाली ने कहा, "नहीं।"

"मेरी भाभी? किरणमयी भाभी? किस घर में रहती हैं?"

बाड़ीवाली के साथ-साथ और भी दो-चार कौतूहली स्त्रियां गर्दन बढ़ाकर देख रही थीं। उनमें से किसी ने कहा, "वही तो मूर्च्छित हो गई हैं!"

"मूर्च्छित हो गई हैं? कहां देखूं?" कहकर आगन्तुक सज्जन भीड़ को ठेलकर कोठरी के बीच आ गए।

बेहोश किरणमयी तब भी जमीन पर पड़ी हुई थी। आंखें मुंदी हुई, मुख पीला, बाल भीगे और उलझे हुए, शरीर के कपड़े अस्त-व्यस्त।

आगन्तुक सतीश है। उसकी नजर पड़ी हिन्दुस्तानी के ऊपर। इतनी देर से वह पास आ टकटकी लगाए किरणमयी को देख रहा था। सतीश ने विस्मित और अत्यन्त क्रुद्ध होकर पूछा, "ओ! तुम कौन हो?"

उसकी ओर से बाड़ी वाली ने जवाब दिया, "वह हम लोगों के मारवाड़ी बाबू हैं। यहां —" किन्तु परिचय देने के पहले ही सतीश ने उस आदमी को दरवाजा दिखाते हुए कहा, "बाहर जाओ।"

मारवाड़ी के पास रुपया है, वह नया-नया प्रेमी है, विशेषत: इतनी स्त्रियों के आगे वह हीन भी नहीं बन सकता, इसलिए साहस में भरकर बोला, "क्यों?" असहिष्णु सतीश ने काठ के फर्श पर जोर से पांव पटककर कहा, "बाहर जा उल्लू!"

सब लोगों के साथ ही मानो सारा घर भी हिल गया। कुछ न कहकर मारवाड़ी बाहर चला गया। सतीश ने किरणमयी की देह पर उसके अस्त-व्यस्त वस्त्र ठीक कर दिए। फिर स्वयं ही हाथ का एक पंखा ले जोर-जोर से हवा करने लगा; उधर एकत्र नारी-मण्डली उन्हें घेरकर तरह-तरह की बातचीत करने लगीं। उन लोगों की नानाप्रकार की आलोचनाओं से सतीश ने थोड़े ही समय में कितनी ही बातें जान-समझ लीं। बाड़ीवाली आक्षेप और विस्मय प्रकट करती बार-बार कहने लगी — उसने अपने पिता ठाकुर की उम्र में भी ऐसी दुनिया से अलग औरत नहीं देखी कि वेश्या के वेश्या कहते ही उसकी आंखें उलट जाएं और दांत से दांत लग जाएं। लगभग बीस मिनट में होश आने पर, किरणमयी सिर का वस्त्र

ठीक करती हुई उठ बैठी। क्षण-भर एक दृष्टि से देखकर क्षीण स्वर में बोली, ''देवरजी?''

सतीश ने प्रणाम करके पांव की धूल माथे से लगाते हुए कहा, ''हां भाभी, मैं ही हूं। किन्तु यह क्या माजरा है, बोलो तो? जैसे कपड़े, वैसे ही घर-द्वार, वैसे ही श्री — कौन कहेगा कि यह सतीश की दीदी हैं। लगता है जैसे कहीं की कोई अनाथा पगली हो! लड़कपन बहुत हो चुका, अब कल के जहाज से घर चलो।'' फिर स्त्रियों की ओर देखकर बोला, ''अब जरूरत नहीं है। आप लोग अपने-अपने घर जाइए।''

किरणमयी अचल पत्थर की मूर्ति की तरह सिर झुकाए देखती रही। उसके हृदय की बात तो अन्तर्यामी जानते होंगे किन्तु वह बाहर तो जरा भी प्रकट नहीं हुई। औरतों के बाहर चले जाने के बाद सतीश ने कहा, ''वह सुअर कहां है भाभी?''

किरणमयी ने मुंह उठाए बिना कहा, ''इतने दिनों से तो यहीं था। कल रात दूसरी जगह गया है।''

''क्यों?''

''इसलिए कि मैंने चले जाने के लिए कहा था।''

''किन्तु बुलाने से क्या एक बार आएगा नहीं?''

''बुलवाकर देखती हूं'', कहकर किरणमयी ने बाहर जाकर बाड़ी के नौकर को कालीबाड़ी भेज दिया और फिर आकर बैठ गई। बोली, ''यह बात मुझे स्वप्न में भी ध्यान में नहीं आ सकती थी कि तुम आओगे देवरजी।'' सतीश ने कहा, ''मेरा आना क्या स्वयं मेरे लिए स्वप्नातीत नहीं है भाभी?''

''है तो,'' कहकर किरणमयी फिर सिर झुकाकर बैठ गई। उसके लिए अनेक बातें जानने की आवश्यकता थी; सतीश उसके घर की पुरानी दासी से पता लेकर आया है, यह समझना तो कुछ ज्यादा मुश्किल नहीं था, किन्तु अचानक इतने दिनों बाद पता लगाकर लौटाने के लिए इतनी दूर आने के यथार्थ कारण का अनुमान कर लेना सचमुच कठिन था।

किन्तु आने का हेतु सतीश ने स्वयं ही क्रमशः प्रकट कर दिया। बोला, ''कल जहाज जायेगा। तुम लोगों को लेने आया हूं भाभी!''

किरणमयी ने मुंह उठाकर कहा, ''उपेन देवरजी ने भेजा है न? बहुत अच्छा। दिवाकर को लिए जाओ। प्रार्थना करती हूं कि वह चला जाय।''

सतीश ने कहा, ''सिर्फ दूसरे का हुक्म तामील करने के लिए ही इतनी दूर नहीं आया हूं, मेरी अपनी ओर से भी बड़ी ताकीद है। सोचोगी, इतने दिनों बाद

क्यों? मुझे खबर नहीं मिली। उसके बाद पिताजी की मृत्यु हो गई, खुद भी जाने को ही बैठा था, तब तो शायद भेंट ही न होती।" किरणमयी ने मुंह उठाकर देखा। उसकी दोनों आंखों से निकलकर मानो जगत् का समस्त स्नेह सतीश के सर्वांग पर बरस पड़ा। क्षण-भर बाद करुण स्वर में बोली, "मैं किसके पास जाऊंगी देवरजी? मेरा कौन है?"

"मेरे पास जाओगी भाभी, मैं तो हूं।"

"किन्तु मुझे आश्रय देना क्या अच्छा होगा?"

सतीश ने कहा, "क्या तुम्हें याद नहीं है भाभी, बहुत दिन पहले यह भला-बुरा एक दिन सदा के लिए तय हो गया था, जबकि तुमने छोटा भाई कहकर मुझे पुकारा था? यदि कुछ अनीति की हो, तो उसका जवाब तुम्हीं दोगी किन्तु मेरी जिम्मेदारी इतनी ही है कि मैं तुम्हारा छोटा भाई हूं, और तुम्हारा फैसला करने का अधिकार मुझे नहीं है।"

बात सुनकर किरणमयी के मन में होने लगा कि कहीं भागकर जाऊं और एक बार पेट भरकर रो आऊं। किन्तु आत्म-संवरण करके बोली, "किन्तु देवरजी, समाज भी तो है?"

सतीश ने बाधा देकर कहा, "नहीं, नहीं है। जिसके पास रुपया है, शरीर में बल है, उसके विरुद्ध समाज नहीं है। ये दोनों चीजें मेरे पास काफी ज्यादा इकट्ठी हो गई हैं भाभी।"

उसकी बात करने की भंगिमा से किरणमयी के मुंह पर हंसी आ गई। कुछ देर चुप होकर बोली, "देवरजी, रुपये और शरीर के बल पर तुम समाज को भले ही न मानो, किन्तु अपनी अश्रद्धा के हाथ से इस पापिष्ठा को कैसे बचाओगे?"

ऐसे ही समय किवाड़ के बाहर से पुकारकर दिवाकर ने प्रवेश किया। कहा, "मुझे बुलवाया था?" इतना कहते ही खाट पर उसकी दृष्टि पड़ी तो वह इस तरह चौंक पड़ा मानो कोई भूत देखा हो। बाहर के प्रकाश से घर के अन्धकार में आने पर पहले वह सतीश को नहीं देख पाया था। अब पहचानकर उसका मुंह पीला पड़ गया।

सतीश ने हंसकर कहा, "मैं उपेनदा नहीं हूं रे, सतीशदा हूं — कुकार्य का राजा। मुझे देख इस तरह सूखकर काठ हो जाने की जरूरत नहीं है। आ बैठ, बैठ। उपेनदा का परवाना लेकर आया हूं, कल भोर साढ़े-छः के पहले ही जहाज छूटेगा, इसे याद कर ले।"

दिवाकर उसी जगह बैठकर दोनों घुटनों के बीच मुंह छिपाकर बहुत देर बाद बोला, "मैं न जाऊंगा सतीशदा!"

किरणमयी बोली, ''देवरजी, मैं जा नहीं सकूंगी।''

सतीश उठकर जा रहा था; अब हताश होकर बैठ गया। उपेन्द्र की बीमारी का समाचार अब तक उसने छिपा रखा था, किन्तु अब छिपा न सका। बोला, ''मैं बड़े गर्व से कहकर आया था कि उन लोगों को ले ही आऊंगा। तुम लोग भले मेरी बात न रखो, किन्तु उन्होंने तुम लोगों का कौन-सा गुरुतर अपराध किया है कि यह व्यथा उनको देनी ही होगी? मेरे खाली हाथ लौट जाने पर उन पर क्या बीतेगी, इसे तो मैं आंखों से देखकर ही आया हूं। दिवाकर, इतना अधर्म न कर रे! तुझे देखने के लिए ही उनके प्राण अब तक अटके हुए हैं; नहीं तो बहुत पहले ही निकल गए होते।'' दोनों श्रोता एक साथ ही अस्फुट चीत्कार कर उठे।

सतीश कहने लगा, ''इसी माघ के अन्त में जब तपेदिक से छोटी भाभी स्वर्ग सिधार गईं, तभी समझ लिया गया कि अब उपेनदा भी जाने वाले हैं। किन्तु उनको जाने की ऐसी जल्दी है, इसका कोई अन्दाज हम लोग नहीं पा सके। वह तो सदा ही कम बोलते थे, किन्तु इस बार तो स्वर्ग का रथ दरवाजे के सामने आकर उपस्थित हो जाने तक उन्होंने जरा भी खबर नहीं दी कि अब बिल्कुल तैयारी है। तुझे कोई डर नहीं दिवाकर, निर्भय होकर चल। हम लोगों के वह उपेनदा अब नहीं हैं; अब तो वह हजार अपराध को भी अपराध के रूप में नहीं लेते; सिर्फ धीरे-धीरे मुस्कराया करते हैं। छिः, छिः, वहां उस धूल-भरी जमीन पर इस तरह न सोओ भाभी! अच्छा, हम लोग बाहर जाते हैं, तुम जरा सो लो; उठो न।'' इतना कहकर जल्दी से उठा और नजदीक आकर पांव पर एक ठोकर देते ही समझ गया कि किरणमयी बेहोश हो गई है, कोई जानबूझकर जमीन पर नहीं सोई है।

सतीश और दिवाकर दोनों एक-दूसरे का मुंह देखते हुए स्तब्ध खड़े रहे। कुछ क्षणों के बाद सतीश ने धीरे-धीरे कहा, ''मुझे ठीक यही डर था दिवाकर! मैं जानता था कि यह खबर वह सह नहीं पाएंगी।''

दिवाकर ने चकित होकर सतीश के मुंह की ओर देखा। सतीश विस्मय में भरकर बोला, ''इतने दिनों तक इतने पास रहकर भी तू इतना नहीं समझ पाया दिवा? अब तो भय होता है कि भाभी को मैं मार डालने के लिए ही लिए जा रहा हूं। किन्तु तब भी ले तो जाना ही होगा। इस संसार में दो प्राणी किसी तरह वह शोक सह नहीं सकते, किन्तु उनमें से एक तो स्वर्ग चली गई हैं और एक — तू जाकर पानी तो ला दिवाकर, मैं हवा करता हूं — यह क्या है रे, बात क्यों नहीं करता?'' अकस्मात् दिवाकर का सारा शरीर ऊपर से नीचे तक बार-बार

कांपने लगा और क्षण-भर बाद ही वह अचेत किरणमयी के दोनों चरण कमलों के ऊपर मुंह के बल पड़कर कहने लगा, "मैं सब समझ गया, भाभी! तुम मेरी पूजनीया हो, गुरुजन हो। तब क्यों इतने दिनों तक छिपाए रखकर मुझे नरक में डुबाया? इस महापाप से मेरा उद्धार कैसे होगा भाभी?"

इक्तालीस

उपेन्द्र ने कहा था, "मेरी हड्डियां गंगा में प्रवाहित करना बहिन अनेक ज्वालाओं में जलता रहा हूं; इससे कुछ ठण्डक मिलेगी।"

आजकल वह सावित्री को कभी 'तुम', कभी 'तू', जो भी मुंह पर आ जाता, वही कहकर पुकारते थे। उनकी अन्तिम इच्छा पूरी करने और अन्तिम चिकित्सा कराने के लिए सावित्री ने कलकत्ता के जोड़ासांकू मुहल्ले में किराए पर एक मकान कुछ ही दिन पूर्व लिया था और उन्हें वहां ले आई थी। आज शाम के बाद एक अच्छी-सी वर्षा हो गई थी, फिर भी आकाश से बादल छंटे नहीं थे। उपेन्द्र बहुत देर बाद दोनों थकी आंखें खोलकर धीरे-धीरे बोले, "सामने की खिड़की जरा खोल दे बहिन, उस बड़े नक्षत्र को तो एक बार देख लूं।"

सावित्री ने उनके माथे के रूखे बालों को धीरे-धीरे हटाते-हटाते मृदु स्वर में कहा, "शरीर में बरसाती हवा लगेगी न दादा!"

"लगने दे न बहिन! मुझे अब उससे क्या डर है?"

ऐसा नहीं कि आज ही उन्हें यह भय न रहा हो; जिस दिन से सुरबाला चली गईं, उसी दिन से वह भय नहीं रह गया। किन्तु इससे सावित्री का भय तो जाता नहीं। वह तो समझती है कि जब तक सांस तब तक आस है। इसीलिए मृत्यु ने जब सिरहाने आकर उसके साथ ही बराबरी की जगह दखल कर ली है तब भी वह तुच्छ बरसाती हवा तक को कमरे में आने देने का साहस नहीं पाती। अनिच्छुक स्वर में बोली, "किन्तु नक्षत्र तो दिखाई देते नहीं दादा, आकाश में मेघ जो छाए हुए हैं।"

उपेन्द्र ने उत्साह से दोनों आंखें फाड़कर देखते हुए कहा, "मेघ? अहा! असमय के मेघ हैं बहिन, खोल दे, खोल दे — एक बार देख तो लूं, फिर तो देख नहीं पाऊंगा।" बाहर गीली हवा जोरों से बह रही थी; सावित्री ने माथे पर छाती पर हाथ रखकर देखा कि ज्वर बढ़ रहा है। विनती करती हुई बोली, "अच्छे

हो जाओ, न जाने कितने मेघ देखोगे दादा। बाहर आंधी चल रही है, आज मैं खिड़की न खोल सकूंगी।''

उसके हाथ को अपने हाथ में लेकर उपेन्द्र नाराज होकर बोले, ''भला चाहती है तो खोल दे सावित्री, नहीं तो वर्षा के दिनों में जब मेघ उठेंगे तब रो-रोकर मरेगी, यह कहे देता हूं। मुझे फिर देखने का समय नहीं मिलेगा।'' सावित्री ने और प्रतिवाद नहीं किया; आंखों के आंसू पोंछकर उस खुली खिड़की के बाहर उपेन्द्र टकटकी लगाए देखते रहे। आकाश के किसी एक अदृश्य प्रान्त से क्षण-क्षण में बिजली कौंध उठती थी और उसके प्रकाश की छटा में सामने के गहरे मेघ प्रकाशित हो उठते थे; उपेन्द्र के मन में ऐसा होने लगा जैसे उसे देखते रहने की साध मिटती ही न हो।

सावित्री स्वयं भी खिड़की की एक छड़ पकड़े उसी तरफ देखती हुई चुपचाप खड़ी थी। उपेन्द्र उसे देख मन-ही-मन जरा हंसे, फिर बोले, ''अच्छा खिड़की बन्द कर दे और यहां आकर मेरे पास बैठ। किन्तु इतनी ममता तो अच्छी नहीं है बहिन। शरीर में जरा-सी हवा भी लगने देना नहीं चाहती, किन्तु बताओ तो, मेरे चले जाने के बाद क्या करोगी।''

सावित्री ने खिड़की बन्द कर दी और पास लौट आकर कहा, ''तुमने तो कहा है कि मुझे काम दे जाओगे? जीवन-भर मैं वही करूंगी। तुम दिन-रात मेरी आंखों में ही रहोगे।''

''कर सकोगी?''

सावित्री ने आहिस्ता-आहिस्ता कहा, ''क्यों नहीं कर सकूंगी दादा? तुम्हारी बात पर वह कभी 'न' नहीं करेंगे।''

उपेन्द्र ने हंसते मुख से कहा, ''वह कौन? सतीश ही न!''

सावित्री सिर नीचा किए हुए चुप रही।

उपेन्द्र ने उसके सलज्ज मौन मुख की ओर देखकर लम्बी सांस ली। बोले, ''सावित्री; सतीश मेरा कौन है, इसे समझना दूसरों के लिए बहुत मुश्किल है। बाहर से इस विषय को देखा जाए तो वह मेरा संगी, मेरा आजन्म सहृदय है। किन्तु जो सम्बन्ध दिखाई नहीं पड़ता वहां सतीश मेरा छोटा भाई, मेरा शिष्य, मेरा सदा का अनुगत सेवक है। बहिन, यदि उस रात को तू अपना परिचय देकर हम लोगों को लौटा लाई होती, तो शायद मेरा शेष जीवन इतने दु:ख में न बीतता। शायद दिवाकर भी मुझे इतनी व्यथा देने का अवसर न पाता।''

सावित्री ने सलज्ज आंखों से कहा, ''मैं तो आप लोगों को लौटा लाना चाहती थी दादा, किन्तु उन्होंने किसी तरह जाने नहीं दिया; दोनों चौखटों पर हाथ रखकर

मेरा रास्ता रोक लिया। बोले, "तुम्हारा उन लोगों के सामने जाना उनका अपमान करना होगा।"

"उसी की इच्छा", कहकर उपेन्द्र ने ऊपर की ओर देखकर एक निःश्वास छोड़ा। फिर चुप हो गए। घर पर उपेन्द्र के पिता शिवप्रसाद बातरोग से शय्या पर पड़े हुए थे, उन्हें तथा अपनी गृहस्थी छोड़कर माहेश्वरी साथ आ नहीं सकी थीं, किन्तु मंझले भाई अभिभावक की तरह कलकत्ता के डेरे पर उपस्थित थे। उनका तथा एक और किसी के पांवों की आवाज सीढ़ी पर आती सुनाई पड़ी।

दूसरे ही क्षण उन्होंने कविराज के साथ कमरे में प्रवेश किया। कविराज ने उपेन्द्र की नाड़ी देखकर और ज्वर की परीक्षा करके दवा बदलने का प्रस्ताव किया। इस पर उपेन्द्र ने हाथ जोड़कर कहा, "इसके लिए मुझे माफ कर देना होगा कविराज महाशय! आपसे तो कुछ छिपा है नहीं। तब जाने के समय और दुःख क्यों देते हैं?"

बूढ़े चिकित्सक की आंखें भर आईं। बोले, "हम तो चिकित्सक हैं। हम लोग अन्तिम क्षण तक निराश नहीं होते, बेटा! इसके अलावा भगवान् द्वारा सारी आशा के समाप्त कर दिए जाने के बाद भी तो यातना दूर करने के लिए औषधि देनी ही चाहिए।"

उपेन्द्र और प्रतिवाद न कर चुप रहे।

तब दवा बदलकर और व्यवस्था बताकर विद्वान चिकित्सक चले गए। उन्हें आशा तो जरा भी न थी, बल्कि आज स्पट अनुभव कर गए कि इस रोगी का मृत्यु का समय बड़ी तेजी से निकट आता जा रहा है।

तीन दिनों के बाद सोमवार को सवेरे के समय सावित्री एक तार हाथ में लिए कमरे में प्रवेश करते हुए बोली, "कल सुबह वे जहाज में बैठेंगे।"

"सतीश ने किसी का नाम नहीं दिया? क्या है देखूं?"

उपेन्द्र के फैले हुए हाथ के ऊपर सावित्री ने कागज रख दिया। उन्होंने कागज को उलट-पलट कर देखा और सावित्री को लौटाकर सिर्फ एक निःश्वास फेंका। इस निःश्वास का अर्थ सावित्री से छिपा नहीं रहा।

जाते समय सतीश उसे एकान्त में बुलाकर कह गया था कि किरणमयी से भेंट होने पर, चाहे जैसे हो वह उसे लौटा लाएगा। अपने भाई-बहिन के सम्बन्ध का जिक्र भी वह कर गया था।

इस परम आश्चर्यमयी रमणी को एक बार अपनी आंखों से देखने का कौतूहल बहुत दिनों से उसके मन में था, किन्तु उसे इस बात की भी काफी आशंका थी कि कहीं स्थिति से बेखबर सतीश उसे इसी मकान में लाकर न हाजिर कर दे।

बोली, ''वह सब तरफ देख-समझकर काम नहीं करते। मुझे डर है दादा, कि कहीं किरणमयी को वह यहीं न ले आएं।'' उपेन्द्र के पीले ओठों पर वेदना-भरी एक सूखी हंसी दिखाई पड़ी। वह बोले, ''इस घर में वह आएगी ही क्यों बहिन? यदि वह इस देश में लौट भी आती है तो उसका दूसरा कारण है, किन्तु वह तो सावित्री नहीं है, वह तो ऐसी निर्बाध नहीं है; तेरी तरह इहलोक और परलोक को एक करके नहीं बैठी है, वह क्या साध लेकर इस भयानक व्याधि के कटघरे में प्रवेश करेगी?'' बोलते-बोलते सावित्री की ओर देखकर स्नेह, श्रद्धा, करुणा और वेदना से उनका स्वर कांप उठा।

सावित्री ने नजर नीची करके बड़े कष्ट से आंसू रोके। जरा-सा संभलकर उपेन्द्र फिर बोले, ''पर अचरज तो देख सावित्री, किसी समय उसने सचमुच ही मुझे प्रेम किया था।'' सुनकर सावित्री को सचमुच आश्चर्य हुआ, क्योंकि यह बात उसने सतीश से सुनी नहीं थी। बोली, ''उनसे सुनी थी उसकी पतिसेवा की कहानी। तब क्या वह सच नहीं है, दादा?''

उपेन्द्र ने कहा, ''वह भी सच है बहिन। वह एक अद्‌भुत माजरा है मेरी राय है कि तुझे और सुरो को छोड़ ऐसी सेवा कोई स्त्री नहीं कर सकती; स्वामी को इतना प्रेम करना भी शायद किसी की शक्ति की बात नहीं है।'' सावित्री ने कहा, ''किन्तु यह चीज तो कभी छलना नहीं हो सकती दादा!''

उपेन्द्र ने तुरन्त हामी भरते हुए कहा, ''नहीं, छलना तो नहीं है। वह तो कभी किसी को दिखाना चाहती नहीं, कभी किसी के आगे प्रकट भी नहीं करती। उसकी पति-सेवा के साक्षी सिर्फ भगवान् ही थे या थे हम दो आदमी — सतीश और मैं।'' दूसरे ही क्षण उन्हें डा. अनंगमोहन की बात याद आ गई। जरा स्थिर रहने के बाद बोले, ''आज तो मेरा किसी के प्रति क्रोध नहीं है, किसी के प्रति घृणा नहीं है, वितृष्णा नहीं है। आज अपनी बड़ी व्यथा के साथ, जानती है, मुझे कैसा लग रहा है बहिन, लगता है कि वह जीवन-भर टटोलती घूमती रही है, किन्तु कभी उसे कुछ मिला नहीं। मुझे भी उसने कभी प्रेम नहीं किया। इतना प्रेम करने पर क्या कोई इतना दुःख, इतनी व्यथा दे सकता है? वह तो यह जानती थी दिवाकर मेरे लिए क्या था। उसी के हाथ तो वह सौंप गया था? सोचा था, मेरे स्नेह की चीज को वह भी स्नेह की आंखों से देखेगी! ओह! कितनी बड़ी भूल हो गई।''

उपेन्द्र ने कुछ क्षण रुककर कहा, ''यही सोच रहा हूं कि सतीश समझे बिना कहीं सबको लेकर यहीं आ गया तो?''

सावित्री ने सिर हिलाकर कहा, ''नहीं, यह किसी तरह नहीं हो सकता दादा,

अपनी बहिन के ठहरने की व्यवस्था वहीं करे, किन्तु यहां नहीं।"

उपेन्द्र कुछ कहने जा रहे थे, किन्तु मंह की बात मुंह में ही रह गई। अघोरमयी ने किसी तरह बीमारी की खबर पाकर उपेन्द्र के अगणित गुणों का नकिया कर बखान करते-करते और रोते-रोते कमरे में प्रवेश किया।

उन्हें इस बीमारी की सांघातिकता की कोई स्पष्ट धारणा न थी किन्तु वह यह कहकर विलाप करने लगीं कि, "इस जले मुंह को लेकर भीख मांगने का रास्ता भी जब अभागिनी के लिए खो गया है और कुछ न होमे पर बिना खाए-पिए सूखकर मर जाने की ही नौबत आ गई है तब उपेन की समस्त रोग-बला लेकर मेरी ही मौत क्यों नहीं हो जाती?" इत्यादि-इत्यादि। उपेन्द्र इतने कष्ट में भी हंसकर बोले, "खाने को क्यों नहीं मिलेगा मौसी?" सावित्री को दिखाकर बोले, "जाने पर भी मैं अपनी इस बहिन को छोड़ जाऊंगा, तुम लोगों को कष्ट नहीं होने देंगे।"

अघोरमयी ने सावित्री को इसके पहले कभी देखा नहीं था। अत: कठोर परिश्रम और अत्यन्त मनोवेदना से टूटी हुई, श्रीहीन इस पूर्णत: अपरिचित बहिन की ओर देखकर उनके आश्चर्य की सीमा नहीं रही। किन्तु कौतूहल दूर करने की चेष्टा करते ही, काम का बहाना करके कमरे को छोड़ बाहर निकल गई।

गुरवार को दस-ग्यारह बजे के समय सतीश जहाज के घाट पर उतरकर भाड़े पर गाड़ी तय कर रहा था कि देखा, बिहारी खड़ा था। मालिक को देख उसने पास आकर प्रणाम किया। किरणमयी कुछ ही दूर पर खड़ी थी; बिहारी को एक बार संदेह हुआ कि यही हैं। उसने इसके पहले कभी देखा नहीं था, सिर्फ सुना था कि वह असाधारण रूपवती है। किन्तु इस मलिन वस्त्रों वाली साधारण रमणी में कुछ विशेष रूप न देखकर उसने समझ लिया कि यह कोई और स्त्री है। फिर धीरे-धीरे बोला, "बाबू, मां ने कहा है कि वह बहूजी यदि आई हों तो उनको कहीं और रखकर आप दोनों डेरे पर आवें। उन्हें साथ न ले आवें।"

सतीश भूख-प्यास और थकावट से यों ही खीझ रहा था, बिहारी के इस अपमानजनक प्रस्ताव को किरणमयी के सामने ही कहे जाते सुनकर आग हो गया और बोला, "क्यों भला? उसे पेड़ के नीचे बैठाकर हम लोग डेरे पर जाएंगे? जा कह दे, हम में से कोई वहां आना नहीं चाहता।"

बिहारी का मुंह फक हो गया। तब किरणमयी ने पास आकर एक मलिन हंसी के साथ कहा, "यह तो ठीक ही बात है देवरजी। इसमें गुस्सा करने की तो कोई बात नहीं है। बाबू अभी कैसे हैं बिहारी?"

बिहारी के जवाब देने से पहले ही सतीश और ज्यादा क्रुद्ध होकर बोला,

"किसने तुझे कहने को भेजा है, सावित्री? देखता हूं कि उसमें बड़ी स्पर्धा पैदा हो गई है।" सावित्री के प्रति इस रूखी भाषा से व्यथित होकर बिहारी किरणमयी के मुख की ओर देखकर बोला, "आप ठीक कह रही हैं मां! बाबू समझे बिना ही गुस्सा कर रहे हैं। इन सब खराब बीमारियों में कोई वहां जाना चाहता है? उपेन बाबू ने कल रात सावित्री मां को बुलाकर स्वयं ही कहा था — 'भय नहीं है; किरण भाभी मेरी बीमारी का नाम सुनकर इस डेरे पर क्या, इस मुहल्ले में भी न आएंगी। सावित्री, मां की तरह सब तो मरने-जीने —' "

किरणमयी का उदास मुंह मारे व्यथा के एकदम विवर्ण हो उठा। बोली, "यह बात क्या बाबू ने कही थी बिहारी?"

बिहारी के सिर हिलाकर उत्साह में न जाने क्या कहने का उपक्रम करते ही सतीश ने धमकाकर कहा, "चुप रह, अभागे, गधे!"

धमकी पाकर बिहारी सकुचित हो गया। किरणमयी ने कहा, "उसके ऊपर गुस्सा करने से क्या होगा देवरजी?" उसके बाद बिहारी की ओर देखकर कहा, "अपने बाबू से कहना कि भय की कोई बात नहीं; बिना उनका हुक्म पाए मैं वहां नहीं जाऊंगी।" सतीश से कहा, "देवरजी, आज मुझे किसी होटल में ठहरा दो — फिर क्या कोई छोटा-सा मकान-वकान नहीं मिल जाएगा?"

सतीश ने उत्तेजित भाव से कहा, "कलकत्ता जैसे शहर में मकान की क्या चिन्ता है भाभी? एक घण्टे के अन्दर ही मैं सब कुछ ठीक कर दूंगा। अरे दिवाकर, जरा जल्दी से चल।" कहकर किरणमयी को बुलाया और गाड़ी में बिठाकर स्वयं कोच-बाक्स पर जा बैठा।

गाड़ी के चले जाने पर क्षुब्ध और लज्जित बिहारी उदास मुंह लिये धीरे-धीरे डेरे की ओर चला गया।

सुविधा पाने पर सावित्री भोर में जल्दी-जल्दी गंगाजी में एक डुबकी लगा आती थी। सतीश के लौट जाने के बाद इन कई दिनों में वह प्रायः नित्य ही गंगा-स्नान-करने जाती थी। चार दिन के बाद, एक दिन सुबह वह स्नान पूजादि करके उठी तो देखा कि घाट के ऊपर गोलमाल कुछ बढ़ गया है। एक वृद्ध ब्राह्मण स्नान के बाद मन्त्र पढ़ते-पढ़ते घर लौट रहे थे कि कहीं एक पगली ने आकर उनका रास्ता रोक लिया। कहीं छूकर वह गंगा-स्नान का समस्त पुण्य मिट्टी न कर दे, इसी भय से वृद्ध आशंकित हो रहे थे। पगली बराबर अद्भुत प्रश्न करती जा रही थी, "मंहाराज, आप भगवान् पर विश्वास करते हैं? उन्हें पुकारने पर वह आते हैं? किस तरह आप उन्हें पुकारते हैं? मैं क्यों नहीं बुला पाती? उन्हें मेरा विश्वास क्यों नहीं होता?"

जवाब में ब्राह्मण देवता छुआछूत के भय से संकुचित होकर कह रहे थे, ''देख रे, सिपाही को बुलवाऊं? कहता हूं रास्ता छोड़।''

दो-चार प्रौढ़ा स्त्रियां भी आस-पास खड़ी होकर तमाशा देख रही थीं। उनमें से किसी एक ने कहा, ''पागल नहीं है, पागल नहीं है। देखती नहीं, छोरी ने सारी रात मदिरा पी है।''

सुनकर पगली ने कातर होकर कहा, ''मैं भद्रवर्ग की महिला हूं; मैं मदिरा नहीं पीती। वह देखो, वह रहा, हमारा डेरा। मैं सिर्फ तुम लोगों से हाथ जोड़कर पूछती हूं कि भगवान् क्या सचमुच हैं? तुम लोग क्या उनका ध्यान कर सकते हो? भक्ति कर सकते हो? मैं क्यों नहीं कर पाती? मैं तो परसों से उनको कितना बुला रही हूं।'' कहते-कहते उसकी दोनों आंखों से झर-झर आंसू गिरने लगे।

सावित्री को भी वह पागल ही लगी, किन्तु उस अपरिचित पगली की आंसुओं के जल से भीगी अद्‌भुत व्याकुल प्रार्थना उसके अपने सैकड़ों दु:खों से भरे वेदनापूर्ण हृदय के ऊपर एक हाहाकार के समान गिरी और क्षण-भर में ही उसकी दोनों आंखें आंसुओं से भी आईं। पगली की दृष्टि ज्यों ही उधर पड़ी वह अचानक वृद्ध को छोड़ सावित्री के सामने आकर बोली, ''तुम भी पूजा-पाट करती हो, तुम मुझे बता सकती हो?''

चारों ओर भीड़ जमा होते देख सावित्री ने झट से उसका हाथ पकड़ लिया। पकड़ते ही वह कांपकर बोली, ''आपने मुझे छू लिया?''

सावित्री ने कहा, ''इसमें कोई दोष नहीं है। आप घर चलें, राह में चलते हुए आपको उत्तर दूंगी।'' कहकर पगली का हाथ पकड़ रास्ते पर चल पड़ी।

दो-एक बातें करने के बाद ही सावित्री समझ गई कि यह औरत पागल नहीं है, किन्तु उसके मन की हालत ऐसी भी नहीं है कि किसी तरफ ध्यान दे सके। बातचीत के बीच ही वह अचानक बोल उठी, ''मैं भगवान् से दिन-रात कहती रहती हूं कि उनके चरणों में मैंने कितने ही अपराध किये हैं, इसलिए उनकी बीमारी मुझे देकर उन्हें अच्छा कर दो। क्यों जी, ऐसा हो सकता है? उपवास करके दिन-रात पुकारने से क्या सचमुच उनको दया आती है? तुम जानती हो?'' कहकर उसने तीव्र दृष्टि से सावित्री के मुंह की ओर देखा।

सावित्री समझ ही न पाई कि उसे क्या जवाब दे। किन्तु ज्यादा देर उसे सोचना न पड़ा; दूसरे ही क्षण सावित्री का हाथ छोड़कर कहा, ''जाऊं मैं गंगा-स्नान तो कर आऊं। गंगा-स्नान से अनेक पाप कट जाते हैं — है न?'' इतना कहकर बिना किसी उत्तर की प्रतीक्षा किए वह जिस रास्ते से आई थी उसी पर तेजी के साथ चली गई।

बयालीस

सावित्री की दोनों आंखों से सावन की धारा गिर रही है। आज उसी की गोद के ऊपर उपेन्द्र ने अपनी मृत्युशय्या बिछाई है। दोनों पतले ठण्डे पांवों के ऊपर मुंह छिपाकर दिवाकर अपने निःशब्द रोदन से हृदय के असह्य दुःख को प्रकट कर रहा है। उसका परिताप, उसकी व्यथा अन्तर्यामी के सिवा और कौन जान सकता है? उधर के कमरे में माहेश्वरी जमीन पर लोट-लोटकर विदीर्ण कण्ठ से रो रही हैं। इस सर्वग्राही शोक के बीच केवल सतीश ही स्थिर होकर पास में बैठा हुआ है।

आज सुबह से उपेन्द्र ही के मुंह से रह-रहकर जो रक्त-धारा गिर रही है, हजार यत्न करके भी उसे रोका नहीं जा सका है। सांस भी क्रमशः भारी और मुश्किल होती जा रही है; उसका दुःख-क्लेश सहन करते हुए उपेन्द्र आंखें बन्द किए चुपचाप पड़े हुए थे; अब आंखें खोलकर सावित्री के मुंह की ओर देखते हुए अस्फुट स्वर में धीरे-धीरे पूछा, "रात अब कितनी है बहिन, क्या बीतेगी नहीं?" सावित्री ने आंचल से उनके होंठों में भर आए खून को पोंछकर कहा, "अब ज्यादा रात बाकी नहीं है दादा! क्या बहुत कष्ट हो रहा है दादा?

उपेन्द्र ने कहा, "नहीं बहिन, सबको जो होता है, वही हो रहा है। ज्यादा क्यों होगा?" जरा स्थिर होकर उसी भाव से बोले, "सतीश, भाभी क्या खोजने पर भी नहीं मिलीं?"

आज चार दिनों से किरणमयी का कहीं पता नहीं है। कलकत्ता पहुंचने के दिन ही सतीश ने पास ही एक घर किराए पर लेकर उसमें सब सामान जुटा दिया था और एक दासी भी रख दी थी, किन्तु उपेन्द्र की बीमारी बहुत बढ़ जाने के कारण वह दो-तीन दिनों से स्वयं जाकर खोज-खबर नहीं ले सका था। तीन दिनों बाद जाकर देखा कि उसने कोई भी चीज छुई नहीं है। नया पात्र खरीदकर जिस जगह रख आया था, वह उसी जगह, उसी तरह पड़ा हुआ है। चूल्हे में एक काला दाग भी नहीं है।

दासी ने आकर कहा, "काम क्या करूं बाबू? बहूजी तो आकर खिड़की की छड़ पकड़ रास्ते की ओर देखते हुए जो बैठीं तो फिर उठीं ही नहीं। न स्नान किया, न मुंह में जल लिया, चटाई-बिछौना सब वैसे ही पड़ा रहा, सोई ही नहीं। उसके बाद कल सुबह से तो दिखाई ही न पड़ीं। सामान-वामान का जो कुछ करना हो, कर दीजिए बाबू, मैं सूने घर में पहरा नहीं दे सकती।" ,खबर सुनकर

सतीश माथे पर हाथ रखकर कुछ देर बैठा रहा; अन्त में दासी के हाथ पर और पांच रुपये रखकर लौट आया। तब से लोगों ने खोजने में कमी नहीं की, किन्तु उसका कोई फल नहीं निकला।

उपेन्द्र ने सारी बात सुन ली थी। बड़ी व्यथा के साथ, बीच-बीच में सावित्री के मन में यह बात उठती थी कि, उस दिन सुबह गंगा के घाट पर जिसे उसने देखा था, वही तो किरणमयी नहीं है? किन्तु किरणमयी तो असामान्य सुन्दरी है। उस पगली में रूप होने पर भी उसे सुन्दरी तो नहीं कहा जा सकता। किन्तु वह क्यों गई, कहां गई, किसलिए गई?

उपेन्द्र के सवाल के जवाब में सतीश ने सिर हिलाकर कहा, "नहीं।"

उन्होंने और कोइ सवाल नहीं किया, दूसरे ही क्षण तन्द्रा में हो गए, इसी तरह शेष रात्रि बीत गई। दस बजे फिर एक बार आंखें खोलीं और फाड़कर देखने के बाद जैसे अचानक पहचान लिया हो, इस तरह क्षीण स्वर में बोल उठे, "वह क्या सरोजिनी है?"

सरोजिनी फर्श पर घुटने के बल बैठी हुई थी; शय्या पर मुंह छिपाकर रो पड़ी। उपेन्द्र ने धीरे-धीरे दाहिना हाथ बढ़ाकर उसके सिर पर रखा और बोले, "आ गईं बहिन? मन-ही-मन मैं तुम्हें ही खोज रहा था, किन्तु किसी तरह याद नहीं आती थी। आज न आती तो शायद भेंट न हो पाती।" कहकर फिर मानो सोच-विचार में पड़ गए। स्पष्ट समझ में आ गया कि आज और सब बातें स्मरण करने की शक्ति उनमें नहीं रह गई है। जैसे एकाएक याद आ गया हो, इस तरह पुकारा, "सतीश कहां है रे?"

सतीश उस तरफ की खिड़की को पकड़े बाहर की ओर देखता चुप खड़ा था, पास आकर खड़े होते ही उपेन्द्र बोले, "तुम लोगों का विवाह अपनी आंख से देख जाने का समय नहीं मिला सतीश, किन्तु मेरी इस लक्ष्मी बहिन को कभी तू दुःख न देना। अपना हाथ तो जरा दे।" कहकर अपना कंकाल जैसा हाथ ऊपर उठाया। सावित्री के झुके हुए मुंह की ओर देखकर क्षण-भर के लिए सतीश के कलेजे के अन्दर धक् से हो उठा, किन्तु दूसरे ही क्षण उसने हाथ बढ़ाकर उपेन्द्र का कांपता हुआ हाथ अपने बलिष्ठ दाहिने हाथ से पकड़ लिया।

उपेन्द्र मन-ही-मन जगततारिणी की बात स्मरण कर बोले, "सतीश, सरोजिनी की मां को तो जानता है। उनसे मैंने जोरों के साथ प्रतिज्ञा की थी कि अपने सतीश भाई को तुम्हारे हाथ सौंपूंगा। देखना, मेरे मरने पर कोई यह न कहने पाए कि मेरी बात तूने नहीं रक्खी।"

सतीश आंखों के आंसू नहीं रोक सका, रोकर बोला, "नहीं उपेनदा यह बात

कोई न कह सकेगा कि तुम्हारी बात की मैंने अवज्ञा की है, किन्तु तब भी छिपाने से काम नहीं चलेगा — मेरी सारी बात खोलकर कहने की जरूरत है। मैं भला नहीं हूं, बहुत दोष किए हैं मैंने, बहुतेरे अपराधों का अपराधी हूं — तब कैसे सरोजिनी मुझे ग्रहण करेगी। बल्कि तुम मुझे यह अधिकार दे जाओ कि किसी भय से, किसी भी लोभ से, किसी दुर्ब्लता से मैं उसे अस्वीकार न करूं जिसने मुझे प्रेम करना सिखाया है।'' इतना कहकर ज्यों ही उसने सावित्री के मुंह की ओर मुंह किया कि दोनों की आंखें चार हो गईं। किन्तु तभी दोनों ने नजर झुका ली। उपेन्द्र हंसकर बोले, ''आज भी क्या वह बात मुझे जानने को बाकी है सतीश? मैं सब जानता हूं। सब कुछ जानकर ही तुमको मैंने एक के हाथ में सौंप दिया है।'' सतीश बोल उठा, ''किन्तु मुझको पाकर क्या सरोजिनी सुखी हो सकेगी?''

जवाब देने के लिए उपेन्द्र ने एक बार सावित्री के मुंह की ओर देखा। सावित्री उच्छ्वसित आवेग से बोल उठीं, ''वह भार मैं लेती हूं दादा, तुम निश्चिन्त हो जाओ।'' उपेन्द्र ने बात नहीं कही, सिर्फ टकटकी लगाए उसके मुंह की ओर देखते रह गए।

कुछ देर बाद बोले, ''अब आसक्ति का बन्धन तुम्हारे लिए नहीं है सावित्री। दुर्भाग्य ने यदि तुम्हें तट के बाहर लाकर फेंक ही दिया है बहिन, तो अब उसके अन्दर जाने की इच्छा न करना। सदा बाहर रहकर ही उसे कलेजे में बसाए रहो; यही है मेरा अनुरोध।''

सुनकर पाषाण मूर्ति की तरह सावित्री आंखें झुकाए बैठी रही। आज सतीश किसी दूसरे का है, उसके ऊपर उसका लेशमात्र अधिकार नहीं रहा। उसकी भावनाओं को, उसकी इच्छाओ को उसके परम सुख और चरम दुःख को, उसकी दुःसह वेदनाओं को, आज उसकी आंखों के आगे ही समाधि दे दी गई किन्तु उसने जरा-सी सांस भी न ली । व्यथा के मारे कलेजा अन्दर से टूक-टूककर निकलने लगा किन्तु सावित्री सब कुछ अविचलित भाव से सहन करके वैसे ही बैठी रही जैसे सर्वसहा पृथ्वी अपने अन्दर की आग के दुर्जय उत्पातों को सहन करती है।

उपेन्द्र ने उसके झुके हुए मुंह की ओर एक बार फिर देखकर कहा, ''मैं सब कुछ समझता हूं बहिन, किन्तु यदि तू उठाने लायक न होती तो क्या यह भार तुझ पर इस तरह डालता?''

जवाब में सावित्री ने सिर्फ उनके माथे से बालों को हटा दिया।

अकस्मात् सतीश चीख उठा, ''अरे भाभी तो यह रहीं।''

सावित्री ने चौंककर मुंह उठाकर देखा, वही गंगा-घाट वाली पगली है। पांव

दबाकर प्रवेश कर रही है। पल-भर में सारा घर चकित हो उठा। किरणमयी के लम्बे रूखे बाल मुंह, माथे, पीठ सब जगह फैल रहे हैं; पहनने के वस्त्र मैले और फटे हुए हैं; आंखों में सूनी चितवन है — जैसे कोई उन्माद और शोक की मूर्ति सहसा कमरे में आकर खड़ी हो गई हो। सतीश की ओर देखकर फुसफुसाकर बोली, "खोजकर भी नहीं पाया देवर जी। कितने ही लोगों से पूछा किन्तु कोई बता न सका किधर कहां है। आज कालीबाड़ी से आ रही थी कि भाग्य-वश बिहारी से भेंट हो गई तब उसी के पीछे-पीछे आ सकी हूं!"

उपेन्द्र की ओर घूमकर देखा और पूछा, "आज कैसे हो देवर जी।

उपेन्द्र ने हाथ हिलाकर बताया, "अच्छा नहीं हूं।"

किरणमयी ने बड़ी वेदना के साथ कहा, "मेरे भाई! यह सुनकर कि सुरबाला अब नहीं है, मैं रो-रोकर मर गई। वही तो मेरी गुरु थी। उसी ने तो मुझे कहा था कि भगवान् हैं! तब यदि उसकी बात पर विश्वास होता!" सहसा उसकी नजर दिवाकर के पीले मुंह पर पड़ गई, जिसके साथ ही वह बोल उठी, "अहा! तुम इस तरह क्यों कुण्ठित हो रहे हो देवरजी? तुम्हें क्या ये लोग लज्जित करते हैं!" इतना कहकर उपेन्द्र की ओर तीव्र दृष्टि फेंककर कहा, "इसे तुम लोग दुःख न देना देवर जी । मेरे हाथ में जैसे तुम इसे सौंप गए थे, उस सत्य को मैंने एक दिन भी भंग नहीं किया है; प्राणपण से उसकी रक्षा करती रही हूं। किन्तु मेरे पास अब समय नहीं है — अब तुम उसे लौटा लो।"

हठात् शान्त होकर स्निग्ध स्वर में बोली, "देवरजी, मेरे आंचल में मां काली का प्रसाद बंधा हुआ है, जरा खाओगे? शायद, अच्छे हो जाओ। सुनती हूं इस तरह कितने ही लोग अच्छे हो गए हैं।"

एक दिन इस रमणी के रूप की सीमा नहीं थी, विद्या-बुद्धि का कोई पार नहीं था; यह वही किरणमयी है, आज वह क्या कह रही है, इसे स्वयं भी नहीं जानती। सतीश से और सहन नहीं हुआ। वह 'उफ' कहकर कमरे से बाहर चला गया। उधर इतने दिनों बाद उपेन्द्र की आंखों से किरणमयी के लिए पानी बह चला। किरणमयी ने नजदीक आकर आंचल से वे आंसू पोंछ दिए और कहा, "रोओ न देवरजी, अच्छे हो जाओगे।"

इस बार उसकी दृष्टि सावित्री के ऊपर पड़ी। क्षण-भर तक टकटकी लगाकर देखते रहने के बाद बोली, "उस दिन तुमसे ही तो गंगा के घाट पर भेंट हुई थी? जरा खिसको तो बहिना, तुम्हारी तरह मैं भी जरा देवरजी को गोद में लेकर बैठूं!"

सरोजिनी ने उसका हाथ पकड़कर कहा, "मुझे पहचानती हो भाभी?"

किरणमयी ने अत्यन्त सहजभाव से कहा, "पहचानती क्यों नहीं। तुम तो सरोजिनी हो।"

सरोजिनी ने कहा, "चलो भाभी, हम उधर के कमरे में चलकर जरा बातचीत करें।" कहकर एक प्रकार से जबर्दस्ती खींचकर पास के कमरे में ले गई। उनके कमरे के बाहर जाते-न-जाते उपेन्द्र बेहोश हो गए। लगता है, परिश्रम और उत्तेजना उनके लिए असह्य हो गई।

सावित्री उसी तरह उन्हें गोद में लिये बैठी रही; वह मुंह में जल डालने के लिए भी नहीं उठी। सारी दोपहरी बेहोशी में ही बीत गई, किन्तु शाम को ज्वर बढ़ने के साथ-साथ फिर उनकी चेतना लौट आई।

आंख खोलते ही पहले दिखाई पड़ी सावित्री। क्षीण स्वर में बोले, "बैठी ही हुई है बहिन? तुझे छोड़कर जाते हुए मेरी आंखें भर आती हैं सावित्री!" सावित्री ने रोकर कहा, "मुझे भी तुम साथ लेते चलो दादा।"

उपेन्द्र ने उसका उत्तर न देकर-सतीश से कहा, "भाभी कहां है रे?" सतीश बोला, "नीचे के कमरे में सो रही हैं, उन्हें मैंने पलकों पर ही रख छोड़ा है।"

"जब तक वह प्रकृतिस्थ न हो पलकों पर ही रखना भैया, किन्तु तू डर न सतीश; हम लोगों में यह शक्ति नहीं है कि समझ सकें कि उनके हृदय को कितनी गहरी और दुस्सह चोट लगी है, किन्तु वह चोट चाहे कितनी भयंकर हो, इतनी बड़ी बुद्धि को वह सदा आच्छन्न करके नहीं रख सकती।" सतीश ने कहा, "यह मैं जानता हूं उपेनदा।" फिर जरा देर मौन रहकर बोला, "यदि तुम विश्वास करके दे जाओगे तो तुम्हारे दिवाकर का भार मैं भी ले लूंगा।" प्रत्युत्तर में उपेन्द्र ने जरा हंसने की चेष्टा की, फिर करवट बदलकर सो गए। कितनी ही बातों, कितनी ही उत्तेजनाओं ने जीवन-दीप के शेष तेल को जलाकर समाप्त कर दिया। जरा ही देर में दिखाई पड़ा कि उनके मुंह से रक्त निकल रहा है और सांस चल रही है या नहीं, इसमें भी सन्देह है।

सब लोगों ने उन्हें उठाकर नीचे धरती पर सुला दिया — उपेन्द्र के निष्पाप विरह-जर्जर प्राण अपनी सुरबाला से मिलने के लिए निकल गए। सब लोगों के विदीर्ण कण्ठ से निकले रोदन-क्रन्दन से सारा घर कांप उठा, किन्तु नीचे के कमरे में किरणमयी शान्त रूप से सोती ही रह गई।

●●●

हिन्द पॉकेट बुक्स

चरित्रहीन

शरत्चन्द्र चट्टोपाध्याय बांग्ला के सुप्रसिद्ध उपन्यासकार थे। उनका जन्म हुगली जिले के देवानंदपुर में हुआ। वे अपने माता-पिता की नौ संतानों में से एक थे। अठारह साल की अवस्था में उन्होंने इंट्रेंस पास किया। इन्हीं दिनों उन्होंने *बासा* (घर) नाम से एक उपन्यास लिख डाला, पर यह रचना प्रकाशित नहीं हुई। कुछ दिनों बाद उन्होंने अपना प्रसिद्ध उपन्यास *श्रीकांत* लिखना शुरू किया। बर्मा में उनका संपर्क बंगचंद्र नामक एक व्यक्ति से हुआ, जो था तो बड़ा विद्वान पर शराबी और उच्छृंखल था। यहीं से *चरित्रहीन* का बीज पड़ा, जिसमें मेस जीवन के वर्णन के साथ मेस की नौकरानी से प्रेम की कहानी है। *चरित्रहीन* उपन्यास को शुरू में *भारतवर्ष* के संपादक कविवर द्विजेंद्रलाल राय ने यह कहकर छापने से मना कर दिया था कि यह सदाचार के विरुद्ध है। लेकिन जब यह छपा तो विश्वप्रसिद्ध हो गया। विष्णु प्रभाकर द्वारा *आवारा मसीहा* शीर्षक से रचित उनका प्रामाणिक जीवन परिचय बहुत प्रसिद्ध है।